国家社科基金一般项目

项目编号：21BYY199

项目名称：中国网络小说英译研究及数据库建设

融通中西·翻译研究论丛

网络幻想小说英译塑造的中国形象研究

——以仙侠小说为例

杨 柳 著

ZHEJIANG UNIVERSITY PRESS
浙江大学出版社
·杭州·

图书在版编目(CIP)数据

网络幻想小说英译塑造的中国形象研究:以仙侠小说为例 / 杨柳著. —杭州:浙江大学出版社,2022.8
ISBN 978-7-308-23135-0

Ⅰ. ①网… Ⅱ. ①杨… Ⅲ. ①网络文学—小说—英语—文学翻译—研究—中国 Ⅳ. ①H315.9②I207.4

中国版本图书馆 CIP 数据核字(2022)第 189759 号

网络幻想小说英译塑造的中国形象研究——以仙侠小说为例

杨　柳　著

策　　划	包灵灵
责任编辑	包灵灵
文字编辑	杨诗怡
责任校对	徐　旸
封面设计	项梦怡
出版发行	浙江大学出版社
	(杭州市天目山路 148 号　邮政编码 310007)
	(网址:http://www.zjupress.com)
排　　版	杭州朝曦图文设计有限公司
印　　刷	广东虎彩云印刷有限公司绍兴分公司
开　　本	710mm×1000mm　1/16
印　　张	16.25
字　　数	266 千
版 印 次	2022 年 8 月第 1 版　2022 年 8 月第 1 次印刷
书　　号	ISBN 978-7-308-23135-0
定　　价	68.00 元

浙江大学出版社市场运营中心联系方式　(0571)88925591;http://zjdxcbs.tmall.com

目 录
CONTENTS

融通中西·翻译研究论丛

第 1 章

绪 论

1.1 选题源起

2000 年,美国最受欢迎的畅销书作家之一史蒂芬·金(Stephen King)进行了一项创举,在其个人网站通过付费方式连载小说《植物》(*The Plant*)。读者可以从网上下载这部小说,一个部分 1 美元,只有在 75% 的读者继续付费下载的情况下,作者才会更新。金认为,作品可以通过这种方式绕过出版商,直接抵达读者,这会成为出版商遭遇的"最可怕的噩梦"。但是,最终连载并未完成。

2014 年,金的设想在美国由一个主要刊载中国网络玄幻、仙侠小说的网站"武侠世界"(Wuxiaworld)实现了。2017 年 11 月 8 日,作为中国数字阅读和文学 IP[①] 培育平台领域的领军企业,阅文集团在中国香港上市,伦敦版《经济学人》(*The Economist*)以《中国文学》("China Literature")为题对此进行了报道。[②] 2018 年,阅文集团旗下的网站"起点国际"成立一周年,美通社和加拿大新闻社均有相关报道。阅文集团的英文名为"China Literature"——"中国文学","起点国际"的英文名为"webnovel"——"网络小说",可谓直白地表达了中国文学数字化及网络小说作为中国文学代表之一驰骋国际的愿景。

---

① IP:intellectual property,直译为"知识产权",这里指适合二次或多次改编开发的影视文学、游戏动漫等。

② China literature. *The Economist* ,2017,425:63-66.

在此背景下,本书尝试以仙侠小说为例发掘和探究中国网络幻想小说英译塑造的中国形象及其影响。网络仙侠小说是中国特有的文学样式,可简称为"网仙小说"。下面将从网仙小说及其与中国形象塑造的关系两方面对选题源起进行说明。

1.1.1 网络仙侠小说

目前,从亚洲到北美洲,幻想小说(fantasy novel)都是中国网络小说中最受欢迎的亚文类之一。2014 年年底,Wuxiaworld 网站在美国注册,主要提供英译的中国当代网络玄幻、仙侠小说。截至 2021 年 12 月,Alexa 数据显示,该网站拥有近百万人次的日均访问量,访客来自全球 30 多个国家,近 40% 来自美国。① 尽管中国网仙小说并未进入西方主流文化,但它已经赢得了部分英语读者的喜爱,在英语世界初步形成了稳定的"粉丝"(fans)② 群。

网络的迅猛发展使网络小说的数量呈现出爆炸式增长,也使传统仙侠文类焕发出前所未有的活力与生机。这主要表现在网络文学的作品数量和文学地位两个方面。

第一,作品数量惊人。在中国,网络写作始现于 2000 年年初,当时的形式还只是用户在网络论坛(BBS)上贴出作品并定期更新。然而,不到 20 年,网络文学就已发生翻天覆地的变化。2016 年,有学者指出,"近 10 年发表的原创网络文学作品远高于传统文学 60 年所印刷的作品总和"③。同年,根据"中国作家网"援引的"爱奇艺行业速递"数据,网络文学每天更新的作品字数是 1.5 亿字,几乎相当于一个大中型出版社一年出书的总字数。④ 2017 年,有"人民网"文章指出,网络文学的读者在中国已超过 3 亿。⑤ 中国当代

---

① Alexa 是亚马逊集团旗下的子公司,创建于 1996 年,致力于开发网页抓取和网站流量计算的工具,免费提供网站流量信息。Alexa 排名是用来评价某一网站访问量的一个常用指标。2022 年 1 月,亚马逊集团关闭了 Alexa.com 网站。目前,关于 wuxiaworld.com 网站 Alexa 排名等实时数据可参考:https://alexa.chinaz.com/wuxiaworld.com.

② "粉丝"为网络用语,是 fans 的音译,指影视文学、游戏动漫等作品,乃至影视明星的喜爱者。在本书中,该词汇的使用主要分为两种情况:一般意义指热爱网络小说的读者群;用于学术概念"粉丝翻译"(fan translation),具体定义见本书第 2 章第 2 节。

③ 欧阳友权,贺予飞.2016 年网络小说创作综述.小说评论,2017(2):80.

④ 王金.繁荣网络文学亟待拨正航向.(2016-08-15)[2018-12-13].http://www.chinawriter.com.cn/n1/2016/0815/c404027-28637460.html.

⑤ 肖家鑫.网络文学,正伴随一代人成长.人民日报,2017-05-02(19).

文学研究会理事、上海大学中文系教授葛红兵在接受《文汇报》采访时指出，"2007年中国网络文学的创作量和阅读量占50％，2013年网络文学的创作量和阅读量超过70％，到今天，网络文学的创作量和阅读量已经超过80％，到了占绝对优势阶段"①。通过网络，百万写手、千万部作品、上亿读者构成了一个令人无法忽视的网络文学世界。"巨大的阅读需求和创作潜力，都伴随网络革命的到来而爆发了。"②以仙侠、玄幻为最强卖点的阅文集团的原创小说总储量已达1000万部，作品覆盖行业90％以上。③ 网络文学正在走向台前，而仙侠、玄幻小说是当仁不让的主角。"2017年，玄幻、仙侠题材依然是网络小说'大户'。据阅文集团公布的数据，凭借天马行空的想象和'泛宇宙'的故事设定，玄幻、仙侠题材小说成为最受读者欢迎的类型，占据其麾下网站2017年前两个季度男频原创作品热度榜榜单的70％。"④

第二，文学地位从边缘到主流。中国作家协会已然向网络作家敞开大门。2016年年底，8位网络作家首次入选中国作家协会第九届全国委员会委员名单，入选的唐家三少、耳根、血红、天蚕土豆4位网络作家均以创作仙侠、玄幻类小说为主，其中唐家三少（本名：张威）成功当选第九届中国作协主席团委员。中国作协副主席何建明说："中国作协每年至少会举办10次网站联络会吸收优秀的网络作家。近5年来，中国作协发展会员2553名，其中网络作家和自由撰稿人等新兴文学群体占13％。"⑤虽然属于网络文学群体的会员占比仍不高，但这代表着主流文学界对网络文学态度的转变。

同时，伴随着网络小说的影视化，其受众在不断扩大。披着古典外衣的网络仙侠小说逐渐成为一种流行文化。《仙剑奇侠传》《花千骨》《诛仙·青云志》《三生三世十里桃花》《择天记》这些名字对很多非小说读者也变得耳熟能详。一些新词应运而生，比如"大IP""IP剧"，以及ACGN等。"IP剧"指在有一定粉丝数量的国产原创网络小说、游戏、动漫等作品基础上创作改编而成的影视剧。ACGN为animation（动画）、comic（漫画）、game（游戏）、novel（小说）的合并缩写，主要流行于华语文化圈。诚如《人民日报》文章所言，"网络文学

① 转引自：陈佩珍.网络作家：一股崛起的力量.文汇报，2017-01-18(8).
② 邵燕君，吉云飞，肖映萱.媒介革命视野下的中国网络文学海外传播.文艺理论与批评，2018(2)：119.
③ 欧阳友权，贺予飞.2016年网络小说创作综述.小说评论，2017(2)：80.
④ 欧阳友权，邓祯.2017年网络小说回眸.南方文坛，2018(3)：29.
⑤ 转引自：欧阳友权，贺予飞.2016年网络小说创作综述.小说评论，2017(2)：81.

的影响力不再仅仅停留在网上。对于很多平时不看网络文学的人来说，不知不觉间，网文已经通过其他形式，进入了他们的生活"①。网络小说联动ACGN，已经成为强势流行文化。网络时代的仙侠小说披着"仙侠"外衣，天马行空地讲述着幻想的故事，不经意间也打通了海外读者的"快感"通道。

2016年，Wuxiaworld网站在微信、微博等社交媒体上一时呈现出刷屏之势，《人民日报》《光明日报》也相继对其进行了报道。这个网站由喜爱中国网络小说的美国粉丝于2014年创建，主要提供中国武侠、仙侠、玄幻等类型小说的英文翻译。2021年12月，该网站的Alexa全球排名为2000余名，在美国排名1000余名，日均独立访问人次达80余万，日均页面浏览量超千万，访问者遍布欧美、东南亚等30余个国家和地区。② 传播区域范围之广可媲美中国对外传播的重要窗口《中国日报》(China Daily)。起点中文网是中国最大的网络文学阅读与写作平台之一，以登载仙侠、玄幻等原创小说为主，Alexa全球排名为7000余名，日均访问人次30万左右，日均页面浏览量400万左右。相比之下，Wuxiaworld的受欢迎程度可见一斑。此外，类似的美国翻译网站或论坛还有大大小小上百家，如Gravitytales、Wuxia Translations等。2014年12月，国家新闻出版广电总局印发〔2014〕133号文件《关于推动网络文学健康发展的指导意见》，鼓励网络文学作品积极走向国际市场。③ 作为网络文学界的领头羊，阅文集团从2010年左右就已开始中国网络文学的海外传播之路。2016年12月，阅文集团与Wuxiaworld签署了一份长达10年的翻译和电子出版合作协议。凭借网络媒介和粉丝翻译，仙侠、玄幻小说这枝中国网络文学之花已在欧美悄然开放。

与以往的中国文学外译活动相比较，网络仙侠、玄幻小说英译的突出特点在于，这是英语读者源于喜爱而自发进行的翻译行为，这样的形式不仅成功赢得了大量读者，还逐渐形成了一种独辟蹊径的商业模式。网络改变了人们的阅读模式、文学创作模式和文学传播模式。网络仙侠小说这一新生事物，毫无疑问，令研究者感到激动。面对这一新鲜事物，为什么本书要以形象为研究的切入点？

---

① 肖家鑫.网络文学，正伴随一代人成长.人民日报，2017-05-02(19).

② Alexa排名是用来评价某一网站访问量的常用指标。此处参考2019年数据，目前相关数据参考网址：https://alexa.chinaz.com/wuxiaworld.com.

③ 国家新闻出版广电总局. 关于印发《关于推动网络文学健康发展的指导意见》的通知. (2015-01-06)[2021-12-01]. http://www.cac.gov.cn/2015-01/06/c_1113893482.htm? from=timeline.

1.1.2　网络仙侠小说与中国形象

网络仙侠小说与中国形象的关系可以从现实和学理两个方面来阐释。从现实角度讲,网仙小说英译对文学外译而言是不期而至的成功案例,其英译有助于增加国外受众对于中国的好感,为中国形象加分。从学理角度看,形象论认为文学的本质在于形象,反过来说,了解其塑造的形象就能了解网仙小说,从而增加对这一文学类别的认识;对于国家形象而言,网络小说塑造的形象将发挥文学传播的优势。对于此,王萍写道:

> 文学传播的优势就在于它有自己相对独立的品性,与政治保持一定的距离。在西方人看来,文学是普罗大众的一种交流方式,因此文学中的中国形象也是一种"重塑"形象,这种重塑既包含了对既定的现实描绘,也蕴含了一种对美好生活向往、追求的价值目的,它源于现实又高于现实,是作家审美理想的具象化,所以更具有崇高感,更易被读者接受。文学的优势还在于它通过生动活泼的人物形象、曲折细致的故事情节,向世界展示栩栩如生的人物群像和充盈丰满的当代中国。以文学为母体而派生出的电影、电视、戏曲生动直观、声情并茂,更易为西方观众所悦纳和记忆,进而成为中国形象的一个重要元素。①

网络仙侠小说便是如此。虽然对于文学的本质是形象还是语言仍存在争议,但不可否认的是,形象是文学作品的核心要素之一。② 同时,"中国形象"研究是 2000 年后的一个研究热点,在全球化的今天,我们关注交流,关注自身形象的塑造。文学形象是国家形象的一部分,文学是塑造国家形象的重要途径之一。1997 年,王一川曾做出预测,"下世纪文学可能不会再像本世纪文学那样异常投入地创造'中国'的伟大的总体形象,而是更热衷于构想那些属于中国文化的具体的、多样的形象"③。康有为说:"'六经'不能教,以小说教之;正史不能入,以小说入之;语录不能喻,以小说喻之;律例不能治,以小说治之。"④

---

① 王萍.中国当代文学对外传播中的中国形象建构.郑州大学学报(哲学社会科学版),2013(4):102.

② 赵炎秋.论文学的形象本质.湖南师范大学社会科学学报,2000(1):94.

③ 王一川.中国人想象之中国——20 世纪文学中的中国形象.东方丛刊,1997(1-2):19.

④ 转引自:陈平原,夏晓虹.二十世纪中国小说理论资料:第 1 卷.北京:北京大学出版社,1997:29.

可见,包括网络文学在内的通俗文学能够抵达更多的受众,通过喜闻乐见的方式,润物无声地塑造出中国形象。正如谈到英国,哈利·波特的知名度并不亚于哈姆雷特。"武侠"已然成为中国文化的一张名片,"仙侠"也可以吗?在网络世界备受欢迎的仙侠小说塑造了怎样的中国形象,为中国形象这面多棱镜增添了怎样的光彩,为中国形象塑造带来了怎样的改变?本书正是源于对这些问题答案的探寻。

1.2　理论框架

根据托马斯·库恩(Thomas Kunn)的范式转型理论,新研究范式的出现与新问题的出现紧密相关。[①] 本书的主体部分是基于文本(text-based)的研究,以英译网仙小说为研究对象,以中国形象的塑造为主要研究问题。在搭建理论框架时,本书没有采用现有的理论框架,而是综合了研究涉及的 4个方面:翻译研究、形象学研究、文学形象研究和基于语料库(corpus-based)的形象研究,搭建理论框架。

(1)翻译研究。本书基于描写译学(Descriptive Translation Studies,简称 DTS)翻译观,从目标语出发,以目标语(英语)为研究起点。为清晰说明本书研究的框架设计,本书借用吉迪恩·图里(Gideon Toury)总结的"霍姆斯翻译研究构架图"(Holmes' basic "map" of translation studies)的一部分(如图 1-1 所示)[②]。参照该图,本研究的主体部分属于翻译产品范畴,并涉及翻译过程和功能。

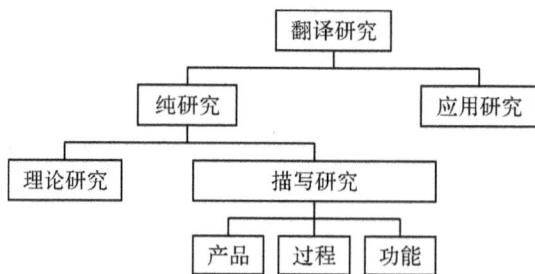

图 1-1　研究框架 1

---

① 周宁,李勇.究竟是"跨文化形象学"还是"比较文学形象学".学术月刊,2013(5):7.

② Toury, G. *Descriptive Translation Studies and Beyond*. Amsterdam & Philadelphia: John Benjamins, 1995:10. 图 1-1 是 Toury(1995:10)Figure 1 的一部分,由笔者译为中文。若无特别说明,本书英文均由笔者译,不再赘述。

1972 年,詹姆斯·S.霍姆斯(James S. Holmes)在哥本哈根召开的第三届应用语言学会议上宣读论文《翻译学的名与实》("The Name and Nature of Translation Studies")①,标志着翻译研究向现代翻译学迈进。自 20 世纪 80 年代起,图里一直专注于霍姆斯提出的描写译学的研究。② 图里的《描写翻译学及其后》(*Descriptive Translation Studies and Beyond*)③成为现代描写译学的滥觞之作。他认为翻译研究应以目标语及其文化为出发点。至今 20 余年,描写译学作为一个开放的、充满生命力的学派,得到后来研究者们的不断发展和补充。安德鲁·切斯特曼(Andrew Chesterman)将图里的翻译规范进行了重新划分。④ 西奥·赫曼斯(Theo Hermans)从小说叙事的角度充实了描写译学对原文和译文的比较方法。⑤ 丹尼尔·西米奥尼(Daniel Simeoni)将描写译学的研究延伸至译者,并借用社会学理论中的"惯习"(habitus)概念,说明这一概念是译者社会化的过程。⑥ 王运鸿认为,可以通过与社会学结合来探讨翻译中涉及的文化与社会问题,包括采用社会学理论解释翻译的主题及规范,借助语料库工具探讨翻译共性等。⑦ 尽管后现代翻译研究者对于现代描写译学存在质疑,以"权力"为关注点,转向社会学,但不能否认,霍姆斯和图里推动了翻译研究从规约式(prescriptive)到描写式(descriptive)的转变。此外,他们以目标语及其文化为出发点的观点,以

　　① Holmes, J. S. The name and nature of translation studies. In Venuti, L. (ed.). *The Translation Studies Reader*. London: Routledge, 2000: 172-185.

　　② Toury, G. *In Search of a Theory of Translation*. Tel Aviv: Porter Institute for Poetics & Semiotics, 1980.

　　③ Toury, G. *Descriptive Translation Studies and Beyond*. Amsterdam: John Benjamins, 1995. 上海外语教育出版社在推出"国外翻译研究丛书"时,将该书的书名译为《描写翻译研究及其他》(2001),笔者认为《描写翻译学及其后》的译法更为准确。

　　④ Chesterman, A. Description, explanation, prediction: A respond to Gideon Toury and Theo Hermans. In Schäffner, C. (ed.). *Translation and Norms*. Clevedon: Multilingual Matters, 1999: 90-97.

　　⑤ Hermans, T. *The Manipulation of Literature: Studies in Literary Translation*. London & Sydney: Croom Helm, 1985; Hermans, T. *Translation in Systems: Descriptive and System-oriented Approaches Explained*. Manchester: St. Jerome Publishing, 1999.

　　⑥ Simeoni, D. The pivotal status of the translator's habitus. *Target*, 1998(1): 1-39; Simeoni, D. Between sociology and history-method in context and in practice. In Wolf M. & Fukari, A. (eds). *Constructing a Sociology of Translation*. Amsterdam: John Benjamins. 2007: 187-204; Simeoni, D. Norms and the state: The geopolitics of translation theory. In Pym, A., Schlesinger, M. & Simeoni, D. (eds). *Beyond Descriptive Translation Studies*. Amsterdam: John Benjamins, 2008: 329-342.

　　⑦ 王运鸿. 描写翻译研究及其后. 中国翻译,2013(3):5-14,128;王运鸿. 描写翻译研究之后. 中国翻译,2014(3):17-24,128.

及对翻译研究基本类型的划分,都对后来的研究极具启发性。

(2)形象学研究。网仙小说经过英译后,作为翻译文学(translated literature)进入了英语世界,成为英语文学的一部分。"对一国文学中异国/他国形象的研究"属于比较文学形象学(imagology)的研究范畴。在英译网仙小说中,作者自塑和译者他塑的合力将会呈现出怎样的中国形象,这正是本书的第一个研究问题(研究问题1),也是主要的研究内容。具体而言,本研究与传统形象学研究有两点差异:1)传统形象学研究的典型素材包括传教士游记或文学作品中对某个"异国"的描写等。从描述者与描述对象的关系来看,是他塑。本研究的研究对象为翻译文学塑造的形象,是自塑与他塑的结合,既包含作者维度的形象自塑,也包含译者维度的他塑元素。2)传统形象学研究强调异国形象是社会集体想象物,并不关心这一形象真实与否。本研究则关注从自塑到他塑的过程中,译本塑造的形象相对于原文本形象所发生的偏移及其背后的原因。结合上述内容,研究框架可以从图1-1拓展到图1-2。

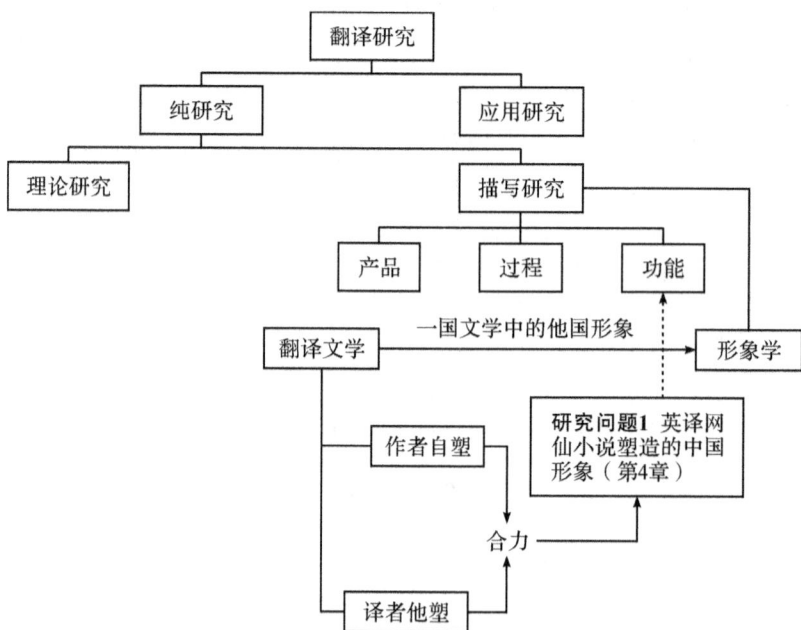

图1-2 研究框架2

以研究问题1(英译网仙小说塑造的中国形象)为基础,进一步延伸到本研究涉及的三组比较,分别是作者自塑和译者他塑的比较(通过网仙小说原文与译文的比较实现)、英译网仙小说与英文原创仙侠小说的比较,以及英译网仙小说与英文原创奇幻小说的比较(如图1-3)。

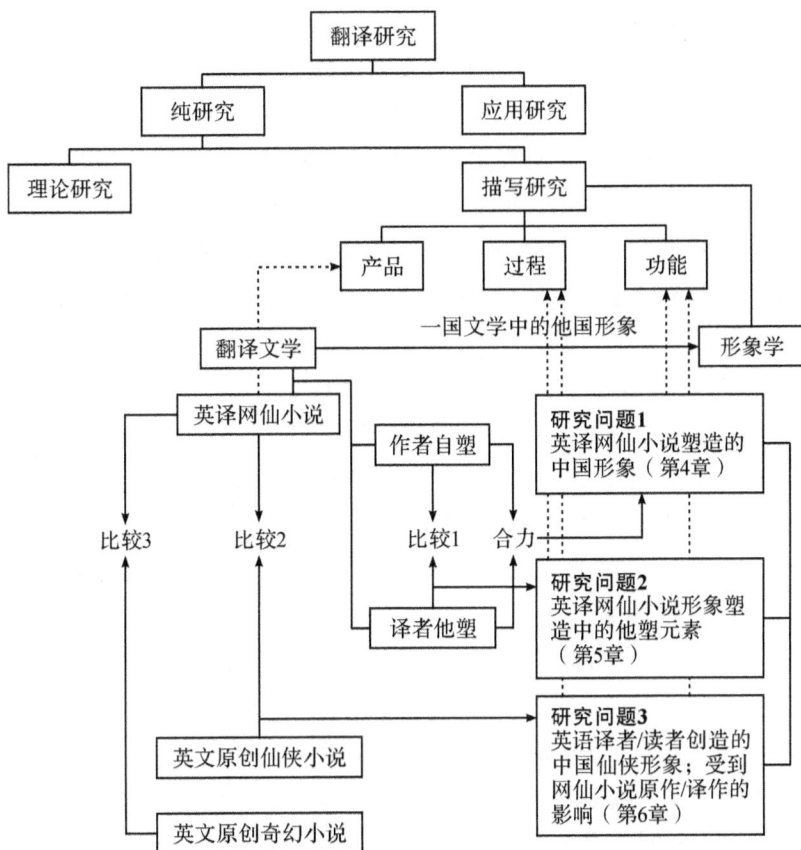

图 1-3　研究框架 3

1)通过英译网仙小说与中文原作的比较,可以发现,译文塑造的形象除作者自塑外,还包含了一些源于译者的他塑元素。在翻译过程中,译者做出了怎样的判断和选择,以及体现出了怎样的特点? 这是本书的第二个研究问题(研究问题 2)。目前的翻译过程研究主要指翻译认知过程研究,方法包括以眼动跟踪法为代表的行为测量法、以脑电技术为代表的生理测量法等,本研究采用的是文本语料分析法,将译者留下的文本痕迹作为探究过程的线索。①

2)关于英译网仙小说与英文原创仙侠小说的比较。网仙小说的读者群体中不仅产生了自发的译者,还产生了小说创作者。这些英语母语读者在网仙小说的影响下开始创作同类型小说,以中国文化为背景、中国人物为主

---

① 研究方法分类参见:谭业升.翻译认知过程研究.北京:外语教学与研究出版社,2020:vii.

9

第 1 章　绪　论

角。他们创造的中国仙侠形象在一定程度上反映了原作及译作对他们的影响。英语译者/读者创造的中国仙侠形象是本研究探讨的第三个研究问题(研究问题3)。

3)关于英译网仙小说与英文原创奇幻小说的比较。网仙小说得到了部分英语读者的认可和喜爱,其中一个原因与其所属的幻想小说文类有关。与英文原创幻想小说(更准确地说是奇幻小说)相比,英译网仙小说给读者的感觉既熟悉又陌生。两相比较将帮助我们更加清晰地认识到英译网仙小说塑造形象的特点。

(3)文学形象研究。形象学关注的是对于异国的集体想象,译作中的形象塑造为这种想象提供了文本基础。关于这一形象在作品中具化到哪些维度,涉及怎样的塑造方式,需要从文学形象研究中寻找答案。

文学形象是文学构成的本体要素。黑格尔认为,艺术的内容就是理念,艺术的形式就是诉诸感官的形象。[①] 形象论认为,文学的本质在于形象。"文学总是要有形象和个体,如果没有个体,没有鲜明的个性,很难建构起艺术化的文学形象。"[②]可以确认的是,形象对于文学而言是最为基础的核心问题。

20世纪90年代至今,赵炎秋专注于文学形象研究,透彻分析了传统形象理论和语言论的局限。2004年,他提出文学形象内部结构的4个层次,分别是语言层、语象层、具象层和思想层,并特别指出要关注语言与形象之间的过渡问题[③];2018年撰文《文字和文学中的具象与思想——艺术视野下的文字与图像关系研究》,进一步探讨文字与图像的关系[④]。他的研究清晰勾勒出语言、形象与文学之间的关系,为基于文本的形象研究夯实了理论基础。杨春时在《论文学的多重本质》一文中进一步探讨文字与图像的关系,指出:"不区分文学形态,笼统地谈论文学的本质和意义,是以往文学理论的疏漏,它已经不适应文学的现代发展。因此,我们必须注重对文学具体形态的研究。"[⑤]

---

① 黑格尔.美学:第1卷.朱光潜,译.北京:商务印书馆,1979:87.

② 孙正聿,唐伟.从哲学角度看中国当代文学——孙正聿教授访谈录.学习与探索,2013(9):129.

③ 赵炎秋.形象诗学.北京:中国社会科学出版社,2004.

④ 赵炎秋.文字和文学中的具象与思想——艺术视野下的文字与图像关系研究.文学评论,2018(3):39-48.

⑤ 杨春时.论文学的多重本质.学术研究,2004(1):122.

网仙小说属于通俗文学,多为叙事作品。作为分析叙事文本的抓手,刘恪针对古典文学作品划分的8种形象形式具有一定参考价值。[①] 这8种形象分别是视觉、命名、时空关系、细节特征、人物形象形式的运动分镜头处理方式、动力形式构成、话语形象和静态意象,前面7种都是关于人物形象的分类。尽管存在重叠、界限不清的问题,但这一分类方式,尤其是对动态和静态形象的划分对于进一步研究颇具启发意义。此外,李畅在探讨文学翻译中的形象变异时将文学形象定义为"文学作品中包括的人物、景物、场面、环境等在内的一切有形物体和意象"[②]。

参考目前的文学形象研究,针对英译网仙小说这一研究对象,本书把中国形象塑造的文本分析参数基本划分为两类,分别是人物形象和事物形象。人物分为静态和动态,其中动态又分为动作和话语。在图1-3的基础上加入文学形象研究部分,得到图1-4。

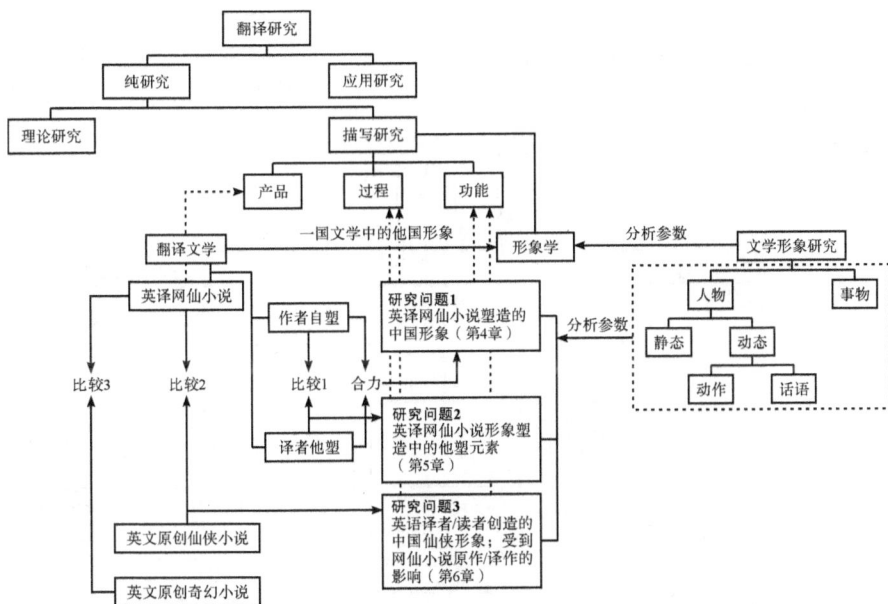

图 1-4　研究框架 4

(4)基于语料库的形象研究。在进行具体的文本分析时,笔者借助基于语料库的方法。胡开宝、李鑫提出了基于语料库的翻译与中国形象研究的

---

① 刘恪.文学形象形式的当代阐释.文艺理论研究,2008(3):20-27.
② 李畅.宗教文化与文学翻译中的形象变异.外语学刊,2009(5):143.

主要领域,分别是中国文学作品、政治文献、新闻、学术著作翻译中的中国形象研究,以及中国形象的历史演变研究。[①] 前 4 个领域按照文本类型划分,均可做纵向历史演变研究。在本书理论框架中,暂取前 4 个分类。

对于网仙小说的巨大篇幅而言,使用基于语料库的研究方法优势突出——基于客观数据,可以避免主观片面臆断。本研究遵循弗斯学派(Firthian)基于频率(frequency-based)的统计学路径,将基于频率的基本思路贯穿于人物形象和事物形象研究,人物的静态形象和事物形象通过搭配(collocation)研究展开,动态形象分析借鉴了迈克尔·图伦(Michael Toolan)的叙事进程参数[②],并进行了相应调整。使用语料库检索工具进行的文学文本研究,可称为语料库文体学(corpus stylistics);针对叙事学问题的研究时,可针对性地称为语料库叙事学(corpus narratology)。加入语料库研究方法部分,就得到了完整的理论框架图(如图 1-5 所示)。

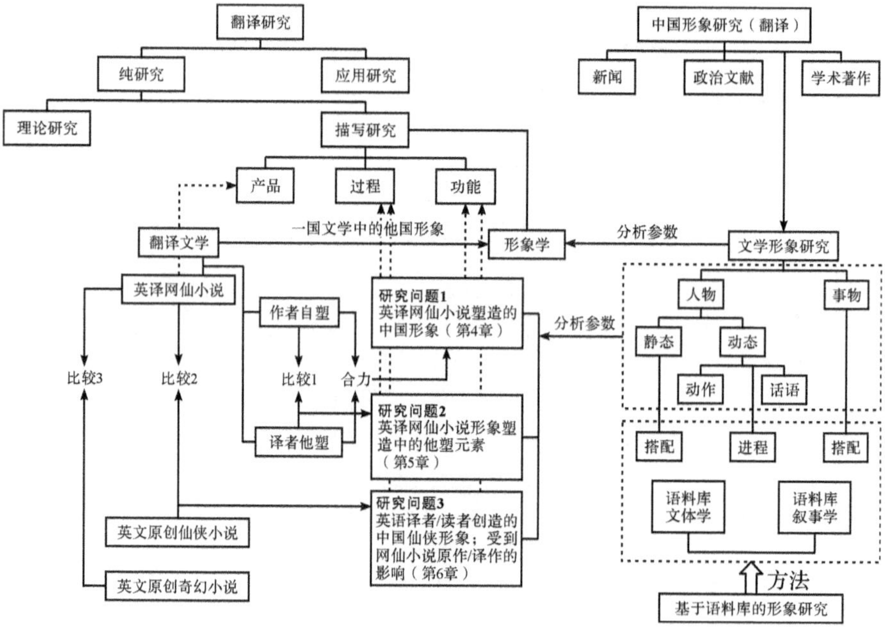

图 1-5　研究框架 5

---

①　胡开宝,李鑫.基于语料库的翻译与中国形象研究:内涵与意义.外语研究,2017(4):70.

②　Toolan, M. Narrative progression in the short story: first steps in a corpus stylistic approach. *Narrative*,2008(2):105-110.

1.3 研究问题

本书以粉丝英译的网络仙侠小说为研究对象,以中国形象塑造为切入点和研究主线,旨在回答这一新兴文学类型塑造了怎样的中国形象,具体研究问题如下。

研究问题 1:英译网仙小说塑造了怎样的中国形象?

研究问题 2:在英译网仙小说形象塑造过程中,译者作为他塑元素起到了什么作用?

研究问题 3:英语译者/读者创造出了怎样的中国仙侠形象? 他们受到网络仙侠小说原作/译作的什么影响?

1.4 研究方法

叶颖[①]将姜秋霞、杨平[②]阐述的翻译学研究方法进行了归纳(如图 1-6)。此处借鉴该图,说明本书的研究方法。

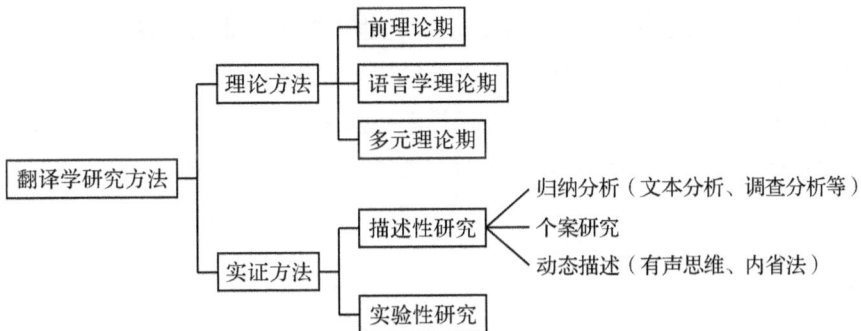

图 1-6 翻译学研究方法基本分类

参照图 1-6,本研究的主干部分采用实证方法中的描述性研究,涉及两种具体方法:归纳分析中的文本分析和个案研究。

---

① 叶颖.戏剧主义修辞观之于互联网对外新闻翻译——以"中国上海"门户网站新闻英译为个案.上海:上海外国语大学博士学位论文,2018:4.

② 姜秋霞,杨平.翻译研究理论方法的哲学范式——翻译学方法论之一.中国翻译,2004(6):12-16;姜秋霞,杨平.翻译研究实证方法评析——翻译学方法论之二.中国翻译,2005(1):23-28.

文本分析采用语料库和文本细读相结合的方法。受胡开宝、李鑫[①]提出的基于语料库的翻译与中国形象研究的启发,本研究基于自身特点进行了方案设计——从文本出发,基于文学形象研究提炼出具体检索参数,通过文本线索勾勒出英译网仙小说塑造的中国形象;借鉴比较文学形象学的"异国形象"概念进行数据阐释,尝试分析"形象"背后的社会及文化因素;探讨翻译如何在建构中国形象方面更加有所作为。蒙娜·贝克(Mona Baker)将翻译研究中的语料库划分为3种类型,分别是平行语料库(parallel corpora)、多语语料库(multilingual corpora)和可比语料库(comparable corpora)。[②] 本研究自建英语单语可比语料库和英汉对比平行语料库。具体而言,英语单语可比语料库包括3部分内容,分别是英译网仙小说、英文原创仙侠小说和英文原创奇幻小说可比语料库。英汉对比平行语料库包括英语单语可比语料库中的英译网仙小说及其中文原文语料库。具体检索参数设计详见第4章(4.1)。

从目前的研究实践来看,语料库研究更多地被看作一种研究工具。胡开宝等将语料库与翻译批评相结合,在数据阐释时纳入了意识形态因素的考量,提出了语料库批评翻译学。[③] 这使语料库从一种量化研究方法,发展成为一种批评策略,从而获得了文化研究的开放性与内涵深度。

对于网络幻想小说而言,本书选择了对其亚文类仙侠小说进行案例研究,研究对象选取了7部在国内外都获得较高评价的中文原创作品和对应的英文译文,以及2部由外国网仙小说译者和读者创作的英文仙侠小说。在整个研究过程中,本书对某些作品进行了更为具体的个案分析。

1.5　研究意义

本书的研究意义主要体现在现实意义和理论意义两个方面。

从现实意义讲,在历史长河中,中国形象的塑造伴随着社会发展历经变迁。远古时代,我们的祖先就"不得不遭遇'认识你自己'的问题,就需要借

① 胡开宝,李鑫. 基于语料库的翻译与中国形象研究:内涵与意义. 外语研究,2017(4):70-75,112.

② Baker, M. Corpora in translation studies: An overview and some suggestions for future research. *Target*, 1995, 7(2): 230.

③ 胡开宝,李涛,孟令子.语料库批评翻译学概论.北京:高等教育出版社,2018.

助于形象去表达（立象以尽意）"①。郑和下西洋可谓是我国历史上具有代表性的自我形象塑造之旅。利玛窦等汉学家和传教士的记录则让外国受众在乌托邦和意识形态的两极中窥望到一个混杂着现实与想象的中国。新文化运动是中国文化的自我救赎，"何为中国"成为意义重大的民族问题。新中国成立、改革开放、进入新时代，中国形象伴随着国家的不断发展而变化。

目前，在国际上，中国的政治和经济地位都获得了显著提高，因此，如何通过"讲好中国故事"塑造良好的中国形象具有深刻的现实意义。中国形象是多维构成的整体形象，其中文学形象是重要维度之一，网络文学则是 21 世纪中国文学的重要特色。网络幻想小说吸引了大量英语读者，其中网仙小说是突出代表。英语读者自主选择译介。换言之，是作品本身吸引了英语读者。因此，通过网仙小说传递的中国形象具有更强的感染力和传播力。如同美国漫威集团塑造的超级英雄形象，英国"哈利·波特"系列形成的强大粉丝文化②，目前以网仙小说为代表的中国网络幻想小说拥有稳定的英语读者群，也有望成为粉丝热爱的流行文化，为传播中国文化，塑造中国形象另辟蹊径。

此外，文学是形式化的生活，是人们的真实情感在想象世界的投射。分析网仙小说塑造的中国形象，也是对读者审美趣味和精神世界的探析。是怎样的形象、怎样的精神特质与追求吸引了国外的读者？是什么打破了文化差异造成的交流障碍？网仙小说研究对于了解外国读者，更好地塑造中国形象，发挥中国文化的吸引力都具有突出的现实意义。

从理论意义讲，本书从描写译学的描写主张出发，尝试综合文学形象研究、比较文学形象学和基于语料库的形象研究，探讨切实可行的翻译文学形象研究方法。这一方法的突出特点在于，基于文本本身的同时重视来自文本外部的阐释。对于描写译学、形象学乃至语料库研究而言，社会学转向是当下的潮流。但也应看到，如果社会学研究回答了"往何处去"的问题，文本研究则回答了"从何处来"的问题。描写译学推进了翻译研究的文化转向，

---

① 王一川.中国人想象之中国——20 世纪文学中的中国形象.东方丛刊,1997(1-2):9.

② 粉丝文化是一种"参与式文化"，特征是粉丝群体对于作品周边文化产品的消费，以及基于作品的二次创作。在粉丝文化中，粉丝具有消费者和生产者的双重属性。参见:Jenkins, H. Fans, bloggers, and gamers: Exploring participatory culture. New York: New York University Press, 2006.;朱丽丽. 数字时代的破圈:粉丝文化研究为何热度不减. 中国社会科学评价. 2022(1): 119-127,160.

但也未否定文本研究的必要性。基于文学文本的形象研究不是空中楼阁，而是有据可依的。语料库方法通过量化研究避免了主观臆断之嫌。形象学使我们的视角从自塑者的描述转向他塑者的文化想象。

从研究对象看，网络仙侠小说属于通俗文学。范伯群[①]指出，因为轻视"俗"文学，我们过去只研究了半部中国现代文学史。目前，在中国文化"走出去"的大背景下，"俗"文学的传播力和影响力更不容小觑。但是由于对网络文学的文学价值缺乏信心，很少有对单个作家作品细读式的研究。[②] 而且，网络小说动辄数百万字的巨大篇幅更是给文学研究带来不小的难度。《网文新观察》主编陈村说："最头痛的事情就是约稿，请人读 300 万字的网文，再来撰写 5000 字的评论文章，这样的活没人愿意做。"[③]本书基于语料库的研究方法则解决了巨大篇幅带来的难题，同时为网络文学研究带来了目前十分缺少的文本细读式的研究。

本研究也促进了对于语料库语言学的再思考。2018 年第四届中国语料库语言学大会上，《国际语料库语言学期刊》(*The International Journal of Corpus Linguistics*)主编、伯明翰大学教授米凯拉·马尔贝格(Michaela Mahlberg)指出，在语料库语言学中，文学文本往往被忽视。语料库方法对于翻译研究最大的贡献之一就在于确认翻译文本的复现模式[④]，而文学作品的特点在于其创造性，二者似乎具有天然的矛盾。本书将文学形象诗学、比较文学形象学与语料库文体学相结合，促使我们重新考虑文本和文本模式的关系、文学研究与语料库的边界问题。一方面，文学研究拓展了语料库语言学的研究范畴；另一方面，文学研究自身也获得了实用的文本研究工具。

1.6　本书结构

全书主要分 7 章，可归纳为 3 个部分。第一部分为第 1—3 章，分别是绪论、基本概念阐释和文献综述；第二部分为第 4—6 章，是本书的研究主体；第三部分为第 7 章结论。

① 范伯群.中国近现代通俗文学史.南京：江苏教育出版社，2010：1.

② 邵燕君.网络文学经典解读.北京：北京大学出版社，2016：19.

③ 转引自：张熠.网络文学"出海"需翻译和评论助推.解放日报，2017-04-17(01).

④ Baker，M. Corpora in translation studies：An overview and some suggestions for future research. *Target. International Journal of Translation Studies*，1995，7(2)：234.

第一部分:绪论、基本概念阐释和文献综述(第1—3章)

第1章:绪论

本章从选题背景、理论框架、研究问题、研究方法、研究意义和本书结构6个方面对全书进行概括性介绍。

第2章:基本概念阐述

本章阐述本书研究的3个核心概念,即"网络仙侠小说""粉丝翻译"和"中国形象"。"网络仙侠小说"部分划分为4个小节,通过与传统仙侠、经典武侠、网络玄幻和西方幻想小说的比较明确网仙小说的概念。"粉丝翻译"部分将本研究的抽样文本定义为粉丝翻译,并对其特性做出说明。"中国形象"部分建立起文学研究、形象学、翻译学和基于语料库的中国形象研究之间的关系,说明本书以描写译学为出发点,始于对英译文本的描述性研究;借鉴文学形象研究,提炼出形象的文本表现形式,应用语料库工具对其进行检索,结合形象学中"异国形象"的观点对检索结果进行解读。

第3章:文献综述

本章重点述评网仙小说和中国形象的国内外研究现状。网仙小说国内研究现状分为网络文学和仙侠小说研究;国外研究现状分为网络小说与电子文学,以及奇幻小说研究两个部分。中国形象研究部分依次聚焦到文学领域、文学翻译领域的中国形象研究概况。

第二部分:研究主体(第4—6章)

第4章:自塑与他塑的合力——英译本塑造的仙侠形象

本章首先介绍研究方案,其中包括小说样本的选择(7部英译网仙小说及参照作品)、研究方法(基于语料库的形象研究)、检索参数和使用工具。其次,分为语言形象、人物形象和事物形象3个部分来分述研究发现。语言形象分为词汇丰富度(STTR)和词汇密度(lexical density);人物形象分为主要人物设置、主要人物动作和基于《星辰变》(*Stellar Transformations*)的案例分析;事物形象包括名词词表分析和专有名词词表分析。

第5章:合力中的他塑元素——译者与读者

本章通过文本内外两个方面分析中国形象的他塑元素。文本内,通过抽样网仙小说原文与译文的比较,探究语言形象和文化形象的迁移。文本外,从文内注释到翻译之外的译者活动进一步说明译者及读者作为他塑元素在中国形象塑造过程中发挥的作用。

第 6 章:自塑影响之下的他塑——英文创作的仙侠形象

本章对美国译者 Deathblade 和丹麦读者 Tinalynge 创作的仙侠作品进行基于语料库的文本分析,从语言形象、人物形象和事物形象 3 个方面分别说明英文创作的网仙小说塑造了怎样的中国形象,英译网仙小说对英语作者产生了怎样的影响。

第三部分:结论(第 7 章)

本章简要回顾了研究的主要内容与发现,提出从原作到译文,乃至英文创作,网仙小说塑造的文本形象经历了一场文化旅行,最终呈现在英语世界的已不是纯粹的中国形象,而是一幅带有中国特色的拼贴画。整体而言,披着道家文化外衣的"成长的探索者"形象对英语读者存在着巨大吸引力。网仙小说译者塑造了粉丝眼中的中国形象,在娱乐中实现共情。相比纸媒时代,网络时代的译者和读者都发挥了更重要的作用,成为重要的中国形象他塑元素。最后,本章指出本书的不足,提出下一步的研究思路。

第 2 章
基本概念阐述

本章对于本研究涉及的 3 个基本概念作出阐述、明确工作定义,包括网络仙侠小说、粉丝翻译和中国形象。

2.1 网络仙侠小说

网络仙侠小说是中国特有的文学样式,出现在中国,流行于网络。国内网络文学的迅猛发展和国外粉丝翻译的大力推介,再加上动画、漫画、游戏、小说(ACGN)及影视联动,使"xianxia"(仙侠)有可能继"kung fu"(功夫)、"wuxia"(武侠)之后成为又一个进入英语世界的中国文化负载词,为中国形象更添一抹亮色。但目前,"xianxia"只被粉丝群体所熟悉,并未进入主流英语世界。国内学界也未对其进行严格定义。张健、杨柳提倡"格义"与"正名"并重,建议采取音译加注的形式将"仙侠小说"译为"xianxia novel,Chinese fantasy and kung fu novel",推介到英语世界。① 这里用"fantasy"来解释仙侠小说,突出了其幻想特质,有助于英语读者迅速理解。但严格说来,中文语境中的"传统仙侠""武侠"和"玄幻",以及英文语境中的"fantasy"与网络仙侠小说既有相似之处,又有所区别。下文期望厘清网络仙侠小说与这些近似文类之间的关系。本书中出现的"仙侠小说",如无特殊说明均指"网仙小说"。中国古代仙侠小说则用"传统仙侠"指代。

---

① 张健,杨柳.新、热词英译漫谈(33):仙侠小说.东方翻译,2018(4):71.

第 2 章 基本概念阐述

2.1.1　网络仙侠小说与传统仙侠小说

网络仙侠小说是传统仙侠小说在网络时代的发展产物。从"侠"到"仙侠""武侠""网络仙侠",一脉相承的是一个"侠"字。文学作品是社会现实的镜像,中国之"侠"源之久矣。从历史记录看,关于"侠"的较早的中国古代文献包括先秦的《韩非子·五蠹》和西汉的《史记·游侠列传》。① 前者是韩非子的政论,将游侠与儒、家奴、纵横、商贾并列为国家五蠹之一,加以贬斥;后者是司马迁的史诗,则对行侠仗义之举多有赞叹。

关于"仙侠"较早的论述出现在 15 世纪成书的《正统道藏》中。这是中国道教史上的重要道藏之一,由张宇初等几代道教天师编撰而成。在《真龙虎九仙经中》中,罗公远指出,"列仙侠有九等不同",分别为天侠、仙侠、灵侠、风侠、水侠、火侠、气侠、鬼侠和遇剑侠,对应题目中的"九仙"。② 经杨清惠考证,小说中的"剑仙"是传统剑侠从凡人向飞升成仙的过渡,最早见于明代王世贞编撰的《剑侠传》。③ 该文集收录了唐宋时期的 33 篇剑侠小说,在宋代小说《花月新闻》中,洪迈写道:"姜问其怪,道士曰:'吾与此女皆剑仙。'"④明末的《初刻拍案惊奇》第四卷《程元玉店肆代偿钱 十一娘云冈纵谭侠》⑤混用"剑侠"和"剑仙",表明当时仍处于从原始剑侠到剑仙的过渡阶段。清末,飞仙剑侠白话小说流行起来。唐芸洲所著《七剑十三侠》中塑造的七子十三生是早期较成熟的"剑仙"形象,但仍是有生死的凡人。⑥ 至海上剑痴所著《仙侠五花剑》中,十位剑仙均为上界太元境的天仙,始为真正的"仙侠"。⑦ 可见,"仙侠"在小说中最早的具体形象是"剑仙","仙侠"即修炼成仙的剑侠。并且,二者自初始便与道教密切相关。目前,仍有许多网友用主角是否能"御剑飞行"来判断作品是否属于仙侠小说,虽有过简之

---

① 刘若愚.中国之侠.周清霖,唐发铙,译.上海:上海三联书店,1991:9-17.

② 罗公远,叶法善.真龙虎九仙经//张宇初,等.正统道藏.[2022-10-06].https://www.djol.org/daozang/9105.html.

③ 杨清惠.从原始剑侠到仙侠:古典小说中"剑侠"形象及其转变.台北:花木兰文化出版社,2010:63-64.

④ 转引自:崔奉源.中国古典短篇侠义小说研究.台北:联经出版事业公司,1986:76.

⑤ 凌濛初.初刻拍案惊奇.北京:中华书局,2009.

⑥ 参考版本为:桃花馆主.七剑十三侠.光绪石印本//徐朔方,章培恒,等.古本小说集成:第 1 辑.上海:上海古籍出版社,2016.

⑦ 参考版本为:海上剑痴.仙侠五花剑.笑林报馆石印本//徐朔方,章培恒,等.古本小说集成:第 2 辑.上海:上海古籍出版社,2017.

嫌,但不无道理。

民国时期至新中国初期,李寿民创作了《蜀山剑侠传》①。一般认为,这是近现代第一部真正意义上的仙侠小说。其连载形式与逾500万字(未完结)的巨大篇幅都与当下的网络小说遥相呼应,可以说是网络仙侠小说的起源。只是当时的文本载体是纸媒报刊,现在是网站论坛;当时是与新文化运动和新中国文化建设的历史潮流格格不入,现在是文学载体与娱乐形式日趋多样化。《蜀山剑侠传》天马行空的想象力和成体系的修行法引发了深远的影响,这两点几乎成为优秀修仙小说必备的要素。②

目前,中文百度百科和英文维基百科都收录了"仙侠小说"一词,但内容并不相同。

百度百科中的"仙侠小说"词条解释为:

> 仙侠小说,在唐、清时期比较繁荣,兴起于民国之后,与传统武侠小说相比,更加虚幻飘渺。仙侠作品中,往往会有神、仙、人、妖、魔、冥(鬼)六界芸芸众生出现,融入角色的成长过程中,而且角色往往会有各类法宝、仙器等。仙侠小说在创作上,近代古典仙侠以《蜀山剑侠传》为代表。现代古典仙侠构思元素上,以《山海经》《淮南子》《千字文》《聊斋志异》等古书为素材,《中国神话史》③、《中国古代神话》④、《中国神话学》等著作为参本,创新出的特色现代古典仙侠作品。⑤

英文维基百科收录了英文词条"Xianxia novel",释义为:

> Xianxia(简体中文:仙侠小说;繁体中文:仙侠小说)是源于中国武侠小说的一种亚文学类型,深受道教和佛教的影响。首先出现在中国,21世纪开始在世界范围内流行。主人公(往往)尝试修炼成仙,寻求生

---

① 参考版本为:李寿民.蜀山剑侠传.北京:中国文史出版社,2021.

② 吉云飞.修仙:东方新世界——以梦入神机《佛本是道》为例//邵燕君.网络文学经典解读.北京:北京大学出版社,2016:73.

③ 《中国神话史》为袁珂所作,被誉为中国神话理论研究的开山之作。

④ 《中国古代神话》为袁珂所作,是系统叙述中国古代神话体系的专著。与《中国神话史》相比,其语言通俗、故事性更强。

⑤ 参见:仙侠小说.(2020-08-15)[2020-09-15]. https://baike. baidu. com/item/%E4%BB% 99%E4%BE%A0%E5%B0%8F%E8%AF%B4.

命永恒或力量的极点。不同于武侠小说,仙侠小说具有更多的幻想元素,充满魔法、恶魔、幽灵和神仙。①

同为"仙侠",百度百科指的是我国传统仙侠小说,英文维基百科指的是中国网络仙侠小说——证明后者已经悄然走入英语世界。一方面,网络仙侠小说并非无根之木,恰恰相反,它与传统仙侠小说有着千丝万缕的联系,有悠久的历史底蕴;另一方面,网络仙侠小说的灵感来源兼有中国古籍内容和现代科学知识,是现代人在网络时代的文学想象。同为"御剑飞行","仙侠"的内涵已发生了变化。这也正是本书的研究问题之一——网络仙侠小说塑造了怎样的仙侠形象?此外,英文维基百科将仙侠小说称为"源于中国武侠小说的一种亚文学类型",二者关系究竟为何,这是下一小节探讨的问题。

2.1.2　网络仙侠小说与经典武侠小说

除英文维基百科外,国内学界和业界也往往将网络仙侠小说与武侠小说相提并论。要厘清网络仙侠小说与武侠小说的关系,首先应确认这一类比中"武侠小说"的所指。刘若愚认为,最早将"侠"写入小说的作品可追溯到《燕丹子》。② 一般认为,侠客小说始于唐传奇,经历宋话本,至清朝出现最早的白话长篇侠义小说,民国期间出现创作高潮。从文学外译角度,值得一提的是,流行于清代的《侠义风月传》(又名《好逑传》)是带有侠义元素的爱情小说,在 18 世纪就由詹姆斯·威尔金森(James Wilkinson)译为英文③,后被多次翻译,是第一部译成西方文字并得以出版的中国长篇小说。作为小说分类,"侠"较早见于宋朝《太平广记》的"豪侠"类。在文学史中,《校订本中国文学发展史》④、《中国小说史》⑤、《隋唐五代小说史》⑥和鲁迅的《中国小说史略》⑦均以

---

① 参见:Xianxia. (2020-04-17)[2020-09-15]. https://www.wikipedia.org/item/xianxia.
② 刘若愚. 中国之侠. 周清霖,唐发铙,译. 上海:上海三联书店,1991:85. 关于《燕丹子》,学界有一种观点认为其是战国时期(公元前 3 世纪)的真品,也有认为是(公元 6 世纪)隋唐时期的伪作。
③ Thomas,P. (ed.). *Hau Kiou Choaan* or *The Pleasing History*. Wilkinson, J. (trans.). London:R. and J. Dodsley,1761.
④ 刘大杰. 校订本中国文学发展史. 台北:华正书局,1991.
⑤ 孟瑶. 中国小说史. 台北:传记文学出版社,1991.
⑥ 侯忠义. 隋唐五代小说史. 杭州:浙江古籍出版社,1997.
⑦ 鲁迅. 中国小说史略. 南京:江苏文艺出版社,2007.

"侠义小说"作为总类。杨清惠主张以"侠客小说"作为总类,唐代至清末为古典侠客小说,亦即"剑侠小说",近现代部分为"武侠小说"。[①]

从术语角度讲,最早使用"武侠"这一称谓的是日本明治时代后期的通俗小说家押川春浪(1876—1914)。[②] 押川春浪创办了《武侠世界》杂志,刊载"武侠"系列小说。清朝光绪二十九年(1903),梁启超创办的杂志《新小说》刊登了署名为"定一"的评论文章,称《水浒传》"为中国小说中铮铮者,遗武侠之模范"[③],"武侠"一词始传入中国。从作品角度看,平江不肖生自1923年开始连载《江湖奇侠传》和《近代侠义英雄传》,正式开启了民国时期的近代武侠小说热潮,也被称作"旧派武侠"。20世纪50年代,发轫于香港的武侠文学被称为"新派武侠"。20世纪50年代的梁羽生、60年代的金庸、70年代的古龙乃至之后的温瑞安等人带来了一场场武侠盛宴。80年代,伴随着改革开放,新派武侠作品进入中国内地,形成的"武侠小说热"堪称"文化奇迹"。而所谓"新派",也只是一个相对概念。目前与网络小说对应,"新派武侠"则往往被称为"经典武侠"。

网络仙侠小说常被认为是武侠小说在网络时代的继承者,这里的武侠小说往往指新派武侠小说。比如,融合了武侠、玄幻、修真等多种元素的网络小说《将夜》获得2015年首届网络文学双年奖金奖、腾讯书院文学奖。其作者猫腻荣膺"腾讯书院文学·类型小说年度作家"桂冠,授奖词称其"继金庸之后,继承和发展了中国现代类型小说的传统,其写作代表了目前中国网络类型小说的最高成就"[④]。可以说,从诞生第一天起,"修仙"小说就成为中国网络文学中最流行的小说类型之一,并被视作武侠小说传统在网络时代最重要的继承者。外国学者也往往持此观点,如崔宰溶[⑤]、迈克尔·谢(Michael Tse)等[⑥]均认为网络仙侠小说是武侠小说之下的一个亚文类。

---

① 杨清惠.从原始剑侠到仙侠:古典小说中"剑侠"形象及其转变.台北:花木兰文化出版社,2010:11.

② 叶洪生.论剑·武侠小说谈艺录.上海:学林出版社,1997;吴双.比较视域下的中日"武侠"因缘.求是学刊,2014(6):157-163.

③ 黄霖,韩同文.中国历代小说论著选(下).南昌:江西人民出版社,1985:69.

④ 猫腻,邵燕君.以"爽文"写"情怀"——专访著名网络文学作家猫腻.南方文坛,2015(5):92.

⑤ 崔宰溶.艺术界与异托邦——对中国网络文学研究的一些看法.南方文坛,2012(3):18-25.

⑥ Tse, M. S. C. & Gong, M. Z. Online communities and commercialization of Chinese internet literature. *Journal of Internet Commerce*,2012 (2): 100-116.

本书认为,这一类比更多的是基于二者对流行文化产生的巨大影响力。就内容和形象而言,两种小说异大于同。较为显著的不同体现在背景设定、人物性格和幻想程度这三个方面:1)背景设定的区别。新派武侠小说多以某个真实年代作为历史背景,网络仙侠小说则多架空。2)人物性格的区别。当下网仙人物的性格塑造也与新派武侠大相径庭。《中国当代仙侠故事中的"侠"与"义"的概念》①专门探讨了网络仙侠小说较武侠小说而言,人物传递的"侠""义"概念的转变。3)幻想程度的区别。新派武侠小说属于现实世界的低幻想,网仙则是幻想世界的高幻想。并且,在网络时代,新派武侠小说拥有更具有亲缘关系的继承者——"网络武侠小说"。在起点中文网上,网络武侠小说是与网络仙侠小说并置的类型。

除了"侠"文化的源头外,二者的相似之处更在于它们代表了大众的一种文学想象,触动了读者的内心。于是,武侠小说和网络仙侠小说在各自的时代作为流行文化的翘楚,在海内外拥有了强大的吸引力和传播力。对网络仙侠小说塑造的形象的剖析,也正是对当下读者受众内心的窥视。

2.1.3　网络仙侠小说与网络玄幻小说

网络文学作品主要按照作品题材分类。欧阳友权指出,网络文学从2009年开始呈现出较稳定、明显的题材划分和明显的类型化写作趋势。② 在各种题材中,玄幻和仙侠表现最为突出。因为存在诸多相似之处,二者也常被网民及研究者混用。

以小说《诛仙》为例,许多网民提问:"《诛仙》是玄幻还是仙侠?""我其实没搞懂《诛仙》是武侠还是仙侠还是玄幻""玄幻和仙侠有什么区别?"回答也是五花八门:"只要角色脱离地球,通通归为玄幻类";"仙侠应该是玄幻一部分吧";"我可以说我觉得仙侠和玄幻是同一个东西嘛……"这里列举的回答代表了三种观点,分别是:依背景设定判断,仙侠归属于玄幻,二者混同。根据网络版《辞海》,玄幻小说和仙侠小说的词条解释如下。

---

① Choi, J. Y. The concept of "yi" and "xia" in Chinese contemporary "xianxia" stories. *The journal of the research of Chinese novels*, 2014 (12): 311-327.

② 欧阳友权.网络文学五年普查(2009—2013).北京:中央编译出版社,2014:37.

玄幻小说的解释为：

> 玄幻小说是一种类型小说，思想内容往往幽深玄妙、奇伟瑰丽。不受科学与人文的限制，也不受时空的限制，励志，热血，任凭作者想象力自由发挥。与科幻、奇幻、武侠等幻想性质浓厚的类型小说关系密切。一般认为玄幻小说一词为中国香港作家黄易所提出，原意指"建立在玄想基础上的幻想小说"。所谓玄学因子，即着重道家思想、易经术数、民间传说、超自然状态与神秘学，空间学等等面向的解读、描写与探索。目前玄幻小说主要流行于网络文化，最大的一类玄幻小说是修真小说，二者几乎可以画上约等号，而修真文大多包含着天道、妖魔鬼怪等，情节跌宕起伏。[①]

仙侠小说的解释为：

> 玄幻小说是指魔法类，穿越类，异世界类，西方类等。其想象更加天马行空，可以杂以穿越、重生、都市、魔幻等。如今的仙侠小说，主要是以飘渺之旅为代表的飞升修真型小说。主要的几个修仙阶段为炼气期，筑基期，结丹期，元婴期，化神期等等。[②]

这个解释有把玄幻小说作为我国网络幻想小说统称的倾向，把仙侠小说等同于修真小说，又把修真小说归为玄幻小说的一种。

研究者也观点各异，主要有 3 种。1）将仙侠视为玄幻类别下的一个子类，具体作品不做细致区分。比如《网络文学》按照目标读者群性别将网络小说划分为网络女频小说、网络男频小说和无明显目标性向受众小说。网络男频小说的五个类型分别是：网络玄幻、都市、网游、校园和穿越小说。在举例时，将《诛仙》称为"热门玄幻系列小说"[③]。邹祖邑在其硕士论文中将《诛仙》和《斗破苍穹》均视为玄幻小说。[④] 2）承认二者区别，但不认可"仙侠

---

① 参见：玄幻小说. [2022-06-20]. http://ciyu.cihai123.com/c/1103446.html.
② 参见：仙侠小说. [2022-06-20]. http://ciyu.cihai123.com/c/1117826.html.
③ 梅红. 网络文学. 成都：西南交通大学出版社，2016：149.
④ 邹祖邑. 高低语境下的中国网络玄幻小说跨文化传播研究. 上海：上海外国语大学硕士学位论文，2018.

小说"的说法。吉云飞指出,"仙侠"作为一个独立的小说类型并不存在,"古典仙侠"就是以中国古代文化为背景的修仙小说,"幻想修仙"是以宇宙星空等幻想世界为背景,"现代修仙"是以现代社会为背景,"洪荒封神"是以创世神话、《封神演义》或《西游记》构建的神话世界为背景,修仙小说的这四大子类,区别只是故事发生的背景世界不同。[①] 对于《诛仙》这部作品,吉云飞认为是"介于武侠与修仙之间的作品,是传统武侠在网络时代最后的辉煌,也是古典仙侠最重要的早期代表作"[②]。3)将玄幻小说和仙侠小说视为网络小说的两个亚文类。持这种观点的代表学者为欧阳友权。他主编的《网络文学五年普查(2009—2013)》在综合国内原创文学网站的基础上,将网络小说划分为14类,其中第2—6类分别为:玄幻、奇幻、科幻、武侠和仙侠。玄幻类包含东方玄幻、远古神话和异界大陆。东方玄幻,指在东方背景下,描写法术或异世界的作品;远古神话,指根据各种神话故事演绎的带有西方、东方特色的上古传奇作品;异界大陆,指以与现实完全不同的一个神奇异世界为背景叙述的作品;仙侠指以中国古代传说为背景,描写追求仙道的故事。[③]

作者认为无论从创作实践还是研究角度,对二者不作区分是不可取的。因为本研究的关注点是仙侠小说英译文本塑造的形象,所以采取英文翻译网站 Wuxiaworld 的区分标准。网站专门向读者解释了两类小说及其区别:

　　xianxia(仙侠,xiānxiá)——字面意思是"不死英雄"("immortal heroes")。故事以魔法、恶魔、幽灵、神仙和大量中国民间传说或神话为特点。主人公往往尝试修炼成仙,寻求生命永恒或力量的极点,深受道教影响,如果 wuxia 是"低幻想"("low fantasy"),xianxia 则是"高幻想"("high fantasy")。[④]

　　xuanhuan(玄幻,xuánhuàn)——字面意思是"神秘幻想"("mysterious fantasy")。包括的故事类型广泛,往往融合了中国民间故事/神话和外国元素及背景。从表面上看,玄幻和仙侠小说有时十分相似。但道教

---

① 吉云飞.修仙:东方新世界——以梦入神机《佛本是道》为例//邵燕君.网络文学经典解读.北京:北京大学出版社,2016:72.

② 吉云飞.修仙:东方新世界——以梦入神机《佛本是道》为例//邵燕君.网络文学经典解读.北京:北京大学出版社,2016:74.

③ 欧阳友权.网络文学五年普查(2009—2013).北京:中央编译出版社,2014:37-49.

④ 参见:General Glossary of Terms.(2022-06-20)[2022-06-20].https://www.wuxiaworld.com/page/general-glossary-of-terms.

元素(道、阴阳、神仙等)是区分二者的明显标志——如果没有道教元素,就可能是玄幻小说。^①

2.1.4 网络仙侠小说与西方幻想小说

网仙小说是中国特有的文学式样,在国内仍为新生事物,英文学界的相关研究更是寥寥无几。因此,为其在国际学界找到坐标是本书展开论述的前提。但目前对于如何界定网仙小说,国内学界还未达成共识,遑论其与西方幻想小说的关系。一方面,国内部分研究夸大了西方幻想小说对我国文学创作的影响,如有观点认为"中国幻想小说的直接来源是西方现代奇幻小说"^②。作为中国当代幻想文学代表之一的网仙小说自然不是来源于西方,它是传统仙侠小说在网络时代的发展产物,在影响力上可与武侠小说媲美。另一方面,对于"幻想小说""奇幻小说"和"魔幻小说"等中英文术语及相关分类问题,研究者各有创见,莫衷一是,如滕巍^③、高红梅^④、冯琦^⑤、陈晓明^⑥等。本小节从"fantasy novel"和"fantasy fiction"、"fantasy"和"fantastic"这两组英语术语的比较出发,以西方幻想小说的文类发展作为佐证,从而抽丝剥茧,确认网仙小说在西方幻想小说学术话语中可能的表达。

(1)西方幻想小说的英文术语是"fantasy novel"还是"fantasy fiction"?

从全面性和学术针对性两个角度考虑,本书选取了 iWeb 网络语料库和 Web of Science(简称 WoS)核心合集数据库分别对这两个英文术语进行了检索。iWeb 网络语料库由美国杨百翰大学(Brigham Young University)教授马克·戴维斯(Mark Davies)主持创建,库容超过 140 亿个英语单词,系统选择了 9.5 万个网站,涵盖内容及类别多样,是目前世界三大百亿词级语料库之一,另外两个分别是 Lexical Computing 公司研发的 sketch engine 和由

① 参见:General Glossary of Terms. [2022-06-20]. https://www.wuxiaworld.com/page/general-glossary-of-terms.
② 姜淑芹.奇幻小说文类探源与中国玄幻武侠小说定位问题.西南大学学报(社会科学版),2021(4):199.
③ 滕巍.中国玄幻文学研究十年述评.重庆三峡学院学报,2011(1):38-43.
④ 高红梅.中国玄幻小说对英国现代奇幻文学的变异性接受.东北师大学报(哲学社会科学版),2015(3):137-141.
⑤ 冯琦.网络玄幻小说的特征、发展及其价值.网络文学评论,2019(2):84-89.
⑥ 陈晓明,彭超.想象的变异与解放——奇幻、玄幻与魔幻之辨.探索与争鸣,2017(3):29-36.

德国研究委员会资助、德国柏林自由大学(Freie Universität Berlin)开发的多语种语料库 Corpora from the Web(简称 COW)。① 因此,iWeb 语料库的数据具有全面性。WoS 核心数据库为获取全球学术信息的重要数据库,包括 SSCI 和 A&HCI 等公认的高水平学术文献数据库,因而该语料库的数据具有学术针对性。

通过检索(检索时间:2020 年 9 月 11 日)发现,"fantasy novel"在 iWeb 网络语料库和 WoS 核心数据库中出现的频次分别为 2480 次、52 次;"fantasy fiction"在 iWeb 网络语料库和 WoS 核心数据库中出现的频次分别为 1028 次、51 次。综合看来,"fantasy novel"更为常用;学术语境中,二者使用频次相当。但通过文本细读发现,代表性英语学术著作②中主要使用"fantasy novel",其上义词为"fantasy literature"(幻想文学)。

(2)"fantasy"与"fantastic"有何区别?

数据检索和文本细读还显示,涉及"fantasy novel"话题时,"fantasy"与"fantastic"往往高频率地出现。通过文献梳理,我们发现,"fantasy"在英文中既是幻想小说的统称,又表示与"the fantastic"(魔幻小说)相对应的亚文类。③

在中文学术语境中,"幻想小说"和"奇幻小说"经常混用,与"魔幻小说"也时有混淆。事实上,西方幻想小说的概念及分类也是伴随着相关研究的发展而逐渐明晰起来的。了解该文类的发展有助于明确相关术语的表达和术语之间的关系。下面为论述之便,将其发展大致划分为 4 个阶段,简要说明每个阶段的重要成果和观点。

(3)西方幻想小说研究发展的 4 个阶段

第一阶段(19 世纪末—20 世纪 70 年代),多为幻想小说作者探讨具体创作问题,尚处于回答"什么是幻想小说"的初始阶段。乔治·麦克唐纳(George MacDonald)④在 1893 年发表的论文《奇妙幻想》("The fantastic imagination")⑤

① 网址:https://www.english-corpora.org/iweb/.
② 具体文献参见下文"(3)西方幻想小说发展的 4 个阶段"。
③ Swinfen, A. *In Defence of Fantasy:A Study of the Genre in English and American Literature Since 1945*. London:Routledge & Kegan Paul, 1984:5.
④ 乔治·麦克唐纳(George MacDonald,1824—1905)为苏格兰作家,一生中创作了 30 多部小说,被誉为维多利亚时代的童话之王,作品多以苏格兰生活为题材。
⑤ 本小节及 3.1.2.2 有多处涉及幻想文学相关专著和文章,中文题目均为笔者译,在选择将"fantasy"译为"幻想"还是"奇幻"时,主要以该书或文章的论述内容作为判断标准,或有值得商榷之处,欢迎指正。

中开始尝试把整个幻想文类视为一种严肃的文学形式。① 约翰·罗纳德·瑞尔·托尔金(John Ronald Reuel Tolkien)在 1939 年发表论文《论童话故事》("On fairy-stories"),深入阐述了幻想与真实的关系,提出了一系列重要概念,包括"幻想信念"(secondary belief)、"与现实的内在一致性"(the inner consistency of reality)、"架空世界"(secondary world),以及幻想小说具有的功能,包括"复原"(recovery)、"逃离"(escape)和"安慰"(consolation)。②

第二阶段(20 世纪 70—80 年代),研究者开始从理论层面关注幻想小说。兹维坦·托多罗夫(Tzvetan Todorov)的《魔幻小说——文学类型研究的一种结构主义方法》英译本 The Fantastic: A Structural Approach to a Literary Genre 于 1973 年出版,其主要研究对象是魔幻小说。他提出,魔幻小说的核心在于文本世界中发生了无法用现实世界中的法则来解释的事情。魔幻就是仅仅知道自然法则的人在遇到超自然事件时所经历的犹疑(hesitation)。③ 比如弗朗茨·卡夫卡(Franz Kafka)在《变形记》(The Metamorphosis)中的描述。威廉·罗伯特·埃尔温(William Robert Irwin)的著作《不可能的游戏:幻想小说修辞》(The Game of the Impossible: A Rhetoric of Fantasy)④于 1976 年出版,研究对象既包括奇幻小说,也包括魔幻小说,重点分析了 E. M. 福斯特(E. M. Forster)、C. S. 刘易斯(C. S. Lewis)、马克·吐温(Mark Twain)和卡夫卡的作品。这个阶段,"奇幻小说"和"魔幻小说"两种亚文类的区别逐渐清晰。

第三阶段(20 世纪 80—90 年代),幻想小说得到正名,确立了其在文学研究中的合法地位。⑤ 安·史文芬(Ann Swinfen)1984 年出版的《捍卫幻想:1945 年以来英美文学中的幻想文学文类研究》(In Defence of Fantasy: A Study of the Genre in English and American Literature since 1945)是第一部真正将幻想文学作为一个文类进行研究的学术著作。史文芬明确区分

---

① MacDonald, G. The fantastic imagination. In Boyer, R. H. & Zahorski, K. J. (eds.). *The Fantastic Imagination: An Anthology of High Fantasy.* New York: Awon Books, 1978.

② Tolkien, J. R. R. On fairy-stories. In Flieger, V. & Anderson, D. A. (eds.). *The Monsters and the Critics.* New York: HarperCollins, 2008: 27-84.

③ Todorov, T. *The Fantastic: A Structural Approach to a Literary Genre.* Ithaca: Cornell University Press, 1973: 25.

④ Irwin, W. R. *The Game of the Impossible: A Rhetoric of Fantasy.* Champaign: University of Illinois Press, 1976.

⑤ Attebery, B. *Strategies of Fantasy.* Bloomington: Indiana University Press, 1992.

了"奇幻小说"和"魔幻小说",指出"fantasy"有两个用法,一个是指"奇幻小说";另一个是指"奇幻""魔幻"两种亚类型的总称,即"幻想小说"。幻想小说的特质是"陌生"(strangeness)和"奇迹"(wonder)。史文芬还指出,纯科幻小说不属于奇幻小说,因为科幻小说描述的内容可能发生在日常世界的将来。所有幻想小说的核心成分是"令人惊奇的事物"(the marvelous),即来自日常世界的时空连续体之外的任何事物。① 此后,英语学术领域基本沿用了这一划分方法。

第四阶段(21 世纪以后),幻想小说创作及批评研究更加多样化。幻想小说的概念和分类基本延续和稳定下来,比如博士论文《现代幻想小说的发展》("The Development of Modern Fantasy Novel")②使用史文芬提出的"fantasy novel"作为幻想小说的总称,美国麦克法兰出版公司(McFarland)从 2010 年开始陆续出版的学术专著系列"科幻和奇幻小说批评探索"("Critical Explorations in Science Fiction & Fantasy")将科幻和奇幻分列两类。此外,更加多样化的幻想小说作品和研究不断涌现出来,笔者将在第 3 章对此进行详述。发展至今,尽管西方幻想小说在概念、定义及分类上存在某些具体表达的差异,但核心要素已然确立。它是脱离现实的,是超出人们日常生活和理性预期的。

通过上文 3 点论述可见,网仙小说具有西方幻想小说文类下奇幻小说的特质,即设定了一个逻辑自洽的幻想世界,读者一旦进入就认可其运行逻辑。只是这是一个具有中国仙侠特色的奇幻世界。简言之,网仙小说属于奇幻文类,对应英文可考虑音译结合释译的方法,如 Xianxia webnovel:Chinese fantasy with Taoism elements。在后续论述中,通过借鉴史文芬的术语和分类③,"幻想小说"(fantasy)将用于:1)中西方幻想小说的统称;2)泛指西方幻想小说。其中"奇幻小说"(fantasy)指西方奇幻小说或具有西方奇幻小说特点的中国作品;"魔幻小说"(the fantastic)指西方魔幻小说或具有西方魔幻小说特点的中国作品。本书期待在与英语学界相对一致的分类标准下展开英译网仙小说研究,进行学术对话。

---

① Swinfen, A. *In Defence of Fantasy: A Study of the Genre in English and American Literature Since 1945*. London: Routledge & Kegan Paul, 1984:5.

② Ordway, H. The development of the modern fantasy novel. Amherst: University of Massachusetts Amherst (Doctoral Dissertation), 2001: 39.

③ Swinfen, A. *In Defence of Fantasy: A Study of the Genre in English and American Literature Since 1945*. London: Routledge and Kegan Paul, 1984:5.

2.2 粉丝翻译

本书的英译样本均选自 Wuxiaworld 网站。该网站最初由美籍华裔赖静平(笔名 RWX)于 2014 年创立,发布由他本人和其他英语读者自愿翻译的作品。这种翻译形态可以被认为是"粉丝翻译"(fan translation)或"用户生成翻译"(user-generated translation)。

粉丝翻译或者用户生成翻译指非官方翻译或由粉丝制作的各种形式的文字或多媒体产品,往往产生于官方翻译尚未出现的情况。[①] 一般而言,粉丝没有接受过正规的翻译培训,但是他们出于兴趣自愿加入某些翻译项目,这在视听领域尤为多见,比如电视剧集、电影的字幕翻译。[②] 常见形式有粉丝翻译、粉丝字幕、粉丝配音和扫描翻译,扫描翻译主要指对于日本漫画和卡通片的翻译。20 世纪 80 年代,粉丝翻译随着网络的普及应运而生,最初兴起于日本动漫,后蔓延至韩剧、欧美电视剧的字幕翻译,逐渐成为一个全球现象;经历了从粉丝主动翻译的个体行为到有组织的众包翻译(crowdsourcing traslation)的演变。作为一个新的翻译形式和翻译趋势,粉丝翻译也引起了国际学界的重视。英、美、德及我国均有相关学术会议召开。关于粉丝翻译、众包翻译的研究成果陆续问世。2018 年出版的《劳特利奇翻译研究与语言学手册》(*The Routledge Handbook of Translation Studies and Linguistics*)包含专门关于网络翻译的章节。[③] 粉丝翻译是科技进步与时代发展的产物,反过来也在影响我们的生活。这种新的翻译模式将文化、文学、翻译研究拓展到新的维度,也涉及法律、教育等众多学科问题。

概括起来,粉丝翻译的突出特点在于译者和媒介:译者是翻译对象的真实用户,翻译动机源于对翻译对象的喜爱;以网络为媒介,通过网络在翻译产品用户间传播,这也被看作粉丝翻译的本质特征。许多学者将未接受过翻译培训/非专业译员列为一个必需条件。这一点是粉丝翻译初步兴起时

---

① O'Hagan, M. Evolution of user-generated translation: Fansubs, translation hacking and crowdsourcing. *The Journal of Internationalization and Localization*. 2009 (1): 94.

② Pérez-gonzález, L. *Audiovisual Translation: Theories Methods and Issues*. London: Routledge. 2014: 308.

③ Shuttleworth, M. Language and translation on the web. In Malmkjær, K. (ed.). *The Routledge Handbook of Translation Studies and Linguistics*. New York: Routledge, 2018: 357-373.

的实际情况,但不应该成为粉丝翻译主体的限制条件。本书认为,出于喜爱、以粉丝身份进行的翻译行为,不论译者是否为专业翻译,均可认为是粉丝翻译。粉丝翻译更为本质的一个特点在于传播媒介的改变,即网络的介入。目前的粉丝翻译研究以视听翻译为主。本书研究的对象英译网仙小说,英译抽样均选自 Wuxiaworld 网站。本书认为英译网仙小说属于粉丝翻译正是基于其满足了上述两点。但值得注意的是,该网站的译者实际上经历了从无偿翻译的业余译者到有偿服务的专业译者的转变。Wuxiaworld 网站创始人在访谈中曾谈道:

> 通常我们的翻译团队由一个译者搭配校对者和编辑组成。目前武侠世界的译者全部是母语为英语的全职译者,确保每日更新两次。同时这些译者也是粉丝,他们都是幻想小说爱好者,有丰富的阅读经验。举个例子,刘宇昆翻译的《三体》,译本质量非常好,一个重要原因就是他本身就是一个出色的科幻小说家。所以说,我们的译者既是粉丝,也是专业的、全职的译者。这不矛盾。[①]

了解这些译者作为粉丝和专业翻译的双重属性,才能够更准确地理解翻译文本中体现出的文本特征,理解在建构中国网络文学形象中他们所扮演的角色。

2.3　中国形象

伴随着全球化和中国经济的迅速发展,"中国形象"在新的历史语境下迎来新一轮的研究热潮。董军指出,目前的中国形象研究表现出浓重的"西方情结"(尤其是"美国情结")和深深的"受害者情结","东方主义"大行其道。[②] 国际传播领域及比较文学形象学研究的确有此倾向,我们应该认识到,"中国形象"是一个综合概念,具有丰富的研究层次。网络仙侠小说是文学作品,文学作品塑造的中国形象是国家形象塑造中的一个重要维度,并且

---

① 转引自:李彦,杨柳.网络文学译介:一条少有人走的路——武侠世界创始人赖静平访谈录.翻译论坛,2018(4):5.

② 董军.国家形象研究的学术谱系与中国路径.新闻与传播评论,2018(6):105.

相对于政治与新闻文献，更具有随风入夜、春风化雨的效果，这是本书的基本观点。以下部分将分述文学形象(形象诗学)研究、比较文学形象学研究和翻译形象研究中的"中国形象"，期望厘清关系，明确本书的研究内容与关注点。

2.3.1 文学形象研究中的"中国形象"

什么是"形象"？"形象"作为名词在《现代汉语词典(第7版)》中有两个释义：

> ①能引起人的思想或感情活动的具体形态或姿态。②文艺作品中创造出来的生动具体的、激发人们思想感情的生活图景，通常指文学作品中人物的神情面貌和性格特征。[①]

文学形象是文学构成的本体要素，即文学作品中包括人物、景物、场面、环境等在内的一切有形物体和意象。[②] 本研究就是基于仙侠小说文本分析，提炼出令读者联想到中国的文本特征，和这些文本线索编织出的中国人物和事物的形象。文学中的"中国形象"不是一个空洞概念，而是由一个个具体的形象构成。

(1)基于中国古典批评理论传统和中国传统形象学，我们要真正认识"中国"，不能依赖概念，而要依靠形象。对此，王一川有非常精彩的论述：

> 《周易·系辞上》云："子曰：书不尽言，言不尽意。然则圣人之意，其不可见乎？子曰：圣人立象以尽意。"还说："圣人有以见天下之赜，而拟诸其形容，象其物宜，是故谓之象。"……这样，从作者而言是"立象以尽意"，就读者而言则是"寻象以观意"。无论从哪方面看，"象"即形象都成了关注的中心。形象由于被认为比概念更能指向事物深层至理，因而受到中国古典文化的各方面如文、史、哲、艺的共同的高度重视。……从这种古典"象"学看，中国形象问题可以说体现着以象征方式解决中国文化的根本的定性问题的特殊努力。……中国人需要认识自己生活于

---

① 中国社会科学院语言研究所词典编辑室.现代汉语词典.7版.北京：商务印书馆,2017：1468.

② 李畅.宗教文化与文学翻译中的形象变异.外语学刊,2009(5)：143.

第 2 章 基本概念阐述

33

其中却又感到难以捉摸的"中国",这原是十分正常的事。按上述形象学说,要真正认识"中国",不能依赖概念,而要依靠形象。①

作为一个美学概念,"艺术形象"或"形象",主要是指艺术中那种由符号表意系统创造的能显现事物深层意义的想象的具体可感物。它可以是具体而细小的单一形象,也可以是包含若干单一形象在内的弥漫于全篇的总体形象,有时,还可能是贯穿多部作品的系列形象,等等。与"形象"相对的术语是"概念",这是从具体事物中抽象出来的事物的性质表述。……这里的"中国形象",自然同"形象"一样,也是一个美学概念。简单说来,"中国形象"直接地指艺术中那种由符号表意系统创造的能呈现"中国",或能使人从不同方面想象"中国"的具有审美魅力的艺术形象。②

王一川的研究对象是 1985 年至 1995 年的中国文学中呈现出的"中国形象",是指那种能直接呈现"中国",或能使人想象"中国"的具有特殊审美魅力的艺术形象。③ 这正是当时的中国人面对社会变迁和发展的一种审美与文化想象。中国形象在这里固然是一个审美概念,却反映出更广泛而根本的文化问题,从而与中国当代文学、文化及社会的总体情形紧密相连。本书提到的网络仙侠小说则是当下人们的一种文学反馈,是当代中国作者与读者的精神与心理写照。

简言之,按照我国传统形象观念,言说中国的最佳方式是通过塑造形象而非阐释概念。"讲好中国故事"正是对这一思想的传承。因此,文学是塑造国家形象的最佳途径之一。网络仙侠小说是通俗文学、或者说大众文学作品,能够抵达最为广泛的受众群体。

(2)西方传统文艺理论认为,文学的本质在于形象。"文学是语言的艺术,形象是文学的主体。文字只有塑造出成功的文学形象,才算完成了自己的任务,这样的作品也才能算是成功的文学作品。"④

从古希腊的柏拉图、亚里士多德发轫,经过中世纪、文艺复兴和 17—18

① 王一川.中国形象诗学.上海:上海三联书店,1998:11-12.
② 王一川.中国形象诗学.上海:上海三联书店,1998:11-12.
③ 王一川.中国人想象之中国——20 世纪文学中的中国形象.东方丛刊,1997(1-2):7-29.
④ 赵炎秋.文字和文学中的具象与思想——艺术视野下的文字与图像关系研究.文学评论,2018(3):39.

世纪的发展,到 19 世纪以黑格尔和别林斯基为代表,形象论文论逐渐走向成熟。形象论认为文学的本质和基本特征都在于形象。之后,与形象论持相反观点的形式论和语言论出现。19 世纪,形式论文论从唯美主义到象征主义逐渐形成和发展;20 世纪,俄国形式主义的出现标志着西方语言论文论的正式形成,并产生了巨大影响。形式论和语言论二者没有本质区别,都否定生活,排斥形象,强调文学的自足性,认为现实由语言建构而成。

赵炎秋在对比分析形象论和语言论的基础上,进一步发展了形象研究,提出形象的实质是生活,但形象不等于生活,形象是对于生活的形象化。简言之,形象是形式化的生活。[①] 赵炎秋将文学形象具化为语言、语象、具象与思想四个层次,同时说明了四者的间性。[②] 从文学文论角度看,本研究赞同赵炎秋的形象诗学观点——"文学形象既是文学作品的主体,也是文学活动所围绕的核心,因此,研究文学形象,理应是文学研究最重要的任务之一"[③]。

可见,对于网络仙侠小说而言,形象塑造是涉及作品成功与否的根本问题,也是能否在读者心中塑造出生动的中国形象的关键。此外,本书的研究对象是网络仙侠小说的英译文本,译者和作者同样是最终文本的创造者。对于以英语为母语的译者而言,他们参与塑造的是一个"他者"形象。当审视一国文化中的"他者"形象时,就涉及比较文学形象学。

2.3.2　比较文学形象学研究中的"中国形象"

本书是对于文学形象的研究,同时借鉴了比较文学形象学的视角进行阐释。形象学(法文 imagologie,英文 imagology)脱胎于比较文学,19 世纪末在法国萌芽,之后逐步成为独立学科,研究在一国文学中对"异国/他国形象(hetero-images)"的塑造或描述(representation)。20 世纪 90 年代,孟华陆续译介了法国学者关于形象学的论文,其所在的北京大学开设了"形象学法文名著导读"及"形象学理论与实践"等课程。自此,形象学研究进入我国学界。

在比较文学形象学发展过程中,我们要注意到两次研究对象的转变和一次研究方法的转变,这和本研究的展开密切相关。

(1)研究对象从关注客体到关注主体的转变。形象学诞生之初,关注的

---

① 赵炎秋.论文学的形象本质.湖南师范大学社会科学学报,2000(1):93-98.

② 赵炎秋.文字和文学中的具象与思想——艺术视野下的文字与图像关系研究.文学评论,2018(3):39.

③ 赵炎秋.形象诗学.北京:中国社会科学出版社,2004:34.

是不同文化和民族间的彼此诠释,侧重"异国/他国形象"研究。达尼埃尔-亨利·巴柔(Daniel-Henri Pageaux)则明确了研究的重点并非异国的真实形象,而是一种文化想象,促成形象学研究完成从关注客体到主体的转变。巴柔指出,形象学是"人们对异国的看法与感受的一个总体,这些看法与感受是在一个文学化也是社会化的过程中获得的"①。"文学化"与"社会化"是形象学的两大特征,"异国形象"体现了审视者的主体自觉意识。1986年,法国学者保罗·利科在(Paul Ricœur)在《从文本到行动》(*Du Text à l'Action*)②一书中提出了社会想象的两极:意识形态和乌托邦。与巴柔强调审视者的主体意识不同,利科强调"被审视者"的社会功用。关注点回到形象学的客体上,但并非回到事实形象的原点,而是在对被审视者的认知上深入到一个新的层次。

(2)研究方法从传统文本研究到社会学等跨学科研究的转变。形象学产生于比较文学式微之时。孟华指出,形象学的奠基者让-玛丽·卡雷(Jean-Marie Carré)的贡献不仅在于使以往难以把握的影响研究具有了可操作性,更在于点明了形象研究中的跨学科属性,将此类研究处于人类学、社会学、史学、文学研究交叉口上的事实揭示了出来。③ 这给当时已趋呆滞的实证方法注入了新的活力,推动了对异国形象的研究。卡雷之后,如上所述,巴柔、利科等从文化学、阐释学视角进一步拓展了形象学研究。简言之,对于形象的研究从文本之内发展到文本之外,发生了文化和社会学转向。正如孟华所言,比较文学形象学是具有开放性的学科。④

综上,形象学是产生于西方的学科,形象学中的"中国形象"是欧洲等国家文学作品中塑造的中国形象,是一种文化想象。在这里,中国是文化"他者"或"异者"。对于中国而言,这种塑造必然是"他塑",这是由形象学的学科特性决定的。为了将中国自己的声音纳入到形象学的研究范畴,孟华提出了"华人'自塑形象'研究":

> 我用"自塑形象"一词,来指称那些由中国作家自己塑造出的中国人形象,但承载着这些形象的作品必须符合下述条件之一:它们或以异

① 转引自:孟华.比较文学形象学.北京:北京大学出版社,2001:4.
② 利科.从文本到行动 阐释学论文集.夏小燕,译.上海:华东师范大学出版社,2015.
③ 孟华.比较文学形象学.北京:北京大学出版社,2001:2-3.
④ 孟华.比较文学形象学.北京:北京大学出版社,2001:1.

国读者为受众，或以处于异域中的中国人为描写对象。无沦在何种情况下，这些形象都具有超越国界、文化的意义，因此在一定程度上可被视作一种异国形象，至少也可被视作是具有某些"异国因素"的形象，理应纳入到形象学研究的范畴中来。①

此外，方爱武提出，"从形象学概念本身来说，形象学既然是一门有关形象塑造与研究的学科，形象塑造本身的真实性与影响力就不能不被包括在形象学的塑造与研究范畴之内，所以从这一视角上看，形象学概念其实存在着一定的不完善性。因为完整意义上的一国形象应同时包含'他形象'与'自我形象'，这里的'自我形象'不能被忽略与弱化……"②李勇认为形象学的文化转向推动了学科话语的重构。③周宁进一步提出"跨文学形象学"，将研究的出发点拉回到中国本身。④他指出："中国形象是大众化的，由不同类型文本，从通俗文学到政论，新闻，学术研究，共同构筑的，在不同历史时期不断稍加变异地重复的，某种具有原型性的形象，其中包含着对地理现实的中国的某种认识，也包含着对中西关系的焦虑与期望，当然更多的是对西方文化自我认同的隐喻性表达。"⑤

简言之，可以说在比较文学形象学中没有中国形象"自塑"，只有自塑元素。形象学关注的是本国文学塑造的异国形象。以英语国家为例，作品必须以英文书写被视为该国文学的前提。因此以英文书写的华人文学塑造的中国形象可以算作含有自塑元素的"异国形象"；同理，中国的作品，一旦译为英文，以翻译文学的身份进入了该国文学，其塑造的中国形象也成为含有自塑元素的"异国形象"。

本书研究网络仙侠小说英译塑造的中国形象，其中既包括中国作者的自塑元素，也包括译者的他塑元素。一方面，我们以文学文本为出发点，期待描画出文学文本塑造的中国形象；另一方面，我们借鉴比较文学形象学的视角，探索英文受众对于中国形象的文化及社会想象。

---

① 孟华. 比较文学形象学. 北京：北京大学出版社,2001:14.

② 方爱武. 跨文化视域下当代"中国形象"的建构——以王蒙、莫言、余华为例. 杭州：浙江大学博士学位论文,2016:6-7.

③ 李勇. 形象学的文化转向. 人文杂志,2005(11):98.

④ 周宁. 跨文化形象学的观念与方法——以西方的中国形象研究为例. 东南学术,2011(5):4-20.

⑤ 周宁. 契丹传奇——中国形象：西方的学说与传说. 北京：学苑出版社,2014:总序9.

2.3.3 翻译形象研究中的"中国形象"

对于翻译形象研究中的"中国形象",尤其是与本研究相关的部分,本节以孙会军、陈吉荣、王运鸿和胡开宝四位中国学者的代表性观点进行说明。

(1)孙会军指出,"'中国文学形象'特指中国小说在英语读者中的心理认知,英语读者对于中国小说在文学价值和艺术水平上的整体评价与看法。……在作者看来,要想真正了解中国,必须区分现实中的中国文学和形象学意义上的中国文学"①。孙会军谈的是中国文学在英语世界的整体形象,并敏锐地发现我国自主的文学译介和英语世界对中国文学的主动译介都存在选材上的倾向性和局限性,"主题先行""政治先行"没有展示中国文学的完整图景。本书认为,中国文学形象是构成中国形象的一部分,中国网络仙侠小说是构成中国文学的一部分。网仙小说译介的特别之处在于这是普通英语读者的自主选择。在某种程度上可以说,作品本身的吸引力超越了意识形态与文化的隔阂,因此具有其独特性和宝贵的研究价值。本研究的中国形象是网仙小说英译文本塑造出的带有中国特色的人物和事物,是抽象的中国形象的一个具体表达,也代表了"中国文学形象"中的一个维度。

(2)陈吉荣提出转换性形象,"文学翻译是把由一种语言塑造出的艺术形象用另一种语言重新塑造出来,即用不同的语言塑造同一形象,这就是所谓的形象转换"②。胡妤指出国家形象作为一个多维综合概念,首先体现在内外维度的双重性,即国内形象与国际形象。③ 网络仙侠小说英译的特点是,原文作者塑造了面向国内的中文文本形象,译者参与塑造了面向国际的英文文本形象。二者合力使之以翻译文学的身份进入了英语世界,形成了陈吉荣所称的"转换性形象"。而要透彻分析这一形象发生了何种转换,为何发生这种转换,以及这种转换的影响,比较文学形象学提供了独到的视角。

(3)王运鸿撰文探究形象学与翻译之间的契合之处与可能的研究前景,指出目前翻译研究对于"形象"一词的界定尚不统一,并未成为一个学科术语。作为普通名词的"形象"和"人物形象",以及文学研究中的"意象"(imagery)常

---

① 孙会军.中国小说翻译过程中的文学性再现与中国文学形象重塑.外国语文,2018(5):12-15.
② 陈吉荣.转换性形象:跨文化建构文学形象的理论视角.海南大学学报(人文社会科学版),2012(2):25.
③ 胡妤.国家形象视域下的外宣翻译规范研究.上海:上海外国语大学博士学位论文,2018:36.

被混为一谈。① 事实上,翻译研究领域的"形象"概念主要借用于形象学。其关注点为心理学和社会学层面,强调"心理因素"和"对他者的影响"②,这与目前翻译研究领域的社会学转向不谋而合,社会学转向下的翻译研究的目标之一,正是试图"揭示翻译既是社会活动也是认知活动、既是群体活动也是个体活动的特征"③。这对于我们认识由于译者因素带来的翻译转换性形象的形成十分有意义。

需要说明的是,形象学研究正是由于其社会学和文化研究指向而拓展了文学形象的研究深度与广度。但是本书同意方爱武的观点,形象学的定义本质上是一种"文学形象学"④,正如孟华所言:"形象学研究则是从文学作品入手,最后仍要回归文学。"⑤本研究从英译文本出发,发现其塑造的文学形象,继而借鉴形象学的视角进行阐释。研究的实质仍然是基于文本的翻译文学研究。因此,首先要面对的是网络小说的巨大篇幅给文本分析带来的困难。

(4)胡开宝于2017年与李鑫发表论文《基于语料库的翻译与中国形象研究:内涵与意义》⑥,次年同他人出版了《语料库批评翻译学概论》⑦。论文和专著系统阐述了基于语料库的翻译形象研究方法,提出基于语料库的翻译与中国形象研究的四大主要研究领域,中国文学作品翻译中的中国形象就是其中之一。论文指出,中国文学作品常常富含中国文化元素和中国政治元素,以体现这些元素的词汇为检索项,提取并分析包含这些词汇的语句,并与原文相对照,分析这些元素在译本中的再现与重构,进而考察中国文化形象与中国政治形象在翻译过程中所发生的变异。这也是目前基于语料库的翻译形象研究的主要方法,分为四个基本步骤:确定检索项、提取包含检索项的语句、与原文对照、进行阐释。一方面,这为巨大篇幅的文本分析带来了新思路;另一方面,也

① 王运鸿. 形象学与翻译研究. 外国语(上海外国语大学学报),2018(4):86.

② Dimitriu, R. Translation as blockage, propagation and recreation of ethnic images. In Doorslaer, L. V., Flynn, P. & Leerssen, J. (eds.). *Interconnecting Translation Studies and Imagology*. Amsterdam: John Benjamins. 2015:202.

③ Sela-Sheffy, R. How to be a (recognized) translator: Rethinking habits, norms and the field of translation. *Target*,2005(1):14.

④ 方爱武. 跨文化视域下当代"中国形象"的建构——以王蒙、莫言、余华为例. 杭州:浙江大学博士学位论文,2016:5.

⑤ 孟华. 比较文学形象学论文翻译、研究札记(代序)//孟华. 比较文学形象学. 北京:北京大学出版社,2001:11.

⑥ 胡开宝,李鑫. 基于语料库的翻译与中国形象研究:内涵与意义. 外语研究,2017(4):70-75,112.

⑦ 胡开宝,李涛,孟令子. 语料库批评翻译学概论. 北京:高等教育出版社,2018.

存在方法较为单一、手段有限的问题。近年来,顾崇龙(Chonglong Gu)[①]、王峰(Feng Wang)[②]等学者均在基于语料库的形象研究方面做出新的尝试。本书基于自身特点,以描写译学为研究框架,以英语译文为出发点,探索译文面向读者所塑造的文本形象,而不是只局限于英汉对比;并且借鉴了文学形象的考察标准、语料库文体学和语料库叙事学检索参数,设计出检索方案,尝试为基于语料库的翻译形象研究方法提供一些新的参考。具体内容详见第 4 章。

2.4　本章小结

本章是研究展开的前提,即明确研究涉及的三个核心概念及相关概念。三个核心概念分别是网络仙侠小说、粉丝翻译和中国形象。

(1)网络仙侠小说

本章纵向厘清网络仙侠小说的发展脉络,阐明它与传统仙侠小说、经典武侠小说和网络玄幻小说的相似和不同之处;横向比较它与西方幻想小说的异同,明确中英文的术语表达。

1)可以说,网仙小说是传统仙侠小说在网络时代的新生。传统仙侠小说可追溯至宋朝,发展于明朝,流行于清末。最早的形象是"剑仙"和"剑侠",指修炼成仙的持剑侠客,与道教文化密切相关。一般认为,民国时期李寿民的《蜀山剑侠传》是近现代第一部真正意义上的仙侠小说。这部作品的连载形式与巨大篇幅均与当代网络仙侠小说有共通之处。只是在不同的时代,"仙侠"的形象与内涵在不断地变化。尽管人们常把网仙小说与武侠小说相提并论,但二者并不同源,其相似之处在于它们在各自时代作为流行文化的强大传播力。至于网络玄幻小说和仙侠小说,目前学界对二者的分类主要有三种观点,分别是将其视为网络小说的两个亚文类、不作区分和另行分类。本书认可第一种,并采用英文翻译网站 Wuxiaworld 的区分标准,以道、阴阳、神仙等道教元素作为标志性元素——有道教元素出现的为仙侠小

---

① Gu, Chonglong. Forging a glorious past via the "present perfect": A corpus-based CDA analysis of China's past accomplishments discourse mediated at China's interpreted political press conferences. *Discourse, Context & Media*, 2018(24): 137-149.

② Wang, F, Humblé P. Analysis of the Buddhist conversion of great sage: A corpus-based investigation of textual evidence from the English translation of *The Journey to the West*. *Chinese Semiotic Studies*, 2018, 14(4): 505-527.

说,反之则为玄幻小说。

简言之,本书所指的网络仙侠小说主要是以主人公修炼晋级为主线的修仙小说,具有三个主要特点,分别是:具有传统仙侠小说的历史传统;作为大众文艺的一种形式,在影响力和传播力上可以与新派武侠小说相媲美;与网络玄幻小说相比拥有更多中国传统文化元素,如道教元素等。

2)通过比较网络仙侠小说与西方幻想小说,确定中英文术语。网仙小说是中国幻想小说的一种,确定、统一中英文术语及分类是展开论述的前提,也有助于英语世界理解这种具有中国特色的文学表达。本书将"幻想小说"(fantasy)用于两种情境中:作为中西方幻想小说的统称和泛指西方幻想小说。此外,用"奇幻小说"表示亚文类"fantasy",指代西方奇幻小说或具有西方奇幻小说特点的中国作品;用"魔幻小说"表示"the fantastic",指代西方魔幻小说或具有西方魔幻小说特点的中国作品。奇幻小说(fantasy)和魔幻小说(the fantastic)的区别在于前者设定的幻想世界是逻辑自洽的,读者一旦进入就能够认可其运行逻辑;而后者的标志在于读者或作品中的人物遇到超自然事件时所经历的犹疑。因此,网仙小说属于中国幻想小说文类下的奇幻小说,与西方幻想小说文类下的奇幻小说(fantasy)遥相呼应。

(2)粉丝翻译

根据美奈子·奥哈根(Minako O'Hagan)的定义,粉丝翻译指读者出于兴趣自发组织的对于某个作品的翻译,该作品往往尚未有正式出版的版本。[①] 本书认为粉丝翻译具有两个基本要素,分别是译者和媒介。译者首先是翻译对象的读者,翻译动机源于对翻译对象的喜爱;翻译产品以网络为媒介得到高效传播,译者和读者通过网络平台发表评论、进行交流。翻译动机和传播媒介是粉丝翻译的本质特征。是否为专业译者、翻译作品是否收费不是绝对标准。某些情况下,以 Wuxiaworld 网站为例,其译者就兼具粉丝和专业译者的双重属性。上述界定对于本研究中的文本分析及译者行为阐释均有重要意义。

(3)中国形象

1)中国形象是一个多维度概念,中国形象由各种具体形象建构而成,其中文学形象是重要的一个部分。不同于政治宣传,文学作品尤其是通俗文

---

① O'Hagan, M. Evolution of user-generated translation: Fansubs, translation hacking and crowdsourcing. *The Journal of Internationalization and Localization.* 2009(1): 94.

学作品在传播力上具有天然的优势,更易于被不同文化背景的读者接受。

2)文学作品的本质在于形象。"形式是形象的外在品质。"①本研究中的"中国形象"是指英译文本塑造的文学形象,主要分为人物形象和事物形象两个类别。译文中的文本线索可以用语料库工具进行检索。

最后,当网仙小说被译为英语以后,就作为翻译文学进入了英语世界。这些由人物和事物构成的形象就成为英语文学中的"异国形象"。这其中既包含着原作者的自塑,也包含着译者的他塑,原作者与译者在合力之下将"中国形象"送到英语读者面前。于是可以从比较文学形象学的视角进行阐释。因此,接下来在研究主体部分,即第4、第5和第6章,将分述作者、译者合力塑造的中国形象,合力中的他塑元素(译者和读者)和自塑影响之下的他塑——即译者转变为作者之后创作塑造的中国形象。

利科在《从文本到行动:阐释学论文集》一书中把各种传统的想象理论总结为两条轴:"在客体方面,是在场和缺席轴;在主体方面,是迷恋意识和批判意识轴。"②对于粉丝自主翻译的文学作品而言,译者是先于普通读者,对"中国形象"产生想象的主体,同时也是基于原文的"中国形象"进行再创作的创作者,不管是出于迷恋还是批判意识,都将在译文中留下自己的文本痕迹,这也是本书将要追踪的草蛇灰线。

---

① 舍斯塔科夫.美学范畴论.理然,译.长沙:湖南文艺出版社,1990:305.
② 转引自:孟华.比较文学形象学.北京:北京大学出版社,2001:6.

第 3 章

文献综述

本章由网络仙侠小说和中国形象的国内外研究概况两部分组成。关于网仙小说的国内研究概况将从网络文学和仙侠小说两个方面分述；国外研究概况将从电子文学和幻想小说两个方面分述。关于中国形象的国内外研究概况则按照中国形象、文学领域的中国形象和文学翻译领域的中国形象的研究递次聚焦。

3.1 网络仙侠小说研究概况

网络仙侠小说是网络时代的新兴事物，属于通俗文学，与经典相比，似乎不登大雅之堂。但是正如范伯群所说，没有"俗"文学的文学史只能是半部文学史。① 目前通俗文学研究已经确立了其合法性，网络文学也渐成"显学"②，在文学、戏剧电影、教育出版、文化经济和新闻传播等领域成果颇丰。关于"仙侠"的研究远可追溯到中国神话研究，近可及现当代武侠，而当下又与影视作品、手游、网游密切相关，可研究维度非常丰富。相比之下，对于网仙小说翻译的研究还刚刚起步，现有研究主要集中在众包翻译等新型翻译模式的探讨。2015 年，Wuxiaworld 网站在微博、微信等网络社交平台呈"刷屏"之势，引起了学界的关注，《人民日报》等主流媒体也对此

---

① 范伯群.中国近现代通俗文学史.南京：江苏教育出版社，2010：1.
② 欧阳友权.质换挡期网络文学的进阶之路.社会科学辑刊，2019(4)：174.

进行了报道。本节将从网络文学和仙侠小说两个角度分述网仙小说的国内外研究概况。

3.1.1　国内研究概况

网络小说是中国网络文学最具代表性的文学样式,几乎成为网络文学的代名词。作为传统仙侠与网络媒介相结合的产物,网络仙侠小说是中国网络小说的主要亚文类之一,是带有中国特色的幻想小说。下文将从网络文学和仙侠小说两个方面梳理国内网仙小说的研究概况。

3.1.1.1　网络文学

网络文学是计算机技术和网络发展的产物。一般认为,华语网络文学的发展最初始于美国。1992 年,中国留学生魏亚桂在美国印第安纳大学建立 alt. Chinese. text 网络新闻组,孕育了网络文学论坛的雏形。而真正意义上引起大众瞩目的网络文学作品则是中国台湾地区作家痞子蔡在 1998 年发布的网络小说《第一次的亲密接触》。过去 20 余年,网络文学发展日新月异,文学格局可谓"换了人间"。

下面为笔者通过中国知网(CNKI)文献检索探析国内网络文学的研究概况(检索日期:2018 年 12 月 17 日)。检索条件包括:主题包含"网络文学"或"网络小说";文献分类选择"基础科学""哲学与人文科学""社会科学 Ⅰ 辑、Ⅱ 辑""信息科技"。笔者共得到满足检索条件的文献 7161 篇,其中期刊论文 4783 篇、报纸 1209 篇、硕士论文 806 篇、博士论文 57 篇、国内会议论文 90 篇,其他类型文献 216 篇。期刊论文中,核心或 CSSCI 检索论文 1546 篇,约占期刊论文总量的 32%(1546/4783),其中最早的一篇为 2002 年刊载于《中国戏剧》的《越剧与网络文学〈第一次亲密接触〉》。7161 篇文献的发表数量年度趋势见图 3-1。

最早的相关文章为 1997 年刊载于《中国计算机用户》"网络小说"栏目的《活着,爱着》,该杂志向读者介绍了网络交互式小说《活着,爱着》并征稿,之后还陆续刊登了读者的创作。总的来说,伴随着互联网的发展,我国网络文学研究发轫于 20 世纪末、21 世纪初,2015 年相关研究开始呈现出井喷式发展,2017 年达到最高点 900 余篇。从学科分类上看,文学研究占总量的 68.3%、新闻传播 11.6%、影视 8.8%、教育 3.5%、文化 2.8%、法学 2.7%、语言 2.3%。按作者发文量排序依次是欧阳友权(122 篇)、邵燕君(42 篇)、

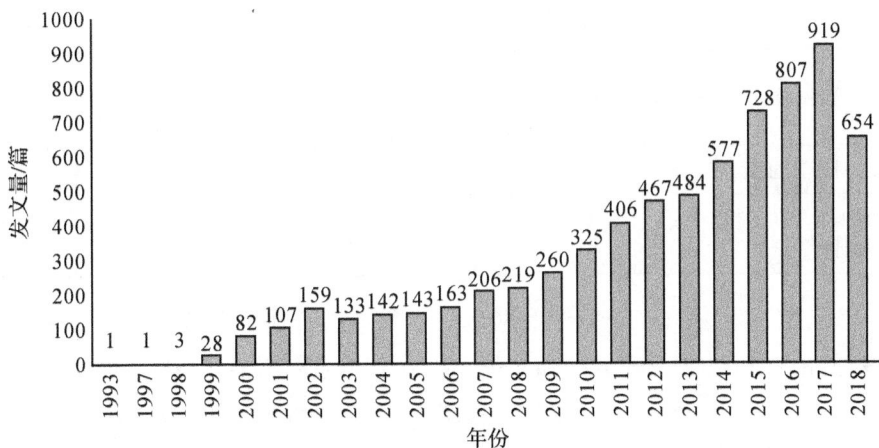

图 3-1 网络文学相关学术论文发表年度趋势

周志雄(32 篇)、陈定家(23 篇)、张颐武(19 篇)等,这些作者全部为文学教授。网络文学在文学领域渐成"显学"①,这一说法得到了以上数据的印证。

对以上文献进行分析,可以发现,网络文学的研究对象主要包括媒介、创作主体和客体。媒介集中于具有代表性的文学网站(如起点中文网、盛大文学网站、Wuxiaworld 网站);创作主体和客体分别为知名网络作家和作品。研究角度有网络文学批评、数字出版、版权保护等。研究问题主要包括网络文学创作模式、网络文学的文学性探讨、中国当代文学的特征、影视剧及小说的改编和中国文化传播新途径。在这 7161 篇文献中,翻译研究的比例非常小。"全文"含"翻译"(即文章中提及翻译)的文献为 336 篇,约占文献总数的 4.7%;"主题"含"翻译"的文献 75 篇,约占文献总数的 1%。这 75 篇相关翻译研究成果包括期刊论文 48 篇、报纸文章 13 篇、硕士论文 12 篇、博士论文 2 篇(和翻译研究并非直接相关)。在 48 篇期刊论文中,核心或 CSSCI 检索期刊有 21 篇,占期刊论文总量的 44%。网络文学翻译研究论文发表年份分布见表 3-1。

---

① 邵燕君.网络文学经典解读.北京:北京大学出版社,2016:18.

表 3-1　网络文学翻译研究论文发表年度分布

数量/篇	年份								
	2002	2003	2008	2013	2014	2015	2016	2017	2018
期刊论文总量	2	2	1	1	3	4	4	17	14
核心/CSSCI 检索期刊	2	1	0	0	0	1	3	7	7

　　从表 3-1 中可以看到,针对网络文学翻译进行研究的期刊论文总量不多,但在 2014 年以后呈现增加趋势,在 2017 年迎来高潮。在"一带一路"倡议的背景下、伴随着中国文化"走出去"的热潮,网络小说翻译作为"走出去"的新途径获得了翻译学界的关注,网络小说在越南等亚洲国家的传播和北美代表性网站 Wuxiaworld 作为研究案例屡被提及。宏观层面的翻译出版和文化传播策略是重要的研究内容,读者研究也逐步得到重视,并与文学和传播学形成跨学科研究。发文数量靠前的作者邵燕君与吉云飞的研究领域均为文学研究。翻译研究已然推开网络小说研究的大门,即将往更深处探索——翻译研究的深度和广度尚待加强,需要更多层面的具体研究,而不是停留在宏观层面。本书聚焦网络小说中一个重要的亚文类——仙侠小说,希望借此迈出网络文学翻译研究的一小步。

3.1.1.2　仙侠小说

　　网络仙侠小说是中国幻想小说的一种。冯鸽总结出中国现代文学史上的两次幻想小说的创作高潮,分别是 20 世纪初以梁启超的《新中国未来记》为代表的第一次高潮,以及 20 世纪 80 年代出现的以荒诞、魔幻、戏谑和象征寓言意味的非写实特点著称的先锋小说为代表的第二次高潮。[①] 从当下回望,21 世纪的前 20 年是中国幻想小说创作的第三次高潮,且与网络紧密相连,类型丰富繁杂。在这次创作高潮中,一方面有科幻小说精品获得国内外文学界的赞誉,如刘慈欣的《三体》和郝景芳的《北京折叠》分别荣获 2015 年和 2016 年"世界科幻协会"(World Science Fiction Society,简称 WSFS)颁发的雨果奖(The Hugo Awards);另一方面,玄幻、仙侠小说在国内收获海量读者的同时,在海外也拥有了稳定的读者群。

　　在网络小说出现之前,仙侠小说主要指传统仙侠。目前维基百科收录

[①]　冯鸽.中国现代幻想小说际遇之探究.中国现代文学研究丛刊,2012(10):136.

的词条"Xianxia novel"则专指网络仙侠小说。笔者在 CNKI 进行主题为"仙侠"的高级检索(检索日期:2018 年 12 月 26 日),文献分类选择"基础科学""哲学与人文科学""社会科学Ⅰ辑、Ⅱ辑""信息科技",得到文献 168 篇。按发表时间排序,最早的 5 篇文章都是当年发表的唯一一篇相关文章,分别是:《谈几部连台本戏》[①]、《〈聊斋志异〉中的奇侠世界》[②]、《李白仙侠文化人格的美学精神》[③]、《唐五代仙侠小说的风格特征》[④]和《网络小说上榜趋势·奇幻仙侠上榜多·架空科幻有潜质》[⑤]。可见,168 篇文献中既包括传统仙侠及仙侠文化,也包括网络仙侠小说,后者最早出现于 2006 年。在检索结果的基础上,笔者限定"全文"包含"网络"和"小说",得到 95 篇相关文献。减少的 73 篇论文主要有两个主题:古典仙侠和仙侠网络游戏。95 篇网络仙侠小说的相关文献中期刊论文 49 篇、报纸文章 15 篇、硕士学位论文 30 篇、博士论文 1 篇。研究成果发表年度分布见图 3-2。

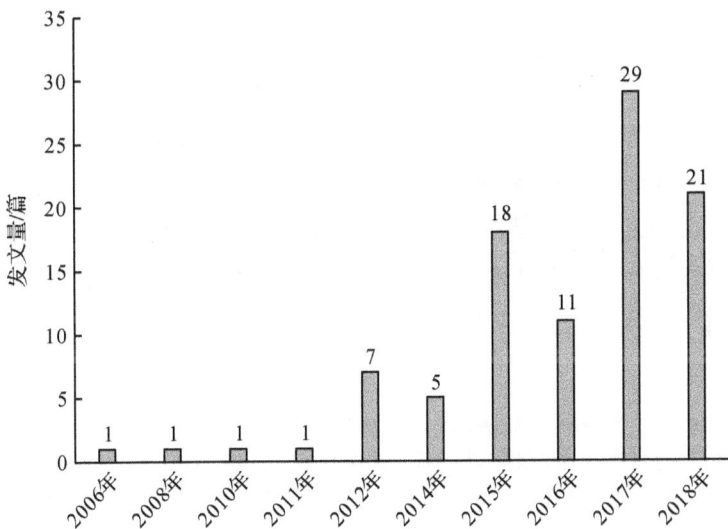

图 3-2　网络仙侠小说研究成果发表年度分布

---

①　周刚泰.谈几部连台本戏.戏剧报,1962-05-31(16-18).

②　关兀.《聊斋志异》中的奇侠世界.十堰大学学报,1995(1):30-34.

③　康震.李白仙侠文化人格的美学精神.陕西师范大学学报(哲学社会科学版),1998(3):120-125.

④　凤录生.唐五代仙侠小说的风格特征.河北师范大学学报(哲学社会科学版),2000(3):72-74.

⑤　倚天.网络小说上榜趋势·奇幻仙侠上榜多·架空科幻有潜质.出版参考,2006(31):21.

由图 3-2 可见,网络仙侠小说的相关研究在 2011 年之后开始呈现出上升趋势,尤其在 2014—2015 年快速增加,2016—2017 年更是大幅增多。笔者在 95 篇文献中进一步限定"主题"或"全文"中含有"翻译",得到 5 篇相关文献,全部发表于 2018 年。其中期刊论文 2 篇:《新、热词英译漫谈(33):仙侠小说》[①]、《中国网络文学的跨文化传播解读》[②];硕士学位论文 3 篇:《从目的论角度分析中国仙侠小说英译——以〈冥河问道〉为例》[③]、《"武侠世界"网站对中国网络奇幻小说的英译研究》[④]和《网络玄幻小说在北美的传播研究——以英译网站 Wuxiaworld 为例》[⑤]。5 篇研究成果中,有 3 篇针对翻译问题,2 篇针对传播,2 篇以 Wuxiaworld 网站作为分析案例。对网络小说外译而言,Wuxiaworld 网站堪称一个现象级事件,引起了学界对于网络小说的兴趣。可见,目前网仙小说翻译研究尚在婴儿期,处于术语厘定、文本分析的初始阶段。

3.1.2 国外研究概况

网络仙侠小说的相关研究在国内尚处于初始阶段,在国际学界更是成果寥寥。张健等认为"仙侠小说"可以英译为"xianxia novel, Chinese fantasy and kungfu novel",一方面便于英语读者理解,另一方面有望成为继"wuxia"(武侠)之后的又一张中国名片,推动中国文化对外传播。[⑥] 但目前"xianxia"这一说法主要出现在网站论坛中,在英语主流文化及学术语境中较少出现。在多个电子数据库[⑦]中检索"xianxia""xianxia novel"和"xianxia fiction",只

---

① 张健,杨柳.新、热词英译漫谈(33):仙侠小说.东方翻译,2018(4):71-76.

② 叶雨菁.中国网络文学的跨文化传播解读.对外传播,2018(5):33-36.

③ 司斌.从目的论角度分析中国仙侠小说英译——以《冥河问道》为例.北京:北京邮电大学硕士学位论文,2018.

④ 刘萍."武侠世界"网站对中国网络奇幻小说的英译研究.上海:上海外国语大学硕士学位论文,2018.

⑤ 邱冬胜.网络玄幻小说在北美的传播研究——以英译网站 Wuxiaworld 为例.上海:东华理工大学硕士学位论文,2018.

⑥ 张健,杨柳.新、热词英译漫谈(33):仙侠小说.东方翻译,2018(4):71.

⑦ 这些数据库包括:WoS 核心数据库中的 SSCI(社会科学索引数据库)和 A&HCI(艺术与人文期刊索引数据库);Taylor & Francis SSH,即 Taylor & Francis 集团出版的人文与社会科学期刊数据库;EBSCO(简称 ASC)和 Communication & Mass Media Index(简称 CMMC)数据库,即美国 EBSCO 公司的综合学科参考类全文数据库和传播和大众传媒索引数据库;ProQuest Research Library(简称 PRL),综合学科期刊文摘和全文型数据库;Journal Storage(简称 JSTOR),西文过刊数据库,该库收录过期西文期刊,绝大部分都从 1 卷 1 期开始。

发现 3 篇直接相关文献,分别是《中国当代仙侠故事中的"侠"与"义"的概念》[①],探讨网仙小说传递的"侠""义"概念的转变,刊登在《中国小说研究期刊》(*The Journal of the Research of Chinese Novels*)上;《经济学人》(*The Economist*)发表的文章《中国文学》("Chinese literature")[②],讨论中国网络文学,指出作者在网络环境中创作更自由,读者选择更丰富,可以从"仙侠"等 200 余种文类中做出选择;《在线社区与中国网络文学商业化》[③],刊登于《国际商务期刊》(*Journal of Internet Commerce*)。

2015 年,美国圣母大学(University of Notre Dame)中国文学系教授贺麦晓(Michel Hockx)出版了英文专著《网络文学在中国》(*Internet Literature in China*),介绍并剖析了中国的网络文学现象。[④] 但整体而言,与网仙小说直接相关的研究成果还比较少。在此情况下,我们根据网络和幻想这两个特点,考察网络文学和幻想小说的国际研究概况,了解网仙小说所面临的国际学术环境。

3.1.2.1 电子文学

"网络文学"及"网络小说"在各国表现出不同的特点,术语表达纷繁多样。为全面了解国际研究概况,本书总结出与网仙小说相关的 11 种英文表达,统计其在网络语料库 iWeb 和 SSCI 与 A & HCI 期刊索引数据库中的使用频次(检索时间:2018 年 12 月 20 日),求证这些表达在英语学术及日常语境中的使用情况及特点,为全面准确地掌握国际研究动态提供线索,统计结果如下。

第一组,网络小说的 5 种表达"web novel""webnovel""web-novel"和"web fiction",以及仙侠小说"xianxia",如表 3-2 所示。

---

① Choi, J. Y. The concept of "yi" and "xia" in Chinese contemporary "xianxia" stories. *The Journal of The Research of Chinese Novels*, 2014(12): 311-327.

② China literature. *The Economist*,2017(12): 56-56. 阅文集团是国内行业领先的正版数字阅读平台和文学 IP 培育平台,英文名是 China Literature Limited,用"China Literature"作为题目可谓一语双关。

③ Tse, M. S. C. & Gong, M. Z. Online communities and commercialization of Chinese internet literature. *Journal of Internet Commerce*,2012(2):100-116.

④ Hockx, M. *Internet Literature in China*. New York:Columbia University Press,2015.

表 3-2　"网络小说"及"仙侠小说"相关 5 种英文表达应用频次比较

数据库	英文表达				
	xianxia	web novel	webnovel	web-novel	web fiction
iWeb 频次	0	248	70	25	14
SSCI 与 A&HCI 文献数（总数/人文学科）	1/1	25/7	3/2	29/7	5/3

第二组，电子文学"electronic literature"、数字文学"digital literature"、计算文学"computing literature"及网络文学"cyberliterature""cyber literature"和"internet literature"，共 6 种表达，如表 3-3 所示。

表 3-3　"电子文学"相关 6 种英文表达应用频次比较

数据库	英文表达					
	electronic literature	digital literature	computing literature	cyber-literature	cyber literature	internet literature
iWeb 频次	848	207	30	3	1	22
SSCI 与 A&HCI 文献数（总数/人文学科）	309/66	91/66	10/0	3/3	19/13	45/28

从表 3-2 可以看到，第一组中最常用的英文表达是"web novel"，学术语篇中，较常用"web novel"和"web-novel"。具体分析 SSCI 与 A&HCI 的检索结果发现，大部分检出文献均出自韩国期刊数据库 KCI-Korean Journal Database[①]，且主要发表于 2015 年之后。文献作者以韩国学者为主，研究对象多为韩国网络小说（Korean web novel），多数研究者使用"web novel/web-novel"作为其英文术语，少数使用"web fiction"。这些研究关注的问题包括：韩国网络小说的平台及叙事特征变化[②]、网络小说的商业化[③]、快餐文化[④]、超文本叙事[⑤]、女

---

① 由韩国国家研究基金会（National Research Foundation of Korea）管理，包含在韩国出版的学术文献的题录信息，目前已经作为一个区域数据库整合到了 WoS 数据库。

② Choi，B. E. A Study on the narrative form of Korean web novels. *Journal of Popular Narrative*，2017，23(1)：65-97.

③ Park，Y. W. Convergence storytelling and BM (business model) development. *The Journal of Korea Culture Technology*，2018，14(1)：7-27.

④ Jung，S. E. Study on the "72 seconds" Web drama as snack culture. *Cineforum*，2016(24)：75-99.

⑤ Jang，N. A case study on creation of hypertext narrative "stories of two family". *The Journal of Literary Creative Writing*，2016(1)：217-237.

性叙事和意识形态结构①、中韩网络小说特征和发展比较②等。《超文本叙事创作研究——基于〈两个家族的故事〉的案例分析》③分析了超文本作品的内容和创作方法。《两个家族的故事》这部作品是在 2015 年由韩国韩南大学文学写作专业的学生集体创作而成，由 118 个单元文本组成。每个单元运用多媒体，通过多种形式塑造角色，而这些角色又通过超链接彼此联系。金素伦（So-Ryun Kim）指出，目前韩国读者阅读各种类型的网络小说，但网络小说的研究却相对滞后。④

除韩国网络小说研究外，爱丽丝·贝尔（Alice Bell）应用图式理论（schema theory）分析了美国作家兰斯·奥尔森（Lance Olsen）和蒂姆·格思里（Tim Guthrie）创作的超文本小说"10:01"。⑤ 南有玟（Yoomin Nam）以日本网络轻小说为研究对象，认为其反映了当代日本年轻人逃离现实的渴望，具有独特的文化特点。⑥

英文维基百科收录了词条"web fiction"，解释为：这是一种只能或者主要从互联网上获取的文学作品，常见类型包括网络连载故事（web serial）和长篇网络小说（web novel），后者也称为虚拟小说（virtual novel），在美国较知名的免费网络故事网站有 Webfiction Guide 和 Muses Success。⑦ 一般认为，"昆腾链接系列"（The QuantumLink Serial，1988—1989）是最早的网络连载故事，作者是美国人特蕾西·里德（Tracy Reed）。这个连载故事是随昆腾（后改名为 America Online，美国在线，简称 AOL）产品附赠的。故事通过网络聊天室、电子邮件等方式发布。每周读者都会写邮件给里德，建议她以何种方式把读者加入故事，而里德从 AOL 三个产品⑧用户群中各选择一位，

---

① Kim, K. A study on the structure and ideology on the romance web fiction. *The Journal of Literary Theory*, 2015, 62(1): 63-94.

② Qun, W. Status of development and characteristics of web novels in Korea and China. *Global Cultural Contents*, 2017(31): 159-173.

③ Jang, N. A case study on creation of hypertext narrative "stories of two family". *The Journal of Literary Creative Writing*, 2016(1): 217-237.

④ Kim, S. A new topography of Korean novels in the 21st century, the era of digital technology. *Journal of Popular Narrative*, 2018(4): 203.

⑤ Bell, A. Schema theory, hypertext fiction and links. *Style*, 2014, 48(2): 140-161.

⑥ Nam, Y. M. "Light novels" of 2010s and the youth of modern Japan: Focusing on the outgoing web sites of web novels. *The Korean Journal of Japanology*, 2018: 149-163.

⑦ 网址：https://en. wiki. hancel. org/wiki/Web_fiction.

⑧ 指 AOL 当时的三款电脑产品，型号分别为 Commodore 64，PC 和 Apple II/Macintosh。参考网址：https://en. wiki. hancel. org/wiki/QuantumLink_Serial.

将他们写入到故事中。作者会为了反映读者意见改变故事线,读者则像是明星客串。最成功的网络互动故事网站则是 The Spot[1],由斯科特·扎卡林(Scott Zakarin)于 1995 年创建,通过角色的日记(类似于后来的博客)与观众和读者互动,通过网站付费广告和产品植入故事来盈利。2008 年后,随着网络连载小说的读者尝试加入创作行列,网络小说更加流行起来。超链接赋予了网络小说传统文本无法实现的特性,比如可点击弹出的地图、人物小传、插图及视频等。读者也可以通过维基百科的方式添加、维护作品信息。

但是在网络语料库 iWeb 和 SSCI 与 A&HCI 期刊索引数据库中,"web fiction"的出现频率都非常低,期刊库中的 5 篇论文均发表在韩语期刊,作者均为韩国人。"web serial"在 iWeb 中出现 68 次,在期刊库中出现 0 次。

对照表 3-3,可以发现,在英语学术语境中,出现更多的是网络小说的上义词"电子文学"(electronic literature)或者"数字文学"(digital literature),其中又以前者居多。通过文献细读发现,对于以韩国、日本和中国为代表的亚洲国家而言,网络小说是最主要的网络文学形式,相关研究以韩国最为活跃。对欧美而言,网络连载故事(web serial)及网络小说(web fiction)较常出现在娱乐生活中,"电子/数字文学"(electronic/digital literature)才是学术研究的主要对象。"电子/数字文学"不等同于"网络文学",后者往往与中国搭配,如"中国网络文学"(Chinese online literature)。

欧美电子文学的发展与计算机硬件和软件的开发、使用紧密相连。实际的电子文学产品远远早于其术语的出现。1952 年,英国计算机专家克里斯托弗·斯特雷奇(Christopher Strachey)为曼彻斯特马克一号电脑研发了情书生成器(A love letter generator),从而产生了最早的数字作品。很多 20 世纪 80 年代的畅销软件都是电子文学的产物。电子文学不断发展,利用新技术尝试各种创作方式,比如人机互动、作者和读者身份交互。第一届计算机超文本会议(The First Association for Computing Machinery Hypertext Conference)于 1987 年举行,迈克尔·乔伊斯(Michael Joyce)和杰伊·大卫·博尔特(Jay David Bolter)提交论文,展示了乔伊斯应用超文本写作系统 Storyspace 创作的小说《下午,一个故事》(*Afternoon, A Story*)。这是最早的超文本小说(hypertext fiction)之一,1990 年由东门系统公司(Eastgate System)出版。在 1983 年和 1984 年,作家 bp 尼科尔(bp Nichol)使用 Apple

---

① 网址:http://www.thespot.com.

IIe 电脑和 BASIC 编程语言创作了一组诗歌《初映》(*First Screening*)。[①]
1976 年,威尔·克洛泽(Will Crowther)研发了在 PDP-10 主机上运行的"肯塔基大山洞"(The Colossal Cave)冒险游戏,这是一款早期的互动小说游戏
(interactive fictiongame)。计算机模拟并描述一个情境,计算机用户用英文
输入下一步的行动,从而成为故事的一部分,并推动其发展。"互动小说"
(interactive fiction,简称 IF)是电子文学的一个重要的类别。[②] 美国麻省理
工学院比较媒体研究专业的教授尼克·蒙特福特(Nick Montfort)致力于计
算机生成文学创作与研究,他 2007 年撰写的《谜语机器:互动小说的历史与
性质》("Riddle Machines: The History and Nature of Interactive Fiction")[③]对互
动小说做出了精辟的论述。除了乔伊斯的《下午,一个故事》,文学批评常常
提到的作品还有斯图尔特·莫斯罗普(Stuart Moulthrop)的《胜利花园》
(*Victory Garden*)、雪莱·杰克逊(Shelley Jackson)的《拼缀女孩》(*Patchwork
Girl*)。[④] 近些年的数字文学作品有塞基·鲍格农(Serge Bouchardon)的《过
度紧张》(*Hyper-tensions*)、汉内斯·巴乔尔(Hannes Bajohr)的数字生成小
说《一般水平》(*Durchschnitt*)。[⑤] 蒙特福特教授近期的数字作品包括 2021
年的《阿芙·麦格纳》(*Arf Magna*)和 2022 年的《进展》(*Progress*)等。[⑥]

　　1992 年 6 月 21 日,罗伯特·库佛(Robert Coover)在《纽约时报》上发表
文章《图书的终结》("The end of books"),使用了"electronic literature"一词,电
子文学开始引起公众注意。[⑦] 1999 年,电子文学组织(The Electronic Literature
Organization,简称 ELO)[⑧]在美国伊利诺伊州的芝加哥成立,旨在推广和促
进电子文学写作、出版和阅读,由此,"electronic literature"开始成为正式的

---

① 网址:http://www.vispo.com/bp/introduction.htm.

② 本章 3.1.1.1 中提到的我国早期的网络小说《活着,爱着》(1997)也属于互动小说的尝试。

③ Montfort, N. Riddle machines: The history and nature of interactive fiction. In Ray Siemens, R. & Schreibman, S. (eds.). *A Companion to Digital Literary Studies*. Oxford: Basil Blackwell, 2007: 267-282.

④ Marques, D. Poetic fingerprints: Digital literature's and metamedial integration of vision and touch. *Neohelicon*, 2017, 44(1): 55.

⑤ Marques, D. & Bettencourt, S. Writing-reading devices: Intermediations. *Neohelicon*, 2017, 44(1): 41.

⑥ 网址:https://nickm.com/.

⑦ Coover, R. The end of books. (1992-06-21)[2019-03-09]. https://archive.nytimes.com/www.nytimes.com/books/98/09/27/specials/coover-end.html.

⑧ 网址:http://eliterature.org/,可查阅相关信息。

学术用语。该组织目前的主办单位为美国华盛顿州立大学(温哥华校区),合作单位包括布鲁姆斯伯里出版社、数字人文夏季学院等,研究领域包括艺术、文学、通讯交流、计算机科学、人文科学、数字人文、媒介研究、女性研究和比较媒介等。ELO 每年举办一次学术会议和一次媒体艺术节;与布鲁姆斯伯里出版社合作出版系列图书《电子文学》(*Electronic Literature*)和文集《电子文学合集》(*Electronic Literature Collection*),后者已分别于 2006、2011 和 2016 年出版三卷;创建了公共资源网站"电子文学目录"(Electronic Literature Directory)①;2002 年举办了电子文学组织前沿研讨会(State of the Arts Symposium);发起了"电子文学保存、归档和传播"项目(Preservation, Archiving, and Dissemination of Electronic Literature,简称 PAD);发表了《永存的二进制》("Acid-free bits")②、《二进制重生》("Born-again bits")③、《走向语义文学网络》("Toward a semantic literary web")④、《什么是电子文学?》("Electronic literature:What is it?")⑤等学术文章。ELO 还通过电子文学档案项目监管着两个著名的数字社区,分别是美国的"湍流"组织(Turbulence.org)⑥和英国的"trAce 在线写作中心"(trAce Online Writing Centre)。此外,知名电子文学研究网站还有我爱诗歌(IlovePoetry)⑦、ELMCIP⑧ 和 Hermeneia⑨ 等。

在 SSCI 与 A&HCI 期刊索引数据库,以"electronic literature"或"digital literature"为主题检索词进行检索(检索日期:2019 年 3 月 1 日),共得到 586

---

① 网址:http://directory. eliterature. org/article/4573.

② Montfort,N. & Wardrip-Fruin, N. Acid-free bits. (2004-06-14)[2019-03-01]. https://www. eliterature. org/pad/afb. html.

③ Liu, A., Durand, D., Montfort, N., et al. Born-again bits. (2005-08-05)[2019-03-01]. https://eliterature. org/pad/bab. html.

④ Tabbi, J. Toward a semantic literary web:Setting a direction for the Electronic Literature Organization's directory. (2007-01-29)[2019-03-01]. https://eliterature. org/pad/slw. html.

⑤ Hayles, N. K. Electronic literature:What is it? (2007-01-02) [2018-03-01]. https://eliterature. org/pad/elp. html.

⑥ "湍流"是一个数字社区,最大特点是免费对公众开放的数字文学作品资源库,网址:http://www. turbulence. org/. 目前网站在升级维护中(查询日期:2022 年 6 月 19 日)。

⑦ 网址:http://iloveepoetry. org/. 该网站由挪威卑尔根大学福布莱特学者莱昂纳多·弗洛雷斯(Leonardo Flores)教授创建。

⑧ 网址:https://elmcip. net/. 该网站全称为 Electronic Literature as a Model of Creativity and Innovation in Practice。

⑨ 网址:https://elmcip. net/databases-and-archives/hermeneia. 该网站成员包含来自欧美的 23 位学者。

篇文献,科技领域 260 篇、社会科学 191 篇、人文科学 135 篇。135 篇人文科学文献的发表年度分布见图 3-3。

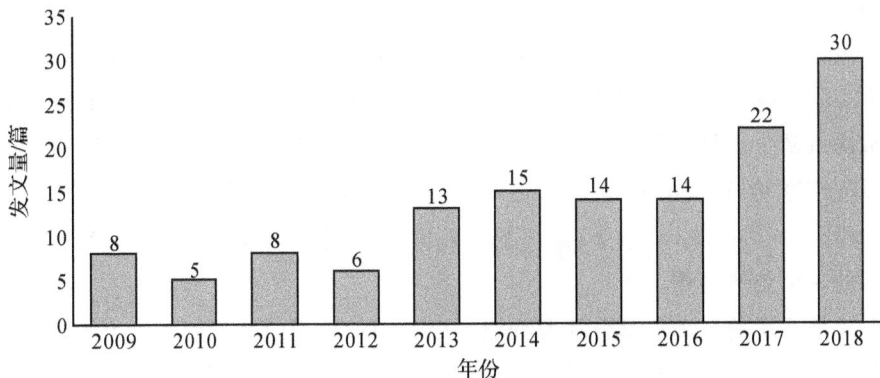

图 3-3　人文科学电子文学英文文献发表年度分布

最早的电子文学相关文献发表于 2004 年的韩国期刊,直到 2009 年,《世界文学评论》(*Neohelicon*)开始刊登电子文学研究成果,近年来数量呈现逐年递增的趋势。

电子文学是计算机技术与文学结合的产物,网络小说随着互联网的发展而发展,二者在时间上存在先后。编程语言、互联网和超文本为文学表达带来了更多可能,各国文学均做出了回应。欧美国家、日本、韩国和中国分别发展出各具特色的电子文学和网络小说。韩国的网络文学具有先锋的实验性,同时网络小说也是韩流的一个重要部分;日本的轻小说和网络结合,形成网络轻小说;欧美国家注重技术的发展,关注人机互动和读者参与,其电子文学和网络小说发展成为门槛较高的专业研究领域;中国则是传统类型小说借助网络重焕生机,通过在线阅读的方式发展为大众文学活动,甚至形成了一个社会奇观和经济奇迹。中国网络仙侠小说又被美国读者主动译介到英语世界,展现出巨大的吸引力。一方面,这是由于互联网提供了全球传播的技术基础;另一方面,幻想是人类共通的本能,中国网络仙侠小说为英语读者的幻想世界提供了另外一种可能性。

3.1.2.2　幻想小说

无论中西,幻想是人类的本能。幻想小说既是对未知世界天马行空的想象,也是对现实世界的映射和隐喻。事实上,直到文艺复兴(14—17 世纪)

之前,幻想小说(fantasy)都是西方文学中的主要文类之一。① 情节主要是关于西方经典神话和神话历史,比如《奥德赛》(*The Odyssey*)、《伊利亚特》(*The Iliad*)、《亚瑟王》(*King Arthur*)和《圆桌骑士》(*The Knights of the Round Table*)等。20 世纪初,美国作家莱曼·弗兰克·鲍姆(Lyman Frank Baum)出版了《绿野仙踪》(*The Wonderful Wizard of Oz*),后多次再版,被翻译成多个语种,成为美国文学史上最知名的童话作品。20 世纪 50 年代,英国作家刘易斯的《纳尼亚传奇》(*The Chronicles of Narnia*)和托尔金的《指环王》(*The Lord of Rings*)相继问世,奇幻小说率先迎来了当代幻想作品的一个创作高潮。

第 2 章的 2.1.4 部分扼要介绍了西方幻想小说研究发展的 4 个阶段,本节将更为具体地展开说明。

第一阶段(19 世纪末—20 世纪 70 年代),主要是幻想小说作者发表相关文学批评,为幻想小说作为一个文类进入学术视野进行早期铺垫。主要代表作家包括乔治·麦克唐纳、刘易斯、H. P. 洛夫克拉夫特(H. P. Lovecraft)、托尔金和厄休拉·K. 勒古恩(Ursula K. Le Guin)等。他们讨论的主要议题是"什么是幻想小说和幻想小说的创作",包括灵感的来源、创作的过程等。② 作家针对自己擅长的领域发表见解,这些独到的观点不仅对理解其本人作品,而且往往对促进幻想小说的整体发展具有重要的意义。比如,乔治·麦克唐纳的论文《奇妙幻想》③尝试把整个幻想文类视为一种严肃的文学形式。他还提出阅读幻想小说是一种积极的体验,而不是读者的被动接受。托尔金的论文《论童话故事》如同他的幻想小说一样具有重要的意义。文章探讨了幻想小说想象的定义、想象的起源、目的、读者和效果,有理有据地说明幻想小说是一种严肃的文学样式。托尔金深入阐述了幻想与真实的关系,提出了对于幻想小说而言一系列重要的概念,包括"幻想信念""与现实的内在一致性""架空世界",以及幻想小说功具有的功能,包括"复原""逃离"和"安慰"。④

---

① Mathews, R. *Fantasy: The Liberation of Imagination*. New York: Twayne Publishers, 1997: 2.

② 这些讨论尚未做出奇幻小说(fantasy)和魔幻小说(the fantastic)的明确区分,就内容而言,主要是针对前者。

③ MacDonald, G. The fantastic imagination. In Boyer, R. H. & Zahorski, K. J. (eds). *The Fantastic Imagination: An Anthology of High Fantasy*. New York: Awon, 1978: 19.

④ Tolkien, J. R. R. On fairy-stories. In Flieger, V. & Anderson, D. A. (eds). *The Monsters and the Critics*. New York: HarperCollins, 2008: 27-84.

洛夫克拉夫特的文学批评代表作品是《文学中的超自然恐怖》(*Supernatural Horror in Literature*)。托尔金强调幻想的欢乐,与之相反,洛夫克拉夫特则充分展示了幻想故事的"黑暗面",将人们的目光引向了硬币的另一面:恐惧。他指出,"恐惧是人类最古老、最强烈的一种感情……而其中之最就是对于未知的恐惧"①。厄休拉·勒古恩的系列论文收录在《夜的语言:关于奇幻和科幻小说的论文集》(*The Language of the Night:Essays on Fantasy and Science Fiction*)②和《在世界边缘舞蹈》(*Dancing at the Edge of the World*)③两部作品中。她试图探究奇幻和科幻小说的哲学、心理和主题要素,并且触及了性别问题。

第二阶段(20世纪70—80年代),除幻想小说作者以外的研究者开始关注幻想小说。在此之前,学界没有针对这一文类的专门研究。幻想小说作者也大多针对具体问题展开讨论。此时,学界对于"fantasy""fantastic""adult fantasy"等术语定义尚未达成共识。但是研究者们倾向于认为幻想小说属于同质的类型小说,是一种不成熟的、幼稚的文学样式。这是厘清定义、证明幻想小说研究合法性的阶段。

兹维坦·托多罗夫的《魔幻小说——文学类型研究的一种结构主义方法》(*The Fantastic:A Structural Approach to a Literary Genre*)④影响力非常大,其主要研究对象是"the fantastic"(魔幻小说)⑤。他提出,魔幻小说的核心在于文本世界中发生了无法用现实世界中的法则来解释的事情。魔幻是一个仅仅知道自然法则的人在遇到超自然事件时所经历的犹疑和不确定。⑥ 这部著作引起了学界的关注,幻想小说开始逐步进入学者们的研究视野。同时,对于"fantasy"和"fantastic"的混用仍延续了很长一段时间。

科林·尼古拉斯·曼勒(Colin Nicholas Manlove)的著作《当代奇幻:五

<hr />

① Lovecraft, H. P. *Supernatural Horror in Literature*. New York: Dover, 1973: 12.

② Guin, U. K. L. & Wood, S. (eds). *The Language of The Night:Essays on Fantasy and Science Fiction*. New York: Putnam Pub Group, 1979.

③ Guin, U. K. L. *Dancing at the Edge of the World*. New York: Grove Press, 1989.

④ Todorov, T. *The Fantastic:A Structural Approach to a Literary Genre*. Ithaca: Cornell University Press, 1973.

⑤ 如第2章2.1.4所述,本书将"the fantastic"翻译为"魔幻小说"。

⑥ Todorov, T. *The Fantastic:A Structural Approach to a Literary Genre*. Ithaca: Cornell University Press, 1973:25.

个研究》(*Modern Fantasy：Five Studies*)①是真正意义上的奇幻小说研究作品。该书对于奇幻小说的详尽介绍至今依然具有参考价值。遗憾之处在于其判断标准过于主观,在曼勒眼中,奇幻小说作品没有一部成功之作。曼勒的第二本相关著作《奇幻文学的脉动》(*The Impulse of Fantasy Literature*)②涵盖了诸多代表性奇幻作家,包括查尔斯·威廉姆斯(Charles Williams)、厄休拉·勒古恩、E. 内斯比特(E. Nesbit)、乔治·麦克唐纳、T. H. 怀特(T. H. White)和默文·匹克(Mervyn Peake)。曼勒试图发现一种适用于所有奇幻故事的中心主题(central theme),并坚持认为不符合他的标准的作品就不是好的奇幻小说,这种坚持未免过于狭隘和武断。

埃尔温在《不可能的游戏——幻想小说修辞》③中同时选择了奇幻小说和魔幻小说作为研究对象,重点分析了福斯特、刘易斯、马克·吐温和卡夫卡的作品。他的分析细致深入,提出的关于"读者和作者之间智力博弈"的观点至今对小说创作依然有所启示。不足之处是忽略了一些重要的作者,如埃里克·吕克尔·埃迪森(Eric Rücker Eddison)、厄休拉·勒古恩等。研究对象的局限导致他的某些论断不免有过度概括之嫌,比如埃尔温认为奇幻文学缺乏持续性的发展。但与此同时,他呼吁批评家给予幻想文学更多的关注,把它作为叙事类小说的一个亚文类去理解,这在当时具有积极意义。

第三阶段(20 世纪 80—90 年代),研究走向成熟,幻想小说获得其在文学研究中的合法地位。1980 年,《美国文学的奇幻传统:从欧文到勒古恩》问世,这是较早出现的学术性较高的奇幻文学专著。阿特贝利将其研究限定于"严肃奇幻",但不再以托尔金为研究起点。他的研究重点是美国作家怎样创造出与英国作家不同的奇幻文学,从而开创一种新传统。史文芬的《捍卫幻想:1945 年以来英美文学中的奇幻文学文类研究》是第一部真正将奇幻文学作为一个文类进行研究的学术著作。该著作专注于托尔金和刘易斯之后蓬勃发展的奇幻文学,援引托尔金关于"幻想"(fantasy)的定义,厘清了"幻想小说"(fantasy)和"魔幻小说"(the fantastic)的关系。所有幻想小说的

---

① Manlove, C. N. *Modern Fantasy：Five Studies*. Cambridge：Cambridge University Press, 1975.

② Manlove, C. N. *The Impulse of Fantasy Literature*. Kent, OH：Kent State University Press, 1983.

③ Irwin, W. R. *The Game of the Impossible：A Rhetoric of Fantasy*. Champaign：University of Illinois Press, 1976.

特质是"陌生"和"奇迹",核心成分是"令人惊奇的事物",指来自日常世界的时空连续体之外的任何事物。① 史文芬还指出,纯科幻小说不属于奇幻文学,因为科幻小说描述的内容可能发生在日常世界的将来。幻想小说的阅读体验是读者往往被带入了另一个世界,而非惊奇元素进入日常生活。史文芬根据作品结构和主题元素对奇幻小说进行分类,从而进行不同亚文类的有效对比。其划分的类型包括:动物奇幻(animal fantasy),平行世界(parallel worlds)、架空世界(secondary worlds)和真实世界奇幻(the real world),讽喻、象征意义的幻想故事(fantasy with an allegorical or symbolic meaning),表现宗教、哲学、政治或者社会理念的幻想故事(fantasy that presents religious,philosophic,political,or social idealisms)。这些类型只是认识和研究幻想小说的工具,彼此之间并非泾渭分明、非此即彼。

20世纪90年代出现了更多高质量的幻想文学批评。阿特贝利的《幻想小说的策略》(Strategies of Fantasy)②基于托尔金、勒古恩等作家作品的文本细读展开理论探讨,从文类叙事特点、判断标准、读者反应等方面提出深刻见解,还涉猎了当时新的发展潮流,如融入了魔幻元素的"后现代幻想小说"(postmodern fantasy)、幻想与科学元素交融的"科学奇幻"(science fantasy)。理查德·马修(Richard Mathews)的《奇幻小说:想象力的解放》(Fantasy:The Liberation of Imagination)③是这一阶段的另一高质量代表作,"可能是最好的奇幻小说批评"④。马修从最早有据可查的幻想故事追溯了奇幻文学的起源及发展路径,并展开了详实的作家作品分析,说明了奇幻文学充满复杂性和变化,且在英国和美国已经发展成为一个特点鲜明的文类。这部作品观点鲜明,同时具有珍贵的文献参考价值。

20世纪初期,奇幻文学已经发展为供成人阅读的严肃文学。尽管奇幻文学在全球范围内流行,但奇幻文学在英国和美国最为瞩目,成了一个特点鲜明的文类。很大程度上,这是由于现实主义文学在英国和

① Swinfen, A. *In Defence of Fantasy*: *A Study of the Genre in English and American Literature Since 1945*. London: Routledge and Kegan Paul, 1984: 5.

② Attebery, B. *Strategies of Fantasy*. Bloomington: Indiana University Press, 1992.

③ Mathews, R. *Fantasy*: *The Liberation of Imagination*. New York: Twayne Publishers, 1997.

④ Ordway, H. The development of the modern fantasy novel. Amherst: University of Massachusetts Amherst (Doctoral Dissertation), 2001: 39.

美国曾是绝对的主流。奇幻文学形成时，英美两个国家都位列工业革命和科学发现的前沿。科学以多种形式吸收了超自然的力量，它的魔力激发了人们的敬畏和好奇之心。这些因素，再加上英美相对缺少普遍的民间故事和神话传说传统，使得读者大众的想象力对于奇幻文学处于一种饥渴状态，从而促使现代奇幻文学在英美成为独树一帜的一种文学形式。在其他国家，幻想文学往往通过口头文化、神话、民间故事乃至迷信的形式保存下来，自然而然成为主流文学的一部分。①

卡西·邓恩·麦克雷（Cathi Dunn MacRae）在《给年轻人看的幻想小说》（*Presenting Young Adult Fantasy Fiction*）②中将奇幻小说按照结构、方法和主题等进行分类，包括平行世界（alternate worlds）、英雄幻想（heroic fantasy）、神话重述（retellings of myths）、时间幻想（time fantasy）、神奇动物（fantasies featuring magical animals），还有女性主义幻想小说家作品（feminist fantasists）。曼勒的第三部幻想小说批评著作出版于 1999 年，题目是《英国幻想文学》（*The Fantasy Literature of England*）③。在这部作品中，他对作家作品的判断更加客观。他主要按照主题将幻想故事做出分类，包括架空世界幻想（secondary world fantasy）、超自然幻想（metaphysical fantasy）、情感幻想（emotive fantasy）、喜剧幻想（comic fantasy）、颠覆幻想（subversive fantasy）和儿童幻想（children's fantasy）。曼勒在历史和文学语境中对幻想文学展开批评研究，确认了这一文类本身的复杂性和多样性。

第四阶段（21 世纪以后），幻想小说创作及批评研究更加多样化。彼得·索亚·比戈尔（Peter Soyer Beagle）主编的《幻想的秘密历史》（*The Secret History of Fantasy*）④是一本奇幻故事集，共包含 17 个短篇故事，故事作者涵盖了包括比戈尔本人在内的当时最优秀的一部分奇幻作家，如勒古恩、史蒂芬·金、戴维·哈特韦尔（David Hartwell）等。他们的创作结合了神话、童话等经典幻想元素和丰富的想象力，使读者看到剑、魔法和史诗以外的更加多样化的奇幻故事。安德森·道格拉斯（Anderson Douglas）编撰的《托尔金之前

① Mathews, R. *Fantasy*：*The Liberation of Imagination*. New York：Twayne Publishers，1997：20.

② MacRae, C. D. *Presenting Young Adult Fantasy Fiction*. New York：Twayne Publishers，1998.

③ Manlove, C. N. *The Fantasy Literature of England*. New York：Palgrave Macmillan，1999.

④ Beagle, P. S.（ed.）. *The Secret History of Fantasy*. San Francisco：Tachyon Publications，2010.

的故事:当代幻想小说之根》(*Tales Before Tolkien: The Roots of Modern Fantasy*)①、克里斯蒂安·摩恩(Kristian Moen)的《电影与童话——当代奇幻的诞生》(*Film and Fairy Tales—The Birth of Modern Fantasy*)②均从不同角度追溯了幻想文学的历史渊源。《当代幻想小说的进化:从古物研究到巴兰坦成人幻想系列》(*The Evolution of Modern Fantasy: From Antiquarianism to the Ballantine Adult Fantasy Series*)③被称为当年最佳神话和幻想研究著作④,将18世纪的幻想文学传统、托尔金的史诗奇幻和"巴兰坦成人幻想故事系列"("Ballantine Adult Fantasy series")(1969—1974)串接勾连,梳理出当代幻想文学发展的整体脉络。《当代幻想的经典传统》(*Classical Traditions in Modern Fantasy*)⑤堪称"第一部专门探寻古希腊和古罗马神话与当代幻想故事关系的英语论文集"⑥,选题广泛、视角新颖,颇具文献参考价值。

随着数字时代的到来,计算机及网络技术改变了文学的创作方式和传播媒介。同时,赛博朋克(cyberpunk)成为幻想文学创作的新元素,关于赛博世界的想象映射着人类在技术洪流之下的真实反应。从某种程度上讲,中国的科幻小说(如《三体》)、网络仙侠小说都是人们对于当下科技发展和社会现状的文学反馈。在幻想文学蓬勃发展之时,我国幻想小说批评相对滞后,相关翻译研究更少。

3.2 中国形象研究概况

文学作为国家文化建构的重要组成部分,参与国家形象的塑造与传播体系具有其合法性和必要性。⑦但在对19种中国文化载体的调查中,国际

① Douglas, A. *Tales Before Tolkien: The Roots of Modern Fantasy*. New York: Del Rey, 2003.

② Kristian, M. *Film and Fairy Tales—The Birth of Modern Fantasy*. London: I. B. Taures, 2013.

③ Williamson, J. *The Evolution of Modern Fantasy: From Antiquarianism to the Ballantine Adult Fantasy Series*. New York: Palgrave Macmillan, 2015.

④ Bratman, D. The evolution of modern fantasy: From antiquarianism to the ballantine adult fantasy series. *Mythlore*, 2016(1): 139.

⑤ Rogers, B. M. & Stevens, B. E. (eds.). *Classical Traditions in Modern Fantasy*. New York: Oxford University Press, 2017.

⑥ 参见: Brett, M. R. & Stevens, B. E. (eds.). Introduction of *Classical Traditions in Modern Fantasy*. [2019-03-09]. https://global.oup.com/academic/product/classical-traditions-in-modern-fantasy-9780190610067? cc=cn&lang=en&.

⑦ 方爱武. 跨文化视域下当代"中国形象"的建构——以王蒙、莫言、余华为例. 杭州:浙江大学博士学位论文, 2016:1.

民众对文学的认可度仅为 13%,排在倒数第 4 位。① 莫言在 2012 年获得诺贝尔文学奖成为中国文学盛事,但莫言译本在国外的读者群仍以汉语、中国文学及其相关专业研究者和学生为主。《盗墓笔记》在国内是极受欢迎的通俗小说,但其英译本 The Grave Robbers' Chronicles 却被亚马逊网上书店的一些英语读者批评翻译得"蹩脚、业余"。因此,文学构建中国形象的问题值得学界关注和深入探索。

3.2.1 国内研究概况

根据王一川的归纳,20 世纪中国形象创造共出现了五次浪潮,分别是:20 世纪初、"五四"时期、20 世纪 20—30 年代、20 世纪 50—60 年代和 1985—1995 年文学新潮中的中国形象的复现。② 他指出,"中国形象虽然直接地表现为文学问题,但其中紧紧地交织着政治、哲学、历史、教育、社会等更广泛的文化问题。……这些中国形象不过代表了种种错综复杂的文化问题的文学——审美解决方式"③。

21 世纪,我们进入了新的历史语境,全球化为快速发展的中国带来了塑造国家形象的新契机。1999 年,乐黛云、张辉主编的《文化传递与文学形象》④由北京大学出版社出版。2011 年,吴秀明主编的《文化转型与百年文学中国形象塑造》⑤问世。2015 年 3 月 28 日,国家发展改革委、外交部、商务部联合发布了《推动共建丝绸之路经济带和 21 世纪海上丝绸之路的愿景与行动》。2016 年 12 月 8 日,上海交通大学举行了"中国形象研究中心"成立仪式,并于 2016 年、2017 年分别举办了首届和第二届"中国形象研究高端论坛"。2017 年 4 月 21 日,上海交通大学举办了"软实力与国家形象暨上海交通大学孔院建设十周年学术论坛"。2018 年 6 月上海市社会科学界联合会、上海市哲学社会科学规划办和上海外国语大学共同主办了"中国形象与全球传播高端论坛"和"首届中国形象与全球传播研究生论坛"。

① 按认可度降序排列,19 种中国文化载体分别为:武术、饮食、中医、产品、民俗、科技发明、节日、音乐舞蹈、孔子儒家思想、建筑、书法绘画篆刻、自然风光、体育运动、道教、文学、影视作品、戏曲相声杂技和高等学府。参见:中国文化与科技形象//中国外文局对外传播研究中心,察哈尔学会,华通明略.中国国家形象全球调查报告 2013.北京:中国外文局,2013:11.

② 王一川.中国形象诗学.上海:上海三联书店,1998:3.

③ 王一川.中国形象诗学.上海:上海三联书店,1998:7.

④ 乐黛云,张辉.文化传递与文学形象.北京:北京大学出版社,1999.

⑤ 吴秀明.文化转型与百年文学中国形象塑造.杭州:浙江工商大学出版社,2011.

下面将按照中国形象、文学领域的中国形象和文学翻译领域的中国形象研究 3 个问题递次聚焦,对本书相关研究背景做出梳理。

3.2.1.1 "中国形象"研究概况

(1)在 CNKI 对期刊论文进行检索(检索日期:2018 年 11 月 25 日),检索条件包括:主题为"中国形象";文献分类目录排除不相关的"工程科技Ⅰ辑、Ⅱ辑""农业科技""医药卫生科技",保留"基础科学""哲学与人文科学""社会科学Ⅰ辑、Ⅱ辑""信息科技"和"经济与管理科学";来源类别为"核心期刊"和"CSSCI",得到 2177 篇论文,如图 3-4 所示。

从论文发表数量看,从 1992 年至 2018 年,"中国形象"研究整体呈上升趋势,尤其是 2003 年至 2010 年,文献数量急剧上升,之后在 2014 年和 2017 年更是达到新的高点。

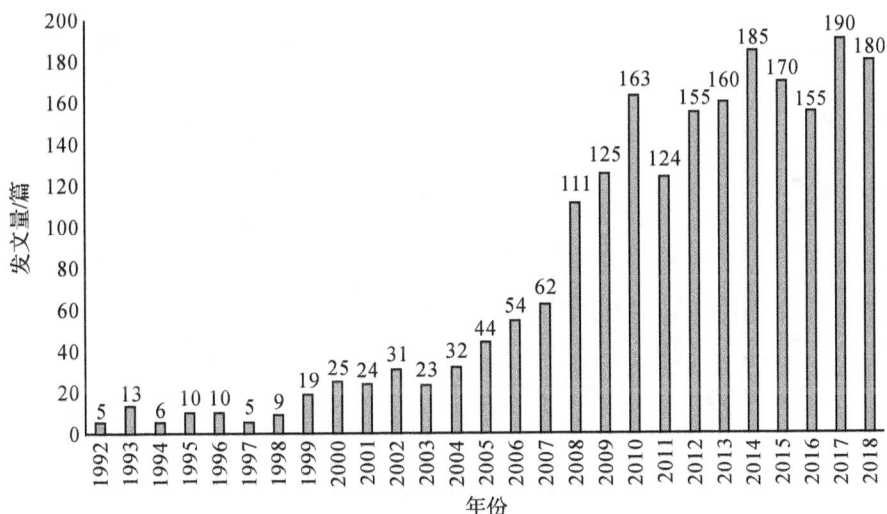

图 3-4 "中国形象"研究期刊论文发表年度趋势

从学科分类看,研究比重最大的前 5 位分别是新闻传播、文学、影视、政治和历史研究,分别占全部研究的 19.72%、18.44%、14.35%、11.98% 和 4.61%。文化和语言研究分别占 3.80% 和 2.19%,排在第 7 位和第 10 位。发文最多的作者前 5 位依次是周宁(24 篇)、赵小琪(14 篇)、张昆(10 篇)、姜智芹(9 篇)和葛桂录(7 篇),均为博士生导师,除张昆为新闻传播领域学者外,其他四位均为语言文学专业。其中,周宁为中文系教授,基于比较文学形象学和我国形象研究现状提出了跨文化形象学;赵小琪为文学院教授,主要研究方向为比较文学与比较诗学;姜智芹为文学院教授,主要研究方向为中西文学比较;葛桂录为文学院教授,主要从事中外文学与文化关系研究。

(2)在CNKI对硕士、博士学位论文进行检索(检索日期:2018年11月25日),检索条件包括:主题为"中国形象";文献分类目录选择"基础科学""哲学与人文科学""社会科学Ⅰ辑、Ⅱ辑""信息科技"和"经济与管理科学",与期刊论文检索保持一致,共得到2005篇论文,其中博士论文229篇,硕士论文1776篇。就学科分布而言,论文数量占前5位的分别是新闻传播(504篇)、文学(282篇)、影视(210篇)、政治(112篇)和语言(112篇)。学位论文数量呈现出明显的增长趋势,2013年达到第一个高点,之后除2014年外,整体处于明显的高峰,如图3-5所示。

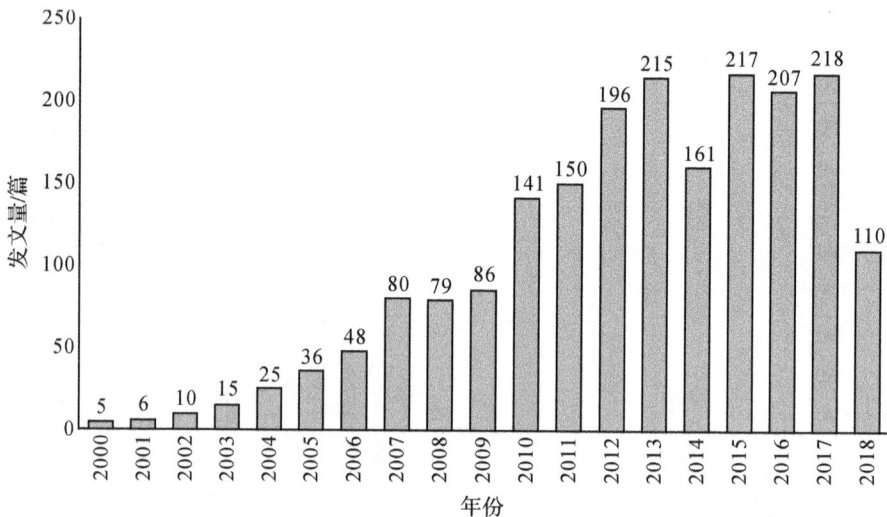

图3-5 "中国形象"研究学位论文发表年度趋势

综合期刊论文和学位论文的数据,可以看到,2010年以后中国形象研究发文量达到历史最高阶段,截至2018年,热度依旧不减,主要分布领域为新闻传播、文学、影视、政治、历史和语言等。最早的2篇文学方向博士论文出现在2002年,分别是《韩国现代文学中的中国形象研究》[①]和《冲突与重建——全球化视野中的中国文论境遇》[②]。此后,上海外国语大学张健教授的博士生进行了关于国家形象的系列研究,包括《外宣翻译研究——从中国

---

① 崔一.韩国现代文学中的中国形象研究.延吉:延边大学博士学位论文,2002.
② 张荣翼.冲突与重建——全球化视野中的中国文论境遇.成都:四川大学博士学位论文,2002.

国家形象塑造与传播角度谈起》①、《建构视角下的外宣翻译研究》②、《国家形象与外宣翻译策略研究》③和《戏剧主义修辞观之于互联网对外新闻翻译——以"中国上海"门户网站新闻英译为个案》④等。

3.2.1.2　"中国形象"文学领域研究概况

在针对文学领域的成果进行分析时,为了得到更为准确的数据,本研究进一步细化了检索条件。

(1)"中国形象"文学研究期刊论文

在 CNKI 对期刊论文进行检索(检索日期:2018 年 11 月 25 日),检索主题仍为"中国形象",文献分类目录选择和来源类别保持不变,检索条件增加"并"摘要含有"中国形象"和"文学",得到 94 篇文献。最早的 2 篇是发表于2001 年的《〈利玛窦中国札记〉中的中国形象》⑤和《中国公主:作为异国情调的中国形象》⑥。总体而言,2005 年论文数量较多,2006—2010 年、2011—2013 年、2015—2018 年均呈明显上升趋势,2011、2014 和 2015 年论文数量相对较少,但也高于 2005 年以前的水平,具体如图 3-6 所示。

通过观察 94 篇期刊论文的主题词分布和文本细读,可以发现,这些关于中国形象的文学研究成果主要有以下 3 个特点:

1)比较文学形象学研究占绝大多数,即研究"一国文学中的他国形象",以英美文学为主,也包括俄罗斯、德国、日本、越南、古希腊罗马文学中的中国形象等,比如《"中国不是中国":英国文学里的中国形象》⑦、《19 世纪中叶之前美国文学中的中国形象》⑧、《论越南古代汉文历史演义中的中国形象》⑨、

　　① 仇贤根.外宣翻译研究——从中国国家形象塑造与传播角度谈起.上海:上海外国语大学博士学位论文,2010.
　　② 胡洁.建构视角下的外宣翻译研究.上海:上海外国语大博士学位论文,2010.
　　③ 卢小军.国家形象与外宣翻译策略研究.上海:上海外国语大学博士学位论文,2013.
　　④ 叶颖.戏剧主义修辞观之于互联网对外新闻翻译——以"中国上海"门户网站新闻英译为个案.上海:上海外国语大学博士学位论文,2018.
　　⑤ 朱爱莲.《利玛窦中国札记》中的中国形象.河南师范大学学报(哲学社会科学版),2001(6):97-100.
　　⑥ 薛维华.中国公主:作为异国情调的中国形象.岱宗学刊,2001(2):37-41.
　　⑦ 葛桂录."中国不是中国":英国文学里的中国形象.福建师范大学学报(哲学社会科学版),2005(5):64-70.
　　⑧ 崔丽芳.19 世纪中叶之前美国文学中的中国形象.南开学报(哲学社会科学版),2010(3):67-77.
　　⑨ 吕小蓬.论越南古代汉文历史演义中的中国形象.北京行政学院学报,2013(2):114-117.

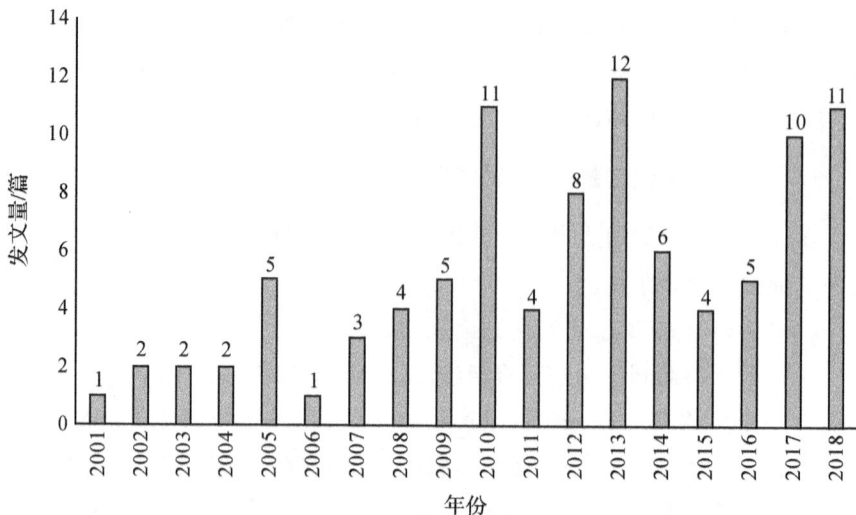

图 3-6 "中国形象"文学研究期刊论文发表年度趋势

《作为文化他者的中国——论 20 世纪初西方文学中的中国形象》①等。此外,研究往往针对具体的作家作品展开案例分析,如《由赛珍珠小说看中国形象的嬗变与重构》②、《赛珍珠〈水浒传〉译本评析》③、《赛珍珠〈大地〉三部曲里的中国形象》④,再如《埃德加·斯诺与"西方的中国形象"》⑤、《透过〈曼德维尔游记〉看西方中世纪晚期文学家笔下的中国形象》⑥、《他者之镜:〈1907年中国纪行〉中的中国形象》⑦等。

2)2012 年莫言荣获诺贝尔文学奖是一个契机,增强了我国学界对中国形象自塑的关注。2013 年开始逐渐有相关研究成果发表,比如《当代文学对外传播中的中国形象建构——以莫言作品为个案》⑧、《中国当代文学对外传

---

① 杨波.作为文化他者的中国——论 20 世纪初西方文学中的中国形象.首都师范大学学报(社会科学版),2016(2):90-96.

② 李书影.由赛珍珠小说看中国形象的嬗变与重构.出版发行研究,2018(2):79-81,101.

③ 钟明国.赛珍珠《水浒传》译本评析.外语与外语教学,2009(4):57-60.

④ 高鸿.赛珍珠《大地》三部曲里的中国形象.中国比较文学,2005(4):158-171.

⑤ 李杨.埃德加·斯诺与"西方的中国形象".天津社会科学,2017(5):115-127,134.

⑥ 邹雅艳.透过《曼德维尔游记》看西方中世纪晚期文学家笔下的中国形象.国外文学,2014(1):147-153,160.

⑦ 刘燕.他者之镜:《1907 年中国纪行》中的中国形象.外国文学,2008(6):37-46,123.

⑧ 姜智芹.当代文学对外传播中的中国形象建构——以莫言作品为个案.人文杂志,2015(1):63-68.

播中的中国形象建构》①、《新时期语境下现代世俗中国的文学表意》②、《余华小说的域外传播与中国形象的建构》③。

3)对比较文学形象学和中国形象自塑而言,翻译都扮演着至关重要的角色,现有研究却相对较少,近两年其重要性逐渐引起重视。2018年,《中国翻译》刊登了谭载喜的《文学翻译中的民族形象重构:"中国叙事"与"文化回译"》④;祝朝伟主持的《外国语文》2018年第5期"翻译与中国海外形象塑造"专栏,刊载了孙会军的《中国小说翻译过程中的文学性再现与中国文学形象重塑》⑤;2017年,胡开宝、李鑫发表了《基于语料库的翻译与中国形象研究:内涵与意义》⑥,文中将中国文学作品翻译中的中国形象研究列为基于语料库的翻译与中国形象研究的主要研究领域之一。

(2)"中国形象"文学研究学位论文

以上是期刊论文表现出的研究趋势,下面针对硕博士学位论文在CNKI进行检索(检索日期:2018年11月25日),检索主题仍为"中国形象",文献分类目录选择保持不变,检索条件增加"并"摘要含有"中国形象"和"文学"。得到215篇文献。其中博士论文38篇,硕士论文177篇,最早的学位论文发布于2002年,分别是博士论文《韩国现代文学中的中国形象研究》⑦和硕士论文《井上靖与中国》⑧。学位论文发表年度趋势如图3-7所示,其整体呈上升趋势,最高点在2015年。

通过观察这些学位论文的主题词分布和文本细读,发现关于中国形象的文学研究主要有以下4个特点:

1)某些作家作品的研究相对集中,如毛姆(博士论文1篇、硕士论文7篇),赛珍珠(博士论文2篇、硕士论文13篇),严歌苓(博士论文2篇、硕士论

---

① 王萍.中国当代文学对外传播中的中国形象建构.郑州大学学报(哲学社会科学版),2013(4):102-105.

② 李胜清.新时期语境下现代世俗中国的文学表意.湖南科技大学学报(社会科学版),2017(3):132-137.

③ 王桂平.余华小说的域外传播与中国形象的建构.扬子江评论,2018(4):106-109.

④ 谭载喜.文学翻译中的民族形象重构:"中国叙事"与"文化回译".中国翻译,2018(1):17-25,127.

⑤ 孙会军.中国小说翻译过程中的文学性再现与中国文学形象重塑.外国语文,2018(5):12-15.

⑥ 胡开宝,李鑫.基于语料库的翻译与中国形象研究:内涵与意义.外语研究,2017(4):70-75,112.

⑦ 崔一.韩国现代文学中的中国形象研究.延吉:延边大学博士学位论文,2002.

⑧ 袁盛财.井上靖与中国.湘潭:湘潭大学硕士学位论文,2002.

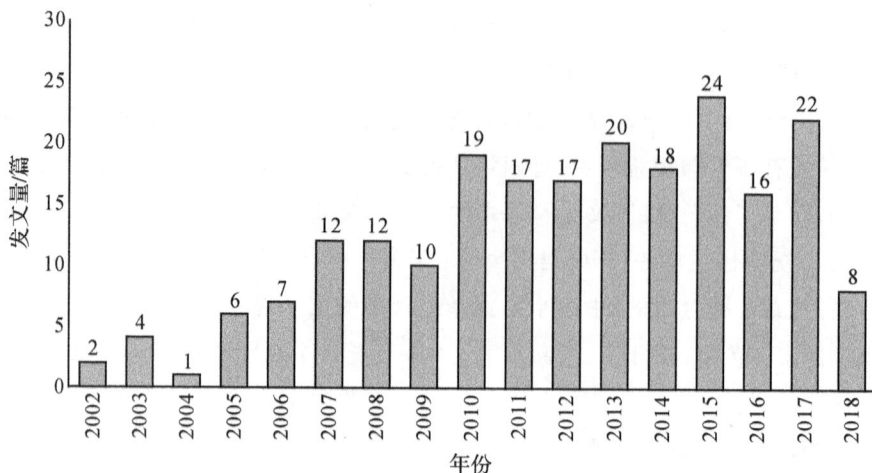

图 3-7　"中国形象"文学研究学位论文发表年度趋势

文 3 篇),汤亭亭(博士、硕士论文各 2 篇)。同时,关注的作家作品的范围在逐渐扩大,涉及的国别也更多样化,除英美外,博士论文涉及朝鲜(4 篇)、日本(3 篇)、德国(2 篇)、韩国(1 篇)、澳大利亚(1 篇)、葡萄牙(1 篇)和荷兰(1 篇);硕士论文除涉及上述国家外,还有法国、奥地利、印度尼西亚、越南、叙利亚、吉尔吉斯斯坦、塔吉克斯坦等国家和地区。

2)针对当代文学作品的研究逐渐增多是近些年的新趋势。在 38 篇博士论文中,有 7 篇以当代文学(作家作品)为研究对象,全部发布于 2009 年之后;硕士论文中约有 31 篇涉及当代文学(作家作品),其中 22 篇发表在 2015年之后,仅 2017 年一年就有 7 篇论文。

3)通俗文学作品得到关注,如高罗佩翻译的《大唐狄公案》成为硕士、博士学位论文的研究对象[1],近年还有硕士论文探讨裘小龙系列侦探小说塑造的中国形象[2]。

4)翻译研究相对较少。翻译研究相关的硕士论文有 13 篇,约占全部硕士论文(177 篇)的 7%,其中 7 篇是关于具体翻译作品塑造的中国形象,4 篇关于作品译介,2 篇探讨翻译与中国形象塑造的关系,具体内容见表 3-4。

---

[1]　张萍. 高罗佩及其《狄公案》的文化研究. 北京:北京语言大学博士学位论文,2007;荣霞. 高罗佩的《大唐狄公案》里的中国形象. 重庆:四川外语学院硕士学位论文,2012.

[2]　周驰鹏. 在他乡,写故国:裘小龙"陈探长"系列小说中的中国形象研究. 上海:上海外国语大学硕士学位论文,2018;古宝仪. 论裘小龙侦探小说的中国形象. 广州:暨南大学硕士学位论文,2017.

表 3-4　"中国形象"文学翻译硕士论文题目一览

论文名称	作者	毕业院校	毕业年份
反映中国形象的印度尼西亚班顿诗的译介与分析	徐小萍	河北师范大学	2017 年
《喜福会》汉译本中国形象的重新建构	王翔燕	北京外国语大学	2017 年
中国文学在波兰的译介(1948—2015)	Natalia Udziela	上海外国语大学	2017 年
在东方和西方之间游移——《扶桑》英译中国形象"双重东方化"及其自我稀释	邹倩	湖南大学	2016 年
近代英文期刊《中国评论》所刊中国古典小说英译研究	张营林	山东理工大学	2016 年
翻译与"中国形象"的重塑——后殖民及形象学视角下 Snow Flower and the Secret Fan 中译本研究	刘佳馨	四川外国语大学	2015 年
阐释即制控——后殖民视域下《中国丛报》中翻译文本对 1832 至 1851 年中国形象的构建	陈壮	四川外国语大学	2015 年
矛盾与错位——《天下》对于中国现代文学的评介和翻译	王立峰	南京大学	2013 年
自译手法与中国形象差异性塑造——以华裔美国文学作品为例	梁良	河北农业大学	2012 年
Spring Moon 译本《春月》中的中国形象的再现	张琦	四川外语学院	2011 年
"对岸的诱惑":虹影小说《K》译本中的"中国形象"研究	黄庆华	四川外语学院	2010 年
翻译·想象·历史——近代翻译与中国形象重构	何雪雁	重庆师范大学	2010 年
安德烈·马尔罗的中国世界及其在中国的译介与接受	王茜	北京语言大学	2008 年

3.2.1.3 "中国形象"文学翻译领域研究概况

上一节发现,在文学领域与"中国形象"相关的翻译研究数量相对较少。笔者在 CNKI 平台"期刊论文"分类中进一步进行高级检索,主题为"中国形象",并含"翻译",期刊来源类别设定为"核心期刊"和"CSSCI",得到论文 41篇。经过文本细读判断,33 篇为相关论文,其他 8 篇为外国文学作品在中国的译介及形象构建。在 33 篇论文中,有 19 篇是关于文学翻译,8 篇关于文化、哲学及宏观概述,另有 6 篇是探讨政治、外交语篇。论文发表年度分布如图 3-8 所示。

发表年度趋势

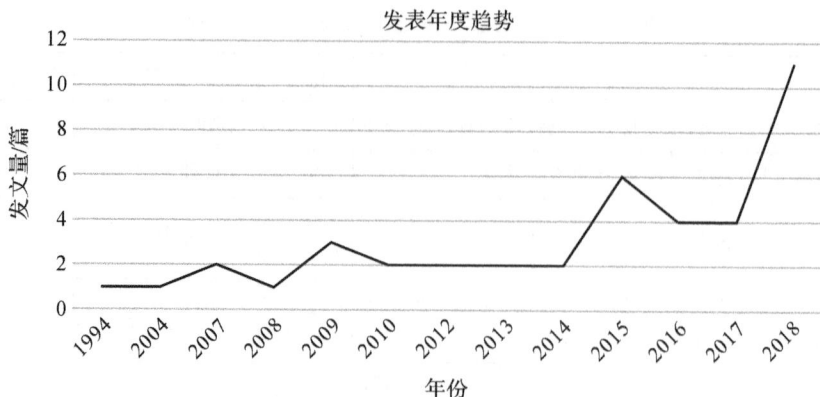

图 3-8 "中国形象"文学翻译研究期刊论文发表年度趋势

图 3-8 清晰显示,在 2008—2009 年、2014—2015 年、2017—2018 年 3 个阶段,文学翻译中的"中国形象"研究论文数量明显多于其他时段,尤其是 2017—2018 年,翻译建构的"中国形象"成为一个研究热点。2017 年 11 月 17—19 日,广东外语外贸大学亚太翻译与跨文化传播研究团队、外语研究与语言服务协同创新中心,以及翻译学研究中心联合主办了"文学翻译中的形象:第四届翻译小说国际学术研讨会"。来自比利时鲁汶大学、澳大利亚新南威尔士大学,以及中国的香港浸会大学、香港大学、上海交通大学、湖南大学等国内外知名高校的数十名学者参加了此次研讨会。2018 年 9 月 27—29 日,"中国现当代文学在海外的译介与接受"国际会议在上海外国语大学召开,国际知名汉学家葛浩文、金介甫、石江山、林丽君、涂笑非,以及港澳台和内地 30 余位专家和知名学者,包括陈德鸿、王鸿印、查明建等,参加了此次盛会。

笔者在 CNKI 博士论文数据库搜索,主题含"中国形象"并"翻译",得到博士论文 30 篇。经阅读甄别,排除 3 篇不相关论文和 4 篇外宣、新闻翻译论文后,2005 年至 2018 年共有关于中国形象与文学翻译的博士论文 23 篇。这些论文以汉学研究和比较文学形象学研究为主,涉及的作家作品包括:莫言、林语堂、毛姆、赛珍珠、何巴特、郭实猎、李希霍芬、福兰阁,以及高罗佩的《大唐狄公案》和文学经典《红楼梦》等,论文研究的目的语国家包括日本、英国、美国、德国和葡萄牙。

就图书而言,在读秀学术搜索平台上进行检索(检索时间:2019 年 1 月 15 日),以"中国形象"为题目的图书有 357 部,其中文学领域 16 部,全文涉及翻译的有 7 部,专门论述翻译建构的中国形象的专著只有 2 部,分别是《翻译建构当代中国形象——澳大利亚现当代中国文学翻译研究》①和《塑造自我文化形象——中国对外文学翻译研究》②。除读秀平台检索结果外，相关著作还有《翻译研究的形象学视角——以凯鲁亚克〈在路上〉汉译为个案》③、《文学翻译与民族建构：形象学理论视角下的〈大地〉中译研究》④。

综合考察核心期刊论文、学位论文和图书，笔者发现，关于"中国形象"在文学领域与翻译相关的研究有以下两个特点：第一，与文学领域其他研究相比，关于"中国形象"的文学翻译研究数量较少；第二，诚如王运鸿所言，形象学视角（imagological approach）已俨然成为翻译研究领域的又一重要发展方向⑤。

总的来说，关于"中国形象"研究，我国学界在依循法国学派比较文学形象学研究传统的同时，也在尝试提出自己的见解，比如周宁提出的"跨文化形象学"⑥，陈吉荣提出的"转换性形象"⑦，胡开宝提出的基于语料库的翻译研究⑧。

3.2.2 国外研究概况

"中国形象"对于国外学者而言是一种"异形象"，文学领域的相关研究以比较文学形象学居多。

1896 年，法国学者路易-保尔·贝茨（Louis-Paul Betz）在著作《关于比较文学史的性质、任务与意义的批评研究》（*Kritische Betrachtungen uber Wesen，Aufgabe und Bedeutung der ver gleichenden Literaturge schichte*）⑨中指

---

① 陈吉荣.翻译建构当代中国形象——澳大利亚现当代中国文学翻译研究.北京：中国社会科学出版社，2012.

② 马士奎，倪秀华.塑造自我文化形象——中国对外文学翻译研究.北京：中国人民大学出版社，2017.

③ 张晓芸.翻译研究的形象学视角——以凯鲁亚克《在路上》汉译为个案.南京：译林出版社，2011.

④ 梁志芳.文学翻译与民族建构：形象学理论视角下的《大地》中译研究.武汉：武汉大学出版社，2017.

⑤ 王运鸿.形象学与翻译研究.外国语（上海外国语大学学报），2018，41（4）：87.

⑥ 周宁.跨文化形象学的观念与方法——以西方的中国形象研究为例.东南学术，2011（5）：4-20.

⑦ 陈吉荣.转换性形象：跨文化建构文学形象的理论视角.海南大学学报（人文社会科学版），2012（2）：25-29.

⑧ 胡开宝，李鑫.基于语料库的翻译与中国形象研究：内涵与意义.外语研究，2017（4）：70-75，112.

⑨ 中文译名引自：狄泽林克.比较文学形象学.方维规，译.中国比较文学，2007：155.

出,比较文学的任务之一是"探索民族和民族是怎样互相观察的:赞赏或指责,接受或抵制,模仿或歪曲,理解或不理解,口陈肝胆或虚与委蛇"[①]。形象学的思想开始萌芽。20世纪40年代,卡雷将形象学定义为"各民族间的、各种游记、想象间的相互诠释"[②]。经过19世纪末到20世纪上半叶的前期探索,1947年,卡雷的《法国作家与德国幻象,1800—1940》[③](*Les Ecrivains Français et le Mirage Allemand 1800—1940*)[④]成为形象学的奠基之作。1951年,马里奥斯-法朗索瓦·基亚(Marius-François Guyard)在《比较文学》中指出,相对于陷入困境的比较文学的影响研究,形象学研究的意义恰恰在于"影响难以估量,形象及形象的流传情况却可以描绘出来"[⑤]。此后,法国学者马里奥斯·基亚、达尼埃尔-亨利·巴柔、保罗·利科、让-马克·莫哈(Jean-Marc Moura)进一步发展了完善了形象学。形象学关注的重点是"审视者对于异国的文化想象",而非被审视的"异国"。

由于国内外立场和出发点不同,对于"中国形象"的研究差异十分明显。对于国内学界,"中国形象"问题与自身切实相关,具有突出的现实意义,是近年的研究热点。在 WoS 数据库中进行英语论文的相关检索及可视化分析,可以帮助我们获得对于国际学界关注点及视角的初步了解。

(1)在 WoS 数据库进行文献检索(检索时间:2019 年 1 月 15 日),主题词为"national image",得到 540 篇文献;继而输入"China"精炼结果,得到 153 篇与中国国家形象相关的研究文献。研究成果发布时间分布见图 3-9。

从论文发表时间可以看到,国际学界对中国国家形象的关注度在近十年远高于从前,2018 年更是达到了最高点。

(2)查找主题词为"China image"或"Chinese image"或"China portrayal"(检索时间:2019 年 1 月 15 日),数据库限定为 WOB 核心合集,研究领域设定为"Arts Humanities"(人文学科),共得到 720 篇文献,人文学科相关研究成果时间分布图见 3-10。

---

① 转引自:狄泽林克. 比较文学形象学. 方维规,译. 中国比较文学,2007:155.

② 转引自:基亚. 比较文学. 颜保,译. 北京:北京大学出版社,1983:6.

③ 中文译名引自:孟华. 比较文学形象学. 北京:北京大学出版社,2001:19.

④ Carré, J. M. *Les Ecrivains Francais et le Mirage Allemand 1800—1940*. Paris: Boivin, 1947.

⑤ 基亚. 比较文学. 颜保,译. 北京:北京大学出版社,1983:106.

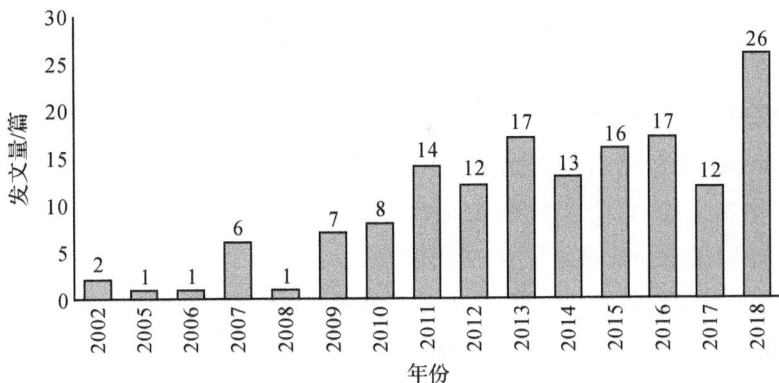

图 3-9　"national image"含"China"的英文期刊论文发表年度趋势

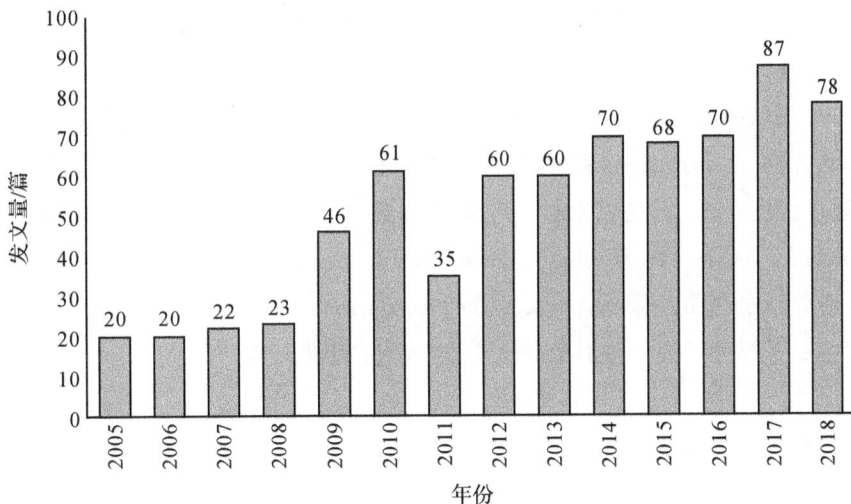

图 3-10　"China image"/"Chinese image"/"China portrayal"
人文学科英文期刊论文发表年度趋势

如图 3-10 所示,与中国形象相关的研究在 2005—2018 年呈上升趋势,2010 年出现较大增幅,之后除 2011 年下降外,总体表现为平稳高位,在 2017 年达到最高点。在这 720 篇文献中,文学(literature)研究相关文献为 109 篇,继历史(history,146 篇)和亚洲研究(Asian studies,143 篇)之后,位列第三。

总的来说,从学科领域看,国际学界关于中国形象讨论最热烈的是社会学、商业经济、外交、旅游、地区研究、国际关系、科技发展等领域。人文学科领域研究的重点范畴是历史、亚洲研究和文学研究。文学研究中,中国形象研究多为比较文学形象学研究,但从审视"他者"的视角出发,不免带有东方主义的局限。

就中国文学整体形象而言,孙会军援引华裔美国学者欧阳桢(Eugene Eoyang)的论述,指出英语世界对中国文学的译介存在选材局限性[①]。欧阳桢以《诺顿文选》的编选为例,论证西方文学被当成世界文学的主体和参照系,而中国文学长期遭到忽视,其形象是缺失、扭曲、变形的。外国受众对中国文学往往带着猎奇的心理。[②] 在这种情况下,不难理解中国文学对于中国形象塑造的影响力甚微。本书所涉及资料中尚未发现关于文学翻译塑造的中国形象的英文专著。这也凸显出我国学界承担自身的学术担当、展开相关研究的必要性。

2005 年之后,陆续有形象学与文学翻译相关的著作出版,比如劳特利奇出版社出版的《翻译儿童文学中的文化冲撞:法语翻译中的澳大利亚形象》(*Cultural Encounters in Translated Children's Literature：Images of Australia in French Translation*)[③]、约翰·本杰明(John Benjamins)出版社出版的《翻译与文化变迁:历史、范式与形象投射研究》(*Translation and Cultural Change：Studies in History，Norms and Image Projection*)[④]和《翻译研究与形象学的连结》(*Interconnecting Translation Studies and Imagology*)[⑤],这些专著都可以为中国形象和文学翻译研究提供参考。

3.3　本章小结

中国网络文学和中国形象的结合已经成为当下的新课题。2017 年 6 月,第三届中国青年文艺评论家"西湖论坛"在浙江杭州举办,论坛主题为"网络文艺的中国形象"。2017 年 11 月,网络文学领军企业阅文集团以

---

① 孙会军.中国小说翻译过程中的文学性再现与中国文学形象重塑.外国语文,2018(5)：13.

② Eoyang,E. C. The persistence of Cathay：China in world literature. *Comparative Literature：East and West*,2011(1)：43-54.

③ Frank,H. T. *Cultural Encounters in Translated Children's Literature：Images of Australia in French Translation*. London：Routledge,2007.

④ Hung,E. (ed.). *Translation and Cultural Change：Studies in History，Norms，and Image Projection*. Amsterdam：John Benjamins,2005.

⑤ Doorslaer,L. V. ,Flynn,P. & Leerssen,J. (eds.). *Interconnecting Translation Studies and Imagology*. Amsterdam：John Benjamins,2016.

"China Literature"（中国文学）为英文名在中国香港上市，获得西方媒体关注。本章对于网络仙侠小说和中国形象的相关研究进行了文献梳理，对研究现状做出总结。

（1）关于网络仙侠小说相关研究。网仙小说是中国网络小说的主要亚文类之一，是带有中国特色的幻想小说。对于国内研究而言，网仙小说的翻译研究尚处于婴儿期，深度和广度尚待加强。继20世纪初以梁启超的《新中国未来记》为代表的第一个高潮、20世纪80年代出现的以先锋小说为代表的第二个高潮出现之后，网仙小说正处于中国幻想小说创作的第三个高潮，拥有海量国内读者和稳定的英文读者群。在网络小说出现之前，仙侠小说主要指传统仙侠。维基百科收录的词条"Xianxia novel"专指网络仙侠小说。目前通俗文学研究已经确立了其合法性，网络文学在文学领域逐渐成为"显学"①。

但针对网络文学翻译的研究成果总量不多，2014年以后逐步增加，在2017年和2018年迎来一个高潮。Wuxiaworld网站作为一个现象级事件，对网仙小说的研究而言意义重大，在翻译研究中作为研究案例屡被提及。目前的网仙小说翻译研究内容以宏观层面的翻译出版和文化传播策略研究为主，读者研究正逐步得到重视，并与文学和传播学形成跨学科研究。总体而言，网仙小说翻译研究还停留在基本概念及术语探讨和翻译文本研究的初级阶段。

就本书所涉及的英文文献资料而言，尚未发现与网仙小说直接相关的研究。厘清术语，建立可以对话的学术话语体系，是推动网仙小说进入国际学界的首要任务。本章针对网仙小说的网络性和幻想性展开探索，有以下3点发现：1）关于"网络小说"与"电子文学"。本研究在多个国际期刊数据库对11种网络文学及电子文学的术语表达进行了检索归纳，发现"web novel"多指亚洲（以韩国、日本和中国为代表）的网络小说，是这些国家最主要的网络文学形式，具有高度娱乐性，相关研究在韩国最为活跃。美国的网络小说称为"web fiction"，较常出现在娱乐生活中。"电子/数字文学"（electronic/digital literature）以及"互动小说"（interactive fiction，IF）才是学术研究的主要对象。2）"电子/数字文学"不同于"网络文学"（internet literature），后者往往与中国相关。欧美电子文学的发展和计算机硬件和软件的开发、使用紧密

---

① 邵燕君.网络文学经典解读.北京：北京大学出版社，2016：18.

相连,是计算机技术与文学结合的产物;网络小说伴随着互联网的发展而发展。面对计算机和互联网,不同国家和地区的文学做出了不同的回应。欧美国家、日本、韩国和中国都分别发展出了具有自己风格的电子文学和网络小说:韩国的网络文学具有先锋的实验性,同时网络小说也是韩流的一部分;日本的轻小说和网络结合,形成网络轻小说;欧美注重技术的发展,关注人机互动和读者参与,其电子文学和网络小说发展成为门槛较高的专业研究领域;中国是传统类型小说在网络上生机再现,通过在线阅读方式发展为大众文学活动,成为一个社会奇观和经济奇迹。网络仙侠小说被美国读者主动译介到英语世界,散发出巨大的吸引力。这一方面是由于互联网提供了全球传播的契机;另一方面是由于幻想是人类共通的本能,中国仙侠小说为英语读者的幻想世界提供了另外一种可能性。3)第2章已对幻想小说(fantasy novel)、奇幻小说(fantasy)和魔幻小说(the fantastic)3个术语进行了厘定。简言之,网仙小说属于中国幻想小说文类下的奇幻小说,与西方幻想小说文类下的奇幻小说相对应,具有可比性。幻想是对现实的回应。在日新月异的数字时代,幻想小说迎来了创作热潮。中国的科幻小说和玄幻仙侠小说就是人们对于当下科技发展和社会现状的文学反馈,并且得到了东西方读者的共鸣。但我国幻想小说批评相对滞后,相关翻译研究更少。

(2)关于"中国形象"的研究。从1992年至2018年,国内相关研究整体呈上升趋势,2003年至2010年研究文献数量急剧上升,之后稳步上升。从学科分类看,研究比重最大的前5位分别是新闻传播、文学、影视、政治和历史研究。2012年莫言荣获诺贝尔文学奖是我国学界开始关注自我形象塑造的一个契机。起初,关于"中国形象"的文学研究相对集中于某些作家作品,如毛姆、赛珍珠、严歌苓等。近些年来,针对当代文学作品和通俗作品的研究逐渐增多。对比较文学形象学和中国形象自塑而言,翻译都扮演着至关重要的角色,但现有研究却相对较少。近两年,关于"中国形象"的文学翻译研究逐渐引起重视,成果逐渐增多。

国际学界由于和我国立场和视角不同,对于中国形象讨论最热烈的是社会学、商业经济、外交、旅游、地区研究、国际关系和科技发展等领域。人文学科领域研究的重点是历史研究、亚洲研究和文学研究。文学研究中,中国形象研究多为比较文学形象学研究,从审视"他者"的视角出发,充斥着东方主义的观点。中国文学长期遭到忽视,其形象是缺失、扭曲、变形的,难以对塑造中国形象发挥积极的影响,这也凸显出我国学界承担起相关研究的必要性。2005年之后,国际学界陆续有形象学与文学翻译相关的著作出版,可以为中国形象的文学翻译研究提供参考。我国学者也在不断提出新见解,发展形象研究,为本研究提供理论基础和方法论的参考。

第 4 章
自塑与他塑的合力——英译本塑造的仙侠形象

描写译学(DTS)主张翻译研究范式从规约型(prescriptive)转向描述型(descriptive),将重点从原文转向译文。描写译学的发展逐步走向社会翻译学维度,但从未否认文本研究的价值。英译文本同时包含原作者和译者的创造,是二者的合力形成了面向英语读者的最终文本。本章以英译文本为出发点,考察英译文本塑造的具体形象。

4.1　研究方案

福斯特在其经典之作《小说面面观》(*Aspects of the Novel*)中写道,"贯穿这些讲座的观点已然显而易见:小说中有两种力量,那就是人和人以外的林林总总各色事物,而处理好二者之间关系就是小说家的任务"[①]。本书2.3阐述的"中国形象"部分已经说明本研究的"中国形象"是指文学文本塑造的形象,在本章分解为英译本的语言形象、人物形象和事物形象(简称物象),后两者为考察重点。下文将从小说样本选择、研究方法、检索参数,以及使用工具4个方面说明研究方案。

4.1.1　小说样本选择——7部英译网仙小说

在小说样本选择部分,本节将从考察对象、抽样方法和参照对象三方面进行说明。

---

① Forster, E. M. *Aspects of the Novel*. London: Penguin Books, 1981:101.

(1)考察对象

本章选择了 7 部网络仙侠小说作为具体考察对象,英译文本全部来自 Wuxiaworld 网站①。该网站上的"Chinese"(中国小说)项目下共有 33 部英译作品(查询时间:2019 年 1 月 19 日)。笔者在选择样本时,尽量做到选择具有代表性的作品。这些作品分别由 4 位作者创作,主要由 6 位译者翻译,具体信息见表 4-1。

表 4-1　7 部网仙小说基本信息②

序号	中文作品名	英译名	作者	译者③
1	《星辰变》	*Stellar Transformations*	我吃西红柿	RWX 等
2	《莽荒纪》	*Desolate Era*	我吃西红柿	RWX
3	《仙逆》	*Renegade Immortal*	耳根	Rex.
4	《我欲封天》	*I Shall Seal the Heavens*	耳根	Deathblade
5	《一念永恒》	*A Will Eternal*	耳根	Deathblade
6	《凡人修仙传》	*A Record of a Mortal's Journey to Immortality*④	忘语	Doubledd
7	《斗破苍穹》	*Battle Through the Heavens*	天蚕土豆	goodguyperson

这 7 部作品,原文均为网络小说中公认的上乘之作;作者均为顶级网络作家,且均入选《网络文学五年普查(2009—2013)》遴选出的"30 位著名网络写手"⑤,近年来表现依然突出。根据起点中文网排行榜单,《一念永恒》以 4277019 次收藏量位列收藏榜第 1 位,《我欲封天》《凡人修仙传》《星辰变》分别位于第 6、7、8 位。在完本榜中,《凡人修仙传》以 33545387 次点击量位列完本榜第 1 位,《星辰变》《莽荒纪》《仙逆》分别位列第 3、5、6 位。⑥《星辰变》是 Wuxiaworld 网站最早期的翻译作品,是英语网友推荐的入门级仙侠小

---

① 网址:https://www.wuxiaworld.com/.

② 7 本小说中文连载起止时间:《星辰变》(2007 年 5 月 19 日—2008 年 4 月 29 日),《莽荒纪》(2012 年 12 月 16 日—2015 年 4 月 10 日),《仙逆》(2009 年 6 月 8 日—2012 年 1 月 18 日),《我欲封天》(2014 年 3 月 1 日—2016 年 2 月 8 日),《一念永恒》(2016 年 4 月 28 日—2018 年 2 月 9 日),《凡人修仙传》(2008 年 2 月 20 日—2013 年 9 月 23 日),《斗破苍穹》(2009 年 4 月 14 日—2011 年 7 月 20 日)。

③ 译者名字形式,包括大小写及符号均与 Wuxiaworld 网站上的作品署名保持一致。

④ 下文英文简称:*Journey to Immortality*。

⑤ 欧阳友权. 网络文学五年普查(2009—2013). 北京:中央编译出版社,2014:30-33.

⑥ 以上为 2019 年 1 月 19 日数据,参考网址:https://www.qidian.com/rank/chn22/.

说。到目前为止,《凡人修仙传》被认为是修仙文①中在写作上最成熟、影响力也最大的作品。②

《星辰变》与《莽荒纪》的作者是"我吃西红柿",又名番茄,本名朱洪志,起点中文网白金作家,2017 年 11 月,荣获第二届"中华文学基金会茅盾文学新人奖网络文学新人奖";2018 年 5 月,荣获第三届橙瓜网络文学奖的"网文之王"称号。③

《仙逆》《我欲封天》和《一念永恒》的作者是"耳根",本名刘勇,起点中文网白金作家,凭借《我欲封天》获得超高人气,在 2015 年连续十个月蝉联"起点月票"第一,作品荣获 2015 年福布斯中国原创文学风云榜年度冠军;2016 年,其作品《一念永恒》再度荣登福布斯中国原创文学风云榜,跻身三甲;2017 年、2018 年蝉联第二届和第三届"网文之王"评选出的五大至尊之一;2018 年 5 月,荣获第三届"橙瓜网络文学奖"的"年度最受欢迎作家"之"年度仙侠作家";2021 年 12 月 20 日,获得第四届茅盾新人奖·网络文学奖。④ 之所以选择 3 部耳根的作品,是因为《仙逆》由 Rex. 翻译,另外 2 部由 Deathblade 翻译,两位译者的译文可以形成对比,突显翻译在形象塑造中的作为。此外,译者 Deathbalde 在翻译之后,创作了英文仙侠小说。其译作和原创作品将在第 6 章中进行分析。

《凡人修仙传》在 2018 年 5 月第三届"橙瓜网络文学奖"评选中荣获年度十大作品,作者是"忘语",本名丁凌滔,在第三届"橙瓜网络文学奖"评选中位列五大至尊之一。⑤

《斗破苍穹》的作者是"天蚕土豆",本名李虎。2009 年 4 月,其创作的第二部长篇玄幻小说《斗破苍穹》在起点中文网获得超高人气。凭借这部作品,天蚕土豆一夜成名,成为 2009 年起点中文网白金作家。2011 年,《斗破

---

① 本书在论述中统一采用"网络仙侠小说"这一表达,此处"修仙文"为引文,是网络仙侠小说的另一种说法。

② 吉云飞. 修仙:东方新世界——以梦入神机《佛本是道》为例//邵燕君. 网络文学经典解读. 北京:北京大学出版社,2016:71.

③ 参考网址:https://baike.baidu.com/item/%E6%88%91%E5%90%83%E8%A5%BF%E7%BA%A2%E6%9F%BF/4423801? fr=kg_general..

④ 参考网址:https://baike.baidu.com/item/%E8%80%B3%E6%A0%B9/2172007? fromModule=lemma_search-box.

⑤ 参考网址:https://baike.baidu.com/item/%E4%B8%81%E5%87%8C%E6%B6%9B/1782781? fromModule=lemma-qiyi_sense-lemma&fromtitle=%E5%BF%98%E8%AF%AD&fromid=4735254..

苍穹》长期占据百度热门小说搜索第一位。^① 该书中只有斗气,没有道家仙法,不是典型的仙侠小说。但与西方幻想小说相比,"东方玄幻"的特点依然十分明显。本研究将其收入考察样本,旨在与其他作品做出比较,发现各自特点,进一步厘清仙侠和玄幻的关系。

5位译者在 Wuxiaworld 网站上也得到了英语读者的认可。其中 RWX(中文名:赖静平)是 Wuxiaworld 网站的创始人,早年在论坛发布自己翻译的金庸、古龙武侠小说,后翻译玄幻小说《盘龙》,收获数万粉丝支持,受到激励创立了 Wuxiaworld 网站。Deathblade 是 Wuxiaworld 网站最知名的译者之一。除翻译外,他还录制了中国文化讲解视频,发布在 Facebook、Bilibili等国内外社交和短视频平台及个人网页上,并且借鉴仙侠元素创作了英文小说《魔兽门传奇》(Legends of Ogre Gate)。goodguyperson(GGP,中文名:孔雪松)在读过《盘龙》的英译本之后爱上了中国网络小说,成为译者,之后又创立了网站 GravityTales,该网站成为规模仅次于 Wuxiaworld 的中国网络小说翻译网站。GravityTales 翻译的首部作品是"17K 小说网"作者"失落叶"的作品《斩龙》。与 Wuxiaworld 相比,GravityTales 翻译的作品类型更加多样化。

综上,从作品、作者、译者三个角度考量,本章选取的7部作品都是目前英译仙侠/玄幻网络小说中质量上乘的作品,适合本书的研究。

(2)抽样方法

由于网仙小说均为连载形式,篇幅较长,每部作品动辄数百万字,7部作品逾千万字/词,超出了本研究的数据处理能力,因此本研究选择了抽样(sampling)方法。其中,《星辰变》(Stellar Transformations)作为重点分析案例,选择已完成的全部英译文本(第1—11集);其余6部作品均作抽样处理。抽样标准为每部作品的第一部和最后一部,以及部分中间部,具体信息参见表4-2:

---

① 参考网址:https://baike. baidu. com/item/%E5%A4%A9%E8%9A%95%E5%9C%9F%E8%B1%86? fromModule=lemma_search-box.

表 4-2 7 部网仙小说抽样信息

序号	中文作品名 （作者）	完本情况	抽样部分	抽样英译 单词数
1	《星辰变》 （我吃西红柿）	中文完本 中文共 18 集 英译至第 11 集	第 1—11 集 第 1 集第 1 章—第 11 集 68 章 （共 303 章）	846621
2	《莽荒纪》 （我吃西红柿）	中英文均完本 中文共 45 卷 英文共 45 卷	第 1 卷（第 1—18 章） 第 20 卷（第 1—37 章） 第 45 卷（第 1—17 章）	167524
3	《仙逆》 （耳根）	中文完本 中文共 13 卷 英文译至第 9 卷	第 1 卷（第 1—64 章） 第 5 卷（第 406—467 章） 第 9 卷（第 1141—1393 章）	439701
4	《我欲封天》 （耳根）	中英文均完本 中文共 10 卷 英译共 10 卷	第 1 卷（第 1—95 章） 第 5 卷（第 629—800 章） 第 10 卷（第 1558—1614 章）	145772
5	《一念永恒》 （耳根）	中英文均完本 中文共 7 卷 英译共 7 卷	第 1 卷（第 1—183 章） 第 7 卷（第 855—900 章）	267019
6	《凡人修仙传》 （忘语）	中文完本 中文共 11 卷 英文译至第 6 卷	第 1 卷（第 1—99 章） 第 6 卷（第 796—819 章）	179725
7	《斗破苍穹》 （天蚕土豆）	中英文均完本 中文共 26 卷 英译共 26 卷	第 1 卷（第 1—120 章） 第 26 卷（第 1500—1648 章）	451534

（3）参照对象

本研究选择了 4 部经典英文原创奇幻小说合成英文幻想小说集，共 3854065 词，作为 7 部网仙小说的参照对象（reference corpus）。这 4 部作品①分别是：《纳尼亚传奇》（*The Chronicles of Narnia*）（322638 词）、《指环王》（*The Lord of the Rings*）（651978 词）、《哈利·波特》（*Harry Potter*）

---

① 4 部小说选用的版本为：

Lewis, C. S. *The Chronicles of Narnia Complete 7-Book Collection*. New York：Harper Collins，2013.

Tolkien, J. R. R. *The Lord of the Rings*. New York：HarperCollins，2009.

Rowling, J. K. *Harry Potter：The Complete Collection*. London：Pottermore Publishing，2016.

George, R. R. M. *A Song of Ice and Fire*. New York：Bantam，2012.

（1096878 词）、《冰与火之歌》（*A Song of Ice and Fire*）（1782571 词）。

此外，为了和网仙小说形成不同文类的对比，研究还选择了 2 部英译古龙作品——《七星龙王》（*Dragon King With Seven Stars*）（96094 词）和《天涯明月刀》（*Horizon, Bright Moon, Sabre*）（196228 词），作为英译武侠小说的代表。这 2 部英译作品也在 Wuxiaworld 网站发布，与英译网络仙侠小说在同一平台上面对读者的品评，在译者及读者反馈方面均具有可比性。

4.1.2　研究方法——基于语料库的形象研究

如 4.1.1 所述，本章共涉及英译及英语原创小说 13 部，总共 7004473 词。对于处理巨大篇幅的文本，语料库是理想工具，"其最大优势就在于能够把分析从对具体文学叙事的阐释实践中分离出来，使得考察数量庞大的叙事文本成为可能"[①]。在将语料库方法应用于文本分析方面，很多学者做出了探索，如戴维·赫尔曼（David Herman）[②]、图伦[③]分别在语料库叙事学方面做出尝试；夏洛特·布瓦索（Charlotte Bosseaux）[④]将语料库、叙事学与翻译研究三者结合起来；国内学者如黄立波[⑤]、任晓霏[⑥]在语料库翻译文体学领域均有建树；胡开宝等[⑦]提出基于语料库的翻译与中国形象研究。

目前基于语料库的中国形象研究方法以搭配（collocation）研究为主。

---

①　尚必武.叙事研究的新领域和新方法：语料库叙事学评析.解放军外国语学院学报,2011(2):109.

②　Herman,D. Quantitative methods in narratology：A corpus-based study of motion events in stories In Meister,J. C. (ed.). *Narratology Beyond Literary Criticism：Mediality and Disciplinarity Narratologia*. Berlin：Walter de Gruyter,2005：125-149.

③　Toolan,M. *Narrative Progression in the Short Story：A Corpus Stylistic Approach*. Amsterdam：John Benjamins Publishing Company,2009.

④　Bosseaux,C. Point of view in translation：A corpus-based study of French translations of Virginia Woolf's *To the Lighthouse*. *Across Languages and Cultures*,2004(1)：107-122.

⑤　黄立波.翻译研究的文体学视角探索.外语教学,2009(5):104-108.

⑥　任晓霏,张吟,邱玉琳,等.戏剧翻译研究的语料库文体学途径——以戏剧翻译中的指示系统为案例.外语教学理论与实践,2014(2):84-90,97;任晓霏,朱建定,冯庆华.戏剧翻译上口性——基于语料库的英若诚汉译《请君入瓮》研究.外语与外语教学,2011(4):57-60,87.

⑦　胡开宝,李涛,孟令子.语料库批评翻译学概论.北京:高等教育出版社,2018.胡开宝,李鑫.基于语料库的翻译与中国形象研究：内涵与意义.外语研究,2017(4):70-75,112.

搭配指"文本中短距离出现的两个或多个词"①。参考搭配的应用②,本研究以选取小说的主人公名字和代表物象的名词作为节点词(node word),考察其搭配词(collocate)及语境(context)。

除搭配研究以外,本章还综合参考语料库文体学及语料库叙事学方法,设计出具体的研究参数。设计时有 3 个要点。1)在整个过程中遵循弗斯学派(Firthian)基于频率(frequency-based)的统计学路径,将基于频率的基本思路贯穿于人物形象和事物形象研究,涉及频次(frequency)、共现(co-occurrence)、搭配(collocation)和语境(context)4 个基本概念。"观其伴,知其义"("You shall know a word by the company it keeps!")③,本研究将频次的重要性引入到文学人物和事物形象研究。对人物而言,与主人公名字共现频率最高的词语即表明该人物的特点;事物在文本中主要表现为名词,与该名词共现频率最高的词语表明该事物的特点及作者对于该事物的态度。要对搭配词做出具体分析,须还原到语境中。2)将文学研究中主要基于阅读得出的主观论点及假设落实到文本检索的具体参数和数据。3)研究对象为英译文本,主要使用英语可比语料库,部分涉及汉英平行语料库。下面介绍具体检索参数设置和检索方法。

4.1.3 检索参数

4.1.3.1 语言形象参数

在《翻译建构当代中国形象——澳大利亚现当代中国文学翻译研究》一书中,语言形象是主要研究内容之一,其他三个形象分别为女性形象、男性形象和诗歌形象。④ 孙会军指出,译文再现原作的文学性对于塑造中国文学形象大有裨益,并援引俄国形式主义关于文学性的概念⑤,说明文学性即"文学作品的语言和形式特征"⑥。语言形象对中国形象塑造的重要性不言而

---

① Sinclair,J. *Corpus,Concordance,Collocation.* Oxford:Oxford University Press,1991:170.

② Barnbrook, G., Mason, O. & Krishnamurthy, R. *Collocation:Applications and Implications.* Basingstoke:Palgrave Macmillan, 2013.;杨柳.《搭配——应用与启示》介评. 外语教学与研究,2017(4):474-478.

③ Firth,J. R. Linguistic analysis as a study of meaning. In Palmer, F. R. (ed.). *Selected Papers of J.R.Firth*,1952—1959. London:Longmans. 1968:12.

④ 陈吉荣. 翻译建构当代中国形象——澳大利亚现当代中国文学翻译研究. 北京:中国社会科学出版社,2012.

⑤ 孙会军.中国小说翻译过程中的文学性再现与中国文学形象重塑.外国语文,2018(5):14.

⑥ 张隆溪.二十世纪西方文论述评.上海:上海三联书店,1986:34.

喻,其中译者发挥着至关重要的作用。本小节发挥语料库的研究特长,通过标准类符/形符比(standardised type/token ratio,简称 STTR)和词汇密度(lexical density)两个指标,重点考察 7 部抽样英译网仙小说的词汇丰富度和译文难度,发现其语言形象的特点。这一部分仅涉及基本信息比较,不深入到具体的遣词造句。

词汇丰富度——标准类符/形符比。类符(type)可以理解为语料库包含的单词种类,一个词只有首次出现时才计入类符数;形符(token)则指语料库中包含的每个单词,同一个词在语料库中每次出现均计入形符数。因此,类符/形符比(type/token ratio,简称 TTR)在一定程度上反映了考察文本的词汇丰富度。但是如果两个语料库的容量相差巨大,TTR 就不具可比性,这时可借助标准类符/形符比,通过计算每千字的类符/形符比得到平均值。STTR 数值越高,证明词汇越丰富。

译文难度——词汇密度。词汇密度指文本中实词所占的比例,计算方法为:实词数/总词数×100%。实词指除语法功能以外的,具有稳定词汇意义的词语,文本中的实词越多则密度越大,传递的信息越多,难度也相应增加。[1] 一般认为,英语实词包括名词、实义动词、形容词和副词四类。[2] 胡显耀在此分类基础上提出,实词应包括"大多数副词"[3]。汉语文本一般采取王力、吕叔湘与朱德熙的观点,将名词、动词、形容词 3 类词归为实词。[4] 综合以上观点,本研究中的实词包括名词、实义动词、形容词和具有实际意义而非语法意义的副词。

4.1.3.2 人物形象参数

人物形象参数分为两个参数,分别是:主人公及相关人物名字全文分布、主要人物叙事动词检索。叙事动词包括动作、话语和心理动词。在对 7 部译作整体数据描述的基础上,本研究对重点作品进行了案例分析。具体如下。

参数 1:确定主要人物及相关人物名字——通过词表(wordlist)确定高

---

① 王家义.译文分析的语料库途径.外语学刊,2011(1):130;杨柳,朱安博.基于语料库的《温莎的风流娘儿们/妇人》三译本对比研究.外国语(上海外国语大学学报),2013(3):79.

② Biber, D., Johansson, S., Leech, G., et al. *Longman Grammar of Spoken and Written English*. London: Pearson Education Limited, 1999:15.

③ 胡显耀.基于语料库的汉语翻译小说词语特征研究.外语教学与研究,2007(3):216.

④ 胡显耀,曾佳.对翻译小说语法标记显化的语料库研究.外语研究,2009(5):79.

频出现的主人公及相关人物名字,分析二者在全文的分布。针对重点考察的作品,对主要人物进行搭配词词表(collocate list)及关键词词表(keyword wordlist)分析。除人物设置本身的重要性外,这一步也是进行下一步动词检索的前提。

参数 2:主要人物叙事动词检索——找出主要人物叙事动词,即句中含有高频出现的主要人物名字、同时含有叙事时态动词(VVD 或 VVZ[①])。句中主要人物是主语或及物参与者(行为发出者或目标)。这些动词主要分为 3 类,分别是动作动词、话语动词和心理动词。文中分析以动作动词为主。

第 1 类,动作动词。在进行检索时,动作动词要满足以下 3 个条件:1)有参数 1 确定的主要人物作为主语或宾语出现;2)句子中的实义动词为叙事时态(过去时或历史现在时);3)去掉"说"和"想"这类表示话语及心理引导动词。其中,引导直接引语(prospective directive speech,简称 PDS)和自由间接思想(free indirect thought,简称 FIT)的动词属于角色话语及心理参数,将分项讨论。针对此类 PDS+FIT 引导动词,本研究综合 7 部译本及参照作品,总结出以下 28 个动词:add、ask、complain、cry、continue、explain、inquiry、mumble、murmur、plead、remind、respond、say、shout、speak、stammer、tell、warn、whisper、think、question、reply、retort、answer、argue、berate、blurt、bark。

第 2 类,话语动词,即第 1 类中的 PDS+FIT 引导动词除去 think 以外的 27 个动词,引导的是人物话语行为。本研究将分两个步骤进行分析:1)提供 7 部英译作品的主要人物话语行为的基本数据,与动作动词数据进行对比;2)对于重点作品进行案例分析。

第 3 类,心理动词,即包含情态叙事和心理过程的动词,尤其是有在后面接叙事主题(文本表现为从句)作为动词补充的情况。动词,尤其是"那些关于不确定性、认知和知道"的动词对于文体特征具有特别的研究意义[②]。这类动词对于人物形象塑造同样具有重要意义。在进行检索时,要满足以下 3 点:1)有主人公名字或人称代词出现(在本研究中主要是 he/him);2)心理过程动词出现;3)心理过程动词后接从句。心理过程动词参考图伦列举的动

---

① VVD 和 VVZ 均为常用词性标注赋码,根据词性标注软件 CLAWS7 词性赋码集,VVD 表示动词过去式,VVZ 表示以"-s"结尾的动词第三人称单数形式。

② Stubbs,M. Conrad in the computer: Examples of quantitative stylistic methods. *Language and Literature*,2005(1):11.

词,包括:know、think、seem、appear、feel、suspect、expect、want、need、see、look、wonder、believe、realize、realize。[①]

4.1.3.3 事物形象参数

对于文学形象而言,事物形象和人物形象同样具有重要的意义。形象表现为形式。刘恪列举了7种构成文学形象的核心形式要素,其中第7种就是关于物象。[②] 他认为,物象可以表现为"一个地名、河流、建筑物、事件,一种意境、象征,一节小诗。大部分情况下这类文学形象是静态的、物象的,如长城、黄河、巴黎圣母院、天安门、太阳或者月光、大海等。这些文学形象或许还可直接来自原型。……它的文学形象正是人类寻找自我的情感满足的一个原型"[③]。对于英译网仙小说而言,那些文化元素负载物,如"剑""气""道"等,构成了这一文类最具代表性的物象,也成为中国形象的象征物。这些物象在文本中主要表现为名词形式,本小节的任务是设计出检索参数和方法,从文本中找出最具代表性的物象。

韦恩·梁(Wayne Liang)针对英语奇幻小说提出了甄选文化专有项的两个基准:1)源文本中大量的、不可削减的超自然因素;2)在目标语文化中不存在的或者涵义(价值)不同的词项。根据这两个基准提出的7类文化专有项分别是:角色名字、地理名称、专有名词、超自然或神话存在、计量单位、家庭生活与活动和节日。[④] 有研究者以斯坦尼斯拉夫·莱姆(Stanislaw Lem)的《星际日记》(*The Star Diaries*)为研究对象,发现通过文学(专有)名称(literary names)之间不同特点和功能的互动可实现多维幻想空间的建构。[⑤]

本书参考以上研究,结合语料库工具,将通过两个步骤探究抽样网仙小说英译本刻画的代表性事物形象。首先,通过词表中的名词分析,找出频次最高的词项,进行分析;重点考察"剑""气""道"等公认的标志性物象词语的使用频次和语境。其次,通过软件CLAWS7进行词性标注,之后提取专有

---

① Toolan,M. *Narrative Progression in the Short Story:A Corpus Stylistic Approach*. Amsterdam:John Benjamins Publishing Company,2009:151.

② 原文将其列为第8个元素,疑似笔误。

③ 刘恪.文学形象形式的当代阐释.文艺理论研究,2008(3):23.

④ Liang,W. Translators' behaviors from a sociological perspective—A parallel corpus study of fantasy fiction translation in Taiwan. *Babel*,2016(1):44.

⑤ Fabian,A. Proper names as space constituent elements in the fantastic literature:Stanislaw Lem's *The Star Diaries*. *Zeitschrift für Slawistik*,2018(3):439.

名词(NP)进行分析。名词词表可以保证筛选出频次最高的名词;专有名词词表则保证那些频次并非最高,但具有高度文化元素的名词不会被忽略。

4.1.4　使用工具

文本检索工具:WordSmith4.0 和 AntConc3.4。本研究中将按需使用两种工具,二者的区别主要表现为 3 点:

1)最大区别在于 WordSmith4.0 的功能定位是建库辅助+查库辅助,AntConc3.4 只有查库辅助功能。[①] 与本研究直接相关的是 WordSmith 能够提供语料文件之间的对比与统计,而 AntConc 只能单库查询。因此,本书的 4.2 节通过 WordSmith 的"词表(Wordlist)"功能项下的"数据(statistics)"项来展示多个所需文本的基本信息对比。2)关于词表单词直接跳转索引行功能的区别。AntConc 生成词表后,点击表中词项即可跳转到该词的索引行(Concordance)页面;WordSmith 没有实现词表和索引行页面的一键链接,索引查询须要逐个单词输入。3)单项功能处理速度的区别。WordSmith4.0 的单项功能处理速度优于 AntConc3.4。[②]

词性标注工具:CLAWS7。语言形象部分的词汇密度,人物形象部分的叙事动词,事物形象的专有名词,以及人物形象、事物形象的关键词搭配均须对文本进行词性标注处理。尽管学界对于语料标注的看法仍存在分歧,反对标注者往往援引约翰·辛克莱尔(John Sinclair)提出的"干净文本原则"(clean text policy)[③],认为标注会人为干扰语料,破坏其研究价值,但辛克莱尔本人后期也承认必要的词性赋码对语料库研究有益。[④]

本书英译文赋码使用了英国兰卡斯特大学(Lancaster University)研发的 CLAWS 在线标注工具。CLAWS 已经为世界知名语料库完成超过 1 亿词的赋码,包括"英国国家语料库"(British National Corpus,简称 BNC)1994 年的初始语料、2014 年的更新版和美国杨百翰大学戴维斯教授主持的语料

---

① 李亮. AntConc 与 WordSmith Tools 的功能异同之我见.(2012-08-26)[2018-11-07]. https://www. corpus4u. org/threads/8470/.

② 杨柳. 网络小说《盘龙》英译本叙事进程探析——基于语料库叙事学方法. 外语教学理论与实践,2022(1):144.

③ Sinclair, J. M. *Corpus,Concordance,Collocation*. Oxford:Oxford University Press,1991:21.

④ Sinclair, J. M. Intuition and annotation:The discussion continues. In Teubert, W. & Krishnamurthy,R. (eds.). *Corpus Linguistics:Critical Concepts in Linguistics* (*Vol.* 2). London:Routledge,2007:427.

库项目"美国当代英语语料库"(Contemporary Corpus of American English，简称 COCA)等。① 兰卡斯特大学在线标注网站提供最新版本的 CLAWS 软件，由保罗·雷森(Paul Rayson)博士负责日常运行和维护。针对语料标注，可以选择 C5 或 C7 赋码集。本研究选择的是 C7。

4.2　语言形象

4.2.1　词汇丰富度

首先使用 WordSmith4.0 做出 7 部英译网仙小说、2 部英译武侠小说和 4 部英文原创奇幻小说的词表，得到以下基本信息(由于 13 部小说横排显示宽幅过大，现以图 4-1 至图 4-3 分列)。

WordSmith 的词表功能提供了文本的总形符数(tokens in text)、类符数、类符/形符比、标准类符/形符比等基本数据。表格中第一行为文本序号，由于小说名字较长，不便于在表格中全部显示，以字母 a—g 代表 7 部小说，符号说明见表格下方。表格第 1 列是 7 部小说整体的数据，第 2 至 8 列分别显示了每部小说的数据。这 7 部小说中，《星辰变》(*Stellar Transformations*)作为重点案例分析对象收入了已完成的英译全文(第 1—11 集)，其他 6 部小说选取第 1 部作品，最后/新一部作品及中间部抽样。如图 4-1 显示，从总形符数看，*Stellar Transformations* 全本约 84 万词，其他 6 部小说选取的样本的单词数从约 14.6 万至 45.2 万不等。因为每个文本形符绝对值相差巨大，因此标准类符/形符比(STTR)更具参考价值。如图 4-1 所示，7 部英译网仙小说的总 STTR 是 39.42，其中单部最高的是《凡人修仙传》(*A Record of a Mortal's Journey to Immortality*)(42.19)，单部最低的是《仙逆》(*Renegade Immortal*)(35.97)。

《七星龙王》和《天涯明月刀》是古龙的作品，译者分别为 Deathblade 和 RWX。这 2 部作品均于纸媒时代在报刊上连载，后集结成书，篇幅远小于网络小说。《星辰变》英译全文 846621 个词，是《七星龙王》英译文的近 10 倍，《天涯明月刀》的近 7 倍。网络作品没有实体书的物理和印刷成本限制，同时为了留住粉丝，其篇幅通常远大于传统武侠小说。

---

① 网址：http://ucrel-api.lancaster.ac.uk/claws/free.html.

N	Overall	1	2	3	4	5	6	7
text file	Overall	a.txt	b.txt	c.txt	d.txt	e.txt	f.txt	g.txt
file size	14,241,975	4,845,714	978,899	2,422,997	833,245	1,557,529	1,037,302	2,566,289
tokens (running words) in text	2,497,896	846,621	167,524	439,701	145,772	267,019	179,725	451,534
tokens used for word list	2,482,285	836,281	167,262	437,241	145,144	266,287	179,485	450,585
types (distinct words)	24,035	15,377	6,966	7,631	7,015	8,814	9,352	10,350
type/token ratio (TTR)	1	2	4	2	5	3	5	2
standardised TTR	39.42	39.53	39.19	35.97	40.91	41.46	42.19	39.86
standardised TTR std.dev.	59.48	60.07	60.21	63.06	57.45	57.50	57.38	58.85
standardised TTR basis	1,000.00	1,000.00	1,000.00	1,000.00	1,000.00	1,000.00	1,000.00	1,000.00
mean word length (in characters)	4	4	4	4	4	5	5	4
word length std.dev.	2.31	2.35	2.32	2.18	2.31	2.35	2.39	2.26
sentences	121,101.00	8,169.00	13,317.00	30,583.00	10,347.00	17,644.00	10,604.00	30,437.00
mean (in words)	20	102	13	14	14	15	17	15
std.dev.	41.24	130.80	8.70	6.97	7.35	8.19	8.84	8.65

注：a—*Stellar Transformations*，b—*Desolate Era*，c—*Renegade Immortal*，d—*I Shall Seal the Heavens*，e—*A Will Eternal*，f—*Journey to Immortality*，g—*Battle Through the Heavens*

图 4-1　7 部英译网仙小说基本信息

如图 4-2 显示，2 部英译武侠小说的总 STTR 是 39.49，其中较高的是 *Dragon King With Seven Stars*（40.26），较低的是 *Horizon，Bright，Moon，Sabre*（38.95）。

N	Overall	1	2
text file	Overall	horizon, bright moon, sabre.txt	dragon king with seven stars.txt
file size	1,207,388	708,914	498,474
tokens (running words) in text	212,871	124,776	88,095
tokens used for word list	212,629	124,690	87,939
types (distinct words)	9,562	7,315	5,756
type/token ratio (TTR)	4	6	7
standardised TTR	39.49	38.95	40.26
standardised TTR std.dev.	60.10	59.89	57.51
standardised TTR basis	1,000.00	1,000.00	1,000.00
mean word length (in characters)	4	4	4
word length std.dev.	2.21	2.20	2.22
sentences	3,570.00	2,053.00	1,517.00
mean (in words)	60	61	58
std.dev.	83.66	79.97	88.42

图 4-2　2 部英译武侠小说基本信息

所选的 4 部英文原创奇幻小说作品包括 2 部英国经典奇幻作品、1 部英国当代奇幻作品和 1 部美国当代奇幻作品，分别是英国作家、牛津大学托尔金教授于 1954 年至 1955 年出版的 *The Lord of the Rings*，英国作家、剑桥大学刘易斯教授于 1950 至 1956 年出版的 *The Chronicles of Narnia*，英国作家 J. K. 罗琳（J. K. Rowling）于 1997 至 2007 年出版的 *Harry Potter* 和美国作家乔治·雷蒙德·理查德·马丁（George Raymond Richard Martin）于

1996 至 2012 年出版的 *A Song of Ice and Fire*。[①] 4 部小说均为系列作品。

如图 4-3 显示，*The Lord of the Rings* 和 *The Chronicles of Narnia* 的形符数分别约为 65.2 万和 32.3 万，*Harry Potter* 和 *A Song of Ice and Fire* 分别约为 100 万和 180 万。4 部英文原创奇幻小说的总 STTR 是 43.07，其中单部最高是 *Harry Potter*（44.32），单部最低是 *The Lord of Rings*（40.43）。

WordList					
File Edit View Compute Settings Windows Help					
N	Overall	1	2	3	4
text file	Overall	a song of ice and fire.txt	harry potter.txt	the chronicles of narnia.txt	the lord of the rings.txt
file size	21,473,540	9,786,994	6,458,016	1,784,630	3,443,900
tokens (running words) in text	3,854,065	1,782,571	1,096,878	322,638	651,978
tokens used for word list	3,851,318	1,782,338	1,096,249	322,588	650,143
types (distinct words)	40,684	23,631	23,152	10,978	15,620
type/token ratio (TTR)	1	1	2	3	2
standardised TTR	43.07	43.73	44.32	40.45	40.43
standardised TTR std.dev.	56.34	56.39	55.25	59.54	59.96
standardised TTR basis	1,000.00	1,000.00	1,000.00	1,000.00	1,000.00
mean word length (in characters)	4	4	4	4	4
word length std.dev.	2.01	1.94	2.19	1.91	1.90
sentences	302,627.00	154,141.00	83,535.00	23,252.00	41,699.00
mean (in words)	13	12	13	14	16
std.dev.	10.80	9.57	11.28	11.23	12.98
paragraphs	4.00	1.00	1.00	1.00	1.00
mean (in words)	962,830	1,782,338	1,096,249	322,588	650,143
std.dev.	631,684.81				

图 4-3　4 部英文原创奇幻小说基本信息

图 4-1 至 4-3 数据表明，网仙小说和英文原创奇幻小说的文本篇幅均较大。英文原创奇幻小说中，当代作品的篇幅大于 20 世纪 50 年代的两部经典作品。中国武侠小说篇幅较小，一方面是由于纸媒的限制，另一方面可能是由于武侠与仙侠亚文类的区别。仙侠小说往往篇幅更长，比如《蜀山剑侠传》是民国时期的仙侠作品，但其总篇幅达 500 万字。

就 STTR 而言，英译作品整体上明显低于英语原创作品。英译网仙小说总 STTR 为 39.42，英译武侠为 39.49，英语原创为 43.07。STTR 代表词汇丰度，该项数据表明英译网仙小说的词汇丰富度明显低于英语原创作

---

① 4 部小说选用版本为：

Lewis，C. S. *The Chronicles of Narnia Complete 7-Book Collection*. New York：HarperCollins，2013.

Tolkien，J. R. R. *The Lord of the Rings*. New York：HarperCollins，2009.

Rowling，J. K. *Harry Potter：The Complete Collection*. London：Pottermore Publishing，2016.

George，R. R. M. *A Song of Ice and Fire*. New York：Bantam，2012.

品。这与翻译共性假设中的简化(simplification)假设①②相一致。但另一方面,作者和译者的个人风格、创作时间等因素均会影响词汇丰富度。同时,语言也在不断发展变化。因此,有的英译作品也有较高的词汇丰富度,如 *A Record of a Mortal's Journey to Immortality*(42.19)和 *A Will Eternal*(41.46)。 *The Lord of the Rings* 和 *The Chronicles of Narnia* 的词汇丰富度均为 40.4 左右,反而低于 *Harry Potter* 和 *A Song of Ice and Fire*。

4.2.2　译文难度

如前所述,本研究将词汇密度作为判断文本难度的指标。通过 CLAWS 7 为 7 部抽样小说进行词性标注,并按照 4.1.3.1 设定的实词标准,将名词、形容词、实义动词和具有实际意义而非语法意义的副词列为实词,以每个文本的实词数除以总词数,得到词汇密度,具体见表 4-3。

表 4-3　7 部英译网仙小说词汇密度

	译者	作者	名词数	形容词数	动词数	副词数	总实词数	总词数	词汇密度/%
a	RWX 等	我吃西红柿	205731	71048	153885	75632	506296	846621	59.80
b	RWX	我吃西红柿	38018	12312	33311	14279	97920	167524	58.45
c	Deathblade	耳根	35367	10252	28321	11385	85325	145772	58.53
d	Rex.	耳根	110891	28441	85391	31621	256344	439701	58.30
e	Deathblade	耳根	61881	17940	52753	23957	156531	267109	58.60
f	Doubledd	忘语	45293	13013	35385	13305	106996	179725	59.53
g	goodguy-person	天蚕土豆	87374	23987	63723	26159	201243	451534	44.57

注:a—*Stellar Transformations*,b—*Desolate Era*,c—*Renegade Immortal*,d—*I Shall Seal the Heavens*,e—*A Will Eternal*,f—*Journey to Immortality*,g—*Battle Through the Heavens*

如表 4-3 显示,7 部英译网络小说的词汇密度分布区间为 44.57%—59.80%,平均值为 56.83%。其中,*Stellar Transformations* 最高,*Battle Through the Heavens* 最低,其余 5 部分布于 58.30%—59.53%。

---

① Baker,M. Corpora in translation studies: An overview and some suggestions for future research. *Target*,1995(2):236.

② Laviosa,S. How comparable can "comparable corpora" be?. *Target*,1997(2):289-319.

表 4-4　7 部英译网仙小说 4 种词类占总实词比例/%

作品名	名词占比	形容词占比	动词占比	副词占比	词汇密度
Stellar Transformations	40.63	14.03	30.39	14.94	59.80
Desolate Era	38.83	12.57	34.02	14.58	58.45
Renegade Immortal	43.26	11.09	33.31	12.34	58.30
I Shall Seal the Heavens	41.45	12.02	33.19	13.34	58.53
A Will Eternal	39.53	11.46	33.70	15.30	58.60
Journey to Immortality	44.23	14.09	28.63	13.06	59.53
Battle Through the Heavens	38.8	12.57	34.02	14.58	44.57
平均值	41.69	12.52	32.08	13.71	56.83

　　根据表 4-4 显示的数据,4 种词类在总实词中所占比例平均值按降序排列为名词(41.69%)、动词(32.08%)、副词(13.71%)、形容词(12.52%)。7 部小说中有 6 部符合这一排序,一个例外是 *Journey to Immortality*,其降序排列顺序是名词(44.23%)、动词(28.63%)、形容词(14.09%)、副词(13.06%)。

表 4-5　4 部英文原创奇幻小说词汇密度

作品名	*A Song of Ice and Fire*	*Harry Potter*	*The Lord of the Rings*	*The Chronicles of Narnia*	4 部平均比例/%
名词	302034	251225	136754	59693	—
占总实词比例/%	42.09	37.90	38.89	33.12	38
形容词	71709	60402	36102	18890	—
占总实词比例/%	9.99	9.11	10.27	10.48	9.96
动词	265361	260382	129960	71472	—
占总实词比例/%	36.98	39.28	36.96	39.66	38.22
副词	78472	90908	48852	30169	—
占总实词比例/%	10.94	13.71	13.89	16.74	13.82
总实词	717576	662917	351668	180224	—
总词数	1782571	1096878	651978	322638	—
词汇密度/%	40.26	60.44	53.94	55.86	52.63

如表 4-5 显示,4 部英文原创奇幻小说的词汇密度分布区间为 40.26%—60.44%,平均值为 52.63%,*Harry Potter* 最高,*A Song of Ice and Fire* 最低,其余 2 部分别为 53.94% 和 55.86%。

根据表 4-5 最后一列所示,4 个词类占实词的比例(平均值)按降序排列为:动词(38.22%)、名词(38.00%)、副词(13.82%)和形容词(9.96%)。就单部作品而言,*Harry Potter* 和 The *Chronicles of Narnia* 符合这一顺序;*A Song of Ice and Fire* 和 *The Lord of the Rings* 的名词比例更高,但与排第二位的动词比例差别较小,明显小于英译网仙作品名词和动词所占实词比例的差距。

综上,英译网仙小说的平均词汇密度(56.83%),高于英文原创奇幻小说(52.63%),并且前者中大部分作品的密度均高于后者。这意味着 7 部英译网仙小说具有共性,其传递的信息量大于英文原创奇幻小说,相应地,阅读难度也更高。就 4 种词类在总实词中所占的比例而言,两组小说也有不同。从平均值看,英译网仙小说文本中,占总实词比例最高的词类是名词,并且与第二位的动词差距较大。英文原创奇幻小说中,占总实词比例最高的词类则是动词。着眼于 4 部英文原创奇幻小说中的单部小说,其中两部的动词密度高于名词,另外两部名词密度高于动词,但超出幅度远小于 7 部英译网仙小说。名词占比高意味着事物及概念描述更多;动词占比高则意味着动作描述更多。

结合体现语言形象特点的两个指标(STTR 和词汇密度),从整体上看,7 部英译网仙小说的词汇丰富度明显低于英文原创奇幻小说;在词汇密度方面,则明显高于后者。就 4 种词类在总实词中所占的比例看,英译网仙小说的降序排列是名词、动词、副词和形容词;英语原创奇幻小说的降序排列是动词、名词、副词和形容词。简言之,英译网仙小说的语言形象表现出与英语原创作品明显不同的特点:传递的信息量更大、阅读难度更高,但是词汇丰富度相对较低,名词较多而动词较少。

就单部作品而言,在词汇密度方面,7 部英译网仙小说无一例外地体现出上述整体特征。在词汇丰富度方面,*A Record of a Mortal's Journey to Immortality*(STTR 为 42.19)、*A Will Eternal*(STTR 为 41.46)和 *I Shall Seal the Heavens*(40.91)的词汇丰富度高于英文原创奇幻小说 *The Lord of the Rings*(STTR 为 40.43)和 *The Chronicles of Narnia*(STTR 为 40.45)。

4.3 人物形象

人物形象分为主要人物设置和主要人物叙事动词两个部分。

4.3.1 主要人物设置

基于 4.1.3.2 研究方案中的人物形象参数 1,得到检索结果,即:通过词表和索引定位图确定 3 个类别(英译网仙、英译武侠和英文原创奇幻)13 部抽样小说的主要人物名字和其在全文的分布情况。然后,针对 *Stellar Transformations* 做具体案例分析,对主要人物进行搭配词表及关键词词表的分析比较,发现人物设置的特点。

第 1 步,使用 AntConc 3.4 做出 13 部作品的词表,按频次筛选出主人公及相关人物[①]。比如,*Stellar Transformations* 的词表显示 Qin Yu(秦羽)[②]频次排名第 10 位(10110 次),是出现频次最多的名词,频次排在"Qin Yu"之前的主要是 the、of、a 等功能词,因此"Qi Yu"入选参数 1;顺序发现其他主要人物。表 4-6 是 7 部英译网仙小说的主要人物列表。第 2 步,以 *Stellar Transformations* 为例,做出词云图,主人公名字的特点更加一目了然。从图 4-4 可以看到"Qin Yu"的名字占据图中最为突出的位置,整部作品以 Qin Yu 为绝对中心。其他作品的词云图见附录 4-3。

图 4-4 *Stellar Transformations* 词云

[①] 在考察小说主要人物时,处理的数据是 7 部网仙小说全卷本,而非抽样文本。目的是避免由抽样造成的主要人物,尤其是第一主人公以外的其他重要人物的数据偏误。

[②] 在英译文本中,Qin Yu 的名和姓为分开表达,在检索时首先将 Qin Yu 替换为"qinyu",防止遗漏。

表4-6　7部英译网仙小说主要人物

Stellar Transformations			
人物名字	Qin Yu（秦羽）	Hou Fei（侯费）	Xiao Hei（小黑）	Qin De（秦德）
出现频次	10110	1350	1147	1011
频次排名	10	91	107	120
Desolate Era			
人物名字	Ji Ning（纪宁）	Yu Wei（余薇）	Su Youji（苏尤姬）	Ji Yichuan（纪一川）
出现频次	43969	1249	932	704
频次排名	7	353	461	595
Renegade Immortal			
人物名字	Wang Lin（王林）	Li Muwan（李慕婉）	Qing Shui（清水）	Wang Zhuo（王卓）
出现频次	36306	856	527	263
频次排名	9	430	654	1056
I Shall Seal the Heavens			
人物名字	Meng Hao（孟浩）	Xu Qing（许清）	Patriarch Reliance（靠山老祖）	Meatjelly（皮冻极厌）
出现频次	42271	980	950	937
频次排名	10	489	500	507
A Will Eternal			
人物名字	Bai Xiaochun（白小纯）	Bai Hao（白浩）	Giant Ghost King（巨鬼王）	Song Que（宋缺）
出现频次	20784	1783	969	887
频次排名	11	134	267	294
A Record of a Mortal's Journey to Immortality			
人物名字	Han Li（韩立）	Mo Juren（墨居仁）	Li Feiyu（厉飞雨）	Li Huayuan（李华元）
出现频次	13704	958	325	175
频次排名	7	134	413	702

Battle Through the Heavens				
人物名字	Xiao Yan（萧炎）	Yao Chen（药尘）	Xiao Xuner（萧薰儿）	Fairy Doctor（小医仙）
出现频次	48537	4091	3122	2407
频次排名	9	123	169	218

表格信息和词云图以数据及可视化方式呈现人物名字的词频特征,索引定位图则能显示出该名字在全文的分布。图 4-5 和图 4-6 是 *Stellar Transformations* 和 *A Will Eternal* 的第一主人公 Qin Yu 和 Bai Xiaochun 的名字在各自小说中的索引定位图(黑色部分代表有主人公名字出现)。篇幅所限,正文部分仅显示这两个名字的索引定位图。前者是重点分析案例,后者的第一主人公名字出现频次排名处于 7 部网仙小说最末,较具有代表性。所有 7 部小说的主要人物列表(频次排名前 4 位)和这些人物名字的索引定位图见附录 4-1。

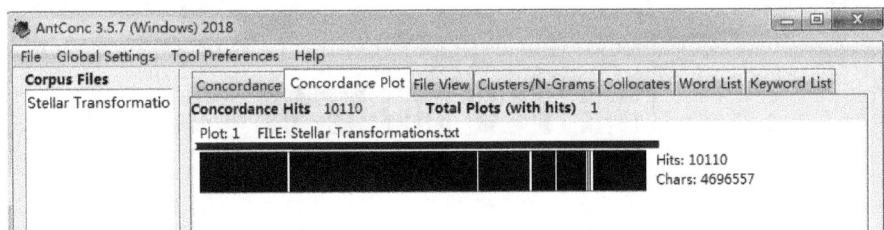

图 4-5　*Stellar Transformations* 人物名字索引定位(Qin Yu)

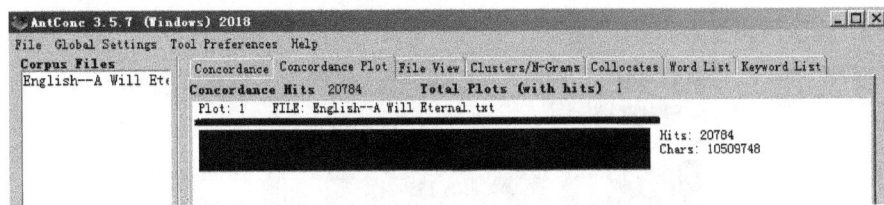

图 4-6　*A Will Eternal* 人物名字索引定位(Bai Xiaochun)

Dragon King with Seven Stars 和 *Horizon*, *Bright Moon*, *Sabre* 两部英译武侠小说的主要人物如表 4-7 所示:

表 4-7　2 部英译武侠小说主要人物

Dragon King with Seven Stars			
人物名字	Ingot（元宝）	Frogboy（田鸡仔）	Xiao Jun（萧峻）	Wu Tao（吴涛）
出现频次	464	252	234	161
频次排名	27	63	68	95
Horizon, Bright Moon, Sabre			
人物名字	Fu Hongxue（傅红雪）	Yan Nanfei（燕南飞）	Ming Yuexin（明月心）	Gongzi Yu（公子羽）
出现频次	1623	601	325	250
频次排名	10	31	62	81

第一主人公 Ingot 和 Fu Hongxue 的索引定位图（如图 4-7 和图 4-8 所示）：

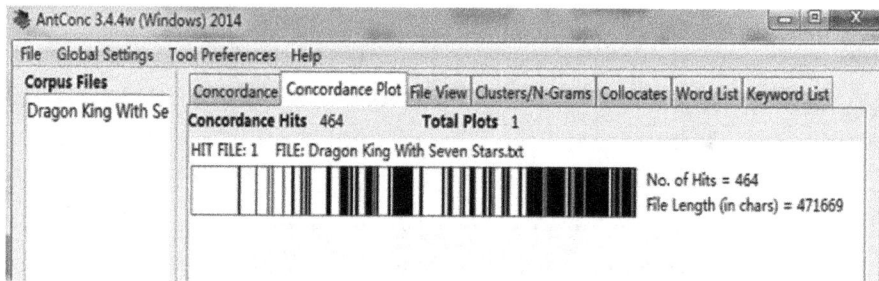

图 4-7　*Dragon King with Seven Stars* 人物名字索引定位（Ingot）

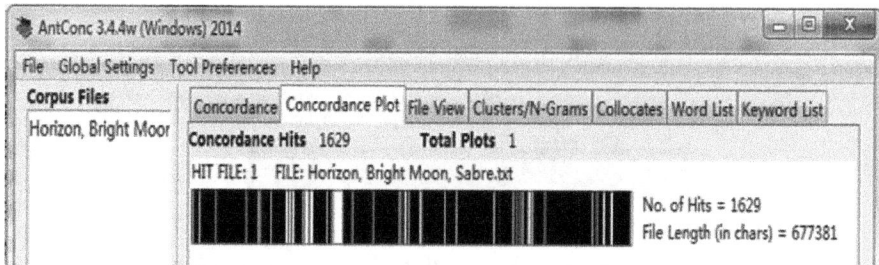

图 4-8　*Horizon, Bright Moon, Sabre* 人物名字索引定位（Fu Hongxue）

4 部英文原创奇幻小说的主要人物如表 4-8 所示：

表 4-8　4 部英文原创奇幻小说主要人物

The Chronicles of Narnia				
人物名字	Aslan	Lucy	Edmund	Caspian
出现频次	728	718	557	533
频次排名	68	69	87	89
The Lord of the Rings				
人物名字	Frodo	Sam	Gandalf	Aragorn
出现频次	2020	1295	1166	793
频次排名	44	70	76	111
A Song of Ice and Fire				
人物名字	Jon Snow	Tyrion	Arya	Jaime
出现频次	3158	2691	1626	1577
频次排名	75	84	144	147
Harry Potter				
人物名字	Harry	Ron	Hermione	Dumbledore
出现频次	18162	6277	5315	3329
频次排名	8	27	32	46

图 4-9 至图 4-12 是这 4 部小说第一主人公在文中的索引定位。

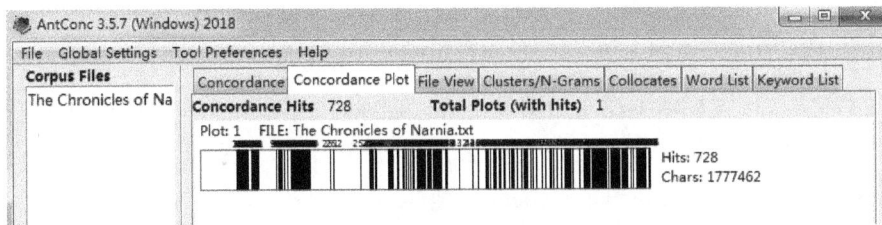

图 4-9　*The Chronicles of Narnia* 人物名字索引定位（Aslan）

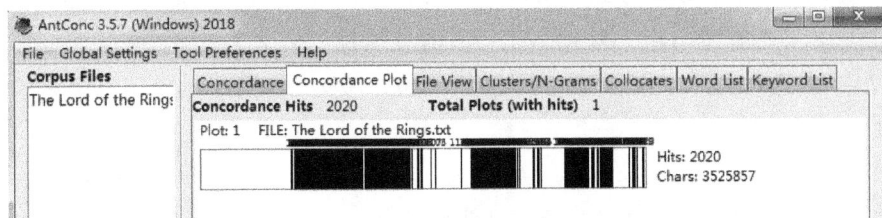

图 4-10　*The Lord of the Rings* 人物名字索引定位（Frodo）

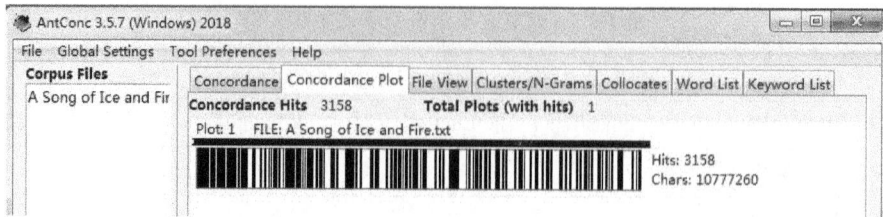

图 4-11 *A Song of Ince and Fire* 人物名字索引定位(Jon Snow)

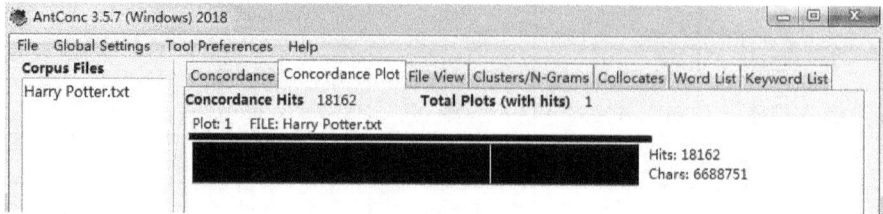

图 4-12 *Harry Potter* 人物名字索引定位(Harry)

综观 3 个类型的 13 部小说,可以发现,网仙小说的主要人物配置有以下特点:

1)主角全部为男性,在人名出现频次上以绝对高位占据第一名,排名基本都在前 10 名以内(唯一例外是 *A Will Eternal* 中的 Bai Xiaochun,排名第 11 位)。

2)男主人公全程在线。主角名字索引定位图 4-5 和 4-6 直观地呈现出这两部作品中,第一主角 Qin Yu 和 Bai Xiaochun 几乎是全文高频出现。事实上,7 部网络仙侠小说的索引定位图均表现出这一特点,参见附录 4-1。这也表明人物设置缺乏悬念。图伦指出,对于主要角色的判断,读者最初只能靠猜测。[①] 这显然不适用于网仙小说。*I Shall Seal the Heavens* 和 *A Will Eternal* 的第 1 章就是直接以主人公的名字命名的,分别是 Scholar Meng Hao(书生孟浩)和 I'm Bai Xiaochun(他叫白小纯)[②]。

3)第二主角的频次排名大多在百名开外,与男主相比处于完全弱化的位置。排名差距最大的是 *I Shall Seal the Heavens* 和 *Renegade Immortal* 中的第二主角 Xu Qing 和 Li Muwan,前者排名 489,后者 430。在这两部作品中,男主频次排名分别是第 10 和第 9 位。*Stellar Transformations* 是唯

---

① Toolan, M. *Narrative Progression in the Short Story: A Corpus Stylistic Approach*. Amsterdam: John Benjamins Publishing Company, 2009: 115.

② 中文原文是"他叫白小纯",Deathblade 译为"I'm Bai Xiaochun"。

一例外,第二主角排名 91 位。

4)女性角色比重偏弱。7 部网络仙侠小说中有 3 部的第二主要角色是女性,但是频次排名分别为第 353、430 和 489 位;其中 *I Shall Seal the Heavens* 介绍 Xu Qing 是男主角 Meng Hao 的"此生挚爱",但频次排名已至 489 位。还有 3 部名字频次排名前 4 位的人物中没有女性角色,比如按照 *Stellar Transformations* 的内容简介,Jiang Li 是该作品的女主角,男主角 Qin Yu 的妻子,但在名字词频排名中仅占第 5 位,Qin Yu 的结拜兄弟 Hou Fei、Xiao Hei 和父亲 Qin De 均排在女主角之前;*A Will Eternal* 中,名字频次排名前 4 位的分别是男主、男主的同性好友和男主的两位师傅。

词表和名词索引定位图显示,网仙小说浓墨重彩刻画的人物形象是男性主人公,第二主人公比重较轻,女性角色的重要性明显不足,无怪乎有英语读者认为这类小说充斥着男性至上主义(sexism)。

与英译武侠小说和英文原创奇幻小说相对照,可以更为明显地感受到网仙小说的上述特点。从词频看,两部武侠小说前 4 名主要角色的排名均在百名以内(参见表 4-7);4 部英文原创奇幻小说中,主要角色的出现频次也较为均衡(参见表 4-8)。具体看来,古龙往往为主人公设置相辅相成的角色,如《七星龙王》中的元宝(Ingot)、田鸡仔(Frogboy)、萧峻(Xiaojun),《天涯明月刀》中的傅红雪(Fu Hongxue)和燕南飞(Yan Nanfei)。英文原创奇幻小说则偏好刻画主角群像,*The Chronicles of Narnia* 中的 Pevensie(佩文西)四兄妹,*The Lord of the Rings* 中的 Frodo(弗罗多)和 Sam(山姆),*Harry Potter* 中的 Harry(哈利)、Ron(罗恩)和 Hermione(赫敏),*A Song of Ice and Fire* 中的 Tyrion(兰尼斯特)兄妹、Stark(史塔克)兄妹等。

从女性角色的设置看,*Horizon,Bright Moon,Sabre* 中的 Ming Yuexin(明月心)频次第三,并且是小说题目中"Bright Moon"(明月)的所指。儿童奇幻小说 *The Chronicles of Narnia* 中出现频次最高的是动物角色狮王 Aslan(阿斯兰),频次最高的人类角色就是小女孩 Lucy(露西),而后才是 Lucy 的哥哥 Edmund(埃德蒙)和 Caspian(凯斯宾)王子。*A Song of Ice and Fire* 中,史塔克家族的小女儿 Arya(艾莉亚)在频次表排名第三;题目中的"火之歌"即指小说中的女性角色 Daenerys Targaryen(龙母),其昵称 Dany 在词频表中排第五。*Harry Potter* 中,Hermione(赫敏)频次第三,并与第二的 Ron(罗恩)频次差别不大。

从第一主人公名字索引定位图看,除 *Harry Potter* 外,其他作品中的第一主人公均非全程在线。古龙擅长营造悬念,《七星龙王》的第 1 章是"百万富翁之死"("The Death of a Multi-Millionaire"),第一主角元宝(Ingot)没有出场。从图 4-7 可见,Ingot 这个名字在英译文中呈现出逐渐增多的趋势。英国经典奇幻小说 *The Chronicles of Narnia* 运用了多重时空叙事,*The Lord of the Rings* 和 *A Song of Ice and Fire* 是宏大叙事和多线叙事,第一主人公均非在作品开头出现,也非全程出现。

综上,通过与英译武侠小说和英文原创奇幻小说的比较,我们发现英译网仙小说主人公形象类型化特征明显:男主至上,开篇登场、全程在线,其他主要人物的出场频次明显低于男主人公。参考附录 4-1,其他主角往往是男主角修炼升级过程中阶段性的重要人物,相应阶段过后即会下线。女性角色的出现频次则更低,女主人公的出现频次与其身份设置不相吻合。从这两点可以看出,网仙小说的人物设置更偏向于以男主人公修炼升级为中心的功能性设置。一方面,这种类型化的单一人物设置模式会被诟病缺乏文学性,但同时也不能否认它带来的强烈的代入感和吸引力。此外,英译网仙小说与英文原创奇幻小说相比,可谓同中有异、异中有同。对于这种长篇连载的幻想故事,英语读者并不陌生,但仙侠这个类型可能会带来一种由陌生化产生的快感。

4.3.2　主要人物动作

本小节是基于 4.1.3.2 人物形象参数 2 的检索结果的分析。动作行为无疑是角色的重要特征,刘恪将其列为 7 种文学形象的核心形式要素之一[①]。图伦在考察文本叙事进程时,也将主要角色的动作视为重要参数,指出主要角色作为施动者发出的动作,或作为受动者承受的动作,显然对叙事进程具有核心作用。[②] 本研究着眼于主要角色的形象塑造,参考图伦的方法,并对其进行相应调整,使其符合研究目的。

如 4.1.3.2 所述,检索含有人物动作动词的句子要满足三个条件:1)要有参数 1 确定的主要人物作为主语或宾语出现;2)句子中的实义动词为叙事时态(过去时或历史现在时);3)去掉"说"和"想"这类话语及心理引导动词。

以下是 13 部作品的动词参数列表:

---

① 刘恪.文学形象形式的当代阐释.文艺理论研究,2008(3):22.

② Toolan, M. *Narrative Progression in the Short Story: A Corpus Stylistic Approach*. Amsterdam: John Benjamins Publishing Company, 2009: 119.

表 4-9　7 部英译网仙小说和 6 部参照小说动词参数对比

作品类型	作品名	总形符	VVD1	VVD2	VVD2密度	PDS＋FIT	PDS＋FIT密度
英译网仙小说	*Stellar Transformations*	846621	6325	4818	0.57％	1507	23.83％
英译网仙小说	*Desolate Era*	167524	1817	1463	0.87％	354	19.48％
英译网仙小说	*Renegade Immortal*	439701	3989	3541	0.81％	448	11.23％
英译网仙小说	*I Shall Seal the Heavens*	145772	1048	919	0.63％	129	12.31％
英译网仙小说	*A Will Eternal*	627173	4340	3901	0.62％	439	10.12％
英译网仙小说	*Journey to Immortality*	179725	1660	1453	0.42％	207	12.47％
英译网仙小说	*Battle Through the Heavens*	451534	3350	2924	0.65％	426	12.72％
英文原创奇幻小说	*The Chronicles of Narnia* (Aslan)	322638	1476	548	0.17％	232	62.87％
英文原创奇幻小说	*The Lord of the Rings* (Frodo)	651978	2722	1428	0.22％	1294	47.54％
英文原创奇幻小说	*A Song of Ice and Fire* (Jon Snow)	1782571	8646	6444	0.36％	2202	25.47％
英文原创奇幻小说	*Harry Potter* (Harry Potter)	1096878	7336	5004	0.46％	2332	31.78％
英译武侠小说	*Dragon King with Seven Stars* (Ingot)	88104	293	169	0.19％	124	42.32％
英译武侠小说	*Horizon, Bright Moon, Sabre* (Fu Hongxue)	124775	1872	678	0.54％	1194	63.78％
英译武侠小说	*Horizon, Bright Moon, Sabre* (Yan Nanfei)	124775	741	276	0.22％	465	62.75％

　　直接引语(prospective directive speech,简称 PDS)和自由间接思想(free indirect thought,简称 FIT)表现的是人物的话语和心理特征。针对此类 PDS＋FIT 引导动词,本研究综合研究对象,总结出以下动词:add、ask、complain、cry、continue、explain、inquiry、mumble、murmur、plead、remind、respond、say、shout、speak、stammer、tell、warn、whisper、think、question、reply、retort、answer、argue、berate、blurt、bark。此外,由于抽样作品的篇幅

大小不一致,数据绝对值不能说明问题,因此引入 VVD[①] 密度和 PDS＋FIT 引导动词密度进行说明。在表 4-9 中,VVD1 代表满足上述前两个条件的动词,即有主要角色出现的叙事动词;VVD2 代表满足三个条件的动词,即 VVD1 减去 PDS＋FIT 引导动词,剩余全部为动作动词;VVD2 密度的计算方法为 VVD2 除以总形符数,即动作动词密度;PDS＋FIT 引导动词密度,即话语、心理动词密度,其分母为 VVD1。[②]

根据表 4-9,7 部英译网仙小说主要角色的 VVD2 密度,即动作动词密度平均数为 0.65％(表中 7 部网仙小说的 VVD2 密度相加之和除以 7),显著高于英文原创奇幻小说和英译武侠小说。其中,VVD2 密度最高的是 Desolate Era(0.87％),最低的是 Journey to Immortality(0.42％)。除 VVD2 密度最低的一部译作,其余 6 部均高于英文原创奇幻小说(最高为 0.46％)和 2 部英译武侠小说(0.19％和 0.54％)。简言之,三种小说中,英译网仙小说中主人公的动作描述最多。

PDS＋FIT 引导动词密度数据差别也十分明显。7 部英译网仙小说主要角色的 PDS＋FIT 平均密度为 14.59％,为三种小说中最低。古龙的两部作品《七星龙王》和《天涯明月刀》英译文的 PDS＋FIT 密度分别达到了 42.32％和 63.78％,平均 53.05％,明显高于英译仙侠。此外,作者/译者的特色也非常明显。英译网仙小说中,"我吃西红柿"创作、RWX 翻译的两部作品 Stellar Transformations 和 Desolate Era 的 PDS＋FIT 密度分别为 23.83％ 和 19.48％,其他 5 部作品则在 10.12％至 12.72 之间,前者明显高于后者。

总的来说,数据显示英译网仙小说人物的动作描述最多,话语、心理描述最少。4.2.2"译文难度"部分的发现是英译网仙小说的动词在实词中所占比例低于英语原创奇幻小说,这里的主要人物的动作动词密度却更高。可能的解释有 3 个:1)英译网仙小说的动词描写更多地集中于主要人物;2)英译网仙小说的动作动词占动词总量较高,即话语、心理引导动词较少;3)英文原创奇幻小说往往拥有多个主要角色,这里考察频次排名第一的主角,相关动词频次可能被稀释。

此外,一个饶有趣味的发现是:古龙作品给人的印象是语言凝练,善用

①　VVD 为常用词性标注赋码,根据词性标注软件 CLAWS7 词性赋码集,VVD 表示动词过去式。

②　动词密度和话语、心理动词密度分别以总形符数和主要角色的叙事动词总数做分母,是为了通过不同计算形成一定的验证关系。就比率本身而言,并不受影响。

短句烘托气氛、刻画人物，语料库检索结果却揭示出另一个特点，人物对话非常多。英译本中全文表示"说"的动词用了 11 个，反复出现了 1052 次。换言之，对话是塑造人物的重要手段。表 4-10 是《天涯明月刀》汉英平行语料库第 160 至 167 个句对——小说开篇处主要人物傅红雪和燕南飞的一段对话。

表 4-10　《天涯明月刀》汉英平行语料库主要人物对话举例

序号	中文	英文
160	傅红雪忽然道："你来了。"	"You are here," **said** Fu Hongxue, unexpectedly.
161	燕南飞道："我来了。"	"I am here," Yan Nanfei **replied**.
162	傅红雪道："我知道你会来的。"	Fu Hongxue **said**, "I knew you would come."
163	燕南飞道："我当然会来，你当然知道，否则一年前你又怎会让我走？"	Yan Nanfei **replied**, "I would come for sure, and you knew that. If not, you would not have let me go a year ago."
164	傅红雪目光重落，再次凝视着他手里的剑，过了很久，才缓缓道："现在年已过去。"	Fu Hongxue looked grave, and gazed long and hard at the sword that in Yan Nanfei's hand before slowly **said**, "now a year has passed."
165	燕南飞道："整整一年。"	Yan Nanfei **said**, "Exactly one full year."
166	傅红雪轻轻叹息，道："好长的一年。"	Fu Hongxue **sighed**, "What a long year that was."
167	燕南飞也在叹息，道："好短的一年。"	Yan Nanfei also **sighed**, "What a short year that was."

图 4-13 显示，《七星龙王》英译本的词云中，"said"竟然占据了比主人公名字"Ingot"更显著的位置。

图 4-13　*Dragon King with Seven Stars* 词云

以上从主要人物设置和主要人物动作两个方面,对英译网仙小说、英译武侠小说和英文原创奇幻小说做出了基于数据的宏观分析。下面以 *Stellar Transformations* 为例进行更为细致的案例分析。

4.3.3　案例分析——*Stellar Transformations* 的主要人物形象

本小节以 *Stellar Transformations* 作为案例研究对象,以 *Harry Potter* 和 *Horizon,Bright Moon,Sabre* 作为横、纵向的参照。

4.3.3.1　参照文本选择

(1)以 *Harry Potter* 作为横向参照,原因是相对于其他 3 部英文原创奇幻小说 *The Chronicles of Narnia*,*The Lord of the Rings* 和 *A Song of Ice and Fire*,它与英译网仙小说 *Stellar Transformations* 更具有可比性,主要表现在三点:1)Harry Potter 出场时 8 岁,Qin Yu 出场时 6 岁,叙事均随着主人公的成长展开;2)魔法学校的学习也是某种意义的修炼升级;3)在 4 部英文原创奇幻小说中,*Harry Potter* 是唯一一部男主人公全程在线的作品。主人公出场频次相似,两部作品的人物形象又有何具体特征呢? 本小节选择 *Harry Potter* 第一部作为参照文本进行分析。

(2)以 *Horizon,Bright Moon,Sabre* 作为纵向参照,是因为两部作品在文类发展上存在某种程度的代际传递关系。*Stellar Transformations* 的作者"我吃西红柿"和译者 RWX 都是古龙的忠实读者。两部译作都刊载于 Wuxiaworld 网站,由粉丝译者翻译。

4.3.3.2　具体研究方法

案例分析方法为基于语料库的方法。基于语料库的方法与语料库驱动(corpus-driven)的方法相对应,前者指提出假设,运用语料库方法加以验证;后者是不做假设,由数据直接归纳出结果。[①] 本研究的假设是节点词的高频共现词会反映出节点词的最主要特征。

弗斯提出"观其伴,知其义"[②]。这里将其引入到文学人物研究,本研究认为与主人公名字共现频率最高的词即表明该人物的特点。"文本中短距

----

① 胡开宝. 语料库翻译学概论. 上海:上海交通大学出版社,2011:257.

② Firth, J. R. Linguistic analysis as a study of meaning. In Palmer, F. R. (ed.). *Selected Papers of J. R. Firth*. London: Longmans,1968: 12.

离出现的两个或多个词"①为搭配。两个角色的高频共现搭配词不同,则特点不同。要对搭配词做出具体分析,须还原到语境中。根据遵循弗斯学派基于频率的(frequency-based)统计学路径,这一方法涉及共现(co-occurrence)、搭配(collocation)和语境(context)3个基本概念,主要通过 AntConc3.4 的 3个功能得到检索结果,分别是搭配词(Collocate)、索引行(Concordance)和关键词词表(Keyword List)。

具体检索步骤为:

1)以主人公名字 Qin Yu、Harry② 和 Fu Hongxue 为节点词(node word),屏距(Window Span)设定为左 9 右 9,检索其搭配词;

2)生成搭配词词表;

3)分别以 *Harry Potter* 和 *Horizon*,*Bright Moon*,*Sabre* 主人公 Harry 和 Fu Hongxue 的搭配词为参照库,生成 *Stellar Transformations* 主人公 Qin Yu 搭配词的关键词词表,选取重点分析的搭配词;

4)将选取的搭配词还原到索引行语境进行阐释、解读,通过高频搭配词勾勒出主人公的形象。

4.3.3.3 搭配词词表信息

(1)基本信息。三个主人公 Qin Yu、Harry 和 Fu Hongxue 的搭配词按频次降序排列,显示出与"Qin Yu"共现频次比在 0.15% 以上的搭配词,为方便比较,"Harry"和"Fu Hongxue"的共现搭配词截至同一行,如表 4-11。在搭配词中去除了虚词,只保留实词,因为虚词体现文体风格③,实词更能反映人物形象特点。④

如表 4-11 所示,三个角色的共现词首先在词性上差别明显。Qin Yu 的高频共现词以名词居多,其次为动词、副词和形容词;Harry 的共现词则以动词占绝对多数,而后是名词;Fu Hongxue 按顺序是动词、名词。

---

① Sinclair, J. *Corpus*,*Concordance*,*Collocation*. Oxford: Oxford University Press,1991:170.

② 小说中对于 Harry Potter 的描写大部分情况是以名字 Harry 出现的,因此以 Harry 为节点词。

③ 李晓倩,胡开宝. 中国政府工作报告英译文中主题词及其搭配研究. 中国外语,2017(6):81.

④ 如 4.1.3.1 所述:在本研究中,实词包括名词、实义动词、形容词和具有实际意义而非语法意义的副词。

表 4-11 主人公高频搭配词对比①

	Qin yu			Harry			Fu Hongxue	
频次	频次比/%	搭配词	频次	频次比/%	搭配词	频次	频次比/%	搭配词
61	0.9438	**eyes**	47	0.4178	said	706	4.7845	said
49	0.7582	**body**	43	0.3823	looked	74	0.5015	**sabre**
40	0.6189	looks	34	0.3022	felt	74	0.5015	*suddenly*
36	0.5570	*immediately*	31	0.2756	see	59	0.3998	asked
28	0.4332	*suddenly*	24	0.2134	thought	49	0.3321	*coldly*
28	0.4332	says	23	0.2045	know	39	0.2643	**face**
27	0.4178	**face**	22	0.1956	look	39	0.2643	know
26	0.4023	**head**	20	0.1778	**head**	38	0.2575	**hand**
25	0.3868	**mind**	20	0.1778	go	37	0.2508	**head**
21	0.3249	feels	20	0.1778	got	32	0.2169	nodded
16	0.2476	**training**	19	0.1689	saw	31	0.2101	**eyes**
15	0.2321	**book**	18	0.1600	told	31	0.2101	*slowly*
13	0.2011	*extremely*	18	0.1600	asked	25	0.1694	stared
13	0.2011	*carefully*	18	0.1600	get	24	0.1627	kill
12	0.1857	excited *	18	0.1600	heard	24	0.1627	looked
12	0.1857	**expression**	18	0.1600	knew	23	0.1559	silent *
12	0.1857	takes	17	0.1511	looking	22	0.1491	turned
12	0.1857	gives	17	0.1511	like	22	0.1491	want
11	0.1702	glitter	16	0.1422	tried	21	0.1423	**mouth**
11	0.1702	help	16	0.1422	think	21	0.1423	walked
11	0.1702	knows	15	0.1333	turned	18	0.1220	**hands**
11	0.1702	**legs**	15	0.1333	**face**	18	0.1220	shut
11	0.1702	little *	14	0.1245	*quickly*	17	0.1152	**heart**
11	0.1702	*slightly*	14	0.1245	**door**	17	0.1152	killed
11	0.1702	starts	14	0.1245	going	17	0.1152	look

① 为便于观察,表 4-11 中名词用黑体标出,动词用灰色背景,形容词加星号,副词用斜体。

Qin yu			Harry			Fu Hongxue		
频次	频次比/%	搭配词	频次	频次比/%	搭配词	频次	频次比/%	搭配词
11	0.1702	external *	14	0.1245	**hand**	17	0.1152	tightened *
10	0.1547	*fast*	13	0.1156	made	16	0.1084	cold *
10	0.1547	**hand**	13	0.1156	**broom**	15	0.1017	good *
10	0.1547	**secret**	13	0.1156	**eyes**	15	0.1017	shook
10	0.1547	**smile**	13	0.1156	**feet**	15	0.1017	stood

（2）叙事动词（VVD）统计,包含对话及心理引导动词的统计信息。如
4.3.2 中介绍,VVD1 代表有主人公出现的叙事动词;VVD2 代表 VVD1
减去 PDS＋FIT 引导动词,剩余全部为动作动词;VVD2 密度的计算方法
为 VVD2 除以总形符数,即动作动词密度;PDS＋FIT 引导动词密度,即话
语、心理动词密度,其分母为 VVD1。表 4-12 为 3 部作品的叙事动词密度
列表。

表 4-12   3 部作品 VVD 密度

人物名字	总形符	VVD1	VVD2	VVD2密度	PDS＋FIT引导动词	PDS＋FIT动词密度
Qin Yu	846621	3647	2687	0.32%	960	26.32%
Harry	104553	4968	3866	3.70%	1102	22.20%
Fu Hongxue	124775	1224	172	0.14%	1113	89.20%

通过表 4-12 可见,*Harry Potter* 的人物动作最多,叙事动词密度达到
3.70%,约是 *Stellar Transformations* 的 10 倍,*Horizon*,*Bright Moon*,*Sabre*
的 25 倍;*Horizon*,*Bright Moon*,*Sabre* 的特点是人物对话最多,对话引导
词密度大约是另外两部作品的 4 倍。由 4.2.2"译文难度"部分可知,英文原
创奇幻小说的动词密度高于英译仙侠,Harry 的动词数据与之呼应吻合。可
见,Harry 的人物形象塑造的重要方式是动作行为,对 Fu Hongxue 来说则
是语言。

4.3.3.4   关键词词表信息

为进一步确定有特点的搭配词,分别以 Harry 和 Fu Hongxue 的搭配词
词表为参照,得到 Qin Yu 的关键词词表,如表 4-13。

表 4-13　Qin Yu 高频搭配词关键词①

	Qin Yu vs. Harry				Qin Yu vs. Fu Hongxue		
排名	频次	关键度	词项	排名	频次	关键度	词项
4	49	98.799	**body**	5	49	67.325	**body**
5	36	72.587	*immediately*	8	61	49.98	**eyes**
7	61	66.011	**eyes**	16	21	42.52	**mind**
18	13	26.212	**book**	17	36	42.438	*immediately*
23	12	24.196	**expression**	20	13	30.909	**book**
24	12	24.196	takes	21	12	28.531	excited *
25	15	23.671	**training**	26	11	26.154	glitter
28	11	22.179	glitter	27	11	26.154	*slightly*
30	10	20.163	external *	28	11	26.154	starts
33	10	20.163	**smile**	32	15	24.802	**training**
34	28	18.482	*suddenly*	35	10	23.776	external *
37	9	18.147	**energy**	36	10	23.776	*fast*
39	9	18.147	shine	37	10	23.776	whole
41	12	18.053	excited	39	12	22.207	*carefully*
42	11	16.203	starts	40	9	21.398	**excitement**

　　表 4-13 列出的是 Qin Yu 相对于 Harry 和 Fu Hongxue 具有的显著性的搭配词。综合比较表 4.11,按照 3 个主人公的共有高频共现名词、其他高频共现名词及形容词、动词和副词分别进行对比分析。首先,选择 3 个角色共有的两个高频次共现名词"eyes"和"face"开始比较,回归到索引行,分别查看关于三个角色的眼睛和脸的描述,我们发现:

　　(1)共有高频共现名词 eyes 和 face

　　Stellar Transformations 中,eyes 在检索跨距中共出现了 61 次(0.94%),与 Qin Yu 有关的是 57 次。第一次描写是:"他的眼睛像星星一样闪闪发光。"(Qin Yu's eyes glitter like starts.)另有 34 次都在描写 Qin Yu 的眼睛闪闪发光,动词使用了 glitter、radiate、brighten、shine、flash、blaze。具体描述包括 shine with wisdom、glitter with astonishment,参见表 4-14。

———————————

　　① 表 4-13 中,名词用黑体标出,动词用灰色背景,形容词加星号,副词用斜体。

秦羽出场时是个 6 岁的孩子,第一部的故事主要发生在他 13 岁之前。一个眼睛闪闪发光,聪慧而充满好奇的孩子形象跃然而出。通过眼睛表现出的第二个特点是坚定,相关描述有:"他的眼神中透露出决心"(his eyes radiate resolution,there is determination in Qin Yu's eyes);"他的眼神中有一丝坚定"(There is a hint of firmness in Qin Yu's eyes)。此外,"瞪大了眼睛"(pop out)出现了 3 次,比如"一个锁眼出其不意地出现在箱子上,秦羽瞪大了眼睛"(A keyhole unexpectedly appears on the case. Qin yu's eyes pop out.),这与 Qin Yu 一路奇遇,不断成长的情节相符合。共现词 eyes 塑造出的主人公形象是一个少年,有一双闪闪发亮的眼睛,好奇、兴奋又坚定。索引行例句见表 4-14。

　　face 与 Qin Yu 共现 27 次(0.42%)。第一次对 Qin Yu 脸的描述是"秦羽的稚嫩的脸"(Qin Yu's childish face),继而 childish 和 little 反复作为 face 的修饰语出现。除了"小小的、稚嫩的脸"之外,还有两个特点与对眼睛的描述相呼应,分别是:"秦羽的脸上满是兴奋之情"(Qin Yu's face is full of excitement)、"秦羽的神色坚定的脸"(Qin Yu's resolute face)、"秦羽稚嫩的脸上带着坚定的表情"(Qin Yu's childish face has a resolute expression)。这是一张兴奋的小脸,有时又流露出坚定的神色。其他描述还包括脸色一变(Qin Yu's face suddenly changes color)、痛苦的神色(suddenly puts on a painful face)、苍白的脸(pale face)。

表 4-14　Qin Yu "eyes"搭配[①]

章	搭配
446	's eyes glitter like stars.
460	's eyes are unconsciously attracted by the
476	's eyes immediately glitter.
479	's eyes radiate rays of light.
489	's eyes are full of excitement.
506	is sitting with eyes closed and legs
508	opens his eyes.
527	's eyes shine with wisdom.

---

① 灰色背景表示已在正文叙述中出现过的搭配。

续表

章	搭配
546	puts the book down. his eyes glitter.
552	only has calmness in his eyes. bam!
557	's eyes glitter. he charges into the
564	's eyes pop out of his head.
569	's eyes brighten as he goes into
592	's eyes suddenly glitter with astonishment.

Harry Potter 中,我们发现在 15 个与 Harry 共现的 face 中大多数都是指 Harry 看到别人的或者怪兽的脸,只有三个是描述 Harry 的脸,分别是第一次出现时:"哈利有一张瘦削的面孔、膝盖骨突出的膝盖、乌黑的头发和一对翠绿的眼睛。他戴着一副圆框眼镜……"[①](Harry had a thin face,knobbly knees,black hair,and bright green eyes. He wore round glasses.)这已经成为各国读者及观众所熟知的经典的 Harry Potter 形象。另外两次是描写紧张和惊讶,分别是"哈利紧张得面无血色"(Harry felt the blood drain out of his face),"邓布利多看着哈利惊讶的神色,笑了"(Dumbledore smiled at the look of amazement on Harry's face)。

关于 eyes,和 Harry 共现的 13 个 eyes 中有 3 个指别人或者物件,剩下 10 个是描述 Harry 的。但和 Qin Yu 的情况不同,Harry 和 eyes 共现时,大多数是描述其动作,而不是神情,如"把湿发从眼前拨开"(pushing his sweaty hair out of his eyes)、"把眼睛擦干"(dry his eyes on the sheet)、"帽子盖住眼睛"(the hat dropped over his eyes)。但有两个值得注意的描述:"哈利希望他再多八只眼睛"(Harry wished he had about eight more eyes)和"哈利叫了起来,没有把眼睛从钥匙上移开"(Harry called,not taking his eyes off the key)。前一句描述了他的眼神和目不暇接、充满好奇的状态,和 Qin Yu 有相似之处。第二句的特别之处在于眼睛的搭配词是钥匙,和 Harry 排名第二的共现词"门"(door)密切相关。

可以看到,尽管 eyes 和 face 与 Harry 高频共现,但是刻画方法和 Qin

---

① 关于 *Harry Potter*,国内较权威的版本为人民文学出版社出版,苏农(曹苏玲和马爱农笔名)和马爱新翻译的译本。本章涉及 Harry 的译文参考了该版本,但出于研究目的,以笔者直译为主。如本句译文参考了:罗琳. 哈利波特与魔法石. 苏农,译. 北京:人民文学出版社,2018:14.

Yu 完全不同——相对于直接描述神态,更多的是描述 Harry 的动作,以及和其他人和物的互动。这和 3 部作品的叙事动词密度数据显示的特征相一致。

Horizon、*Bright Moon*、*Sabre* 中,face 与 Fu Hongxue 共现 32 次。face 的搭配词中,pale 出现了 15 次,同义词 pallid 出现了 4 次,即共出现了 19 次"苍白的脸",其中 6 次这张苍白的脸"突然变红了"(turned red/blushed red)、1 次"更白了"(all the more pale)、1 次"像死一样白"(deathly pale)。此外,还有"拉长了一张脸"(pulled a long face)、"低下脸"(lowered his face)、"毫无表情的脸"(emotionless face)。

关于 Fu Hongxue 的 eyes,有三个形容词与之搭配,分别是"冰冷的"(cold)、"冷酷的"(grim)和"冷淡的"(frosty)。他的目光中是"自嘲、悲伤和愤怒"(a look of self-ridicule、filled with sorrow and melancholy/shock and anger/hatred),但也有"眼神一亮"的时候(brighten/shone with light)。还有涉及 eyes 的就是"眼神训练"(eyesight training)。

综上,关于 Qin Yu 和 Fu Hongxue 的脸和眼神的直接描写较多,对 Harry 的直接描写较少;形象上 Qin Yu 是小小的稚嫩的脸,充满了好奇、兴奋和坚定的眼神;Harry 是瘦瘦的脸,黑色头发,绿色眼睛,圆圆的眼镜,眼神中同样是兴奋和好奇;Fu Hongxue 则是苍白的脸,冰冷的眼神,满是忧郁,时而愤怒。

(2)其他高频共现名词和形容词

除了共有高频共现名词 eyes 和 face,三个角色特有的高频共现词颇能体现每个角色的特点,比如 Qin Yu 的三个特有高频共现词是 body、raining 和 book,即身体、修炼和秘籍;Harry 的共现词是 door、hand、broom、wand 和 wizard,分别是门、手、扫把、魔杖和巫师;Fu Hongxue 的共现词是 sabre、hand、grandmaster 和 sword,对应刀、手、高手和剑。

Stellar Transformations 中,Qin Yu 通过修炼外功,突破身体极限,达到修仙最高境界。因此身体、修炼和秘籍都是高频共现,很多情节都是围绕他的身体展开,比如身体训练(body training)、身体变化(body to transform)。

Harry 在魔法学院,因此"扫把"和"魔杖"是他的标配。"手"(hand)大致出现在 3 种情况下:1)身体接触,如握手(shake hands)、抓住 Harry 的手(seize Harry's hand);2)与扫把或魔杖有关,如"哈利的扫把立刻跳到他的手里"(Harry's broom jumped into his hand at once)、"哈利的魔杖还在手中"

(Harry's wand had still been in his hand); 3) 和门有关,如"他的手在门上" (his hand on the door)。"门"(door) 在 *Harry Potter* 中是一个具有重要意义的意象,出现语境有"哈利向门跑去"(Harry ran to the door)、"哈利推开了门"(Harry pushed the door open)、"哈利使劲儿摔上门,他们跑了" (Harry slammed the door shut, and they ran)。Harry 的探险就像是推开一扇扇门,发现藏在里面的秘密,就像 Qin Yu 的探险是通过一次次的训练,挑战自己的身体极限。

Fu Hongxue 的高频共现词有"刀"(sabre)、"手"(hand)、"高手" (grandmaster) 和对手的武器"剑"(sword)。"手"和"刀"搭配,如"傅红雪的手按在刀柄上"(Fu Hongxue's hand was on the hilt of his sabre)、"傅红雪的手重新紧紧按住刀"(Fu Hongxue's hand tightened around his sabre anew)。并且,傅红雪的"手"总是紧紧握着,如"傅红雪的手握紧了,他的心沉了下来"(Fu Hongxue's hands tightened, and his heart sank)。在与傅红雪共现的 43 次"手"里面,手的动作有 12 次是"握紧了"(tightened),有 7 次用"冰冷"(cold) 形容。

三个角色没有共有的共现形容词。Qin Yu 有三个共现形容词,分别是 excited、little 和 external;Harry 没有频次比在 0.15% 以上的共现形容词;Fu Hongxue 频次在 0.15% 以上的共现形容词是 silent,频次比在 0.1% 左右的形容词有两个,分别是 cold 和 good。就 Qin Yu 而言,excited 主要用于形容 Qin Yu 的状态,多出现在"Qin Yu is/gets/becomes excited";little 多指他的"小脸""小下巴"(little face/jaw) 等;external 是指他修炼的"外功" (external technique、external practice)。就 Fu Hongxue 而言,silent 与其共现 23 次,搭配多为"he was/remained silent";与 cold 搭配的词则有 heart、hand、laugh、body、feeling;good 主要出现在 a good dagger/place、be good at 和回答当中。有趣的是,古龙着意将傅红雪刻画成为一个沉默寡言的人,但整部作品人物的对话比例却非常高。

(3) 共现动词及副词

表 4-13"Qin Yu 高频搭配词关键词词表"显示,相对于 Harry 和 Fu Hongxue,Qin Yu 的特色搭配动词有 glitter、shine 和 start。由名词搭配可知,glitter 和 shine 是高频共现名词 eyes 的搭配词,与 eyes 共同构建出 Qin Yu 双眼闪亮的形象。start 与 Qin Yu 共现 17 次,包括开始读书、玩、让能量流动、勾画未来情境等(starts to read、starts to play、starts to let the energy flow、starts to picture the future scenario）。

Harry 的特色共现动词最多，显示有 said、looked、felt、see、thought、know、go、got、saw、told、asked、get、heard、knew、tried、think、turned。这些动词包括感官动词 see、hear、feel；表示对话的动词 say、tell、ask。这些词语表明 Harry 互动频繁，感官灵敏。此外，搭配词 try 特点鲜明，与 Harry 共现 33 次（0.249%），如"哈利努力记住（魔法口诀）"（Harry tried to remember），"哈利努力了，但还是拿不起魔法棒"（Harry tried—but he had hardly raised the wand），"哈利试了一次，又一次"（Harry tried. And tried）。

Fu Hongxue 的共现动词中有一个特色动词 kill，与 Fu Hongxue 共现 41 次（0.16%），如"傅红雪本不想杀了他"（Fu Hongxue hadn't wanted to kill him）、"傅红雪可以杀了他自己"（Fu Hongxue can kill himself）。此外大量的 kill 出现在"他说""他回答""他问"之后，是 Fu Hongxue 对话的重要内容。

共现动词塑造出的形象是：Qin Yu 和 Harry 在尝试、努力和成长，Fu Hongxue 则是充满杀戮的江湖中人。

三个角色相比，Harry 共现的高频动词最多，但搭配副词却最少，只出现了 1 个副词：quickly；Qin Yu 的高频共现副词 6 个：immediately、suddenly、extremely、carefully、slightly 和 fast；Fu Hongxue 的高频副词 3 个：suddenly、coldly 和 slowly。

Harry 和 quickly 共现 15 次（0.12%），如"哈利快速说"（Harry said quickly），"哈利走得更快了"（Harry walked more quickly），"哈利迅速关上灯，默默穿好衣服"（Harry turned it off quickly and dressed silently）。

Qin Yu 与 immediately 共现 36 次（0.56%），如"秦羽立即伸出头去看"（Qin Yu immediately sticks out his head to see），"秦羽的眼睛立刻亮了"（Qin Yu's eyes immediately brighten），"秦羽立刻深深蹲了下去"（Qin Yu immediately starts to squat down deeply）；与 suddenly 共现 28 次（0.43%），如"秦羽突然笑了，站了起来"（Qin Yu suddenly smiles and stands up），"秦羽突然眼前一亮"（Qin Yu's eyes suddenly shine）；与 carefully 共现 13 次，如"秦羽立刻开始仔细阅读"（Qin Yu immediately starts reading carefully），"秦羽仔细听着，并用心记下他说的每句话"（Qin Yu listens to him carefully and learns every sentence he says by heart）；与 extremely 共现 13 次，如"秦羽特别兴奋"（Qin Yu is extremely excited）、"秦羽极为敏捷"（Qin Yu is extremely agile);与 slightly 共现 13 次,如"秦羽的眼睛微微闪光"(Qin Yu's eyes slightly flash.),"秦羽轻轻抬起了头,骄傲地说"(Qin Yu slightly raises his head and says proudly);与 fast 共现 10 次,如"秦羽出拳和踢腿非常快"(Qin Yu punches and kicks very fast)、"秦羽移动速度非常快。"(Qin Yu is moving very fast)。

Fu Hongxue 与 suddenly 共现 74 次(0.5%),如"傅红雪苍白的脸突然红了"(Fu Hongxue's pale face suddenly blushed red)、"傅红雪突然转过身来看着她"(Fu Hongxue suddenly turned and stared at her);与 coldly 共现 49 次(0.33%),如"傅红雪冷冷地看着他"(Fu Hongxue looked at him coldly)、"傅红雪冷冷地说/笑/回答"(Fu Hongxue said/laughed/replied coldly);与 slowly 共现 31 次(0.21%),如"傅红雪慢慢点了点头"(Fu Hongxue slowly nodded),"傅红雪缓缓转过身来"(Fu Hongxue slowly turned around)。

4.3.3.5　案例发现

通过共现搭配检索与语境分析,关于 Qin Yu 等三个角色的形象塑造,有以下发现:

(1)Qin Yu 和 Harry 年纪相仿,作为幻想冒险故事的主角具有相似性,他们好奇、兴奋,在未知的世界里探险、磨炼和成长;但是刻画方式十分不同。关于 Qin Yu 形象的关键词有:闪光的眼睛,兴奋的、坚定的神色,小小的、稚嫩的脸;身体,修炼(外功)和秘籍;高频共现副词显示他反应迅速、积极。除第一次外表描写外,基本没有对 Harry 眼睛和脸的正面描写,主角的高频共现词以动词为主,通过与其他人及物的互动关系建立起形象。共现词中只有一个副词,没有形容词,共现名词有:门、手、扫把、魔杖和巫师。其中"门"是个特别的意象,哈利·波特的探险就像推开一扇扇门,发现其中的秘密,如同 Qin Yu 的探险是通过一次次训练,挑战自己的身体极限。

(2)Fu Hongxue 这个角色的刻画方式与 Qin Yu 更为接近,他的眼睛、脸和手都是主角的高频共现词,主要形象为:苍白的脸,冰冷的眼睛,手紧紧握在刀上,整体上符合一个冷面复仇者的形象。同时,叙事动词密度和共现词显示:这个角色的形象极具反差性,比如他的高频形容词是"沉默的",实际上对话又非常多,对话引导动词密度大约是另外两部作品的 4 倍,高频共现动词"杀死"更多地出现在他的对话中,而不是动作中;说他的刀"唯快不破",但修饰他动作的高频副词是"慢慢地"(slowly)。这两种反差源于作者的创作风格,是古龙的一种写作策略。

(3)两个译文的副词和形容词明显多于英文原创 *Harry Potter*,这是源于作者写作和译者翻译风格的不同,还是中英文语言的差异,抑或是翻译语言的共性,需要进一步通过平行语料库进行验证考察。

(4)通过对高频共现词的分析可见,就形象塑造方式而言,两部中国作品的主角 Qin Yu 和 Fu Hongxue 更为接近;就性格特征而言,Qin Yu 和 Harry 十分相似。这或许也是 *Stellar Transformations* 得到外国读者喜爱的原因之一。

4.4 事物形象

根据 4.1.3.3 事物形象参数,本小节通过名词词表和专有名词词表考察英译网仙小说塑造的事物形象。

4.4.1 名词词表分析

事物形象的文本表达无法脱离名词存在。本小节从频次出发,首先考察名词词表,继而对"剑"(sword/Sword)、"道"(dao/Dao)、"气"(qi/Qi)[①]这三个公认的仙侠小说标志性物象词语进行专门分析。首先为 7 部网仙小说制作高频名词词表,列出前 40 位高频名词。篇幅所限,正文仅列出 *Stellar Transformations* 的高频名词(表 4-15),其余 6 部小说词表见附录 4-2。

表 4-15　*Stellar Transformations* 高频名词(前 40 位)

序号	频次排名	频次	名词	序号	频次排名	频次	名词
1	46	2396	time	6	73	1693	dragon
2	50	2125	body	7	76	1631	energy
3	60	1878	brother	8	78	1580	sword
4	69	1751	eyes	9	80	1490	moment
5	70	1739	man	10	83	1396	blood

---

① 英译网仙小说中关于"剑""道""气"的翻译首字母大小写形式均存在,因此,这里列出两种形式,下文论述中统一采用小写形式,例证则与译文保持一致。

续表

序号	频次排名	频次	名词	序号	频次排名	频次	名词
11	93	1330	clan	26	162	776	mansion
12	94	1323	power	27	164	771	hand
13	96	1302	tribulation	28	168	766	hall
14	99	1250	stage	29	172	759	blue
15	110	1102	people	30	183	724	immortals
16	120	1022	devil	31	188	720	world
17	124	995	smile	32	192	705	cave
18	131	978	grade	33	195	690	side
19	133	962	face	34	198	681	brothers
20	134	953	experts	35	202	676	jade
21	143	906	master	36	203	672	heaven
22	150	856	realm	37	205	660	huayan
23	158	801	palace	38	207	658	voice
24	160	794	azure	39	209	652	speed
25	161	781	head	40	210	646	years

经过对比发现,前 40 个高频名词中,7 部网仙小说的共有高频词有两个:man 和 hand;6 部小说的共有高频名词有 6 个:people、eye、body、sword、moment 和 time;5 部小说的共有名词有 blood 和 years;4 部小说共有 cultivator。其中表示人体及人体部位的有 3 个词,分别是:body、eye 和 hand;表示时间的有 3 个,分别是:moment、time 和 years。含有上述所有 11 个名词的有 2 部小说,均为耳根作品,分别是:*Renegade Immortal* 和 *I Shall Seal the Heavens*。含有最少上述名词的是"我吃西红柿"的 *Desolate Era* 和 *Battle Through the Heavens*。

查找美国当代英语语料库中"小说类"(fiction)的名词词表发现,高频名词包括 time,man,eyes,people,hand 和 years,如图 4-14。在上一小节(4.3.3)案例分析部分,Qin Yu、Harry 和 Fu Hongxue 三个人物的高频搭配词均包括 eyes 和 hand,可见描写"眼睛"和"手"是刻画人物的重要手段。这些名词可谓小说类的共性,但不能代表仙侠小说的特性。

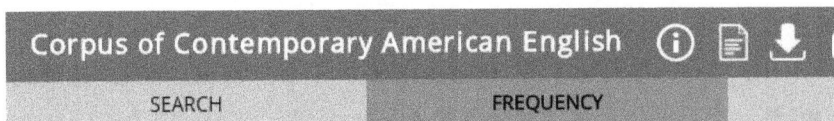

图 4-14 COCA"小说类"名词（前 16 位）

  7 部英译网仙小说共有高频名词分布如表 4-16^①所示。除去小说类高频名词之外，7 部英译网仙小说的共有高频名词包括：body、cultivator、sword 和 blood，在表 4-16 中黑体表示。其中 body 和 sword 为 6 部小说共有高频名词，blood 为 5 部小说共有。cultivator^②和 sword 可谓仙侠小说的标志性词汇，前者是典型人物形象，后者是标志性事物形象。通过这两个词，也可以看到《斗破苍穹》（*Battle Through the Heavens*）通常被视为玄幻小说的原因，即"修仙"和"剑"在作品中没有占据重要位置。此外，我吃西红柿的两部小说的英译作品 *Stellar Transformations* 和 *Desolate Era* 均不含cultivator。总的来说，7 部网仙小说的共有名词分为 3 类：1）与身体部位相关，如 body、hand、eyes；2）与时间相关，如 time、years、moment；3）与仙侠小

---

  ① 含有该高频词，以"√"表示；反之则以"×"表示，并以灰色背景突出显示

  ② "cultivator"意为修仙者，在 *A Will Eternal* 中对应的原文是"修士"，在 *I Shall Seal Heavens* 中为"修士"，在 *Journey to Immortality* 中为"修士"或"修道之人"，在 *Renegade Immortal*中为"修真者"。

说文类相关,如 cultivator、sword。还有一些词仅从词频较难判断,比如 blood。cultivator 和 body 与人物相关,而本小节集中于事物形象。因此,通过词表(词频)甄选出的仙侠小说的代表性物象是"sword"。

表 4-16　7 部英译网仙小说共有高频名词分布情况

	A	B	C	D	E	F	G
man	√	√	√	√	√	√	√
people	√	×	√	√	√	√	√
hand	√	√	√	√	√	√	√
eye	√	√	√	√	√	×	√
body	√	√	√	√	√	√	√
cultivator	×	×	√	√	√	√	×
sword	√	√	√	√	√	√	×
blood	√	×	√	√	√	×	√
moment	√	×	√	√	√	√	√
time	√	×	√	√	√	√	√
years	√	√	√	√	×	√	×

注：A＝*Stellar Transformations*,B＝*Desolate Era*,C＝*Renegade Immortal*,D＝*I Shall Seal the Heavens*,E＝*A Will Eternal*,F＝*Journey to Immortality*,G＝*Battle Through the Heavens*

下面来看"剑"(sword)、"道"(dao)、"气"(qi)三个词在 7 部网仙小说中的具体频次及排名,如表 4-17 所示：

表 4-17　"剑"(sword)、"道"(dao)、"气"(qi)词频

小说名	sword			dao			qi		
	频次	名词排名	总词表排名	频次	名词排名	总词表排名	频次	名词排名	总词表排名
Stellar Transformations	1580	8	78	—	—	—	12	1635	3697
Desolate Era	1069	1	21	122	45	222	—	—	—
Renegade Immortal	633	15	98	570	19	109	146	161	464
I Shall Seal the Heavens	288	13	70	326	7	56	167	33	126
A Will Eternal	702	21	115	582	28	149	652	24	131
Journey to Immortality	188	27	124	18	434	1131	93	75	271
Battle Through the Heavens	75	308	817	67	341	886	1180	9	53

结合名词词表分析和表4-17，可以看到，三个词中只有 sword 是 7 部小说中均出现的名词，并且进入了 6 部小说的高频名词列表；dao 出现于 6 部小说中，频次最高的是耳根的 3 部小说；qi 出现于 6 部小说中，出现频次最高的是天蚕土豆的 *Battle Through the Heavens*；我吃西红柿的两部作品分别不含 dao 和 qi。

在除 *Battle Through the Heavens* 外的 6 部典型仙侠作品中，sword 在 *Desolate Era* 中的频次排名尤其高，占据高频名词中的第 1 位、整个词表中的第 21 位；在 *Journey to Immortality* 中排名最低，为高频名词中的第 27 位、整个词表中的第 124 位。Sword 在 *Battle Through the Heavens* 的名词词表中则在 300 名外的位置（第 308 位）、整个词表的 800 名以外（第 817 位）。除上述 3 部小说外，再加入一部耳根的 *Renegade Immortal*，分别对 4 部作品①中的 sword 进行索引行查询，为其显示的索引行单独建库并做出词表，将每部作品中与 sword 共现频次最高的前 30 位搭配词（去除语法功能词 the、a 等）列入表 4-18。

表 4-18　4 部英译网仙小说"sword"共现词（前 30 位）

Desolate Era		*Journey to Immortality*		*Battle Through the Heavens*		*Renegade Immortal*	
频次	单词	频次	单词	频次	单词	频次	单词
249	ning	53	his	32	his	210	he
221	his	49	art	21	her	166	his
188	art	38	he	20	he	165	energy
175	titan	35	li	20	xiao	136	lin
133	arts	33	blinking	19	huge	135	wang
98	dao	28	han	18	yan	114	celestial
85	light	24	short	14	hand	68	flying
79	one	23	flying	14	heavy	60	iron
61	more	21	light	8	metal	59	appeared
60	power	19	could	7	after	56	hand

①　这 4 部小说包括：sword 频次最高的小说（*Desolate Era*）、最低的小说（*Journey to Immortality*）、中间的小说（*Renegade Immortal*），以及非典型仙侠小说（*Battle Through Heavens*）。

续表

Desolate Era		Journey to Immortality		Battle Through the Heavens		Renegade Immortal	
频次	单词	频次	单词	频次	单词	频次	单词
55	three	18	golden	7	blood	56	him
54	level	16	immortal	7	dragon	53	moment
52	him	15	technique	6	black	42	flew
51	would	15	would	6	him	38	crystal
51	jade	13	manuals	5	dou	38	spirit
47	five	11	hand	5	slashed	37	one
46	boom	9	him	5	slaying	33	shot
44	powerful	9	supreme	4	air	32	came
43	black	8	maneuver	4	body	32	took
42	techniques	8	name	4	lin	30	eyes
40	brightmoon	8	small	4	ring	30	swung
39	golden	8	techniques	4	ruo	30	time
39	able	7	feiyu	4	she	28	light
38	hand	7	grey	4	speed	28	long
37	omega	7	one	4	swung	28	old
34	single	6	beams	4	teacher	27	looked
32	technique	6	first	3	hilt	27	red
31	will	6	form	3	king	26	said
31	body	6	green	3	left	26	suddenly
30	raindrop	6	manual	3	monster	25	aura

以上列表中的单词为 sword 的高频共现词,可以视为 sword 出现的语境。观察发现:

在这 4 部小说中,均有主人公名字及对应的物主代词(his)和人称代词(he/him)出现,his 更是占据前两位。唯一表现出不同的是 *Battle Through the Heavens*,在共现词表第 2 位出现了女性物主/宾格人称代词 her,以及第 23 位为人称代词 she。在这部作品中,主人公 Xiao Yan(萧炎)最重要的修炼是 dou qi(斗气),因此,sword 不具备仙侠小说中的象征意义,只是普通的武器和工具。由于女性角色如 Xiao Yu(萧玉)等的武器是 sword,并与男主人公存在互动关系,因此女性物主代词及人称代词出现在 sword 的共现词中。在其他 3 部典型的仙侠小说中,sword 是主人公的重要武器和法宝,甚至是整个故事的线索。其中又以 *Desolate Era* 最为突出。sword 在该部小说中占据名词词表第 1 位,出现频次最高。

Desolate Era 的男主人公 Ji Ning(纪宁)出生于剑术世家。"The Ji clan specialized in sword techniques!"("纪氏,最擅长的就是剑术!"),其父 Ji Yichuan(纪一川)的江湖称号是"Raindrop Sword"(滴水剑),在小说开头有不少篇幅是他的父母给他讲述剑道,如第 1 卷第 10 章结尾处的一番教导:

> 纪一川冷声道:"剑,乃是身体之延伸! 想要将剑用得好,首先自身身体能掌控好,你得先练拳,待得身体手臂拳脚尽皆灵活无比,发力自如,这才算身体上做好了'练剑'的准备!"
>
> "仅仅是身体上做好准备还不够。"
>
> "还要你的'心'也做好练剑的准备!" (第 1 卷第 10 章)

> Yichuan said coldly, "The movements of the sword are birthed by your body! If you wish to use the sword well, then first, you must control your body well. First, you must train in boxing. After your body and your arms are extremely agile and you can fully control your strength, then your body will be ready to learn sword techniques!"
>
> "But preparing your body isn't enough."
>
> "You must also prepare your 'mind' for learning the sword!"
>
> (Book 1 Chapter 10)

高频共现词中涵盖了 Sword Dao(剑道)、Sword Art(剑术),如 Brightmoon sword art(明月剑术)、sword technique(剑法)。在 Sword Dao 出现的 54 次中,多数情况是有具体所指,如 Omega Sword Dao(终极剑道)出现了 25 次,Oblivion Sword Dao(大毁灭剑道)出现了 20 次,此外还有 Samsara Sword Dao(因果剑道)、the Spacetime Sword Dao(时空剑道)和 the Cycle Sword Dao(轮回剑道)。对 dao 的感悟也与 sword 融为一体,所谓"剑道合一"。在第 45 卷第 14 章"The Other Face of Oblivion"(大毁灭的另一面)中有这样一段描述:

纪宁之前用大毁灭剑道杀死那些西斯族，发现最终杀死后化作的纯净的力量都滋养了混沌宇宙，就让纪宁有所触动了——毁灭，是为了滋养，为了新生？不过当时纪宁没急着修炼参悟。此刻看到毁灭源泉的崩溃，纪宁更加明白了。

"道分阴阳。"

"一切皆有两面。"

"终极剑道，要达到至尊境！仅仅将融合的诸多剑道形成大毁灭……仅仅才是'至尊终极剑道'的一面而已。另一面则是滋养，则是新生，则是一生二，生三，生万物般的创世界。"　　（第45卷第14章）

When Ning had used the Oblivion Sword Dao to slay those Sithe, he discovered that after killing them they would transform into pure energy which nourished the Chaosverse. This had instantly intrigued Ning—could it be that the purpose of destruction was actually to provide nourishment and create new life? However, during the battle Ning didn't have time to really ruminate over this. Upon seeing the sphere of annihilation collapse, Ning began to gain an even deeper understanding.

"The Dao is split into Yin and Yang."

"There are two sides to all things."

"Omega Sword Dao to reach Autarchy, simply fusing all the other Sword Daos together to create 'Oblivion' isn't enough; that will only display a single facet of the true Autarch Omega Sword Dao. The other face of destruction is the creation of new life. One begats two, two begats three, and three begats all things." (Book 45 Chapter 14)

除 Sword Dao、Sword Art 和 sword technique 外，sword 的共现词大致分为两类：一类是对剑本身的描述，如 jade sword（玉剑）、golden sword（金剑）、black sword（黑色的剑）、sword light（剑光），以及拟声词 boom；另一类是剑所代表的含义，如 power、powerful、able——力量和能力。结合共现数词 one、three、five，情态动词 would、will 和名词 level，一幅剑术修炼的画面跃然纸上，例句如：... it **would** be very hard for one to reach the "one with the sword" **level**. （达到"人剑合一"将是极难的一步。）；Next, you **will need** to reach the level of being "one with the world". (接下来，你就要上体天心，天人合一了。); The sword has **three levels** as well. (剑也分三重境界。)。

Journey to Immortality 中用 sword art 和 sword technique 表示剑法，如 Blinking **Sword Art**(眨眼剑法)，There is indeed a strange **sword technique** that does not require True Qi ... (还真有这么一门奇怪的剑法，不用真气就可使用……); 用 sword maneuver 表示剑招/式; 用 sword form 表示剑式/分剑式。共现词 short、small、blinking 等表现出剑小而快的特点，并且闪烁着各种颜色的剑光：a **small** sword flickering with **golden light**、the **short** sword's **flashing light**、the **flying** sword's **grey light**。与剑本身相关的有 sword beams (剑芒)、sword manual(s)(剑谱)。值得一提的是，*Journey to Immortality* 中出现了 flying sword(飞剑) 和 sword immortal(剑仙)。早期的仙侠就是御剑飞行的剑仙。这部小说中"sword immortal"仅出现了 7 次，只是一个烘托男主的点缀角色。男主角杀死剑仙，并被妖魔化为"a fiery demon"(火魔)。

> 在故事中，这场大战一开始是，能释放**剑芒**的**绝世剑客**和御剑飞行**的剑仙**对决高下。结果剑仙的飞剑神妙莫测，比剑客的剑芒技高一筹，大败绝世剑客而胜。……而这时大反派火魔忽然现身，他不但趁双方元气大伤之时，杀死了企图除魔的剑仙，并且魔性大发，一把火烧死了在场近千名帮派中人。 （第 95 章）

> In the story, the great battle began with a **supreme sword wielder**, capable of unleashing **sword beams** from his sword, fighting against **a Sword Immortal that could fly by stepping on his flying sword.** ... Making use of this opportunity, a fiery demon suddenly appeared and killed the Sword Immortal right after the supreme sword user and the Sword Immortal had injured each other. The demon also went berserk, invoking his flames to kill over 1,000 spectators. （Chapter 95）

Renegade Immortal 中 sword 的高频共现词有 energy、celestial、flying、iron、light、spirit、aura 等，指 sword energy(剑芒)、celestial sword(仙剑)、flying sword(飞剑)、iron sword(铁剑)、crystal sword(水晶剑)、a sword of light(剑光)、the spirit of a sword(剑魂)、the aura of a sword(剑气)等。共现词的特别之处是动词较多：a small colorful sword **appeared**、a purple

sword suddenly appeared before him、the flying sword rapid **flew** toward Li Shan、the purple moon sword **flew** into his hand、the four sword sheaths **shot out** like meteors、an old looking flying sword **came out**、The sword **swung** down、He **looked** at the celestial sword in his hand。相反,*Desolate Era* 和 *Journey to Immortality* 中,sword 的高频共现词基本没有动词。在 *Renegade Immortal* 中,对 sword 的刻画是动态的,与人物的动作紧密相连。这与 4.3.2 "主要人物动作"部分,其人物动作动词密度最高(0.81%)相吻合。

综观 4 部小说,sword 在 3 部典型网仙小说中均承担着重要作用,与主人公密切相关,同时每部作品的"剑"又各具特点。*Desolate Era* 中,剑以载道,sword 和 dao 合而成为 Sword Dao(剑道);*Journey to Immortality* 中的剑是 short sword、small sword,无需内力的 Blinking Sword Art,与 *Battle Through the Heavens* 中的 huge sward、heavy sword 形成对比鲜明。这 3 部小说的共同点是 sword 的共现词中均有除男主人公之外的人物名字,表明"剑"还具有促成人物互动关系的作用。*Renegade Immortal* 的突出特点是 sword 的共现词中动词很多,动作性最强。小说英译本对 sword 的形象刻画既包括对剑及相关事物的具体物象,也包括抽象描述,乃至引申内涵。前者如 sword hilt(剑柄)、sword light(剑光)、sword manual(s)(剑谱)、sword maneuver(剑招/式);后者如 sword dao(剑道)、sword art(剑术)和 sword technique(剑法)、sword beam/energy(剑芒)、sword spirit(剑魂)与变得更强大的 more power(更强大)的修炼。剑的种类有 jade sword(玉剑)、golden sword(金剑)、iron sword(铁剑)、crystal sword(水晶剑)、black sword(黑色的剑)、flying sword(飞剑)、celestial sword(仙剑)等。剑的形态大小轻重不一;与剑相关的动词有 slashed、slaying、swung、left、appeared、flew、shot、came、took、looked 等。

sword 是"剑""道""气"三个词中唯一在词频上显示出显著性的词。作为仙侠小说的标志性物象,sword 是人物修炼、升级的最重要道具,在推动情节、促成人物关系、构建人物动作乃至深化主题等方面均具有重要作用。换言之,尽管一般以是否有道家元素作为判断仙侠小说的标准,但落实到文本,sword 的重要性远高于 dao 和 qi。或者说,仙侠小说塑造的最重要的物象就是 sword。在 *Battle Through the Heavens* 中,尽管有 sword 出现,但 dou qi(斗气)替代了 sword 的核心地位。正因如此,这部小说在国内被认为偏向于玄幻,而非仙侠。在仙侠小说中,dao 与 qi 往往与 sword 相结合,如:"Han

Li closely examined the light arc and he swept his hand against the air, sending a streak of azure **sword qi**（剑气）towards it. "（*Journey to Immortality*），"The water rippled and **sword qi**（剑气）shot out from the water."（*Renegade Immortal*）在网仙小说中，dao 的出现似乎更多是作为一种背景设置或是营造气氛，而非真正深入触及道家思想。

4.4.2 专有名词词表分析

以上名词词表分析的是频次最高的名词，专有名词词表则保证那些频次并不属于最高，但具有高度文化元素的名词不会被忽略。应用兰卡斯特大学研发的赋码工具 CLAWS7 对小说语料进行赋码。CLAWS7 词性赋码表中一共列出名词 22 项，分别为 ND1（方位名词）、NN（普通名词）、NNA（后置头衔）、NNB（前置头衔）、NNL（地名）、NNO（数字名词）、NNT（时间名词）、NNU（量词）、NP（专有名词）等[①]。其中头衔、时间和量词在中英文表达中涉及较多文化因素，将在第 5 章"合力中的他塑元素——译者与读者"展开分析。本章重点考察专有名词部分。经检索，软件标注的专有名词主要由人名和其他专有名词构成，人名部分属于人物形象。这里主要分析非人名专有名词。按照频次降序排列取前 20 位专有名词，得到高频专有名词词表，为方便阅读，同时列出对应中文，以及部分英译小说中的搭配实例。

4.4.2.1 《莽荒纪》（*Desolate Era*）

《莽荒纪》（*Desolate Era*）（作者：我吃西红柿；译者：RWX）的高频专有名词词表前 20 位和其他小说颇为不同，神佛的名称占了一半。仙侠小说典型的物象 pill（丹）并未出现。细读发现是由于译者采取了音译策略，将其译为 Jindan。除神佛外，与道法相关的有 Heavenly Daos（天道）、Avatar（法身）、宝物 Iceheart Pitch（冰心髓），Diagram of the Nine Heavens/ Crimsonbright（赤明九天图）等；还有空间设定、地名等，如 Chaosverse（混沌宇宙）、Kilostar Island（千星岛）、Path of Blades（万仞路）。在高频专有名词中没有出现其他小说的常见词 sect（宗派），取而代之的是部族的设定 prefecture，如 The Ji clan was an ancient clan. It was divided into the Central Prefecture, the East Prefecture, the West Prefecture, the North Prefecture, and the South Prefecture.

---

① 更多标注说明参见 CLAWS7 赋码表网址：http://ucrel.lancs.ac.uk/claws7tags.html.

（纪氏是一个古老的部族,分为宗府、东府、西府、南府、北府。）除 20 个频次最高的专有名词外,还有 Raindrop Sword(滴水剑)、Starseizing Hand(摘星手)、Melodious Megrez Sword(天权曲剑)等人物江湖名号及武器名称等。

表 4-19　*Desolate Era* 高频专有名词(前 20 位)

序号	频次	英文名词	对应中文名词	英文名词搭配实例
1	338	God	天神等	Empyrean God
2	187	Empyrean	天神等	Empyrean God
3	90	Autarch	终极至尊等	OmegaAutarches
4	86	immortals	真仙等	true immortal
5	78	Nuwa	女娲	—
6	63	Greatdream	大梦天神等	Empyrean God Greatdream
7	60	pith	冰心髓等	Iceheart Pith
8	60	iceheart	冰心髓等	Iceheart Pith
9	60	Jindan	金丹	—
10	56	Daos	天道等	Heavenly Daos
11	53	chaosverse	混沌宇宙	—
12	47	fiendgod	神魔	—
13	45	prefecture	西府等	West Prefecture
14	45	Titanos	鸿然至尊	—
15	43	Crimsonbright	赤明九天图	—
16	42	Gods Sealthroat	封喉天神	—
17	41	Buddha	佛	—
18	38	kilostar	千星岛	kilostar island
19	38	blades	万仞路	path of blades
20	38	Avatar	法身	—

4.4.2.2　《仙逆》(*Renegade Immortal*)

《仙逆》(*Renegade Immortal*)(作者:耳根;译者:Rex.)

表 4-20 *Renegade Immortal* 高频专有名词（前 20 位）

序号	频次	英文名词	对应中文名词
1	558	Heng Yue Sect	恒岳派
2	312	Nirvana	涅槃
3	270	Xuan Dao Sect	玄道宗
4	269	pill	丹
5	175	Shatterer	碎涅
6	131	Green Cloud Sects	青云道
7	113	Vermillion Bird	朱雀
8	82	Soul Refining Sects	炼魂宗
9	79	God Sect	神宗
10	77	Planet Suzaku	朱雀星
11	75	Dao Spell Sects	道符宗
12	74	Mo Luo	莫罗大陆
13	54	Fellow Cultivator	道友
14	33	Nirvana Scryer	窥涅
15	10	Fire Sparrow Clan	火雀族
16	8	God Slaying Spear	神杀矛
17	5	The Sea of Devils	恶魔之海
18	4	Xuandao Zong	玄道宗
19	3	Mi Luo Sect	秘洛宗
20	3	messenger	信差

在物象中，有些抽象，有些具体，前者如"道""气""宗派"等概念性名词；后者如丹药、武器等具体物件。

排名第 1 位，sect（宗）。所选章节中出现的两大宗派 Heng Yue Sect（恒岳派，558 次）和 Xuan Dao sect（玄道宗，270 次），排在高频专有名词的第 1 和第 3 位。在专有名词高频词表上，还有 Soul Refining Sects（炼魂宗，82 次），Rainbow Road Sect（虹途宗，1 次）和 Purple Dao Sect（紫道宗，1 次）。

排名第 2 位，nirvana（涅槃，312 次）。对应"涅槃"出现了 4 次，"碎涅三境"264 次。The three realms of Nirvana 是作者设置的修仙的三重境界，表

4-21 选取了第 440 章 Above Ascendant（问鼎之上）中男主人公 Wang Lin 与修炼高人 Situ Nan 的一段对话，专有名词用黑体突出显示。从中可见，这里的 Nirvana 已经失去了本来的涅槃之意，而成为修仙过程中三个阶段的名称。这段对话还提到了 Yin Yang，但与 Nirvana 相似，也只是借用道家概念名词作为修仙境界的名称。其具体含义，正如文中所言"我也无法说的太过详细"，要请主角 Wang Lin 和读者意会。

表 4-21　第 440 章 Above Ascendant 例句翻译对照

英译文	中文原文
The **three realms of Nirvana** are **Nirvana Scryer**, **Nirvan a Cleaner**, and **Nirvana Shatterer**.	碎涅三境，窥涅、净涅、碎涅。
Situ Nan took a deep breath and revealed a hint of regret. "After the **Ascendant stage** are the three realms of Nirvana Shattering."	"问鼎之后，便是碎涅三境！"司徒南深吸口气，眼中露出一丝感慨。
Wang Lin's eyes lit up. "The three realms of **Nirvana Shattering**?"	"碎涅三境?"王林目光一闪。
"That is correct. The first generation **Suzaku**, Yu Wuyou, told me about the three realms of Nirvana Shattering after he got the rewards from the **Cultivation Alliance**. If he hadn't told me, then I wouldn't have known until I became the next Suzaku." Situ Nan sighed as he recalled the past.	"不错，碎涅三境，这也是当年一代**朱雀**叶无忧，从**修真联盟**获得赏赐后回来时，对我提及，否则的话，这些事情只有老夫成为朱雀后，才会知晓。"司徒南轻叹，带着一丝惆怅与追忆。
"The three realms of **Nirvana Shattering**. The first realm is **Nirvana Scryer**, second realm is **Nirvana Cleanser**, and third realm is Nirvana **Shatterer**."	"**碎涅三境，一境窥涅、二境净涅、三境碎涅**，这三境，便是问鼎之后的无上之道。"
Wang Lin took a deep breath, then he frowned and asked, "What about after the **three realms of Nirvana** Shattering? Is that the peak?"	王林深吸口气，眉头微皱，说道："碎涅三境之后呢？可是达到了顶?"
Situ Nan shook his head and said, "How could it be so easy? **The three realms of Nirvana Shattering** are only considered the second step for **cultivators**. However, someone at **the Nirvana Shattering stage** can be considered a powerhouse in the **Cultivation Alliance**. People are rarely willing to mess with them. Rumor has it that the old monsters in the Cultivation Alliance have even managed to breakthrough past **Nirvana Shattering**."	司徒南摇头，说道："哪有那么容易，这**碎涅三境**，只不过修仙之旅的第二步罢了，不过**碎涅境**大圆满的**修士**，在修真联盟内，也可以算是一代强者，极少有人敢惹，传闻中，**修真联盟**的一些老怪，也没有人真正的突破了**碎涅境**。"

英译文	中文原文
Wang Lin pondered a bit, then he looked toward Situ Nan and asked, "Are you a **Nirvana Scryer**?"	王林沉吟少顷,看向司徒南,说道:"你现在达到了**窥涅**?"
Situ Nan bitterly smiled and said, "How it could it be so easy? There are two thresholds between **the Ascendant stage** and becoming a **Nirvana Scryer**, which are the **Yin Yang Cleansing stages.**	司徒南苦笑,摇头说道:"哪有那么容易,**问鼎**与**窥涅**之间,尚有两道关卡,分别是**阴阳二意**。
"The Yin Yang Cleansing stages involve a change in domains. It's not the same as it going from non-corporeal to corporeal but a deeper understanding. I can't explain it too much, but only after your domain has gone through the **Yin Yang Cleansing stages** can you become a Nirvana Scryer.	这**阴阳二意**,说的是意境的变化,并不是虚幻与是实质的区别,而是一种更高的体会,这一点,每个人的道都不同,我也无法说的太过详细,只有意境经历了**阴阳二意**的洗涤,才拥有达到窥涅初期的资格。
"Before I was forced to hide inside the **heaven defying bead**, I touched the border of the **Yin Cleansing stage**. Although I wasn't able to cultivate while trapped, my understanding of my domain had increased, so I completed the Yin Cleansing stage. Once I have gone through the Yang Cleaning stage, I will only need to find a place to go into **closed door cultivation** to become a Nirvana Scryer."	我当年没有进入**天逆珠子**前,意境摸索到了**阴意**的边缘,在天逆珠子内这数万年,虽说无法修炼,但却也感悟很深,阴意达到了圆满,只需意境感悟阳意洗涤,便可寻觅一地**闭关**,冲击窥涅期。"
Wang Lin's eyes lit up and he asked, "What cultivation level is **Zhuque Zi** at? Is he also at the **Yin Yang Cleaning stages** before Nirvana Scryer?"	王林目光一闪,说道:"**朱雀子**是什么修为,他是否也处于窥涅之前的**阴阳二意**?"
A hint of disdain appeared in Situ Nan's eyes and then he said, "Him? **Late stage Ascendant**. I'm afraid he will not even be qualified to reach the **Yin Yang Cleansing stages**, so there is no need to even think about him becoming a **Nirvana Scryer**. However, he is considered a very special kind of Ascendant cultivator. Although he is still weaker than cultivators at the Yin Yan Cleansing stages, he is not someone a normal late stage Ascendant cultivator can match."	司徒南眼中闪过一丝不屑,说道:"他?**问鼎后期**,此生怕是没有资格**感悟阴阳**,更不用提**窥涅期**了,只不过他属于比较特殊的一类问鼎修士,虽说比之感悟了阴阳二意的修士还是不敌,但一般的问鼎后期,却是斗不过他。"
Wang Lin's eyes lit up and he said, "**The Suzaku Seal** from the Cultivation Alliance!"	王林双目闪动,说道:"修真联盟,**朱雀封号**!"

排名第 3 位,pill(丹,269 次),Immortal Pill 就是所谓"仙丹",在仙侠小说中的作用至关重要,获得仙丹往往是主角能量进阶的重要契机。争夺仙

丹是常规的情节设置,*Renegade Immortal* 的第 1161 章题目就是 Devour Pill,Vast Dao(吞丹茫道)。文中出现了十余种仙丹,包括 Qi Gathering Pill(夺灵丹)、Disguise Pill(化形化声丹)、Heaven Deceiving Pill(瞒天丹)、Soul Parting Death Pill(人死离魂丹)、Cloud Deficiency Pill(缺云丹)、Nirvana Void Pill(涅空丹)、Reincarnation Pill(轮回丹)、Fog Soul Pill(雾魂丹)、Establishment Pill(造化丹)等。与仙丹相关的还有 pill furnace(丹炉)、pill helper(丹童)、pill creation skill(炼丹术)等。

除了 sect,nirvana 和 pill 之外,完整专有名词列表上既有西式的 the Sea of Devils,Phoenix City,magic arsenal;也有中式的 Temple,Elephant Snake Mountain 和 sword saint。此外,还出现了一些动物:phoenix(凤凰)、centipede(蜈蚣)、vermillion bird(朱雀)、weasel(黄鼠狼)、elephant(象)和 snake(蛇)。

4.4.2.3 《我欲封天》(*I Shall Seal the Heavens*)

《我欲封天》(*I Shall Seal the Heavens*)(作者:耳根;译者:Deathblade)的前 20 位高频专有名词词表前 3 位分别是:dao(道)、sect(宗)、immortals(仙)。前 20 位中表示地名和仙家称谓的有 12 个,如 Milky Way Sea(天河海)、Dawn Immortal(黎仙)等,还有 karma(因果)、immortal's cave(洞府)、resurrection lily(彼岸花)、blood crystal(血晶)和 dragon(龙/蛟)。

表 4-22　*I Shall Seal the Heavens* 高频专有名词(前 20 位)

序号	频次	英文名词	对应中文名词	英文名词搭配实例
1	202	dao	道	—
2	83	sect	宗	—
3	81	immortals	仙	—
4	72	frost	金寒宗	Golden Frost Sect
5	55	way	天河海/坊	Milky Way Sea/City
6	44	saint	圣岛/阳魂圣	Saint's Island/Saint Sun Soul
7	41	allheaven	罗天	—
8	35	dawn	黎仙	the Dawn Immortal
9	35	lily	彼岸花	resurrection lily
10	26	cave	洞府	—

序号	频次	英文名词	对应中文名词	英文名词搭配实例
11	20	revelation	天机上人	lord revelation
12	17	karma	因果	—
13	15	ironblood	铁血	—
14	15	violet	紫气/紫海等	the violet qi/sea
15	13	blood	血晶等	blood crystal
16	13	dragon	龙/蛟等	aquatic dragon
17	13	gorge	少宗谷	Blood Prince Gorge
18	13	seahold	海城	—
19	11	God	神	—
20	11	mount daqing	大青山	—

一般认为,dragon(龙)是中国的象征,但实际上在网仙小说中并非一定有龙出现。在抽样小说的专有名词词表中,只有 *I Shall Seal the Heavens* 中出现了 dragon。其有以下几种使用情况:Sword Dragon(剑龙)、Winged Rain-Dragon/Flying Rain-Dragon(应龙)、Primordial Lightning Dragon(太古雷龙)、Aquatic Dragon(蛟龙)、the Core of the Flying Rain-Dragon(应龙之丹)、Centipede Dragon Pill(蜈龙丹)。这里的"龙"并非中华民族的象征,而是众多仙、魔、妖、怪中的一种,还有和蜈蚣在一起的搭配,成为一种有毒丹药 Centipede Dragon Pill(蜈龙丹)。用网络语言来说,作者的确是"脑洞大开"。Dragon 的相关例句有:

> 轰鸣中,雷鼎直接将那剑龙粉碎　　　　　　　　　　　（第 754 章）
>
> The Lightning Cauldron crushed the Sword Dragon amidst incredible rumbling sounds　　　　　　　　　　　　　　　　　　（Chapter 754）

> 这是太古雷龙与血妖的对抗!　　　　　　　　　　　　（第 787 章）
>
> This was a duel between a Primordial Lightning Dragon and a Blood Demon!　　　　　　　　　　　　　　　　　　　　　　（Chapter 787）

> 而封妖宗的弟子,竟敢吞下应龙之丹。　　　　　　　　（第 34 章）

And a disciple of the Demon Sealing sect actually dared to consume the Core of the Flying Rain-Dragon.　　　　　　　(Chapter 34)

白虎与蛟龙咆哮，再次直奔孟浩而去。　　　　　　　（第 33 章）

roaring and howling, the white tiger and the aquatic dragon once again charged Meng Hao.　　　　　　　(Chapter 33)

此外，由于 pill 在 CLAWS 符码时没有标为专有名词，因此没有显示在专有名词词表上。实际上，pill 在抽样文本里出现了 120 次，包括 heavenly spirit pill（天灵丹）、dry spirit pill（旱灵丹）、perfect foundation pill（完美筑基丹）、Pill Cultivation Workshop（养丹坊）、pill demon（丹鬼）等。

4.4.2.4 《一念永恒》(A Will Eternal)

经统计，《一念永恒》(A Will Eternal)（作者：耳根；译者：Deathblade）抽样（第 1、6 卷）前 20 位高频专有名词词表中（见表 4-23），一共出现单数方位名词（ND1）742 个，其中 north 472 次，south 240 次，west 12 次，east 14 次。第 1 位的 sect 表示宗派，出现了 1370 次；第 2 位的 pill 表示各种丹药，出现了 287 次。第 3 位的"heavenspan"分别有以下几种用法，Heavenspan River（通天河，43 次）、Heavenspan Island（通天岛，31 次）、Heavenspan Sea（通天海，15 次）、Heavenspan Dharma eye（通天法眼，10 次）、Violet Qi Heavenspan Incantation（紫气通天诀，2 次）、Heavenspan Elephant Body（通天象体，2 次）。第 4 位的"violet"的用法包括 Violet Cauldron Peak（紫鼎山，32 次）、Violet Qi Cauldron Summoning（紫气化鼎，15 次）、Violet Qi Cauldron Control Art（紫气驭鼎功，10 次）、紫气升灵丹（Violet Qi Spirit Ascension Pill，3 次）、Violet Qi Heavenspan Incantation（紫气通天诀，2 次）、Violet Cores（地品紫丹，1 次）。在专有名词词频表的前 20 位中，表示宗派、地点的有 9 个，如通天岛、种道山等；表示丹药、法术、武器的有 10 个，如紫气升灵丹、日月长空诀、金乌剑等；表示灵兽的有 1 个，寄灭兽。

表 4-23　**A Will Eternal** 高频专有名词（前 20 位）

序号	频次	英文名词	对应中文名词
1	1370	sect	宗
2	287	pill	丹

序号	频次	英文名词	对应中文名词
3	99	heavenspan	通天岛等
4	70	violet	紫气等
5	58	wildlands	蛮荒
6	37	Mount Daoseed	种道山
7	23	Waterswamp Kingdom	水泽国度
8	21	the Sun-Moon Vast-Sky Incantation	日月长空诀
9	21	Earthstring Foundation Establishment	地脉
10	14	Wildweed Mountains	荒芜山脉
12	11	Eastwood Continent	幽林洲
13	10	Heavenspan dharma eye	通天法眼
14	9	crow	金乌剑等
15	9	fallenstar	落星山脉
16	8	court	空河院
17	7	Will Core	念丹
18	7	Ghostfangs	鬼牙
19	7	inkspirit	墨灵香
20	6	lifestealers	寄灭兽

4.4.2.5 《凡人修仙传》(*A Record of a Mortal's Journey to Immortality*)

经统计,《凡人修仙传》(*Journey to Immortality*)(作者:忘语;译者:Doubledd)抽样前 20 位专有名词见表 4-24。专有名词前三位分别是 qi、foundation、core。经文本细读后发现 qi 有部分是指人名,如 Qi Yunxiao(齐云霄)等。剩余 781 次指各种"气",包括 Spiritual qi(灵气,239 次)、qi condensation(凝气,157 次)、black qi(黑气,70 次)等。出现频次较少的还有 yin qi(阴气)、baleful qi(恶气)、malicious qi(恶气)、white qi(白气)、sword qi(剑气)和 true qi(真气)等。foundation 主要出现在 Foundation Establishment(筑基)中。这是一个道教术语,在道家气功的修炼中,入门后的第一个阶段便是筑基阶段。core 主要出现在 core Formation(结丹)当中,在小说中与 Foundation Establishment(筑基)一样,是指道家修炼的一个阶段。

表 4-24 *A Record of a Mortal's Journey to Immortality* 高频专有名词(前 20 位)

序号	频次	英文名词	对应中文名词	英文名词搭配实例
1	900	qi	气	—
2	816	foundation	筑基	Foundation Establishment
3	695	core	丹	—
4	585	star	外星海等	Outer Star Seas
5	505	crooked	曲魂	Crooked Soul
6	438	bone	圣骨	Bone Sage
7	402	dao	魔道修士	Devil Dao Cultivators
8	342	sage	圣骨	Bone Sage
9	295	pill	丹	—
10	289	spirit	灵	—
11	229	valley	黄枫谷等	Yellow Maple Valley
12	208	maple	黄枫谷等	Yellow Maple Valley
13	205	lightning	天雷竹等	heaven lightning bamboo
14	200	flood	化形毒蛟	venomous flood dragon
15	191	mountain	蒙山四友	Four Friends Of Meng Mountain
16	189	island	奇渊岛	Wondrous Depths Island
17	176	city	黑石城	Blackrock City
18	174	violet	紫灵仙子	Fairy Violet Spirit
19	172	divine	神风舟	Divine Wind Boat
20	165	palace	星宫	Star Place

关于其他专有名词,dao 出现在两个专有名词中,Devil Dao cultivators(魔道修士)和 Righteous Dao Sect/Alliance(天道宗/盟)。pill 指各种丹药,如 Heavenmend Pill(补天丹)、Face Setting Pill(定颜丹)、Nature Origin Pill(造化丹)、Dustfall Pill Foundation(降尘丹)、Establishment Pill(筑基丹)、Insect Corpse Pill(尸虫丸)等。spirit 出现在各种名称中,如 Violet Spirit Fairy(紫灵仙子)、Heaven Spirit Pill(聚灵丹)、Ghost Spirit Sect(鬼灵门)。star(星)、maple(枫)、lightening(闪电)、valley(谷)等出现在地名或植物名称

中。未进入前20位的还有moon、rainbow，它们用于宗派和植物名称，如Masked Moon Sect(掩月宗)、rainbow skirt grass(霓裳草)等。

4.4.2.6 《斗破苍穹》(*Battle Through the Heavens*)

《斗破苍穹》(*Battle Through the Heavens*)(作者：天蚕土豆；译者：goodguyperson)，其前20位高频专有名词见表4-25。"斗"(dou)是全书的一个关键词，因此不难理解专有名词的第1位是dou，包括Dou Qi(斗气)、Dou Technique(斗技)、Dou Zhi Qi(斗之气)、Dou Zhi Li(斗之力)，还包括严密的升级体系对应的人物称谓，如Dou Sheng(斗圣)、Dou Zun(斗尊)、Da Dou Shi(大斗师)、Dou Shi(斗师)、Dou Wang(斗王)、Dou Zhe(斗者)等。Nihility Devouring Flame(虚无吞炎)是作品设置的一种炼制丹药的异火。与其他抽样小说不同的是，本作品中，phoenix和dragon占据了重要的位置。Heaven Demon Phoenix Tribe(天妖凰族)和Ancient Void Dragon Tribe(太虚古龙族)是两个敌对的部族。在后者强大的时候，曾捕猎前者为食，后衰落、分裂为Eastern Dragon Island(东龙岛)、Western Dragon Island(西龙岛)、Southern Dragon Island(南龙岛)和Northern Dragon Island(北龙岛)。相关表达还有Heaven Phoenix Ancient Formation(天凰古阵)、Demon Phoenix Steps(天凰步)、drunken dragon grass(醉龙草)和dragon kings(龙王)。此外，pill(丹)仍然是重要术语。essence出现在Di Essence(帝之本源)、Demonic Saint essence blood(妖圣精血)中。动物形象除phoenix、dragon之外，还有python(蟒)和turtle(龟)。

表4-25 *Battle Through the Heavens* 高频专有名词(前20位)

序号	频次	英文名词	对应中文名词
1	553	dou	斗
2	106	Nihility Devouring Flame	虚无吞炎
3	77	phoenix	凤凰
4	67	Di Tier Embryonic Pill	帝品雏丹
5	66	pill tower	丹塔
6	38	God	神
7	21	dragon	龙
8	20	Qi Gathering Powder	聚气散

续表

序号	频次	英文名词	对应中文名词
9	18	Flame Mantra	焚决
10	15	essence	本源等
11	12	Qi Gathering Pill	聚气丹
12	11	Medicine Mountain	药山
13	11	pill refinement	炼药
14	7	transforming dragon demon formation	化龙魔阵
15	7	pill fragrance	丹香
16	5	nine-colored heaven swallowing python	九彩吞天蟒
17	5	dragon slaying sword	屠龙剑
18	3	seven-colored heaven swallowing python	七彩吞天蟒
19	1	green wood sword	青木剑诀
20	1	Turtle Breath Pill	龟吸丹

4.4.2.7 专有名词部分小结

以上所有抽样网仙小说的专有名词大致可分为 5 类,分别是:地点、宗派、神仙魔怪的名字、器物法宝和一些宗教术语。在分析词表后发现:出现最多最普遍的单词是 pill。除 *Desolate Era* 以外,所有抽样小说均含有 pill (丹/丸)。而 *Desolate Era* 不含 pill 的原因仅是因为其使用了音译形式 jindan。所有小说均含有 God,既有神的名字,也有武器、招法的名字,比如 God Sect(神宗)、God slaying spear(神杀矛)、Demigod Dharmic Decree(半神法旨)等。此外,耳根的 3 部小说英译本均含有 sect(宗/派)。

出现最多的颜色是 violet(紫色),在 *Journey to Immortality*、*A Will Eternal*、*I Shall Seal the Heavens* 中均有 Violet Qi(紫气),此外还有 fairy violet spirit(紫灵仙子)、Violet Sea(紫海)等表达。其次是 green(青色),如 Green Cloud Sects(青云道)、Green Wood Sword(青木剑)。地点有 island (岛)、mountain(山)、sea(海)、city(城)、valley(山谷)、gorge(峡谷)、mount (山)、continent(洲),侧面反映了网仙小说的宏大叙事结构。命名往往借用自然界的事物,包括 sun(太阳)、moon(月亮)、star(星星)、wind(风)、cloud (云)、frog(雾)、ice(冰)、dawn(清晨)等,具体命名如 divine wind boat(神风

舟)、fallenstar mountains(落星山脉)、the sun-moon vast-sky incantation(日月长空决)、Outer Star Seas(外星海)等。出现的植物有 resurrection lily(彼岸花)、maple(枫)、bamboo(竹)等。动物有 crow(鸦)、python(蟒)、turtle(龟)、vermillion bird(朱雀)、centipede(蜈蚣)、weasel(黄鼠狼)、elephant(象)和 snake(蛇)等。dragon 和 phoenix 被认为是典型的中国神话形象,但实际上在专有名词词表中的实际出现频次并不多,前者只出现在 2 部小说中,后者只出现在 1 部小说中。

dao 常用来做宗派或其他事物的名字,如 Xuan Dao Sect(玄道宗)、Dao Spell Sects(道符宗)、Mount Daoseed(种道山);也有抽象表达,如 Heavenly Daos(天道)。其他的宗教相关表达有:karma(因果报应)、nirvana(涅槃)、santra(咒语)、avatar(法身)、dharma(达摩)、soul(魂)和 spirit(灵)等,这些表达也往往嵌入名称使用,如 Heavenspan dharma eye(通天法眼)、the three realms of Nirvana(碎涅三境)、Soul Refining Sect(炼魂宗)、Saint Sun Sou(阳魂圣)、Crooked Soul(曲魂)、inkspirit incense(墨灵香)等。

4.5　本章小结

从作品、作者、译者三个角度考量,本章选取了 7 部英译经典网络仙侠小说作为考察对象,其中 *Stellar Transformations* 作为人物形象塑造的分析案例。这些作品涵盖了 4 位作者、6 位译者。此外,本章选择了 2 部英译武侠小说和 4 部英文原创奇幻小说作为英译网仙小说的参照对象。2 部英译武侠小说是英译古龙作品 *Dragon King With Seven Stars* 和 *Horizon, Bright Moon, Sabre*;4 部英文原创奇幻小说是 *The Chronicles of Narnia*、*The Lord of the Rings*、*Harry Potter* 和 *A Song of Ice and Fire*。经过基本信息、人物形象和事物形象 3 个方面的分析,发现英译网仙小说具有以下特点:

(1)语言形象

标准类符/形符比代表了词汇丰富度。英译网仙小说总的 STTR 为 39.42,英译武侠小说为 39.49,英文原创奇幻小说为 43.07。该项数据表明英译网仙小说的词汇丰富度明显低于原创作品,具有简化倾向,体现了翻译语言特征。另一方面,影响词汇丰富度的还有作者和译者等因素。某些英译网仙小说也具有相对较高的词汇丰富度,如 *Journey to Immortality*(42.19)和 *A Will Eternal*(41.46)。

词汇密度代表了文本传递的信息量和阅读难度,二者呈正相关。数据显示,英译网仙小说的词汇密度明显高于英文原创奇幻小说,即传递的信息量更大、阅读难度更高。7部抽样英译网仙小说无一例外地表现出这个特点。关于4个词类密度,在英译网仙类中降序排列为名词、动词、副词和形容词;在英语原创类中则为:动词、名词、副词和形容词。

简言之,英译网仙小说的语言形象特点突出:传递的信息量更大,阅读难度更高,词汇丰富度相对较低,名词较多而动词较少。

(2)人物形象

通过与英译武侠小说和英文原创奇幻小说的比较,发现英译网仙小说主人公形象设置方面类型化特征明显。1)以年轻男性角色为主。7部网仙小说的男主人公出场时最小6岁,最大18岁,另有五人集中在14—16岁。2)男主人公至上,开篇登场、全程在线,其他男性主要人物的出场频次明显低于男主人公,女性角色频次更低。整体看,网仙小说的人物设置是以男主人公修炼升级为核心的功能性设置。一方面,这种类型化的单一人物设置模式缺乏文学性;另一方面,游戏升级式的功能向特点也是其魅力所在,对某一类读者群会特别具有吸引力。

动作动词参数显示(如表4-9)英译网仙小说主要角色的动作动词密度(VVD2密度)平均显著高于英文原创奇幻小说和英译武侠小说;话语、心理活动引导动词密度为3类小说中最低。总的来说,英译网仙小说中角色动作描述最多,话语、心理描述最少。但由我吃西红柿创作、RWX翻译的两部作品 *Stellar Transformations* 和 *Desolate Era* 的话语、心理活动引导动词密度分别为23.83%和19.48%,明显高于其他5部英译网仙小说(10.12%—12.72%)。

通过案例分析发现,Qin Yu 与 Harry Potter 具有某些共性,他们好奇、兴奋,在未知的世界里探险、磨炼和成长。但在 Qin Yu 角色塑造方面,小说对其定性描写过多,细节描写不足,导致具体形象模糊不明,难以具象化,与成为标志性形象尚有差距。同时,小说对 Qin Yu 以直接描写为主,手段略嫌单一。反观 Harry Potter 的形象,其通过人物之间的互动构建而成,更为生动丰满。2部英译武侠小说无论是角色设置,还是具体的人物高频搭配分析,均显示出作品更富于变化,更重视悬念设置,人物更具张力。

(3)事物形象

通过名词及专有名词词表分析,发现文本塑造的事物形象中既有具体事物,如 sword(剑)、pill(丹)、dragon(龙)、phoenix(凤凰);也有抽象事物,如 dao(道)、qi(气),还有 God、demon(神魔妖怪)。除 God 和 demon 外,上述物象是人们印象中仙侠小说的标志性物象,某种程度上也是一种刻板印象。

但是,词表显示,sword 是唯一在词频上具有显著性的词。sword 是人物修炼、升级的最重要道具,在推动情节、促成人物关系、构成人物动作乃至深化主题等方面均有重要作用。换言之,落实到文本,sword 是网仙小说的标志性物象,其重要性远大于 dao 和 qi 等。追溯网仙小说之源,最早仙侠的表现形式就是剑仙。sword 的重要性可谓一脉相承。此外,高频专有名词词表显示,7 部英译网仙小说都含有 pill(丹)。

dragon 和 phoenix 在某些作品中出现较多,并不能构成网仙小说的标志性物象。此外,dao 和 qi 的出现往往与 sword 搭配出现,如 sword dao(剑道)、sword qi(剑气)。文本对 sword 的形象刻画包括具体和抽象两个方面:前者如 sword hilt(剑柄)、sword manual(s)(剑谱)等;后者如 sword Dao(剑道)、sword art(剑术)和 sword technique(剑法),sword beam/energy(剑芒)、sword spirit(剑魂)等。

专有名词大致可分为地点、宗派、神仙魔怪的名字、器物法宝和一些宗教术语。出现最多的颜色是 violet(紫色),其次 green(青色),其他还有 black(黑色)、bloodred(血红)、white(白色)、yellow(黄色)。地点有 island(岛)、mountain(山)、sea(海)、city(城)、valley(山谷)、gorge(峡谷)、mount(山)、continent(洲),侧面反映了网仙小说的宏大叙事。命名往往借用自然界的事物,包括 sun(太阳)、moon(月亮)、star(星星)、wind(风)、cloud(云)、frog(雾)、ice(冰)、dawn(清晨)。出现的植物有 resurrection lily(彼岸花)、maple(枫)、bamboo(竹)。动物有 crow(鸦)、python(蟒)、turtle(龟)、vermillion bird(朱雀)、centipede(蜈蚣)、weasel(黄鼠狼)、elephant(象)和 snake(蛇)。

dao 以及佛教等相关术语的使用脱离了原始意义,似乎更多的是用于一种背景设置、气氛营造,而非真正触及道家及佛教思想。比如 Nirvana(涅槃)用于 the three realms of Nirvana(碎涅三境),dharma(达摩)用于 Heavenspan dharma eye(通天法眼)。此外,immortal(仙)在英译网仙小说中的频次竟远低于 God(神)。神、佛、魔、怪、道,既是修炼的背景,也是修炼的道具,而在各种宗教文化包装下的内核其实是一个词 power(能量)。网仙小说塑造的是斩妖除魔、不畏挑战,不断探索和成长的男主人公形象——这可能是其真正的魅力所在。

第5章

合力中的他塑元素——译者与读者

在翻译过程中,原作者对于国家、民族形象的自塑经过语言迁移,成为一种新的形象,其中,译者的选择起着决定性的作用。与此同时,借助网络媒介,读者与译者,以及读者之间,实现了更加便捷的交流;读者反馈能够更为迅速、直接地反映到翻译文本。网络仙侠小说的作者、译者和读者合力塑造翻译文本中的"中国形象"。本章将从文本内和文本外两个角度剖析这一过程中以译者和读者为代表的他塑元素。

5.1 文本内——形象的迁移

文化差异往往是造成翻译困难的重要原因。然而,也正是文化差异使一个个鲜明的国家形象跃然纸上。20、21 世纪之交,王东风①、邱懋如②、孙致礼③等学者撰文讨论文化翻译策略。虽然彼时的关注点依然离不开归化、异化,但已然越来越重视描写研究,并认识到归化、异化并非二元对立。10年之后,韦恩·梁从社会学视角分析译者行为时,也从艾克西拉的研究中得到灵感,提炼出 7 个文化专有项。④

---

① 王东风.文化缺省与翻译中的连贯重构.外国语(上海外国语大学学报),1997(6):56-61.
② 邱懋如.文化及其翻译.外国语(上海外国语大学学报),1998(2):20-23.
③ 孙致礼.中国的文学翻译:从归化趋向异化.中国翻译,2002(1):39-43.
④ Liang, W. Translators' behaviors from a sociological perspective—A parallel corpus study of fantasy fiction translation in Taiwan. *Babel*,2016(1):44.

本小节将通过译文与原文的对比,将语言形象和文化形象作为两个切入点,尝试发现在译文塑造形象的过程中,除原作者以外的其他元素及其发挥的作用。语言形象分为词汇丰富度和译文难度两个参数;文化形象借鉴韦恩·梁的文化专有项标准,并结合本书研究对象的特点,主要关注专有名词翻译,具体分为:人物名字和称谓、仙侠小说标志性物象和计量单位。语言形象基于数据解读,是概括性的;文化形象基于文本细读,是具体的。本书期望二者结合,使研究较为全面,结论较为中肯。

5.1.1 语言形象

本书 4.2 语言形象部分从词汇丰富度和译文难度两个角度对 7 部英译网仙小说的基本语言形象特征做出了分析。这里将进一步将其与汉语原文的语言数据相对比,并深入到具体文本,尝试发现译者在其中发挥的作用。

5.1.1.1 词汇丰富度

首先通过 WordSmith 的跨库词表功能,得到 7 部小说汉语原文的基本信息,如图 5-1 所示:

N	Overall	1	2	3	4	5	6	7
text file	Overall	星辰变.txt	莽荒纪.txt	仙逆.txt	我欲封天.txt	一念永恒.txt	凡人修仙传.txt	斗破苍穹.txt
file size	35,269,024	10,167,372	895,252	12,390,244	4,735,044	3,565,384	969,274	2,546,456
tokens (running words) in text	5,712,217	1,597,973	138,284	2,026,489	767,666	586,435	167,365	428,005
tokens used for word list	5,708,848	1,597,661	138,268	2,024,326	767,243	586,128	167,338	427,878
types (distinct words)	35,458	20,097	7,182	18,961	13,740	12,586	11,046	12,937
type/token ratio (TTR)	1	1	5	1	2	2	7	3
standardised TTR	42.50	40.82	41.96	42.11	43.37	43.43	48.42	45.62
standardised TTR std.dev.	58.26	58.28	56.54	56.61	55.56	55.48	51.36	52.88
standardised TTR basis	1,000.00	1,000.00	1,000.00	1,000.00	1,000.00	1,000.00	1,000.00	1,000.00

图 5-1 7 部网仙小说汉语原文基本信息

图 5-1 显示,7 部小说的总 STTR 为 42.50,其中单部作品最高的是《凡人修仙传》(48.42),单部最低是《星辰变》(40.82)。兰卡斯特汉语语料库①(LCMC)的子语料库(小说部分)的 STTR 为 44.02,这里将其作为汉语原创小说的参照标准。该库为免费汉语可比语料库,由肖忠华与托尼·麦克恩利(Tony McEnery)教授主持创建,目前在牛津大学文本档案(University of Oxford Text Archive)网站可查②。7 部小说的总 STTR 低于 LCMC(小说部分),单部作品《凡人修仙传》(48.42)和《斗破苍穹》(45.62)高于 LCMC。

---

① 网址:http://ota.ox.ac.uk/scripts/download.php? otaid=2474.
② 参见:许家金.兰卡斯特汉语语料库.中国英语教育:2007(3):1-5.

第
5
章

合
力
中
的
他
塑
元
素
——
译
者
与
读
者

在 4.2.1"词汇丰富度"部分,图 4-1 显示,7 部小说英译本的总 STTR 为 39.42;图 4-3 显示,4 部英文原创奇幻小说的总 STTR 为 43.07,单部最高为《哈利·波特》(*Harry Porter*)(44.32),最低为《指环王》(*The Lord of the Rings*)(40.43)。英译网仙小说的总 STTR 明显低于英文原创奇幻小说,但是 *Journey to Immortality* 和 *A Will Eternal* 这两部作品接近英语原创的标准。为便于比较,现将 7 部网仙小说中、英文的 STTR 按降序排列(如表 5-1 所示):

表 5-1　7 部网仙小说中、英文 STTR 对比

小说名称	中文 STTR 排名	作者	中文 STTR	小说	英语 STTR 排名	译者	英语 STTR
凡人修仙传	1	忘语	48.42	A	1	Doubledd	42.19
斗破苍穹	2	天蚕土豆	45.62	B	4	Deathblade	39.86
一念永恒	3	耳根	43.43	C	2	Deathblade	41.46
我欲封天	4	耳根	43.37	D	3	goodguyperson	40.91
仙逆	5	耳根	42.11	E	7	RWX	35.97
莽荒纪	6	我吃西红柿	41.96	F	6	RWX	39.19
星辰变	7	我吃西红柿	40.82	G	5	Rex.	39.53

注:A=*Journey to Immortality*,B=*Battle Through the Heavens*,C=*A Will Eternal*,D=*I Shall Seal the Heavens*,E=*Renegade Immortal*,F=*Desolate Era*,G=*Stellar Transformations*

应当注意的是,STTR 所代表的语言丰富度是着眼于数据显示的整体特征的。同时不应忽视文本细读带来的直接感受。二者结合才能够对译者发挥的作用给予更为中肯的评价。以 *Desolate Era* 为例,同样是我吃西红柿创作、RWX 翻译,英译 STTR 排名亦未发生变动,但通过文本细读可以发现译者 RWX 的译文语言非常富于变化,从以下段落的拟声词翻译中可见一斑:

　　　　轰隆～～～只见兽皮裙的野人般的神剑巨人踏着虚空,他的其中一只手中出现了一柄长剑,正是纪宁的北虹剑。在神剑巨人体内,鸿然至尊、波林至尊、天食至尊、貘谷至尊、帝石至尊、厄孔至尊他们六个同时施展出了各自的一招,轰隆隆,六道汹涌的威能在神剑巨人体内涌动,在纪宁这个主持者的引领下。一切威能都在"终极剑道"下开始完美的结

合,最终化作了神剑巨人联合招数中论威能最强大的一招——开天式!

"哗～～～～"①神剑巨人双手合拢,抓着一柄北虹剑,高高举起,尔后带着无可匹敌之势,怒劈向了前方那一座被困住的星辰般的神殿。

"嘭～～卡～～～"星辰模样的神殿整个震颤,表面的足足六道阵法防御连续被破了三道,剩下的三道也摇摇欲坠,整个巨大的神殿都在震颤作响。　　　　　　　　　　　　　　　　　　　　　　（第 45 卷第 3 章）

"Rumble ... the loincloth-clad Sword Titan strode through the void, a longsword appearing within one of its hands. This was one of Ning's Northbow swords. Autarch Titanos, Autarch Skyfeeder, Autarch Mogg, Autarch Stonerule, Autarch Ekong, and Autarch Bolin were inside the Sword Titan. They immediately unleashed their various techniques, filling the Sword Titan's body with their six roaring streams of energy. Under Ning's guidance, all of the different energies merged perfectly into the Omega Sword Dao, allowing the Sword Titan to unleash the most powerful of its many fusion attacks—the Skycleaver stance!

Whoosh! The Sword Titan's two hands came together to grasp the Northbow sword in a double grip, then lifted it high into the air. A heartbeat later, it brought the Northbow sword down in an utterly indomitable chop towards the trapped astral temple before them.

Boom! Crack! The entire astral temple began to shudder. This strike destroyed three of the six formations protecting it, and even the remaining three formations were shuddering as explosions rang out across the temple."　　　　　　　　　　　　　　（Book 45 Chapter 3）

"嘭!"下蹲的不够深,背部还是擦到了兽皮包下,导致根本没能落到木桩上掉了下来。　　　　　　　　　　　　　　　　（第 1 部第 10 章）

"Oof!" He hadn't leapt high enough, and his back had brushed against the beast skin ropes, causing him to be unable to land onto the wooden pillar. He fell down.　　　　　　　　　　（Book 1 Chapter 10）

---

　　① 汉语原作和英语译文均首发在网络,具有网络语言的特点,其中标点及非其他符号均具有意义,因此在引用时对这些符号予以保留。

哗！剑尖刺过去，却是刺在了头部，偏离了一寸左右。

（第 1 部第 11 章）

Hua! The tip of the sword pierced forward, but it struck the head, roughly an inch away from the red dot. （Book 1 Chapter 11）

从以上三组引文可见，译者在翻译拟声词时使用了 6 个不同的英文表达。"Rumble ... ""Whoosh!""Boom!""Crack""Oof!"和"Hua!"分别对应中文的"轰隆～～～""哗～～～～～""嘭～～卡～～～～""嘭"和"哗!"。其中，"哗～～～"和"哗!"的翻译都不一样，分别是"Whoosh!"和"Hua!"。据不完全统计，英译文中使用的其他拟声词还有"Clang! Clang! Clang!""Boom!""Riiiiiip!""Swoosh! Swoosh!""Boom! Bang!""Whoosh! Whoosh! Whoosh!"和"Bang!"等，以及表示笑的"Ahahaha!""Ahhh!"

此外，关于剑法招式的翻译也颇能体现译者的匠心独运。《莽荒纪》的译文明确区分了 Sword Dao（剑道）、Sword Art（剑术）和 sword technique（剑法），具体招式的翻译也非常准确：

"'任何一种剑法如果完全分解开，都可分成**劈、刺、撩、扫、崩、点、斩、架、截、绞、挑、拨、挂**这基础十三式。''**劈、刺、撩、扫、斩、点**，偏向进攻。''**绞、崩、架、挑、拨、挂、截**，偏向防守。'"　　（第 1 部第 11 章）

"'Every single sword technique can be described as being composed of thirteen specific movements; **chop**, **pierce**, **scrape**, **sweep**, **break**, **tap**, **cleave**, **support**, **intercept**, **twist**, **lift**, **draw**, and **sheath**. ''**Chop**, **pierce**, **scrape**, **sweep**, **tap**, **cleave**; these are used to attack. ''**Support**, **break**, **intercept**, **twist**, **lift**, **draw**, and **sheath**; these are used to defend. '"

（Book 1 Chapter 11）

《凡人修仙传》的译文甚至对同一中文"剑法"做出了不同语境的区分：如指代剑法名字时称之为 Art，将"眨眼剑法"译为 Blinking Sword Art；但同一套"眨眼剑法"，在谈及其使用方法时则称之为 technique，如"There is indeed a strange **sword technique** that does not require True Qi ... "（还真有这么一门奇怪的**剑法**，不用真气就可使用……）。再如对"剑式"和"分剑式"的处理，前者译为 sword maneuver，后者译为 sword form，详见以下引文：

"基本上每本剑谱都代表了一招剑式,而每个剑招又会被拆分为上百的分剑式,每个分式还要讲究在不同的环境和不同的天时下,施展时的种种不同技巧等。" （第 39 章）

"Each sword manual represented **a sword maneuver**, and each sword maneuver could be broken into hundreds of **sword forms**. Every sword form must be carefully selected for different environments and different times of day." （Chapter 39）

甚至 STTR 数据下降较多的《仙逆》译文也保持了原文对于"剑"进行动态描写的特色,使用了 appeared、flew、shot、came 和 swung 等动词。

综上,从 STTR 所代表的词汇丰富度来说,译文整体上呈现出翻译文本简化的特点,词汇丰富度低于英语原创幻想小说。具体看,作者、译者、时间因素等均对词汇丰富度有所影响。在英语原创小说中,20 世纪 50 年代的 *The Lord of the Rings*(40.43)、*The Chronicles of Narnia*(40.45)STTR 相对较低,英译网仙小说中的 3 部作品 *Journey to Immortality*、*A Will Eternal*、*I Shall Seal the Heavens* 的 STTR 均高于这两部原创作品的标准。译者在重塑原作的英语语言形象过程中扮演着重要的角色,某些作品的译作与原作的词汇丰富度发生了较大变化。但从文本细节来看,以拟声词和对剑的相关翻译为例,英译本较好地完成了语码转换任务,表达丰富且准确。孙会军指出,很多译者从一开始就没有把当代中国小说当成文学作品来翻译,他们更加注重信息传达而非文学性的表达,小说的文学性不经意间被忽略和扼杀了,成为劣质的翻译。[①] 与此相反,网仙小说的英译源于粉丝翻译。译者本身也是粉丝,翻译是出于对作品本身的认可和喜爱。因此,网仙小说的译者们总体上在语言形象重塑方面起到了积极的作用。

5.1.1.2　译文难度

在 4.2.2 的"译文难度"部分,已经得到 7 部网仙小说英译文的词汇密度表。本小节使用中文分词工具 YACSI 对 7 部网仙小说的汉语原文进行分词、符码,计算其词汇密度,得到表 5-2。

---

① 孙会军.中国小说翻译过程中的文学性再现与中国文学形象重塑.外国语文,2018(5):13.

表 5-2　7 部网仙小说汉语原文词汇密度

作品	星辰变	莽荒记	仙逆	我欲封天	一念永恒	凡人修仙传	斗破苍穹
作者	我吃西红柿	我吃西红柿	耳根	耳根	耳根	忘语	天蚕土豆
名词	427267	33476	446901	164285	117983	32407	93148
形容词	74087	6562	80356	29342	29047	7603	20473
动词	369362	33830	493988	190864	145731	40838	100899
副词	167094	15089	176817	71181	62189	17919	42621
总实词	1037810	88957	1198062	455672	354950	98767	257141
总词数	1597973	138284	2026489	767666	586435	167365	428005
词汇密度/%	64.95	64.33	59.12	59.36	60.53	59.01	62.08

表 5-2 显示,中文词汇密度最高的是我吃西红柿的 2 部作品《星辰变》(64.95%)、《莽荒纪》(64.33%),以及天蚕土豆的《斗破苍穹》(62.08%)。耳根的 3 部作品和忘语的《凡人修仙传》词汇密度较为相似,分布区间为 59.01%—60.53%。

将 4 种词类的数量分别除以总实词数得到每个词类占实词比,结合 4.2.2 部分的英译文数据与表 5-2 显示的汉语原文数据,得到表 5-3。

表 5-3　7 部网仙小说原/译文 4 种词类占实词比例/%

作品	作者或译者	名词	占比变化趋势	形容词	占比变化趋势	动词	占比变化趋势	副词	占比变化趋势	词汇密度	占比变化趋势
星辰变	我吃西红柿	41.17		7.14		35.59		16.1		64.95	
Stellar Transformations	RWX	40.63	↓	14.03	↑	30.39	↓	14.94	↓	59.8	↓
莽荒纪	我吃西红柿	37.63		7.38		38.03		16.96		64.33	
Desolate Era	RWX	38.83	↑	12.57	↑	34.02	↓	14.58	↓	58.45	↓
仙逆	耳根	37.3		6.71		41.23		14.76		59.12	
Renegade Immortal	Rex.	43.26	↑	11.09	↑	33.31	↓	12.34	↓	58.3	↓
我欲封天	耳根	36.05		6.44		41.89		15.62		59.36	
I Shall Seal the Heavens	Deathblade	41.45	↑	12.02	↑	33.19	↓	13.34	↓	58.53	↓
一念永恒	耳根	33.24		8.18		41.06		17.52		60.53	
A Will Eternal	Deathblade	39.53	↑	11.46	↑	33.7	↓	15.3	↓	58.6	↓

続表

作品	作者或译者	名词	占比变化趋势	形容词	占比变化趋势	动词	占比变化趋势	副词	占比变化趋势	词汇密度	占比变化趋势
凡人修仙传	忘语	32.81		7.7		41.35		18.14		59.01	
Journey to Immortality	Doubledd	44.23	↑	14.09	↑	28.63	↓	13.06	↓	59.53	↑
斗破苍穹	天蚕土豆	36.22		7.96		39.24		16.57		60.08	
Battle Through the Heavens	goodguyperson	38.8	↑	12.57	↑	34.02	↓	14.58	↓	44.57	↓

表 5-3 显示,Doubledd 的 *Journey to Immortality*(59.53%)的词汇密度最高,goodguyperson 的 *Battle Through the Heavens*(44.57%)词汇密度最低,除去两极,其余 5 部作品的密度分布在 58.30%—58.60% 之间。

7 部小说汉语原文的平均词汇密度(所有作品的词汇密度相加之和除以 7)为 61.05%,英译文的平均词汇密度为 56.83%。4.2.2 中的表 4-5 显示,4 部英文原创奇幻小说的平均词汇密度为 52.63%。三者的平均词汇密度对比关系为:网仙小说汉语原文>网仙小说英语译文>英文原创奇幻小说。

表 5-3 显示,除《凡人修仙传》的英译作品 *Journey to Immortality* 的词汇密度上升外,其余 6 部的词汇密度均有所下降(其中 *Battle Through the Heavens*、*Stellar Transformations*、*Desolate Era* 的降幅较大),这似乎符合翻译共性的"简化"假设。*Journey to Immortality* 作为例外,凸显出该作品译者 Doubledd 强烈的个人风格。4 种词类占实词比例的变化特点也非常明显:除 *Stellar Transformations* 中名词占实词比例有轻微下降(降幅为 0.54%)外,其余 6 部译文均有所上升;7 部译文的形容词相应占比上升,动词和副词相应占比下降。名词通常指代具体事物和抽象概念,形容词修饰名词,二者占比同时上升表明译者增加了对某些具体事物和抽象概念的描述。据此推测,译者可能在文内增加了对富于中国文化特色的事物和概念的描述和解释。

词汇密度降低意味着文本传达的信息量下降,阅读难度下降而可读性上升;反之,词汇密度上升意味着文本传达的信息量上升,阅读难度上升而可读性下降。一方面,这种变化有可能是译者无意为之;另一方面,也有可能是译者的主动选择。对此,具体的文本分析会带来更多的线索。

5.1.2 文化形象

5.1.1部分基于宏观数据探究了翻译文本的语言形象特征,本小节将深入到具体文本,探索译文塑造形象过程中,除原作者之外的他塑元素。这里以富于文化内涵的专有名词作为切入点。针对英文原创奇幻小说汉译,韦恩·梁提出了判断文化专有项的两个标准,很有借鉴价值,分别是:源文本中大量的、不可削减的超自然因素;在目标语文化中不存在的或者涵义(价值)不同的词项。基于此标准,本书甄选出 7 个文化专有项,分别是角色名字、地理名称、专有名词(如 Royal Mail 英国皇家邮政、Wars of the Roses 玫瑰战争)、超自然或神话存在(如 centaur 半人马座、faun 古罗马传说中半人半羊的农牧神)、计量单位(如 yard,gallon)、家庭生活与活动(如 combination room 剑桥大学公共教室)、节日(如 Boxing Day 节礼日、Michaelmas 米迦勒节)。① 根据自身研究需要,本小节聚焦于其中的 3 个文化专有项,分别是人物名字与称谓、仙侠小说标志性物象和计量单位。

5.1.2.1 人物名字和称谓

人物名字和称谓往往具有浓厚的文化特色,难以完全传递到译文。萨赫落曾专门探讨俄法翻译时存在的文化意义损耗和代偿等问题,其研究对象包括俄语中的姓氏、爱称和文学文本中带有内涵或暗示意义的名字。② 本小节着眼于网仙小说中人物名字及称谓的英译。

(1)关于人物名字。人名主要有三种处理方法:音译、意译、以(英文)名译名。抽样小说显示,汉语源本中人物以大众化的名字为主,如秦羽、纪宁、王林、孟浩、白小纯、韩立和萧炎等,其中王林和韩立还有小名,分别为铁柱和二愣子。英译文中这些名字以音译为主,也并不遵循英语"名在前、姓在后"的原则,而是保持人物名字原来的顺序,如将"铁柱"译为 Tie Zhu。复姓如上官、端木、欧阳、纳兰等也是同样处理方式。意译的例子如将"二愣子"译为 Second Fool,将"张胖子"译为 Fatty Zhang,"紫灵"译为 Violet Spirit,《莽荒纪》中的"石泽"译为 Stonepool。还有一个名字较为特别:"黑,是他收养的义子。"(《莽荒纪》第 1 卷第 13 章)"黑"发音为 pí,意为棕熊。此处名为

---

① Liang, W. Translators' behaviors from a sociological perspective—A parallel corpus study of fantasy fiction translation in Taiwan. *Babel*,2016(1):44.

② Sakhno, S. Proper name in Russian: Problems of translation. Meta, 2006, 51(4):706-718.

"黑"的是一个熊窝里捡回的小孩。译者 RWX 翻译时以形象译形象,将其意译为 Grizzly（产于北美的棕熊）:"Grizzly was his foster son."（Book 1 Chapter 13）

在某些情况下,译者会以英文名字或英文风格的自造词进行翻译,如将《莽荒纪》中带有异国色彩的"伊耶尔"译为 Iyerre,"波林"译为 Bolin。这部作品是我吃西红柿创作的古典仙侠小说,讲述男主角纪宁在地府因遇到六道轮回被袭击,未喝孟婆汤就投胎,而后到纪氏部族开始修仙之路。文中有很多中国传说和神话的改写,比如地府、孟婆汤、夸父追日、后羿射金乌等。译者 RWX 将"盘古"音译为 Pangu,"夸父"译为 Kuafu,并以西方神明的名字命名汉语中的神。于是译文中既有西方的 God、Thundergod,也有东方的 Buddha。以"至尊"英译之例可见翻译后的变化:

天食、**貘谷**、**帝石**、**鸿然**,一个个都操纵着各自浩瀚的力量。纪宁也操纵着自身浩瀚的**剑道力量**。　　　　　　　　　　　　　　（第 45 卷第 9 章）

Skyfeeder,**Mogg**,**Stonerule**,**Titanos**,and the others all controlled their own energies as well. As for Ning,he drew upon the incredible **power of his Sword Dao**.　　　　　　　　　　　（Book 45 Chapter 9）

厄孔至尊和**波林至尊**都看向四周。纪宁有些不甘道:"其他的**西斯族**都死了,不过却让伊耶尔给逃掉了,差一点点,唉。"

（第 45 卷第 14 章）

Ekong and **Bolin** scanned the area around them. Ning said rather unhappily,"The other **Sithe** are all dead,but Iyerre ended up escaping. I was so close! Ugh."　　　　　　　　　　　（Book 45 Chapter 14）

天食和帝石的名字根据释义分别被翻译为 Skyfeeder 和 Stonerule,"貘谷"的翻译直接采取了英文名 Mogg,"鸿然"则是西方泰坦巨神 Titans 的变形。4.4.2 专有名词词表部分发现所有抽样小说中均含有 God。这些网仙小说本来充满了中国神仙,但其英译中却变成了西方的"神"(God)。

从以上各种人物名字的翻译可以看到,多数人物保留了拼音形式的中文名字,有些人物被冠以英文名,还有的人物名字发生了微妙的变化,比如从中国的"棕熊"变成了北美的 Grizzly,从东方至尊变身为西方巨神。有些作品原文就有一些外国名字的设定，作者有融入西方元素的意愿，比如促成 Wuxiaworld 网站建立的超高人气作品《盘龙》（*Coiling Dragon*），其故事背景及人物名字就被翻译全盘西化了。同时，读者接受效果非常不错。其译者 RWX 曾在与网友的互动中表示，把这些名字译为英语名字是对作者本人意愿的尊重。此外，不可否认的是，经过这些"本地化"处理，人物的形象也发生了变化。在保留源语特色及贴近译入语文化之间，译者做出了自己的选择，成为角色新形象的缔造者。

（2）关于称谓。这里讨论的称谓主要与修炼相关，大致分为两种：一种是人物之间的称呼，如道友、师兄等；另一种是修炼层级的称谓。

《莽荒纪》（译者：RWX）译文将道友译为 Dao You，道侣译为 Dao Companion，《凡人修仙传》（译者：Doubledd）则将道友译为 Fellow Daoist，韩道友就是 Fellow Daoist Han，厉师兄是 Senior Disciple Li。《凡人修仙传》和《一念永恒》（译者：Deathblade）中，修士被译为 cultivator；《仙逆》（译者：Rex.）和《莽荒纪》（译者：RWX）则将修士译为 disciple。《仙逆》第 40 章出现的道虚真人被译为"elder Dao Xu"；《莽荒纪》中的万象真人则被译为 Wanxiang Adept。下面选自《凡人修仙传》的例句中出现了"师伯""师叔"：

> 紫灵妹妹，你不是不知道，两年多之前，本门**程师伯**虽然对外宣称**韩师叔**闭关疗伤了，但实际上我隐隐得知，师叔原来去了极西之地。
>
> （《凡人修仙传》，第 797 章）
>
> Little Sister Violet Spirit, you might not know this, but despite **Martial Senior Cheng**'s proclamation that **Martial Uncle Han** had suffered injuries, I had learned in truth that he actually journeyed to the Far West.
>
> （*Journey to Immortality*, Chapter 797）

上述称谓的翻译基本是译者创造的新词，包括完全音译（Dao You）、音译加意义（Fellow Daoist）或旧词新意（cultivator 或 disciple）。"修士"变为 cultivator 或 disciple，实际上是发生了语义扩大。"师伯"和"师叔"用"Martial Senior""Martial Uncle"表达，叔伯关系并未完全表达清楚。Wuxiaworld 网站提供了称谓翻译说明，可见译者为传递原文称谓意义做出的努力，但是意义的损耗并不能完全避免。

表 5-4　人物称谓说明①

拼音	汉字	主要翻译	其他翻译	注释
Shigong/ Shiye	师公/ 师爷	Grandmaster	Martial Grandfather	字面意思:"teacher grandfather"
Shifu	师父/ 师傅	Master	—	字面意思:"teacher father"
Shibo/ Shishu	师伯/ 师叔	Martial Uncle	Uncle-Master	字面意思:"teacher father's elder brother" /"teacher father's younger brother"
Shigu	师姑	Martial Aunt	Aunt-Master	字面意思:"teacher father's sister"
Shizhi	师侄	Martial Nephew/ Martial Niece	Apprentice-Nephew/ Apprentice-Niece	字面意思:"teacher nephew"
Shixiong/ Shige	师兄/ 师哥	Senior Brother	Senior Martial Brother, Senior Apprentice-Brother	字面意思:"teacher elder brother"
Shidi	师弟	Junior Brother	Junior Martial Brother, Junior Apprentice-Brother	字面意思:"teacher younger brother"
Shijie	师姐	Senior Sister	Senior Martial Sister, Senior Apprentice-Sister	字面意思:"teacher elder sister"
Shimei	师妹	Junior Sister	Junior Martial Sister, Junior Apprentice-Sister	字面意思:"teacher younger sister"

　　除人物称谓外,修炼历程中的各个层级的称谓对译者也是不小的挑战。严密的修仙体系是仙侠小说的突出特点,都是经过原作者精心设计的。

　　下文出自《莽荒纪》第 1 部第 6 章,男主角纪宁的父亲纪一川向他介绍修仙各个阶段:

　　　　"第一层,**后天**,寿百载。"

　　　　"第二层,**先天**,寿两百载。"

　　　　"第三层,**紫府**,被称为'**紫府修士**',寿五百载。"

　　　　"第四层,**万象**,可被称为'**万象真人**',寿八百载。"

　　　　"第五层,**元神**,可被称为**元神道人**。"

---

① 参考网址:https://www.wuxiaworld.com/page/wuxia-xianxia-terms-of-address.

"第六层,**返虚**,可被称为**陆地神仙**,也叫'**地仙**',返虚最后期,需遭天劫考验,如果失败,身死魂灭就罢了,倘幸**元神**逃出活下来,便是**散仙**,散仙和地仙实力大多相当。"

"第七层,**天仙**,这才称得上是**跳出三界外,不在五行中**!"

......

"你说你要**修仙**,我就让你知道修仙的艰难。"纪一川低沉道,"修仙的第一关卡—后天到先天!"   (《莽荒纪,第 1 部第 6 章》)

"The first stage, **Houtian**. Lifespan of a hundred years."

"The second stage, **Xiantian**. Lifespan of two hundred years."

"The third stage, **Zifu**, the '**Violet Palace**'. At this level, one will be addressed as **Zifu Disciple**. Lifespan of five hundred years."

"The fourth stage, **Wanxiang**, '**Manifestations**'. At this level, one will be addressed as **Wanxiang Adept**. Lifespan of eight hundred years."

"The fifth stage, **Primal**. Can be referred to as **Primal Daoist**."

"The sixth stage, **Void**. Can be referred to as '**Land Immortal**', or 'Earth Immortal'. In the later levels of the Void stage, a heavenly tribulation will test them. If they fail, then they will die and their spirits will be extinguished. If a Primal's body is destroyed but manages to escape with his soul, then he will become a '**Loose Immortal**', whose power is roughly on par with the 'Earth Immortals'."

"The seventh stage, **Celestial Immortal**. Only at this stage can one be considered to have **ascended beyond the Three Realms and no longer be formed by the Five Elements**!"

......

"You say you wish to train to become **an Immortal**. Thus, I wish you to know how hard it is to become an Immortal." Ji Yichuan's voice sank down. "The first obstacle to becoming an Immortal... is to pass **from the Houtian stage to the Xiantian stage**!"

(*Desolate Era*, Book 1 Chapter 6)

以上引文中出现了修仙层级、仙人称谓(真人、道人等)、俗语(跳出三界外,不在五行中)。为便于比较,现将 7 个修仙层级的原文和译文列为表 5-5:

表 5-5　修仙层级中英文表达对比

中文表达	英语表达
第一层,后天	The first stage,**Houtian**.
第二层,先天	The second stage,**Xiantian**.
第三层,紫府,被称为"紫府修士"	The third stage,**Zifu**,the "**Violet Palace**". At this level,one will be addressed as **Zifu Disciple**.
第四层,万象,可被称为"万象真人"	The fourth stage,**Wanxiang**,"**Manifestations**". At this level,one will be addressed as **Wanxiang Adept**.
第五层,元神,可被称为元神道人	The fifth stage,**Primal**. Can be referred to as **Primal Daoist**.
第六层,返虚,可被称为陆地神仙,也叫"地仙"	The sixth stage,**Void**. Can be referred to as "**Land Immortal**", or "**Earth Immortal**".
第七层,天仙	The seventh stage,**Celestial Immortal**.

　　从表 5-5 可以看到,译者 RWX 使用了音译、意译、音译加释义的翻译方法。其将原文中的"万象真人"译为"Wanxiang Adept",不同于《仙逆》中译者 Rex. 将"道虚真人"译为"elder Dao Xu"。音译加释义构成的表达或多或少会给读者带来一定的理解困难。但不能忽略的一点是,网仙小说中的修仙等级类似于电子游戏中的升级。对读者而言,语言形象及内涵的重要性可能会让位于功能性,这些表达只是功能的符号化。比如,在 *Battle Through the Heavens* 中斗气(Dou Qi)的级别,译者 goodguyperson 完全采取音译,分别为:Dou Sheng(斗圣)、Dou Zun(斗尊)、Da Dou Shi(大斗师)、Dou Shi(斗师)、Dou Wang(斗王)、Dou Zhe(斗者)等。《斗破苍穹》在国内多被认为是玄幻而非仙侠小说,原因在于其没有明显的道教修仙元素。但对于英语读者而言,修仙也好,斗气也罢,其内核均为通过修炼变得更强。可以说,主角通过修炼变强的形象是核心形象,其他的文化形象均为附庸。在保留源语形象遇到困难时,意译成为译者的选择,源语形象不免随之发生变化。比如《一念永恒》中的十夫长、百夫长、千夫长和万夫长被 Deathblade 借用英语中的军衔译为 Lieutenant(commands 10 men)、Captain(commands 100 men)、Colonel (commands 1,000 men)和 Major general(commands 10,000 men),回译过来是中尉、上尉、上校和少将。《凡人修仙传》中的南陇侯被译为 Marquis Nanlong,Marquis 指"(除英国外一些欧洲国家的)侯爵"[①]。同时,

---

　　① 参见:霍恩比. 牛津高阶英汉双语词典. 9 版. 李旭影,等译. 北京:商务印书馆,2018.

译者保留源语形象的努力也随处可见。比如《斗破苍穹》中纳兰嫣然称萧炎的父亲"萧叔叔",萧熏儿称萧炎为"萧哥哥",goodguyperson 就将二者分别翻译为"Xiao Shushu"和"Xiao Yan ge-ge"。从源语转变为译入语,文本塑造的形象已经成为一种复合形象,同时带有源语和译入语的特征。

5.1.2.2 仙侠小说标志性物象

根据 4.4"事物形象"部分的结论,7 部网仙小说中出现频次最高、应用最普遍的物象词汇是 sword 和 pill。此外,dao 和 qi 通常也被认为是此类小说的标志性词汇。对于"剑""丹""道""气",译者实际上做出了不同的处理。有形、具体之物用意译,如 sword 和 pill;无形、抽象之物用音译,如 dao 和 qi。

(1)"剑"的翻译以 sword 为主。《凡人修仙传》的译者 Doubledd 还做了注释:"When we say 'sword', we mean Jian, the Chinese sword, thin and double-edged."("当我们说'sword'时,是指'Jian',薄而双刃的中国剑。"),提供了音译和解释。尽管在翻译时,基本上所有译者都选择了以"sword"为主,但 Doubledd 的一个小小注释却表明译者传递中国文化、塑造中国文化形象的意愿。除"剑"之外,"剑"的相关表达也十分细致精确,包括 Sword Dao(剑道)、Sword Art(剑术)、sword technique(剑法)、sword maneuver(剑招/式)、sword form(剑式/分剑式)、Brightmoon Sword Art(明月剑术)、Five Treasures Sword Art(五宝剑术)等。4.4 部分已经论及,此处不再赘述。下面举例说明英译带来的形象变化。

《莽荒纪》中的"大毁灭剑道"被译为"the Oblivion Sword Dao"。oblivion 一词的选择耐人寻味,相较于源语发生了微妙的变化。首先,oblivion 源于中古英语,词源为来自拉丁语的古法语,意为"忘却"。常用意思为无意识状态、被忘却;比喻意义为灭亡;历史上的法律意义为特赦、宽恕。[①] 由此可见,oblivion 的含义比"大毁灭"更丰富。此外,1994 年、2013 年均有名为 *Oblivion* 的美国科幻电影上映,后者由好莱坞影星汤姆·克鲁斯(Tom Cruise)主演。2013 年美国视频游戏公司 ZeniMax Media Inc. 的子公司 Bethesda Softworks 推出知名单机游戏 *The Elder Scrolls IV: Oblivion*(《上古卷轴系列之四:湮灭》)。2018 年国内也有一款个人开发的角色扮演游戏 *The Oblivion*(《湮

---

① 参考网址:https://www.oxfordlearnersdictionaries.com/definition/english/oblivion? q = oblivion.

没》)发布。译者用 the Oblivion Sword Dao 翻译"大毁灭剑道",一方面具有古英文词源为其带来的厚重和神秘感,另一方面也带有浓厚的游戏气质,为游戏迷所喜闻乐见——可谓"妙手偶得之",浑然天成。

又如剑法步伐的翻译,原文为:"《风影步》共分三重境界:一,是基础。二,是入微。三,是天人合一。"译文为:"The [Shadewind Steps] technique has three stages. First, the basic stage. Second, the advanced stage. Third, one with the world."虽然表意基本完成,但"入微""天人合一"的文字内涵和形象有所削弱。以此两例窥之,在译文使形象重生之时,变化也悄然发生。

(2)"丹"主要有三种翻译,分别是 pill、core 和 jindan。在 *Desolate Era* 中,译者 RWX 选择将之音译为 jindan。《一念永恒》的译者 Deathblade 和《凡人修仙传》的译者 Doubledd 都做了 pill 和 core 的区分。在指丹药时,用 pill,如 Heavenmend Pill(补天丹)、Face Setting Pill(定颜丹)、Nature Origin Pill(造化丹)、Dustfall Pill(降尘丹)等;在强调修炼本源时,则用 core,如 the Core of the Flying Rain-Dragon(应龙之丹)、core formation(结丹期)。这样,汉语的一个"丹"字在进入英语时就分化为两个具体的表达,这是译者的创造性翻译。此外,在 Wuxiaworld 网站的"Resources"(资源)栏目①,专门介绍了"丹"的含义,并分析了各种不同的翻译,除上述三种外,还包括 Golden Pellet、Azoth Core、elixir 等。

(3)"道"和"气"分别译为 dao、qi,以音译为主。二者多与 sword 搭配使用,如 the Sword Dao(剑道)、sword qi(剑气)。这种具象词加音译词(释义加音译)的组合方式颇为奇异,再如"True Qi"(真气)。

> 还真有这么一门奇怪的剑法,不用真气就可使用……
>
> (《凡人修仙传》,第 34 章)
>
> There is indeed a strange sword technique that does not require True Qi ...
> (*Journey to Immortality*, Chapter 34)

除"剑""丹""道""气"这些仙侠小说标志性物象词外,还有一些具有较强文化特色的形象词。这些词不以频次的绝对高低为标准,相对于其他类

---

① 网址:https://www.wuxiaworld.com/page/cores-in-Chinese-cultivation-novels.

似文本,在某个文本中频次较高的词①,就可以认为是这个文本的特色词。在处理这些词汇时,译者均表现出较大的灵活性,翻译文本塑造的形象也较源语发生了某些变化。

《斗破苍穹》中有一个部族叫做"天妖凰族",译者 goodguyperson 将其译为 Heaven Demon Phoenix Tribe。凤凰,亦作"凤皇",中国古代传说中的百鸟之王,雄为"凤",雌为"凰",总称为凤凰。"凰"译为 Phoenix 时,语义扩大,抹去了源语中的细节。《凡人修仙传》第 401 章的题目为"天雷竹",译者 Doubledd 译之为 Heaven Lightning Bamboo。lightning 的选择十分巧妙,与 thunder 相比,能够形成更强烈的视觉形象。《我欲封天》中出现了"应龙",它是古代传说中一种有翼的龙。相传禹治洪水时,有应龙以尾画地成江河,使水入海。《楚辞·天问》有云:"河海应龙,何尽何历? 鲧何所营? 禹何所存?"②Deathblade 将应龙翻译为 Flying Rain-Dragon/the Winged Rain-Dragon,十分准确。此外,《我欲封天》第 654 章的题目为"花……",第 656 章的题目为"彼岸花动!"。在仙侠小说中,"彼岸"常与"往生"相连,"彼岸花"被描述成一种神秘而威力巨大的奇异之物。译者 Deathblade 将其译为 The Resurrection Lily。花卉种植网站将其描述为"一种美丽而奇异的花"(a beautiful and unusual plant),常用名还包括"惊奇百合"(surprise lily)、"魔法百合"(magic lily)或"裸百合"(naked lily)。③ 从"彼岸花"变为 The Resurrection Lily,其中的"花"被具化为"百合";Deathblade 也直接将第 654 章的题目"花……"译为"Lily ...",词义缩小,语言形象具体化。《仙逆》中设置有"朱雀国""朱雀星""朱雀山""朱雀子"等。"朱雀"是作品中的一个重要形象。译者 Rex. 将其译为三种形式,Suzaku(562 次)、Zhuque(228 次)、Vermillion Bird(93 次)。其中,Suzaku 意为"朱雀",但源于日语,用作姓氏和地名,如此一来,"朱雀"在英译文中的形象发生了巨大的变化。

伴随着译者的选择,源语中的形象进入译入语,发生了语义扩大、缩小或其他改变。译者代表的他塑元素赋予了这些形象新的面貌。

---

① 冯庆华.思维模式下的译文词汇——《红楼梦》英语译本研究.上海:上海外语教育出版社,2012:117.

② 屈原,等. 楚辞. 林家骊,译. 北京:中华书局,2016:84.

③ 参见:Degnan, S. Resurrection lily. (2020-10-15)[2021-03-28]. https://homeguides.sfgate.com/plant-maintain-resurrection-lily-45025.html.

5.1.2.3 计量单位

尽管网仙小说通常是架空背景,并不指明故事发生的具体历史时期,但文本表达的细节往往会使读者认为这是中国古代。其中一个典型的文本线索就是计量单位,比如时间单位"时辰""一炷香的时间",长度单位"丈""寸"等。在译为英语时,有些译者保留了原有的意象,多数则选择了意译。在抽样语料中,差异较大的中英文表达主要涉及三类计量单位:时间单位、重量单位、长度单位。

(1)时间单位:"息""一炷香的时间""时辰"

例 1　在这里,有恒古以来就存在的天然禁制,九黎之气便是其中之一,另外,还有极炎血之光,此光神秘莫测,它时无血液之物没有作用,但只要是有血液的生物,被此光照到,立刻全身血液沸腾,燃烧,不出**十息**,便可死亡。　　　　　　　　　　　　(《仙逆》第 428 章)

There are some ancient restrictions in this land that have existed for a long time; the Nine-Li fog is one of those. There is also theBlood Flame Restriction. It has no effect on things without blood, but if anything with blood gets hit by the light, their blood will start boiling and then they will die within **ten seconds**.

(*Renegade Immortal*, Chapter 428)

例 2　密室之中,秦羽走马观花一目十行地随意浏览着,二十八本外功秘籍秦羽仅仅**一个时辰**便完全浏览了个遍。

(《星辰变》,第 1 集第 6 章)

In the secret room, qin yu is skimming through the books at will. It takes him only **2 hours** to skim through all of the 28 external secret books once.　　　　　(*Stellar Transformations*, Book 1 Chapter 6)

例 3　这场屠杀经历了**一炷香**的时间后,渐渐地结束了,莫罗大陆外数十万里内,再无任何凶兽存在,只有不多的一些凶兽最终带着恐惧的记忆逃走,它们一生都无法忘记,在这莫罗大陆上,有一个修士,如天神一般。

(《仙逆》,第 1160 章)

This massacre lasted for **about seven minutes** before it gradually ended.

Finally, there were no more fierce beasts within **5,000 kilometers** of the continent of Mo Luo. Those few that escaped held a terrifying memory they could never forget. There was a cultivator on the continent of Mo Luo that was like a god.

(*Renegade Immortal*, Chapter 1160)

例 4　可直至过了**一炷香**的时间，镜子上的妖丹没有丝毫变化，灵石没消失，妖丹还是一个。　　　　　　　　　　　　（《我欲封天》，第 9 章）

Enough time passedfor（half）an incense stick to burn, but absolutely nothing happened. The Demonic Core didn't change, the Spirit Stone didn't disappear. There was still only one Demonic Core.

(*I Shall Seal the Heavens*, Chapter 9)

以上四组例句涉及"息""一炷香的时间"和"时辰"的翻译。译者 Rex.、RWX 均将汉语时间单位转换成英语时间单位，并且提供了精确的数字，分别将"十息""一个时辰""一炷香的时间"译为 ten seconds、two hours 和 about seven minutes。《我欲封天》的译者 Deathblade 则保留了"一炷香"（an incense stick to burn）的意象，这有助于强化文本塑造的中国文化形象，但同时也是文化他者的形象。

（2）重量单位。Deathblade 在翻译《一念永恒》时，使用了英制计量单位 ounce（盎司）。用 an ounce of 翻译白小纯说的"半点"，生动日常的口语使其更接近一个英语文化中的普通少年。保留抑或去除原有文化形象，各有考量，并没有绝对的好坏之分。

例 5　"此黑雾，绝对没有**半点**毒素！"白小纯深吸口气，看到那些黑雾此刻正慢慢稀薄，他的嘴角也露出了笑容，心底已经打定主意，在没有找到自己总是出现意外，且无法完美操控的答案前，炼丹之事，能不炼就不炼了吧。　　　　　　　　　　　　（《一念永恒》，第 911 章）

"That black smoke doesn't have even **an ounce of** poison in it!" As the smoke began to dissipate, a smile broke out on Bai Xiaochun's face. He had already decided that, for as long as he couldn't identify the source of the problem and fix it, he wouldn't concoct any more medicine. (*A Will Eternal*, Chapter 911)

(3)长度单位。对于"寸""尺""丈""里"等长度单位的处理,译者基本上是转换为英语的相应单位 inch(英寸)、foot(英尺)、kilometer(公里),"丈"换算为 meter(米)或 foot(英尺);重量单位"斤"转换为 kg(公斤)或 pound(磅)。《仙逆》的译者 Rex. 处理较为随意,两种译法混用,并且没有精确计算,如将"500 斤衣服"译为 500 kg of clothes every day,"500 斤草药"译为 500 pounds of herbs,这些译文已经出现了错误。

Rex. 对于计量单位的随意翻译引起了读者注意。不同于纸媒出版时代,网络小说读者会直接在网络平台发表意见,质疑译文。《仙逆》第 43 章"故友"的第一句话是:"眼前这蜈蚣足有百丈,其蕴含的毒素,怕是达到了惊人的地步。"英译为:"The centipede before him was **one hundred feet long**. The poison it contained must have reached an unimaginable level. "

在评论区①,网友 darkartsdaemonblood 提出疑问,蜈蚣不是应该 1000 英尺长吗? 网友 World Duck 回答说,"原文说它是 100 丈,也就是大约 330 米长(1 丈约为 3.3 米)"。网友 That Guy 回应,"很明显是打字错误,译者应该是要写 1000 英尺,也就是大概 330 米(1082 英尺)"。网友 Mt. Tai Dew 则评论说,"也许就数字而言,这可以被看作一个笔误,但这种错误也太夸张了"。

本小节以富于文化意义的专有名词为主,说明文化形象在语码转换过程中的变迁。除此之外,一些语言现象也值得注意,比如网仙小说中的现代汉语及网络语言特色。

例 6　年仅十岁的少年,就剑法入微,人剑合一啊。比他的父亲"滴水剑"纪一川还要**妖孽**啊。

(《莽荒纪》,第 12 章)

A youth who was merely ten years old was able to reach the "advanced" stage of swordplay, and become "one with the sword". This

---

① 参见:Comments of Chapter 43-Old Friend. (2019-03-09)〔2019-03-09〕. https://www. wuxiaworld.com/novel/renegade-immortal/rge-chapter-43♯.

was more **incredible** than even the accomplishments of his father, the
"Raindrop Sword", Ji Yichuan.

(*Desolate Era*, Chapter 12)

对比可见,例 6 译文使用了"**incredible**"(极好的,难以置信的),表达中
规中矩。随着"妖孽"这一语言意象一起消失的是原文网络语言特有的戏谑
和轻松感。

5.2 文本外——译者的现身

译文本身会体现出作者的想法与主张。与此同时,网仙小说的译者们
不再满足于隐藏在译文背后,而是选择了直接现身。他们通过夹注、尾注解
释文本内容,和读者对话。他们甚至拓展到翻译作品以外的活动,将翻译爱
好发展成一项文化传播事业。译者在文本中和文本外的现身,对翻译文本
塑造的中国形象产生了不可忽视的影响。

5.2.1 厚译——与读者的对话

网仙小说的翻译逐渐发展为一种盈利的商业活动,但也仍然是相同爱
好者之间的交流方式。因此,网仙小说英译者往往倾向于厚译(thick
translation)。于是在英译文本中有许多夹注、尾注和"译者的话"也就不足
为奇。这些注释的内容很多都与中国文化相关,有基本知识,也有较为深入
的讨论。下面我们以抽样小说中的 4 部为例进行说明。

(1)《凡人修仙传》(*Journey to Immortality*)。其译者为 Doubledd。在
抽样的第 1 卷和第 6 卷中,Doubledd 共添加了 45 处"译者的话"(TL①),与
"Chinese"相关的注释有 12 处,包括对刀剑、轻功、俗语"天上掉馅儿饼"等表
达的介绍与解释。

比如第 1 卷第 16 章"译者的话"中对于刀、剑的解释:

译者的话:"在这部小说中,当我们提到"saber"时,指的是"Dao",
即中国的刀,一种厚实的单刃的"剑"。当我们说"sword"时,指的是

---

① 在翻译文本中标记为"TL",即 Translator 的缩写,代表"译者的话"。

"Jian",中国的剑,薄而且是双刃的。" （第 16 章）

TL："In this novel,when we mention 'saber',we mean Dao,the Chinese saber,a thick single-edged sword. When we say 'sword',we mean Jian,the Chinese sword,thin and double-edged."(Chapter 16)

对于第 17 章出现的"鲤鱼跳龙门,一跃飞天",Doubledd 一方面保留原文意象,译之为"giving them a formidable advantage akin to a carp leaping over a dragon gate";同时还加了夹注,提供参考网站,请读者注意中国神话中"鱼"的重要意义。在对第 69 章"韩立也不会主动去贴别人的热屁股"进行意译之后(Han Li would naturally not take the initiative to fawn over Elder Zhao),译者又添加了注释(TL：The original raw Chinese was "attach himself onto the other person's hot buttock".)对原文进行了字面翻译。他甚至对原文作者在中文小说发表网站上的留言都翻译得十分认真,还进行了增译：

例 7 《凡人修仙传》作者的留言:明天要把书友提的不合理地方集中修改一下,只能更新一章了。还望书友见谅! 我会把书写得更好的,谢谢大家支持! （第 69 章）

A message from the author of *A Record of a Mortal's Journey to Immortality*：

Tomorrow I will **bring myself together** and amend all the unreasableareas the readers have brought to my attention,so I can only release one chapter today. I hope that the readers will forgive me! I will strive to make this book even more amazing than it currently is. Thank you all for your patience! （Chapter 69）

此外,Doubledd 还为拟声词加注——TL："zeze"— the sound of a tongue clicking.(译者的话:"zeze"是舌头发出的声音。)

例 8 "啧啧! 厉师兄不但刀法好,轻功也很高明啊。"
"就是!""就是!" （第 19 章）

"Zeze! Not only is Senior Disciple Li proficient in the saber arts, his movement technique is superior as well!"

"Yup!""Yup!"　　　　　　　　　　　　　　　　　（Chapter 19）

这段对话中既有音译的中文拟声词"zeze"，又有英文口语"Yup! Yup!"，译文十分有趣。对于钟声和剑声的翻译，译者也选择了中式音译方式：

例9　"当!"一声巨响，一把软剑飞到了半空中。　　　　（第16章）

Dang! A sound rang out as a sword flew into the sky.

（Chapter 16）

例10　"当——当——"

一阵沉沉的钟声从谷外传了过来。　　　　　　　　　（第68章）

Dong—Dong—

The clock near the valley entrance was sounded; its chime spreading into the valley.　　　　　　　　　　　　　　　　　（Chapter 68）

王东风、孙致礼等学者都主张在文化上尽量异化。[①] Doubledd 可谓将"异化"翻译发挥到了极致。回顾表 4-2，7 部英译网仙小说中，只有《凡人修仙传》的译本 *Journey to Immortality* 的词汇密度比原本更高，名词加注应该是一个重要原因。

（2）《斗破苍穹》（*Battle Through the Heavens*）。译者 goodguyperson 在翻译中也添加了大量文内夹注。其对如姐、哥、表哥、表弟、侄儿、爷爷等称谓，均采取音译加注的方式。对"绣花枕头""杀人不见血""后门"等俗语则是意译加注。对于"斗之力""斗者""斗帝"这些表示修炼级别的术语，译者选择音译、意译搭配使用，并提供了详细说明。在译文第 1 章结束时，附有"斗之力""斗之气旋"等术语的说明，并贴出维基百科关于"qi"（气）的释义的网址链接，甚至还提供了"斗气"各个等级的排序，以帮助读者理解。值得注意的是，goodguyperson 还会在注释中分享自己的想法和见解。如在第 1 章中，小说角色萧薰儿提到一句话："要能放下，才能拿起，提放自如，是自在

---

①　王东风.文化缺省与翻译中的连贯重构.外国语（上海外国语大学学报），1997(6)：56-61.；孙致礼.中国的文学翻译：从归化趋向异化.中国翻译，2002(1)：39-43.

人。"译者在注释中评论道:"这句话是《斗破苍穹》作者本人说的,很重要。当时他刚开始获得一些知名度。"在第 21 章中,译者将"黑色斗篷袍子"译为"black robe",并在注释中与"Harry Potter"进行类比,写道,"想象一下哈利·波特在学校穿的袍子"。在解释"杀人不见血"时,goodguyperson 通过"译者的话"解释道:"'杀人不见血'的意思是间接地'杀'掉某人,比如我在这章结尾留个'大坑':P 当然我不会这么做啦。"①译者语气戏谑,与读者开起了玩笑,译者和读者的距离前被所未有地拉近。以上 3 例中,译者与读者直接对话,分别将读者的注意力引向原作者、哈利·波特的形象,以及情节的发展。网络媒介为译者提供了自我表达的便捷渠道,与纸媒时代相比,译者将更大程度地影响读者对文本的解读。

(3)《我欲封天》(I Shall Seal the Heavens)。译者 Deathblade 在小说开头就为主人公的名字"孟浩"做了注释:"Meng Hao 的中文是孟浩(mèng hào)——Meng 是姓,Hao 的意思是'伟大的'或'众多的'。"在抽样文本中,中国文化相关注释一共有 16 处,包括回应读者关于翻译的疑问,如"鲲鹏":

> 例 11 会变成鸟状动物的鱼在中国神话中很常见。我看到有些评论说我应该把"鲲鹏"(roc)译为"peng"。不好意思,这只对了一半。耳根一直用的是"鲲鹏","鲲"(kun)为鱼,"鹏"(peng)为鸟,二者结合。如果直译这个词,最准确的术语应该是"kunpeng",而不仅仅是"peng"。并且,"鲲鹏"在《我欲封天》中与在神话中不同,不是可以变形为"鹏"(peng)的"鲲"(kun),而是被描述为一条可以化身为"鲲鹏"(kunpeng)的鱼(yu)。② (第 692 章)

(4)《莽荒纪》(Desolate Era)。在《我欲封天》的译文中,是译者通过注释回答读者的疑问。对《莽荒纪》而言,则是译者 RWX 的注释引发了读者的讨论。在全书末尾有一段男主人公纪宁悟道的描述:

---

① 此处用"大坑"翻译"a huge cliffhanger"(巨大的悬念)。"大坑"是网络用语,通常指小说中预设的伏笔情节,后期没有交代。":P"为网络聊天符号,表示吐舌的俏皮表情。

② 参见:Deathblade. *I Shall Seal the Heavens*-Chapter 692:A Promise to Keep.(2021-01-13)[2022-03-29]. https://readfullnovel.net/i-shall-seal-the-heavens/chapter-692-a-promise-to-keep.

例 12 "嗯?"纪宁喃喃低语,"毁灭源泉竟然能尽皆归一,且爆发后,一又能生二,生三,生万物?" (第 45 卷第 14 章)

Ning murmured softly, "Everything in the sphere of annihilation actually collapsed into a singularity, then exploded ... and then **it gave birth to one, which gave birth to two, which gave birth to three, which gave birth to all things**?" (Book 45 Chapter 14)

例 13 此刻看到毁灭源泉的崩溃,纪宁更加明白了。

"道分阴阳。"

"一切皆有两面。"

"终极剑道,要达到至尊境! 仅仅将融合的诸多剑道形成大毁灭……仅仅才是'至尊终极剑道'的一面而已。另一面则是滋养,则是新生,则是一生二,生三,生万物般的创世界。" (第 45 卷第 14 章)

Upon seeing the sphere of annihilation collapse, Ning began to gain an even deeper understanding.

"The Dao is split into Yin and Yang."

"There are two sides to all things."

"Omega Sword Dao to reach Autarchy, simply fusing all the other Sword Daos together to create 'Oblivion' isn't enough; that will only display a single facet of the true Autarch Omega Sword Dao. The other face of destruction is the creation of new life. **One begats two, two begats three, and three begats all things**." (Book 45 Chapter 14)

译者 RWX 在夹注中说"文中的'一生二,生三……'根植于道家文化,很难在这里解释清楚",坦言其不可译性,引起了读者的关注。讨论区中,有人对主人公悟道的情节提出质疑,也有人提到"黑洞理论"(the black hole theory)[1],分享自己对"Dao"的理解。源语文本中"道"的形象首先经由译者音译为"Dao",又经由读者理解,与天体物理理论发生了联系。至此,作者、译者和读者共同参与了"Dao"的英文形象的建构。除了文化相关的讨论,细

---

[1] 参见:Kristian90. Remarks. [2022-03-29]. https://www. wuxiaworld. com/novel/desolate-era/de-book-45-chapter-14.

心的读者也会指出拼写错误，而译者会读取读者意见并改正。网络媒介提供了互动的平台，译者可以说出"译者的话"，读者也会表达自己的想法，两个群体都更加活跃地参与了翻译形象的塑造过程。

5.2.2 翻译之外

除了通过注释及留言与读者互动、探讨翻译问题之外，译者们还走出文本，将翻译相关活动推进到更广阔的空间，对推广中国网络小说和文化、建构中国文学形象乃至中国形象发挥了重要的作用。

RWX（中文名：赖静平）是《星辰变》《莽荒纪》的译者，也是 Wuxiaworld 网站的创始人。goodguyperson（GGP，中文名：孔雪松）是《斗破苍穹》的译者，也是 GravityTale 网站的创始人。这两个网站于 2014 年和 2015 年相继在美国建立，成为传播中国网络小说最重要的网站。一方面，这些译者将自己的爱好发展成为一项事业，从纯粹的粉丝翻译发展为可赢利的商业模式；另一方面，他们的翻译实践也为中国文化"走出去"提供了一个崭新的渠道，在国内学界引发了不小的震动。赖静平和孔雪松都接受过北京大学网络文学研究团队的采访。赖静平还于 2018 年 9 月参加了上海外国语大学主办的"中国现当代文学在海外的译介与接受国际研讨会"，做了主题演讲，并接受访谈①，与国内翻译学界分享了网络小说海外传播的心得。

本小节将聚焦于另一位译者：翻译《我欲封天》和《一念永恒》的 Deathblade。其翻译作品先后发布在 Wuxiaworld、Readfullnovel 和 Patreon 众筹网站②。他在 patreon 的个人网页上这样介绍自己："我的全职工作是翻译，但我同时也录制视频帮助读者理解中国网络小说和中国文化。感谢在 Wuxiaworld 和 patreon 网站支持我的每一位网友。没有粉丝和赞助人的支持，就没有我现在和大家分享的一切！"

不同于 RWX 和 goodguyperson 这两位美籍华人译者和网站创建者，Deathblade 原本只是一个普通的美国读者。2000 年电影《卧虎藏龙》（*Crouching Tiger，Hidden Dragon*）点燃了他对中国武侠文化的热爱。此后，他通过 SPCNET. TV 等网站阅读中国武侠小说的翻译作品，2009 年开

---

① 李彦，杨柳. 网络文学译介：一条少有人走的路——武侠世界创始人赖静平访谈录. 翻译论坛，2018(4)：3-6.

② Deathblade 在 Patreon 网站的个人网页为：https://www.patreon.com/deathblade.

始学习汉语。① 与仙侠、玄幻小说相遇之后，Deathblade 迅速从一位读者发展为译者乃至创作者，并融合多种渠道推广中国文化。Wuxiaworld 网站的"Resources"(资源)栏目中很多仙侠小说相关知识和文化介绍均出自 Deathblade之手。在翻译《一念永恒》时，他在网站上为该作品提供了术语表和以人物形象为主的《一念永恒》艺术形象图集"(Art Gallery for *A Will Eternal*)。术语表主要分为"组织和角色"(Organizations and Characters)与"物品和技能"(Items and Techniques)。并且从 Wuxiaworld 网站和 patreon 网页还可以链接到他的各种社交软件，包括 Twitter②、Facebook③、Instagram④、Google＋⑤、YouTube⑥ 和 Pinterest⑦——他通过多样化的途径介绍以仙侠小说为代表的中国网络小说。在微软搜索引擎 Bing 中输入"Deathblade"，搜索结果的显著位置就是"Deathblade is creating YouTube videos about Chinese web novels."("Deathblade 在 YouTube 录制关于中国网络小说的视频。")在中国的哔哩哔哩(Bilibili)网站上也可以找到他分享翻译仙侠小说的视频。目前该网站上有他录制的 10 多个视频，包括："武侠、仙侠和玄幻小说的区别""中国网文中的门派(sects)与宗族(clans)有什么区别""新版《射雕》英译本存在重大问题!!""老外解释为什么中国网文里这么多'胖子'"等，既富有趣味性、知识性，又关注中国文学海外译介的现实问题。其中，名为"美国人在中国网络小说翻译中快被逼疯的几件事"的视频点击率达 58 万次。⑧

除翻译外，Deathblade 于 2017 年创作了自己的作品 *Legends of Ogre Gate*(《魔兽门传奇》)，我们将在第 6 章对此进行重点分析。在该小说第 3 章结尾，Deathblade 加了一段注释：

　　《魔兽门传奇》的世界设定于中国汉朝(在公元 200 年左右汉朝结束)。尽管不能保证每个细节都能做到完全准确，整体而言，我尽力追

---

① 参见:Deathblade. Translator inf. [2019-01-28]. https://wiki. wuxiaworld. com/index. php? title＝Deathblade.

② 网址:https://twitter. com/deathbladeISSTH.

③ 网址:https://www. facebook. com/deathbladexianxia/.

④ 网址:https://www. instagram. com/issthdeathblade/.

⑤ 网址:https://plus. google. com/＋DeathbladeDeathblade.

⑥ 网址:https://www. youtube. com/deathblade.

⑦ 网址:https://www. pinterest. com/mrbaibaoding/xianxia-wuxia-martial-arts-and-fantasy/.

⑧ 网址:http://b23. tr/hpAqOAe.(数据检索时间:2022 年 3 月 29 日。)

求描绘出符合历史的场景。比如,在一个场景中,鼠心李站在书桌后面(而不是坐在书桌后面)——因为在汉朝,人们通常坐在地上,而很少坐在椅子上。另外一个场景中,香被蜡烛点燃,因为当时还没有发明火柴。事实上,已发现的最早的蜡烛就来自中国汉朝。与历史不符的部分,我会在脚注里面加以说明。比如,文中描写的打擂台在宋朝才开始变得常见,宋朝比汉朝要晚几百年。尽管有些参考文献声称比武擂台在汉朝之前的秦朝就出现了,但是我找到的可以证实这一点的中英文资料很有限。再次说明,这不是一部历史小说,因此我不能保证故事的每个细节都符合历史。但总体说来,读者应该可以从这部小说中对中国汉朝的生活有一个大致的了解。

从以上引文可以一窥 Deathblade 的创作态度。尽管是一部幻想小说,他仍严谨地刻画出中国汉朝的生活场景,以及令人信服的小说人物。邵燕君提倡研究者们做"粉丝式的研究者"①,深入网络社区,做民族志式的研究。目前,网仙小说的译者们恰恰是"学者式的粉丝",从文本的"厚译",到建立网站乃至创作新的中国式网络幻想小说,他们成为塑造中国文化形象的一股重要力量。

5.3　本章小结

本章从文本内和文本外两个角度,分析了英译网仙小说形象塑造中的他塑元素。译者毫无疑问是最重要的他塑元素,同时,随着从纸媒到网络媒介的转变,读者也越来越多地参与到这种复合形象的建构中来。

"文本内"部分主要基于文本分析,具体分为语言形象和文化形象的塑造。语言形象分为 STTR 所代表的词汇丰富度和词汇密度代表的文本阅读难度。从 STTR 数据看,网仙小说的英译文整体上呈现出翻译简化的特点,词汇丰富度低于英语原创幻想小说。具体来看,作者因素、译者因素、时间因素均对词汇丰富度有所影响。在译文语言形象重塑的过程中,译者扮演着重要的角色,某些作品的译作相较于原作,词汇丰富度发生了较大变化。以拟声词和对"剑"的相关翻译为例,从文本细节来看,英译本较好地完成了

---

① 邵燕君.网络时代的文学引渡.桂林:广西师范大学出版社,2015:150.

语码转换任务,表达丰富而准确。就词汇密度而言,英译网仙小说词汇密度大于英文原创奇幻小说,即前者对于读者构成的阅读难度更大。比较源语和译文则发现,除《凡人修仙传》英译文的词汇密度上升外,其余 6 部的词汇密度均有所下降。这似乎符合翻译共性的"简化"假设。而作为例外的《凡人修仙传》译本则凸显出译者 Doubledd 强烈的个人风格。4 种词类的变化特点也非常明显:译文形容词占实词的比例上升、动词和副词占比下降;就名词占比而言,《星辰变》译文轻微下降(降幅为 0.54%),其余 6 部译文均有所上升。具体的文本分析证实:这一变化的重要原因是译者在文内增加了大量关于中国文化特色事物和概念的解说。

文化形象主要着眼于专有名词的翻译,本章重点分析了 3 个类别的专有名词,分别是:人物名字和称谓、仙侠小说标志性物象和计量单位。索博列夫和托佩尔曾提出文学翻译应当"以形象译形象"的思想。托佩尔认为,"译者要善于为自己的读者再现文字艺术作品的形象世界"[①]。从上述 3 个类别的翻译来看,网仙小说的译者们正是践行了这一原则。一方面,他们借用英语中的现有表达;另一方面,他们以音译加注的形式力图保留源语中的文化形象。这使译文成为一幅文化的拼贴画,既有中国的 Dao You(道友),也有西方的 Titan(泰坦巨神),还有日语发音的 Suzaku(朱雀),中国的仙侠小说中 God(神)远远多于 Immortal(仙)。在保留源语特色、还是贴近译入语文化之间,译者做出了自己的选择,成为角色新形象的缔造者。伴随着译者的选择,源语的意象旅行至译入语,文本形象发生了语义扩大、缩小或其他改变。译文塑造的形象来自作者自塑,但以译者为代表的他塑元素又赋予其新的面貌。

"文本外"部分通过分析发现,网络小说的译者不再满足于文本内的草蛇灰线,而是选择"厚译",通过大量注释,直接表明自己的观点,与读者对话。译者与读者的距离被前所未有地拉近。同时,英语读者也成为建构译文形象的他塑元素之一。他们可以在留言中指出译者的笔误,也可以将中国之"道"类比成"黑洞理论"。与纸媒时代相比,网络小说译者在极大程度上凸显了自我,影响了读者对文本的解读;读者也予以积极的回应。二者都积极地参与到文本形象的塑造过程中。除了翻译,译者们还建立翻译网站、录制文化视频,甚至成为创作者开始创作中国式的网仙小说。他们将译者

---

① 转引自:李畅. 宗教文化与文学翻译中的形象变异. 外语学刊,2009(5):143.

活动推进到更广阔的空间。这些活动对推广中国网络小说和文化,构建中国文学形象乃至中国形象发挥了重要的作用。

中国网络小说显示出强大的生命力。与其说是 RWX、goodguyperson 和 Deathblade 这些译者选择了中国网络小说,不如说译者和作品的相遇是一种必然。在全球化的今天,带有浓郁中国传统文化色彩的网仙小说,蕴含着突破自我、战胜挑战的内核,通过网络媒介抵达海外读者。这种"成长的探索者"形象对读者构成了强烈的吸引力。就网仙小说英译而言,译者们对中国形象既非"乌托邦"式地美化到底,也非"假想敌"式地一味抹黑。作为粉丝来翻译是译者的自主选择,"被吸引"高于其他动机。从源语旅行至译入语,所有文本形象在作者自塑的基础上融入了源于译者和读者的他塑,成为一种新的复合形象。

第 6 章

自塑影响之下的他塑——英文创作的仙侠形象

出于对中国文学的热爱，从译者转化为创作者，早有先例。在英语世界，Judge Dee（狄仁杰）以睿智的中国古代神探形象，被读者所熟知。而这一形象的创造者正是荷兰汉学家高罗佩（Robert Hans van Gulik）。在把撰写于清代的《武则天四大奇案》译为英语之后，高罗佩以狄仁杰为主人公，用英文先后创作了《铜钟案》(*The Chinese Bell Murders*,1958)、《黄金案》(*The Chinese Gold Murders*,1959)、《铁钉案》(*The Chinese Nail Murders*,1961)和《迷宫案》(*The Chinese Maze Murders*,1962)等[①]狄仁杰系列探案故事，大受欢迎。直至 1967 年去世，高罗佩完成了狄公案系列故事创作，约 140 万字。半个多世纪后，网络仙侠小说再度激发了外国读者向创作者转变的巨大热情。本章将以网仙小说译者 Deathblade 和读者 Tinalynge（简称 Tina）[②]分别创作的《魔兽门传奇》(*Legends of Ogre Gate*,简称 *LOG* 或《魔兽门》)和《蓝凤凰》(*Blue Phoenix*)为案例，分析网仙小说在他们的英语原创作品中留下了怎样的文本痕迹，发现这些作品塑造了怎样的中国形象，传递的中国元素。

---

① 参考网址：https://www.bookseriesinorder.com/robert-van-gulik/.
② 美国译者 Deathblade 的英文名字没有公开，Deathblade 是他翻译网仙小说时用的笔名；他创作英文小说时署名为 Jeremy Bai。Tinalynge 为蒂娜·林奇（Tina Lynge）创作英文网仙小说时的署名。

6.1 *Legends of Ogre Gate*——从译者到作者的创作

Deathblade 是 Wuxiaworld 网站最早、最知名的译者之一,在创作 *LOG* 时的署名为"Jeremy Bai"。他出生于美国加州圣地亚哥,并在那里长大。2000 年的中国电影《卧虎藏龙》(*Crouching Tiger, Hidden Dragon*)引起了他对中国功夫和中国文化的极大兴趣。2009 年,Deathblade 开始学习汉语,并来到中国居住。① 目前,他已经翻译了 3 部古龙的武侠小说《七杀手》(*7 Killers*)、《七星龙王》(*Dragon King With Seven Stars*)、《英雄不流泪》(*Heroes Shed No Tears*)和 2 部耳根的网仙小说《我欲封天》(*I Shall Seal the Heavens*)、《一念永恒》(*A Will Eternal*),并有新的翻译作品在持续更新中。②

译者是源语文本的"优先读者"(privileged readers)。与普通读者不同,译者阅读是为了产出,解码(decode)是为了再次编码(re-encode)。③ 经历这一过程,源语文本也将对译者产生更深刻的影响。2017 年,Deathblade 创作了英文小说 *LOG*,并在 Wuxiaworld 网站发布。这部作品很特别,从题目看像是西方奇幻,然而小说人物和故事背景均设置在中国古代;武功招式既有轻功等低幻想元素,又有剑气纵横、时间穿梭等高幻想元素。事实上,*LOG* 深受中国武侠小说、网仙小说和网络游戏 *The Wandering Heroes:Ogre Gate*(《虚界游侠传》)的共同影响,甚至有网友将其看作《虚界游侠传》的同人小说(fanfic)。下面我们将具体分析这部作品建构的人物和事物形象。

6.1.1 人物形象

> Dreams and poems are the stuff that legends make.
> But in the end, legends are little more than people.
> 传奇成就梦想和诗,而那终究是人的故事。
>
> ——Deathblade

---

① 参见:Deathblade. Jeremy "Deathblade" Bai. (undated)[2022-03-01]. https://jeremybai.com/about-me.

② 网址:https://jeremybai.com/.

③ Shreve, G. M. Is there a special kind of "reading" for translation? An empirical investigation of reading in the translation process. *Target*, 1993, 5(1):21.

第 6 章 自塑影响之下的他塑——英文创作的仙侠形象

以上为 *LOG* 的卷首语,作者对人物的重视可见一斑。与第 4 章英译网仙小说的考察参数相对应,这一小节也首先通过基本语言数据、主人公名字分布和叙事动词 3 个参数进行论述。

6.1.1.1　基本语言数据

本研究通过 AntConc 得到了 *Legends of Ogre Gate* 和 *Blue Phoenix* 的基本信息对比(如图 6-1)。

N	Overall	1	2
text file	Overall	legends of ogre gate.txt	blue phoenix.txt
file size	10,603,346	1,185,434	9,417,912
tokens (running words) in text	1,889,215	210,289	1,678,926
tokens used for word list	1,888,196	210,080	1,678,116
types (distinct words)	18,902	9,391	16,713
type/token ratio (TTR)	1	4	1
standardised TTR	39.35	42.40	38.97
standardised TTR std. dev.	59.14	57.03	59.90
standardised TTR basis	1,000.00	1,000.00	1,000.00
mean word length (in characters)	4	4	4
word length std. dev.	2.14	2.15	2.14
sentences	96,351.00	16,410.00	79,941.00
mean (in words)	20	13	21
std.dev.	12.58	8.88	12.77

图 6-1　*Legends of Ogre Gate* 和 *Blue Phoenix* 基本信息对比

图 6-1 显示,*LOG* 全文形符 21 万余,*Blue Phoenix* 全文形符近 170 万;前者的 STTR 为 42.40,后者为 38.97。根据第 4 章图 4-1 可知,7 本英译网仙小说中,形符数最少的约 15 万(*I Shall Seal the Heavens*),形符数最多的约 85 万(*Stellar Transformations*),篇幅都与 *LOG* 相差较大,因此,本研究在进行比较时采用标准化数据。7 部英译网仙小说的总 STTR 为 39.42,其中最高值和最低值分别为 42.19(*A Record of a Mortal's Journey to Immortality*)和 35.97(*Renegade Immortal*);Deathblade 翻译的两部作品 *I Shall Seal the Heavens* 和 *A Will Eternal* 的 STTR 分别为 40.91 和 41.46,平均值为 41.19。根据第 4 章图 4-3 可知,英文原创小说数据库包括 4 部英文原创奇幻小说,分别是:*A Song of Ice and Fire*(形符约 180 万,STTR 为 43.73)、*Harry Porter*(形符约 100 万,STTR 为 44.32)、*The Chronicles of Nania*(形符约 32 万,STTR 为 40.45)和 *The Lord of the Rings*(形符约 65 万,STTR 为 40.43),英文原创奇幻小说语料库的总 STTR 是 43.07。

经过比较发现,Deathblade 的英文原创仙侠小说 *LOG* 的 STTR(42.40)高于英译网仙小说的总 STTR(39.42),以及 Deathblade 本人的 2 部英译网仙小说(STTR 分别为 40.91 和 41.46);高于 Tina 的英文原创仙侠小说 *Blue Phoenix*(38.97),低于 4 部英文原创奇幻小说的总 STTR(43.07)。整体而言,*LOG* 的 STTR 高于翻译作品和 *Blue Phoenix*,略低于英文原创奇幻小说,体现出 *LOG* 较高的语言丰富度。下面进入具体参数。

6.1.1.2 主人公名字分布

通过 AntConc 的 Wordlist 功能做出词表,得到 *Legends of Ogre Gate* 中出现频次排在前 4 位的主要人物频次(见表 6-1)。图 6-2 至图 6-5 为 4 个主要人物名字的索引定位图。

表 6-1 *Legends of Ogre Gate* 主要人物

人物名字	Sunan	Bao	Sun Mai	Mao Yun
出现频次	1642	1480	763	412
频次排名	14	19	35	79

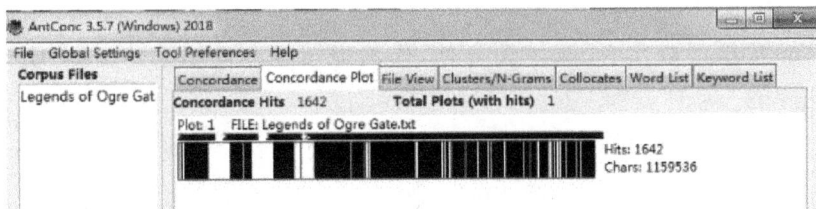

图 6-2 *Legends of Ogre Gate* 人物名字索引定位(Sunan)

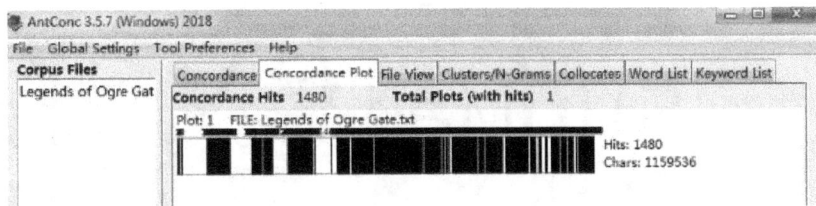

图 6-3 *Legends of Ogre Gate* 人物名字索引定位(Bao)

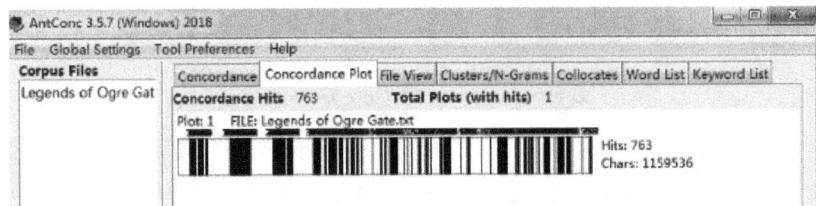

图 6-4 *Legends of Ogre Gate* 人物名字索引定位(Sun Mai)

图 6-5　*Legends of Ogre Gate* 人物名字索引定位(Mao Yun)

通过主人公名字的索引定位图,结合词表分析,可以发现,*LOG* 在主人公设置上有如下特点:

1)从词频看,作品设置了双主人公,Sunan 和 Bao。

2)从双主人公的索引定位图看,图像并非漆黑一片,即主人公并非全程在线,在出场设置上富于变化。

3)从词表看,频次排位最高的代词是 he(第 9 位,共 2394 次),it(第 10 位,共 2247 次),his(第 11 位,共 2045 次),she(第 17 位,共 1618 次),her(第 18 位,共 1611 次)。

4)从出现频次看,除主人公外,作品中还存在重要配角 Sun Mai 和 Mao Yun。

从作品的词云图看,双主人公的配置一目了然:

图 6-6　*Legends of Ogre Gate* 词云

回到语境分析,结合文本细读,可以发现,该作品与典型的网仙小说有较大不同。图伦在分析短篇故事时指出,对于主要角色的判断,读者最初只能靠猜测。[①] 典型的网仙小说往往开门见山，以男主为绝对中心，叙事线索单一。*LOG* 则如图伦所言，由于作者的精心设置，读者需要用心判断其中谁是主角。小说在 Wuxiaworld 连载时，的确有读者在评论区发出疑问："... is the protagonist a female... ?"（"……主人公是女性吗？"）

具体看小说文本，小说序章的开头是由大反派 Demon Emperor（魔帝）引起的惊心动魄的战争场面，最先出场的人物是 Hui（女性）和 Bao Yang（男性）。Hui 在惨烈的战场被 Bao Yang 救走。真正的主人公 Sunan（男性）和 Bao（女性）则在序言的传说中出现——

> ... whose robes were embroidered with a symbol resembling an intertwined dragon and phoenix, the mark of Sunan and Bao.
>
> Whenever Hui saw that symbol, her heart filled with awe ... and hope. She had grown up hearing stories about Sunan and Bao, and could recite every one of them by heart. （Prologue）
>
> ……他们的袍子绣着龙凤交织的图案，那是 Sunan 和 Bao 的标志。
>
> 每当 Hui 看到这个标志，她的心里就充满了敬畏……和希望。她是听着 Sunan 和 Bao 的故事长大的，他们的每一个故事她都能背下来。
>
> （序言）

除上述两例外，女主人公 Bao 在序章中出现的前 3 次均为"Heroine Bao"，是传说中最著名的女英雄，如"Some **legends** said that **Heroine** Bao was born in Yu Zhing ... "（"传说女英雄 Bao 出生在 Yu Zhing……"）。可以说，序章为两位主人公定下了形象的主要基调，他们是传说中的英雄，人们对他们的感情是敬畏和希望。

序章过后，读者仍会猜测，Hui 是不是主人公，与传说中的 Sunan 和 Bao 是什么关系。事实上，男、女主人公的故事以两条叙事线索分别展开，男主人公 Sunan 在第 1 章出现，女主人公 Bao 则在第 6 章出现，两条叙事脉络在第 23 章才合二为一。他们被设置为成长环境迥异的两个人。"It would be hard to find someone more different from Sunan than Bao. "（很难找出比

---

① Toolan, M. *Narrative Progression in the Short Story：A Corpus Stylistic Approach*. Amsterdam：John Benjamins Publishing Company, 2009：115.

Sunan 和 Bao 差别更大的两个人了。）男主角生长在一个偏远的东北小村落，开始并未受到魔帝（Demon Emperor）暴政波及。他在第 1 章正式登场时，是一个 10 岁的孩子，名字叫"Fan Sunan"，但喜欢人们称呼他"Sunan"。Sunan 第一次出场的描述：

> There was one person in the village who was anything but complacent, and his name was Fan Sunan, although he hated being called by his full name and insisted on being called only Sunan. He was ten years old, and he bristled with energy and curiosity. Of course, energy and curiosity are things most young boys possess, but they seemed to thrive without limit in young Sunan.　　　　(Chapter 1)

> 这个村子里有一个人毫不自满，他的名字是 Fan Sunan。他讨厌别人叫他的全名，坚持大家叫他 Sunan。他十岁，充满精力和好奇心。当然，这两样东西，大多数男孩都有，但是在小 Sunan 身上似乎是无限的精力和好奇心。　　　　　　　　　　　　　　　　　(第 1 章)

作者赋予他的第一个特点就是 energy and curiosity without limit（无限的精力和好奇心）。女主角 Bao 则是成长在 Yu Zhing 城的贵族，Yu Zhing 城是魔帝统治的中心，她的母亲因为被怀疑反抗魔帝而被活活烧死，父亲自杀。如同家族中的其他女孩一样，Bao 也十分貌美。不同之处是 Bao 喜欢读书，尤其喜爱神话传说，而这些是贵族们所不屑的读物。Bao 是偷偷溜出来的贵族小姐。这两个人的命运由于抵抗魔帝而交织在一起。在小说第一部的结局，第 98 章"Golden Lions"（"金狮"）中，两人牺牲自我，封印了魔帝。Sunan 和 Bao 肉身俱灭，化身为金狮雕像。但有仙人来告诉他们："Young Dragon, Young Phoenix, you will not die. Your physical bodies are no more, but your Immortal bodies await. You have done well. The time has come to leave the Mortal Realm …"（"小龙，小凤，你们不会死。你们的肉身破灭，但是你们即将成仙。你们做得很好，是时候离开凡界了……"）最终人间留下了他们的传说。Hui 则是一千年后两人的后代，为故事留下引子。

除 Sunan 和 Bao 之外的两个主要角色，Sun Mai 和 Mao Yun，分别是两位男女主人公的盟友，也是贯穿全文的重要角色。Sun Mai 的形象是一位文人，他第一次出场时的描写很有趣味：

He had just decided to seek a way to join the beggars when, all of a sudden, he noticed that across the crowded square from where he stood was a small booth with a banner hanging next to it that read: **"Scholar Sun Mai's Sundry Services."**

Sitting behind a rough wooden table was a young man dressed like a scholar, frowning as he read a **bamboo scroll**. His robe was disheveled, his hair unkempt, and his face was smudged with ink. Spread out on the table in front of him were various scholar's instruments, including **sheets of paper, brushes, ink**, and the like. Furthermore, leaned up against the table next to him was a **Guqin, a type of seven-stringed zither that was the signature instrument of a true scholar.** (Chapter 2)

……Sunan 刚要想个办法混入那些乞丐, 就在此时, 他突然注意到在拥挤的广场上有一个小亭子, 亭子上一面旗帜, 上书"**孙才子百事帮**"。

一张简陋的木桌后坐着一个年轻人, 文人穿戴, 正皱着眉读**竹简**。他的袍子邋遢、头发凌乱, 脸上几点墨迹。桌上摆着文房四宝, **笔墨纸砚**一应俱全。桌子旁边还竖着一把**七弦古琴**, 真正是文人的玩意儿。

(第 2 章)

这段描写中出现了很多中国文化负载词, 如竹简、笔墨、古琴等。Sun Mai 的文人形象可以看作一个特定的人物类型: 外表不羁、满腹才华, 将伴随男主人公到最后的亦师亦友型人物。女主人公的朋友 Mao Yun 则是一位勇猛善战的兄长型人物, 牺牲在和魔帝的终极大战中。

综上做出小结:

1) LOG 是男女双主人公设置。序章以另一时空非主角开始, 两位主人公是传说中的传奇英雄, 后分别在第 1 章和第 6 章出现, 在第 23 章第一次见面, 两条叙事线索合二为一。这和典型的网络仙侠小说十分不同, 与传统武侠小说及西方奇幻小说更为相似。

比如古龙的作品往往设置旗鼓相当的重要角色, 如《绝代双骄》(1966—1969)中的小鱼儿和花无缺,《天涯明月刀》(1974)中的傅红雪和雁南飞等。男女主人公以传说中的人物形象登场, 令人联想到《碧血剑》中的金蛇郎君。这也是很多西方童话及奇幻故事的常见开场形式。

2) 女主角并非男主角的陪衬, 不是只负责爱情桥段。男女主人公在全文出现的频次分别为 1642 次和 1480 次,相差无几。两人分别为自己宗派的领袖,Sunan 被称作"Sect Leader"(族长),Bao 被称作"Chiefess Bao"(Bao 首领)。Bao 从一个父母双亡、备受欺凌的贵族少女成长为纯凤派的领袖,这与 *A Song of Ice and Fire* 中的 Queen Daenerys Targaryen(龙母)属于相似的类型。

3)男女主角各自的辅助角色在文中都很有分量,贯穿始终。而在仙侠小说中,配角往往只是阶段性出现,只有主角全程在线。*LOG* 的角色配置似乎更符合佩列韦尔泽夫提出的"形象组合"[①]观念。

4)某种程度上说,*LOG* 可以看作 RPG(role play game,角色扮演游戏)"虚界游侠传"的同人小说。作者 Deathblade 在小说连载结束时,在网上与读者分享:"如果你们想知道 Sunan 和 Bao 的故事结束之后,接下来的 1000 年,Qi Xien 地区发生了什么,可以去看看'虚界游侠传'的规则手册,第 7 章:Qi Xien 世界——历史、宗教、习俗和宇宙哲学。"[②]作者还在小说中创作了一个角色"Hidden Arrow"(An Jian),这正是他本人在《虚界游侠传》游戏中扮演的角色的名字。

6.1.1.3 动作动词

通过 4.1"研究方案"部分人物动作参数的计算方法,得到 Sunan 和 Bao 的动作动词密度分别为 0.53% 和 0.47%。与表 4-9 比较发现,*LOG* 中男女主人公的动作动词密度低于 7 部英译网仙小说的平均动作动词密度(0.65%)[③],高于 2 部英译武侠小说的平均数(0.32%),与 *Blue Phoenix*(0.535%)基本持平。Sunan 和 Bao 的话语引导动词密度分别是 21.20% 和 23.09%,高于 7 部英译网仙小说平均话语引导动词密度(14.59%)[④],低于 2 部英译武侠小说(平均值 56.28),高于 *Blue Phoenix*(16.53%)。归纳如下:

动作动词密度:英译网仙小说＞英文原创仙侠小说＞英译武侠小说

话语引导动词密度:英译武侠小说＞英译网仙小说(*Stellar Transformations*)＞英文原创仙侠小说(*LOG*)＞英译网仙小说(其余 6 部)＞英文原创仙侠小说(*Blue Phoenix*)

---

① 佩列韦尔泽夫. 形象诗学原理. 宁琦,王嘎,何和,译. 北京:中国青年出版社,2004.

② 原引自 Wuxiaworld 网站,但目前 *Legends of Ogre Gate* 已公开出版,版权原因,"武侠世界"网站已不再分享该部作品及评论。

③ 分别低于 6 部,高于 1 部《仙逆》(*Renegade Immortal*)(0.42%)。

④ 分别高于 6 部,低于 1 部 *Stellar Transformations*(《星辰变》)(23.83%)。

LOG 的双主角 Sunan 和 Bao 的动作行为少于英译网仙小说的主角，话语行为则相对较多。具体的高频动作动词排序如表 6-2。

表 6-2　*Legends of Ogre Gate* 主人公高频动作动词

Sunan		Bao	
高频动作动词	频次	高频动作动词	频次
looked	87	looked	77
nodded	51	nodded	46
took	43	took	31
began	21	chuckled	25
smiled	21	began	24
frowned	20	felt	22
shook	20	frowned	18
chuckled	18	saw	15
felt	17	smiled	15
turned	17	shook	12
sat	15	turned	12
cleared	14	laughed	11
passed	14	passed	11
saw	13	sat	10
went	13	grinned	9
closed	12	knew	9
opened	12	made	9

　　从表 6-2 可以看到，Sunan 和 Bao 存在较多重合的高频动词，但关于"笑"的动词差异较大。与 Sunan 搭配的"笑"有 smiled（微笑）和 chuckled（咯咯笑）；与 Bao 搭配的"笑"有 chuckled（咯咯笑）、smiled（微笑）、laughed（大笑）和 grinned（露齿笑）。无论从频次还是种类看，Sunan 的"笑"均少于Bao。换言之，作者着意刻画了 Bao 的笑，突出了她这一性格特点，并且与 Sunan 比较，更显示出其女性特质。

　　为进一步探索两个角色的不同，本节借助关键动作动词表进行具体说明。Sunan 和 Bao 以彼此的动作动词表互为参照，得到各自的关键词（见表 6-3），这是相对于参照方，该角色拥有的特色动词。

表6-3　*Legends of Ogre Gate* 主人公关键动作动词对比

Sunan				Bao			
序号	频次	关键度	关键词	序号	频次	关键度	关键词
1	1	1.431	absorbed	1	1	1.342	allowed
2	1	1.431	accepted	2	1	1.342	answered
3	1	1.431	appointed	3	1	1.342	argued
4	1	1.431	assured	4	1	1.342	attacked
5	1	1.431	backed	5	1	1.342	attempted
6	1	1.431	barked	6	1	1.342	averted
7	1	1.431	berated	7	1	1.342	avoided
8	1	1.431	blurted	8	1	1.342	blurred
9	1	1.431	bolstered	9	1	1.342	blushed
10	1	1.431	burst	10	1	1.342	breathed

观察6-3列表中两个人物的关键动作动词，可以发现：

1）Sunan 在绝大部分情况下为动作的发出者，比如：Sunan 就像一块干掉的海绵尽情**吸收**（absorb）所学，Sunan **接受了**（accepted）Sun Mai 送的书卷，Sunan **任命**（appointed）Sima Zikang 为东阳将军等。唯一作为动作对象的情况是得到能量支持（bolstered Sunan's energy）。相反，Bao 在很多情况下是动作的对象，比如：Bao **不能**（not being allowed）出去闲逛，鳄鱼张开大嘴**攻击**（attacked）Bao，Sunan **避开**了 Bao（being averted）的目光等。Bao 的主动动作有**努力避开**（attempted to avoid）袭击，**避免**（avoided）谈及童年。

但是 Bao 的搭配动词也并非全部表示被动关系，如以动词"breathe"为线索，可以发现对 Bao 作为宗派领袖的刻画，"... they had reached the Zhang Chang forest, that Bao finally breathed a sigh of relief."（……他们赶到了 Zhang Chang 林，Bao 终于松了一口气。），"The entire party breathed a sigh of relief, and Bao issued orders that everyone rest for the morning."（一行人松了一口气，Bao 下命令让众人休息到天亮。）。

2）同样表示"说"，具体动词不同，说的方式不同。Sunan 的搭配动词是 barked（大声喊出）、berated（训斥）和 blurted（冲口而出），以及 burst out（爆发出）；Bao 的搭配动词则是 answered（回答说）和 argued（争辩说）。

综上，可以看到 *LOG* 作者对于男女双主角的刻画特点鲜明。男女主分别为两派宗主,但高频搭配动作动词及其索引行显示出不同的性格特征——男主豪迈,女主多受挫折而不气馁。Sunan 和 Bao 的话语、心理引导动词见表 6-4。

表 6-4 *Legends of Ogre Gate* 主人公话语、心理动词频次

Sunan		Bao	
动词	频次	动词	频次
said	162	said	175
asked	46	asked	42
replied	32	replied	32
continued	13	continued	13
thought	13	thought	11
whispered	8	explained	6
explained	5	spoke	4
spoke	5	murmured	3
shouted	4	responded	3
murmured	3	added	2
barked	3	shouted	2
reminded	3	answered	2
added	2	argued	1
responded	2	stammered	1
berated	1	told	1
blurted	1	whispered	1
mumbled	1		
warned	1		
总数	305	总数	299

6.1.2 事物形象

下文将根据高频名词(见表 6-5)和高频专有名词(见表 6-6)分析 *LOG* 塑造的重要物象,并特别关注 4.4 发现的英译网仙小说的典型物象,包括"剑"(sword/jian)、"丹"(pill/core/ elixir)、"道"(dao/Dao)和"气"(qi/Qi)。

（1）高频名词分析

表 6-5 *Legerds of Ogre Gate* 高频名词（前 40 位）

序号	频次排名	频次	名词	序号	频次排名	频次	名词
1	48	572	dragon	21	159	168	point
2	56	525	eyes	22	165	161	fighting
3	60	501	sect	23	166	161	wind
4	65	473	phoenix	24	167	159	heart
5	66	464	demon	25	174	157	door
6	86	386	emperor	26	177	156	look
7	92	352	moment	27	180	154	blood
8	97	341	man	28	181	154	men
9	102	284	qi	29	183	154	world
10	103	282	bone	30	184	153	ground
11	106	272	people	31	185	152	iron
12	107	271	head	32	187	152	night
13	109	266	hand	33	192	147	north
14	116	246	city	34	194	146	light
15	124	239	way	35	198	143	things
16	132	218	air	36	200	140	woman
17	141	195	side	37	201	140	years
18	144	185	hands	38	206	138	south
19	147	183	day	39	209	135	days
20	155	170	room	40	212	135	leader

根据表 6-5，并结合小说文本可知，*LOG* 名词中频次排名前 10 位中的 dragon 和 phoenix 分别是男女主人公的象征；demon emperor 指大反派"魔帝"，而 bone 项下绝大部分指的是魔帝的手下 the Bone General（骨将军）。剩余的 5 个高频词是 eyes、sect、moment、man、qi，除"sect"和"qi"之外，其他名词与 COCA"小说类"及英译网仙小说的共有高频名词一致。需要注意的是，qi 项下的地点名称"Qi Xien"占 76 条，"qi"（气）的实际词频在 108 次左右，没有进入前 40 位的排名。但相对于 sword（93 次）、dao（28 次）、pill（3

次)/core(3 次)/ elixir（2 次），"qi"仍然在仙侠小说标志性物象词语中频次排名最高。Dao 在文中主要用于"刀"的名字，如 Ox-Tail Dao（牛尾刀，25 次），以及地名（Mt. Dao、Dao Lu）；pill 指普通丹药，core 用于"shocked to the core"（深深震撼）；elixir 出现 2 次，指"仙丹/长生不老药"（Immortal elixir/Galenite elixir）。

名词 dragon 和 phoenix 在词表的频次排名中分别占据第 1 位和第 4 位，是该作品最重要的物象，在文中和两个主人公的名字一起登场：

... whose robes were embroidered with a symbol resembling an intertwined dragon and phoenix, the mark of Su Nan and Bao.

（Prologue）

……缠绕在一起的龙和凤，是 Sunan 和 Bao 的象征。　　　（序言）

男主人公 Sunan 和女主人公 Bao 分别是 The Golden Dragon sect（金龙族）和 The Pure Phoenix sect（纯凤族）的领袖。但和中国传统的龙凤呈祥不同，这里的凤凰一开始是魔鬼，后被女主 Bao 驯化。因此，LOG 中实际出现的仙侠小说标志性物象是 Qi 和 sword。

关于 Qi(气)，文中 Sun Mai 向主人公 Sunan 解释道：

Were you aware that in ancient times, people believed that the whole world was made of only five elements? Sounds funny, of course, because later that was proven wrong. However, in Classical Fei, the character for "air" was the same one they claimed was one of the five elements, a type of energy that kept the world in motion. In Classical Fei, the pronunciation of that character is "qi." Wind air energy is a pretty cumbersome term, so why not just call it Qi?　　（Chapter 4）

你知道吗，在古代，人们相信世界是由五种元素构成。听起来很奇怪，当然啦，因为后来这被证明是错的。然而，在古老的语言"Fei"语中，"气"这个字就是他们所说的五种元素之一，是一种使世界运转的能量。在"Fei"语中，这个字的发音就是"qi"。"风中空气飘动产生的能量"说起来太啰嗦了，为什么不直接叫它"气"呢？　　　　（第 4 章）

再如：

> Something else happened around the same time as the appearance of the Demon Emperor, although few people connected the two events. A new energy rose up in the land, which later came to be known as **Qi**. This new energy gave new power to plants and animals and all living things, and seemed to interfere with the previous barriers that existed with the spirit world. (Chapter 1)
>
> 魔帝出现的同时，另一件事发生了，尽管没什么人把这两件事联系起来。一种新的能量从大地上升起，后来人们知道这是"气"。这种新能量给植物、动物和所有生物带来了新活力，而且似乎干扰到之前与灵界并存的屏障。 (第 1 章)

Qi 的搭配有：circulate her **Qi**（"运"气），a burst of **Qi**（爆发出一阵气），to study ways to manipulate and utilize **Qi**（学习控制和使用气的方法），he could improve the rate in which **Qi** flowed into and through his body（他能够提高气在他体内运行的速度），he had directed the **Qi** to his hand（他将气运至手上）。

从以上引文及 Qi 的搭配可以看出作者对于"Qi"的理解："Qi"是世界上的五种元素之一，这种认识是错误的，但在作品的异想世界中，"Qi"是天地间的一种巨大能量，可以学习控制和运用，使之成为自身的力量。

sword（剑）共出现 93 次，没有进入高频名词中的前 40 位，但仍在作品中占据了重要位置。序章开头 Hui 生死一线时，想的是，"The sword, she thought. Where is it?!"（那把剑，她想，在哪儿?）在接下来紧张的逃亡过程中，仍然通过 Hui 的视角，反复强调"The sword. THAT sword."（那把剑。那把剑。），并直接指出"That sword was the key to everything. It was the hope. The only hope."（那把剑是所有事情的关键。它是希望。唯一的希望。）最先出场的武器就是 sword（剑），第一个拟声词是 ping ping ping。第一个悬念由 Hui 的感叹而生："Bao Yang has the sword … and ME?!"（Bao Yang 拥有那把剑……还有就是我?!）读者追随着 Hui 的叙事视角，发现"the sword"是关键，并期待情节的发展。

"剑"在文中有两种表达，分别是 sword（75 次）和 the jian sword（18

次），比如"**the sword**，which was now thrumming with magical power. ""I still don't believe that you can manipulate **the Sword of Time** in that way!" "A **jian sword** appeared in his hand，which flashed … ""… symbols began to appear on the blade of the **jian sword**"。音译与意译叠加使用是 Deathblade 塑造的语言形象的一个特点。除了 the jian sword 之外，还有 Goddess Xian Nv Shen(Goddess 仙女神)、Dragon Shui Long(Dragon 睡龙)、Yao Gong Palace(瑶宫 Palace)。这种译法在其译作中却很少出现。对剑术的表达沿袭武术(martial art)，称之为 sword art。综上，在 LOG 中，剑(sword/jian)具有魔力，是情节发展的关键事物，在很多情况下以异化方式保留了源语的声音形象"jian"，剑术是一种艺术。

此外，文中还出现了许多具有中国文化特色的事物，如 bundle(包袱)、yellow wine(黄酒)、incense sticks(香)、作为武器的 fan(扇子)。例子有"Suddenly，green smoke began to rise up from the **incense**. "(突然，绿色烟雾从**香**上升起。)；"He looked like a scholar，with long green robes，and a **fan** tucked into his belt. "(他看起来像个文人，穿一袭绿色长衫，腰间别着一把**扇子**。)；"Hidden Arrow shot backward at incredible speed，then snapped his **fan** open. "(暗箭快速向后发射，而后咯嗒一声打开了他的**扇子**。)

(2)高频专有名词分析

表6-6 *Legends of Ogre Gate* 高频专有名词(前30位)

序号	频次	英文名词	中文释义(部分英文实例及注释)
1	389	phoenix	凤凰
2	219	sect	宗族
3	99	qi	气
4	88	Shan	山
5	81	Daolu	城市名
6	79	Fei	部族名/语言名
7	79	Ruan	火烈鸟名
8	51	Xien	地名(Qi Xien)
9	50	Ogre	魔兽
10	23	Huang	山名(Huang Mountains)
11	22	Fohe	山名(Mount Fohe)

续表

序号	频次	英文名词	中文释义(部分英文实例及注释)
12	22	Hearts	山名(Hearts Ridge)
13	21	Chezou	河流名
14	21	Dao	道(Ox-tail Dao)
15	20	Demon	魔帝(Demon Emperor)
16	20	Xuanlu	地名
17	19	Underchief	酋长
18	18	Naqan	地名
19	17	immortal	仙人
20	15	Zhe	地名(Zhe Valley)
21	14	Chrysanthemum	菊花湖
22	12	Bird	鸟(指凤凰)
23	12	phoenixes	凤凰(复数)
24	11	kungfu/ kung fu	功夫
25	10	Dai	地名(Dai Bien Forest)
26	10	Harqa	部落名
27	10	Hua	画皮(Huapi,人名)
28	9	Yun	地名,人名(Yao Yun Sea,Yun Hu)
29	8	Fao	地名(Qi Fao)
30	8	Singh	语言名(the Singh language)

在 *LOG* 高频专有名词表(表6-6)中,除了 phoenix、sect 和 qi 之外,还出现了 dao(道)、immortal(仙)、kungfu(功夫)、地名,以及两种作者编造的语言 Fei 和 Singh。在地名、人名等专有名词中出现了大量拼音。

1)关于 shan,这是作者偏爱的一个中国特色音节,神、部落、山、酒都以此命名,如:

风神的名字:**Gushan** is the wind god.

部落的名字:This entry was devoted to a tribe of creatures called **the Shan.**

地名:Ironically,although Bao had never traveled outside of Yu Zhing, she knew much of **Gor Shan**, whereas Mao Yun, who had actually been there before, was unfamiliar with the legends behind the place.

酒名：Zun **Shan** sorghum wine

2）immortal 在文中共出现 158 次，其中 Golden Immortal（金仙人）占据 148 次。并且"金仙人"并不是真正的仙人，而是一个绰号。作者以戏谑的口吻刻画这个人物。他以顶级斗士的身份出场（"Rumor had it that the **top fighter**, who went by the **flashy nickname Golden Immortal**, earned 50 strings of cash per fight, and never lost."），最后却灰溜溜地逃走（"Unfortunately, in the chaos of the fighting, the Golden Immortal managed to slip away undetected."）。

3）关于"kung fu"。在"kung fu"索引行分析中，有两处较有代表性，一处是在夹注中，作者为读者讲解网仙小说中"修炼/功夫/魔法"水平的设置：

Sunan nodded. "I wonder if there's a fourth level ..." [1. To anyone reading this that is unfamiliar with Chinese web novels, it's pretty common to directly state the "levels" of the characters in terms of their **cultivation/kung fu/magic**, etc. Although this might seem odd to any of you who only read Western fantasy genres, it's definitely a standard way of doing things in modern **wuxia** and **xianxia** novels.]

(Chapter 11)

Sunan 点点头，"我想知道有没有第四级……"（1. 对于不熟悉中国网络小说的读者，普遍的做法是直接说明角色**修炼/功夫/魔法**的"水平"。尽管对于只阅读西方幻想小说的读者来说，这有点奇怪，但这就是当代**武侠**和仙侠小说的标准做法。）

（第 11 章）

此外，文中解释了 kung fu 的 Fei 语来历，可以看出作者对于"功夫"的认识：Because of the rigorous training involved in this new way of fighting, many had taken to calling it "kung fu", based on a Classical Fei word that meant "**hard work**".（因为这种新式打斗的方法需要大量的艰苦训练，很多人就按照 Fei 语叫它"kung fu"，在 Fei 语里"kung fu"的意思就是"**刻苦努力**"。）

LOG 中的注释远远少于 Deathblade 的翻译作品，主要是关于情节提示，如"Bao wrote two lines of poetry when drunk in chapter 9."（第 9 章中 Bao 醉酒后在墙上写的两行诗），"Hidden Arrow and Hui both appeared in the prologue."(暗箭和 Hui 是序篇中出现的人物。)在自己的创作中，Deathbalde 通过人物之口讲述传说故事和文化知识。他在小说中赋予汉语一个新的名字：古老的 Fei 语(the classical Fei language)，Qi、Kung fu 都成了 Fei 文化中的一部分。

6.1.3　其他

通过人像、物象参数提供的文本线索，在文本细读过程中，本书对人物的名字还有其他发现。作品中的人名具有突出的中国特色，同时也留下了英语母语者的语言印记。两相混合，显示出英语母语作者眼中的"中国特色"，这种特色在某种程度上也是一种刻板印象；同时，打破常规的"中国名字"生成了一种陌生化的奇异感觉。

(1)英语母语者眼中的"中国特色"和异化的"中国名字"

作品中名字以拼音表示的中国名字为主，如 Geng Long、Fan Jinlong、Chunfeng 等，某些常见的中文意象尤其受到作者的偏爱，如 Long(龙)、Feng(凤)、Shan(山)。此外还有复姓出现，如 Yuwen(宇文)、Shangguan(上官)。还有一些现实或历史故事中的中国名字被直接移植到小说中，包括 Liu Jiahui(刘家辉)，Lin Qingxia(林青霞)，Yang Ziqiong(杨紫琼)，Guan Yunchang(关云长)。参见以下两例：

Bao continued, "These are the Claws of the Phoenix. **Liu Jiahui**, also known as Flying Death. **Lin Qingxia**, who is called the Throat-Slitting Phoenix Ghost. And **Yang Ziqiong**, also known as simply, the Blood Drinker. All three of them are killers the likes of which would cause even the Phoenix Demon I tamed to tremble in fear."

(Chapter 37)

Bao 继续说道，他们是凤凰的爪牙。Liu Jiahui，人称"飞来之死"。Lin Qingxia，被称为"割喉凤鬼"。还有 Yang Ziqiong，绰号很简洁，"嗜血者"。这三个杀手，连我驯化的凤魔看到他们都会吓得发抖。

(第 37 章)

Things didn't go as smoothly at the Thunder Gate in the north of the city, which was under the command of another of the Golden

Dragon Sect lieutenants, **Guan Yunchang**. He was a tall, well—built man who was known for his unusual strength and hand-to-hand combat skills. However, when it came to tactics and strategy, he was sadly lacking. (Chapter 45)

城北震雷门情况有些棘手。那里由金龙派将军 Guan Yuanchang 驻守。Guan Yunchang 高大、健壮,因力大无比和徒手格斗技能为人所知。但是,说到战略战术,就不是他的长项了。 (第 45 章)

从以上两例可以看到,三个演员的名字与本人完全没有关系。Guan Yunchang 又似乎保留了关羽原型的一些特征。另有一例更为奇特,有一个恐怖的人物名叫 Hua Pi(画皮)。

And far, far to the southwest was Hua Pi the Skin Dancer. ... Traders from the Dai Bien Forest brought tales of Hua Pi the Skin Dancer, tales so fantastic that many people refused to believe them. Furthermore, not all the stories were consistent. In some versions, Hua Pi was a midget who had stolen shapeshifting powers from a Demon. In other versions, Hua Pi was no midget at all, but rather, a beautiful woman with a demented soul who relished the screams of the victims whom she skinned alive. The only common theme was that Hua Pi was a terrifying figure whom no one dared to offend.

(Chapter 54)

在西南方很远很远的地方,有一个人叫"舞皮者"Hua Pi(画皮)。……来自 Dai Bien 森林的商人带来关于舞皮者 Hua Pi 的故事,太奇异了,很多人都不愿相信。而且,每个故事都传的不太一样。在有些故事中,Hua Pi 是一个侏儒,从一个魔鬼那里偷来了变形的法术。另一些故事则说 Hua Pi 才不是什么侏儒,而是一个精神错乱的美女,最喜欢听活剥人皮时,被剥皮的人发出的尖叫。故事唯一的共同点就是,Hua Pi 是一个非常可怕的家伙,没人敢惹。 (第 54 章)

(2)名字中文化杂糅的印记
精心设计的角色名字既显示出作者对于中国文化的了解,也会看到其他文化的印记。比如以下三例：

1)关于中文姓氏。女主角 Bao 作自我介绍时的一段对话：

"Bao? Is that your surname or your given name?"

"Just call me Bao", she said. Bao was in fact her given name. She didn't dare to tell him her surname, as it would instantly reveal that she was from a noble clan.

"Bao it is then", the boy said. "I'm Geng. Geng Long. Long like dragon, you know?"

(Chapter 6)

"Bao? 这是你的姓还是名?"

"就叫我 Bao 吧", 她说。Bao 其实是她的名字。但她不敢告诉他自己的姓氏，因为那会即刻暴露她的贵族身份。

"那就叫你 Bao 吧。"男孩儿说，"我姓 Geng。Geng Long。龙王的龙，你知道吧?"

(第 6 章)

这段对话表明作者对于角色的中国姓氏与名字有清楚的认识，同时姓氏在作品中还承担着是区分宗族的重要作用。

2)中西碰撞的幽默。有一个男性角色名叫 Lin Cuirou(林翠柔)：

Lin Cuirou was known for two things. First was his love of emeralds. He bedecked himself with all sorts of emerald jewelry, everything from rings to necklaces to a headband with a gaudy emerald festooned in the middle of it. Second, he was known for his good looks, of which he was very proud. He was handsome to the point of being pretty, with unusual green eyes that would make most women swoon to look into. Because of his good looks and his love of emeralds, other members of the sect had given him the humorous nickname **Emerald Hunk**.

(Chapter 62)

Lin Cuirou(林翠柔)因为两件事出名。第一，他爱绿宝石。他浑身上下佩戴着各种绿宝石制成的珠宝，从戒指、项链到镶嵌着华丽绿宝石的抹额。第二，他长得很美，并引以为傲。他非常英俊，像女孩子一样好看，尤其一双绿眼睛，让大多数女人神魂颠倒，趋之若鹜。因为他的美貌和对绿宝石的痴迷，教派中其他人给了他一个绰号，叫"翠巨人"。

（第 62 章）

作者在对 Lin Cuirou 这个人细致描述的过程中，甚至加入了英语的幽默元素——绰号用的"Hunk"一词是美国漫威漫画旗下超级英雄"绿巨人"的名字，与"翠柔"的形象可谓南辕北辙，极具反差。可以想象英语读者读到这里时的会心一笑。文中还指出，"His name was Lin Cuirou, a name that was almost too beautiful for a man."（他的名字是林翠柔，这是一个对男人来说过于美丽的名字。）这不是一个适合男性的名字。可以看出作者对这个人物设计的巧妙心思。

3）一些难以发音的拼音和印第安式的人名。由于作者本人的英语发音习惯，作品中的"孔子"均为"Kong Zhi"，难以发音的名字还有 Yu Zhing、Tie Gangwen 等。印第安式的名字如 Hidden Arrow（暗箭）、Blackleaf（黑叶）、Iron Awl Hu（铁锥胡），在汉语中都不常见。

Deathblade 作为一个外国作者，热爱和熟悉中国网络仙侠小说及中国文化，同时也不能摆脱自身的文化背景。对中国形象而言，他的作品是受到自塑影响的他塑，不同文化彼此影响，产生了一种奇异的效果。

6.2 *Blue Phoenix*——从读者到作者的创作

不同于 Deathblade，*Blue Phoenix* 的作者 Tinalynge 是一位完全不懂中文的丹麦姑娘。可以说，影响她创作的直接源头是翻译文学，而非汉语原创作品。仙侠形象经由汉语原文转化为英语译文，又由英语译文转化为英语创作中的新形象。从最初被《盘龙》吸引，到自己钻研中国文化和仙侠小说，Tina 现在已经创作了十几本仙侠小说，先后在 Wuxiaworld、GravityTales、Patreon 等网站发布。2018 年，亚马逊网站（amazon. com）开始销售她的作品，类别归为"流行读物"（Popularity）。在亚马逊的作者页面，Tinalynge 写道，"……我是一个充满干劲儿的写作者，深受东方幻想小说的影响，比如武侠、仙侠和玄幻。我写的第一个故事是《蓝凤凰》，对这个系列我倾注了全部心血，以我的心和灵魂在创作。自从开始写作，我已经完成了《蓝凤凰》系列8 本书，《颠覆宿命》（*Overthrowing Fate*）系列 3 本，目前正在创作《怒谴诸天》(*Condemning the Heavens*)……"①

图 6-7 是 Tinalynge 在亚马逊和赞助人网站的标识,图 6-8 是 *Blue Phoenix* 的第一部《日落之城》(*Riluo City*)的封面。两幅图的整体色调为蓝色、绿色和紫色(参看亚马逊网站的彩色图),包含龙、凤、剑等中国元素。下面我们将具体分析 *Blue Phoenix* 塑造的中国形象。

图 6-7　Tinalynge 网站图标　　　　　**图 6-8　*Riluo City* 封面**

6.2.1　人物形象

根据图 6-1,*Blue Phoenix* 的 STTR 为 38.97,低于 *LOG*(42.40),同时也低于英译网仙小说的总 STTR(39.42)和英文原创奇幻小说的总 STTR (43.07)。就词汇丰富度而言,*Blue Phoenix* 最低。

6.2.1.1　主人公名字分布

下面是主要人名数据。根据词频可得出主要人物(见表 6-7),名字索引定位(见图 6-9 至图 6-14)。

表 6-7　*Blue Phoenix* 主要人物

人名	Hui Yue	Lan Feng	Deng Wu	Wang Ju Long	Sha Yun	Huli
出现频次	24176	2600	1673	1613	1253	1080
频次排名	9	90	131	136	187	221

---

①　参见:Tinalynge. Tinalynge 简介[2019-03-28]. https://www.amazon.com/-/zh/Tinalynge /e/B01D3B6IX0? ref=dbs_m_mng_rwt_byln.

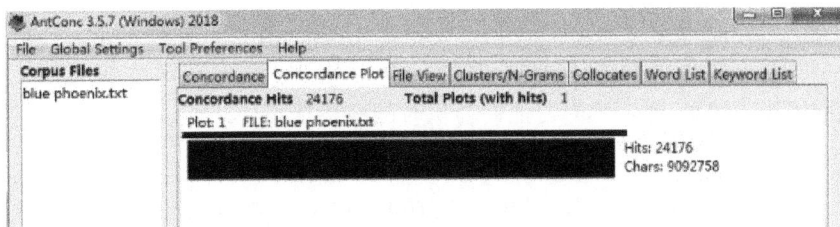

图 6-9　*Blue Phoenix* 人物名字索引定位(Hui Yue)

图 6-9 中索引定位可谓一目了然,男主人公 Hui Yue 全程在线。这与中国网络仙侠小说高度相似。结合文本,具体分析其他主要角色。

Lan Feng,即 Blue Phoenix,是在全文中出现频次第二高的角色。其设定为男主角的神兽,是作品中的关键线索和主导角色。他是宇宙之初的五大神兽之一,后被封印在一只蓝凤簪中。他导致 Hui Yue 发生车祸丧生,又转世为婴儿,目的是帮助他复仇。Lan Feng 提议和 Hui Yue 签署 Soul Contract(灵魂契约),两人共享一个灵魂,Lan Feng 帮助 Hui Yue 修炼成神,并使他与心爱的女孩儿重聚;Hui Yue 则替 Lan Feng 向 Blood Demon(血魔)复仇。在共享灵魂的设定下,Lan Feng 和 Hui Yue 几乎在所有事件中都同时在场。Lan Feng 开始以 Hui Yue 头脑中的声音存在,某种程度上,更像是 Hui Yue 在异想世界的"开挂"宝器。

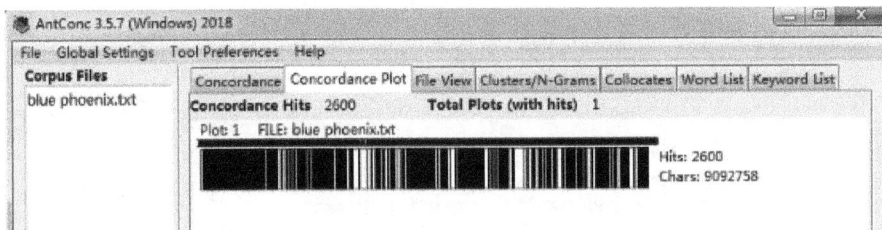

图 6-10　*Blue Phoenix* 人物名字索引定位(Lan Feng)

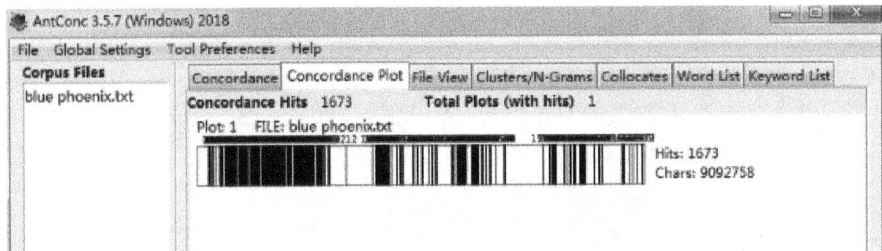

图 6-11　*Blue Phoenix* 人物名字索引定位(Deng Wu)

Deng Wu 是 Hui Yue 从现代转世到古代之后认识的朋友。他们和 *Harry Potter* 中的同学伙伴十分相似,是在中国古代背景中一起升级打怪的小伙伴。比如 Hui Yue 与他们初识时的一段描写:

The three additions to the group were incredibly different, but at the same time complemented each other. Ma Kong was the **calm anchor** of the group, most likely the one who could think of practical points together with Rong Xing. **Gao Yan** was the energetic and talented person who would instantly act without considering the consequences. He was in a way much like Rong Ming. Then there was **Deng Wu**, the overly dramatic and playful one. However, Hui Yue could feel that within those laughing obsidian eyes was an intelligence that should not be underestimated.　　(Book 1, Chapter 9)

新加入的三个人迥乎不同,但同时性格颇为互补。Ma Kong 是大家的**定心锚**,十分淡定,是最有可能和 Rong Xing 一起想到实际办法的人。**Gao Yan** 精力充沛而充满天分,但十分冲动,不计后果。某些方面,他和 Rong Ming 十分相像。接下来就是 **Deng Wu** 了,他是一个嬉笑打闹,喜欢引人注目的人。然而,Hui Yue 能够感觉到那双笑嘻嘻的黑曜石般的眼睛里隐藏着不容低估的智慧。　　(第 1 册第 9 章)

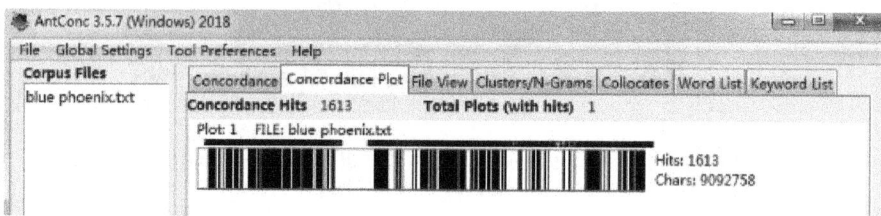

图 6-12　*Blue Phoenix* 人物名字索引定位(Wang Ju Long)

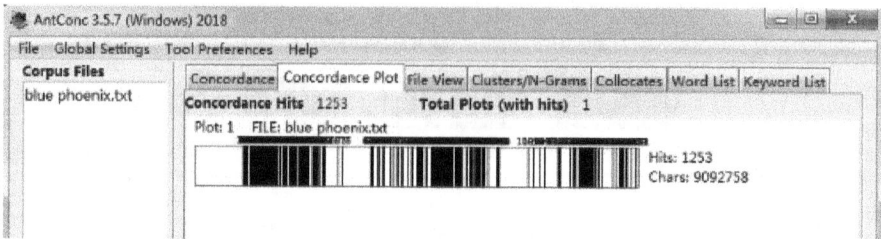

图 6-13　*Blue Phoenix* 人物名字索引定位(Sha Yun)

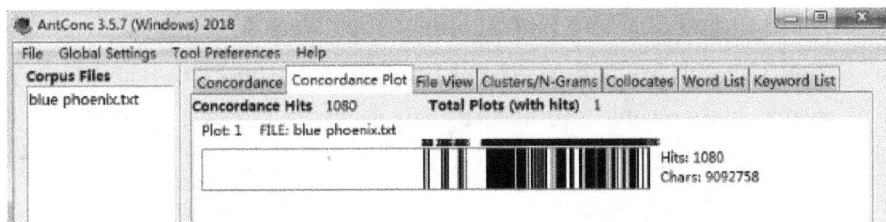

图 6-14 *Blue Phoenix* 人物名字索引定位（Huli）

Wang Ju Long、Sha Yun 和 Huli 是女性角色，都是男主角 Hui Yue 的妻子。Wang Ju Long 以男装出场，武艺高强，是王氏家族最有天分的继承人，后来成为 Hui Yue 的妻子，也是其并肩作战的伙伴。Sha Yun 是 the Magical Forest（魔法森林）的 beast sisters（灵兽三姐妹）之一，有人类的血统，真身是一条蛇。Huli 是 Midnight Fox（千年午夜狐），在一次奇遇中 Hui Yue 成了她的新主人。

由于女性仙侠小说作者并不多见，很多网友对 Tinalygne 怀以期待，希望她能塑造出更有分量的女性角色，真正强大而个性鲜明，而非男性角色的附庸。但从作品来看，读者的期待并未成真。词频显示，男性角色占据最高频次前三位，接下来才是女性角色，并且都是男主人公 Hui Yue 的妻子。虽然表面配置很花哨，有人、有蛇、有狐狸，是人类世界、魔法世界和灵宠界的各路高手，但在文中塑造得非常单调。仅"Su Yun and Huli"和"Huli and Su Yun"的搭配频次就有 60 次；对两人的描述多是"nod"（点头）——随立两侧、温柔追随。以下列举三个"点头"的例子。

Huli and Sha Yun **nodded their heads**. Neither of them were feeling jealous because of Wang Ju Long ...　　　　　　　（Book 8 Chapter 756）

Huli 和 Sha Yun **点了点头**。谁也没有因为 Wang Ju Long 感到嫉妒。

（第 8 册第 756 章）

"Ju Long will be back soon!"he exclaimed shocked，and the two women softened their expressions and **nodded their heads**.

（Book 7 Chapter 686）

男主狂喜，大声说道，"Ju Long 要回来了!"，Sha Yun 和 Huli 露出温柔的表情，**点着头**。　　　　　　　　　　　　（第 7 册第 686 章）

Huli and Sha Yun looked antsy; they were uncomfortable about what Hui Yue wanted to do, but they did not stop him. Instead, they steeled their resolve and **nodded their heads**. (Book 8 Chapter 786)

Huli 和 Sha Yun 看起来很焦虑;Hui Yue 想做的事情让她们感觉不太好,但是她们并没有阻止他。相反,她们暗下决心,**点了点头**。

（第 8 册第 786 章）

从以上 3 例可见三个妻子和睦共处的场面,和对男主人公 Hui Yue 的无条件支持。对这两点还有许多相关描述,比如:

Even Huli and Sha Yun were surprised, but unlike the children, these two **did not question anything Hui Yue said**. If he wanted to go travel, they would **just follow him**. (Book 7 Chapter 640)

甚至连 Huli 和 Sha Yun 也很吃惊,但和孩子们不同,她们对 **Hui Yue 说的任何事情都不怀疑**。如果他决定要旅行,她们便会**追随**。

（第 7 册第 640 章）

可以说,对于女性角色的歧视,*Blue Phoenix* 和中国网仙小说相比有过之而无不及。在小说结尾处,作者写道,"多年以后,人类和血魔之间的战争已经成为前尘往事。Hui Yue 成了一位骄傲的父亲,他的孩子有小狐狸、蛇宝宝还有人类的孩子,所有孩子都是强大无比的仙神"[①]。或许有评论者认为作者是将 Hui Yue 当作一位神话式的生灵始祖,但这仍不能掩盖整个作品人物形象塑造的单一和男性至上的特点。

6.2.1.2 动作动词

下面重点考察主人公 Hui Yue 的动作动词特征。

Hui Yue 的动作动词密度为 0.535%,根据第 4 章表 4-9,低于抽样的 7 部英译网仙小说的平均密度 0.65%[②],高于 2 部英译武侠小说的平均密度 0.32%,与另一部英文原创仙侠小说 *LOG*(0.530%)基本持平。Hui Yue 的

---

① 参考网址:https://www.lightnovelspot.com/novel/blue-phoenix-12032016/130-chapter-789.

② 分别低于 6 部,高于 1 部——《仙逆》(*Renegade Immortal*),0.42%。

话语引导动词密度为 16.53％,高于抽样的 7 部英译网仙小说平均密度 14.59％[①],低于英译武侠作品,低于英文原创仙侠小说 *LOG* 的两个主角 Sunan(21.20％)和 Bao(23.09％)。

动作动词密度:英译网仙小说(6 部)＞英文原创仙侠小说＞英译网仙小说(*Renegade Immortal*)＞英译武侠小说

话语引导动词密度:英译武侠小说＞英译网仙小说(*Stellar Transformations,Desolate Era*)＞英文原创仙侠小说(*LOG*)＞英文原创仙侠小说(*Blue Phoenix*)＞英译网仙小说(其他 5 部)

Hui Yue 的话语引导动词见表 6-8。

表 6-8 *Blue Phoenix* 主人公 Hui Yue 话语引导动词

PDS 引导动词	频次	PDS 引导动词	频次
said	977	whispered	13
asked	337	reminded	12
continued	125	replied	11
mumbled	64	questioned	7
thought	61	added	4
explained	58	argued	2
spoke	54	cried	1
answered	38	pleaded	1
told	23	shouted	1
complained	15	barked	1
warned	15	blurted	1

下面将 *LOG* 的主人公 Sunan 和 Bao 与 *Blue Phoenix* 的主人公 Hui Yue 的高频共现动作动词共同呈现在表 6-9,进行对比。

表 6-9 显示,三个主要人物有很多相同的动作动词,如 looked、felt、nodded、saw 等,同时也有不同的特点。6.1.1.3 发现描写 Sunan 和 Bao "笑"的动词差异明显,充分显示了不同性别的性格特征。而 *Blue Phoenix* 的主人公 Hui Yue 与他们的区别在于,共现词中 sighed(叹气)远多于 smiled

---

① 分别高于 5 部,低于 2 部——《星辰变》(*Stellar Transformations*)和《莽荒纪》(*Desolate Era*),作者均为我吃西红柿,译者为 RWX。

(微笑)，两者的频次分别为 192 次和 104 次。也就是说以 Hui Yue 为节点词，在屏距设定为左 9 右 9 的范围内，"sighed"出现 192 次，"smiled"出现 104 次。其中，"Hui Yue sighed"出现 70 次，"Hui Yue smiled"仅出现 18 次。Hui Yue 的各种叹气包括"Hui Yue sighed upon hearing this/while looking at them"（Hui Yue 听到这个消息/看着他们时叹了口气），"Hui Yue sighed deeply/ slightly/ dejectedly"（Hui Yue 深深地/轻轻地/沮丧地叹了口气）。

表 6-9　*Legends of Ogre Gate* 和 *Blue Phoenix* 主人公高频共现动词

Legends of Ogre Gate				Blue Phoenix	
Sunan		Bao		Hui Yue	
高频动词	频次	高频动词	频次	高频动词	频次
looked	87	looked	77	felt	482
nodded	51	nodded	46	looked	404
took	43	took	31	knew	358
began	21	chuckled	25	nodded	321
smiled	21	began	24	saw	300
frowned	20	felt	22	made	215
shook	20	frowned	18	sighed	192
chuckled	18	saw	15	started	189
felt	17	smiled	15	went	158
turned	17	shook	12	caused	150
sat	15	turned	12	turned	136
cleared	14	laughed	11	noticed	130
passed	14	passed	11	understood	129
saw	13	sat	10	took	127
went	13	grinned	9	stood	115
closed	12	knew	9	appeared	105
opened	12	made	9	smiled	104
followed	11	seemed	9	left	103
reached	11	shrugged	9	found	102
shrugged	11	closed	8	decided	100

Hui Yue 的微笑包括"Hui Yue smiled sheepishly/gently"（Hui Yue 羞怯地/温柔地笑了），"Hui Yue smiled bitterly/apologetically"（Hui Yue 苦涩地/抱歉地笑了一下），*Blue Phoenix* 和 *LOG* 主人公的性格差异可见一斑。回顾 7 部英译网仙小说，在 *Battle Through the Heavens* 主人公 Xiao Yan 的共现动词中排名第 1 位和第 2 位的分别是 smiled(174 次)和 laughed(112 次)，sighed 的频次为 58。此外还有 4 部小说的主人公 smiled 多于 sighed，具体信息为：*Stellar Transformations* 的主人公 Qin Yu，smiled39 次，sighed 12 次；*Desolate Renegade* 的主人公 Ji Ning，smiled30 次，sighed 25 次；*Renegade Immortal* 的主人公 Wang Lin，smiled 64 次，sighed 14 次；*Journey to Immortality* 的主人公 Han Li，smiled 31 次，sighed 12 次。另有 2 部小说的主人公"叹息"多于"微笑"，*I Shall Seal the Heavens* 的主人公 Meng Hao，sighed 10 次，smiled 6 次；*A Will Eternal* 的主人公 Bai Xiaochun，sighed 44 次，smiled 24 次。从具体文本可知，Bai Xiaochun 是反英雄式的性格设置，他的"sighed"往往是故作姿态。英译网仙小说的主人公虽然性格各异，但从整体上看，smiled 多于 sighed，是开朗积极的。在这一点上，*LOG* 的主人公与英译网仙小说更为接近，*Blue Phoenix* 的主人公则是 sighed 明显多于 smiled。

6.2.2　事物形象

下面从名词频次词表和高频专有名词词表两方面分析 *Blue Phoenix* 刻画的典型事物形象。表 6-10 列出 *Blue Phoenix* 的高频名词(前 40 位)。

表 6-10　*Blue Phoenix* 高频名词(前 40 位)

序号	频次排名	频次	名词	序号	频次排名	频次	名词
1	43	5065	time	10	107	2212	experts
2	66	3634	eyes	11	113	2033	city
3	73	3273	man	12	118	1886	blood
4	76	3068	body	13	126	1787	beast
5	83	2815	energy	14	127	1764	voice
6	88	2722	face	15	130	1718	strength
7	94	2600	world	16	131	1711	smile
8	100	2349	way	17	134	1700	beasts
9	106	2275	head	18	136	1677	family

续表

序号	频次排名	频次	名词	序号	频次排名	频次	名词
19	140	1635	friends	30	219	1128	day
20	151	1585	Dao	31	223	1110	fight
21	159	1475	Hand	32	226	1083	huli
22	165	1420	Life	33	229	1065	attack
23	171	1395	Sword	34	231	1063	worldpower
24	185	1291	People	35	248	986	person
25	199	1217	Woman	36	253	972	years
26	202	1205	Soul	37	256	968	words
27	211	1169	qi	38	257	966	god
28	213	1156	make	39	258	965	dragon
29	217	1137	master	40	260	960	pills

根据图 4-14，COCA"小说类"的高频名词包括 time、man、eyes、people、head、room、mother、hand、day、door、face、night、father、years 和 house 等。表6-10包含除 mother、father、house 以外的所有上述单词，这代表的是小说类的共性。表 6-10 中，前 5 位包含的特点词是 body 和 energy，前 40 位也包含了第 4 章总结出的仙侠小说典型物象："剑"（sword，1395 次）、"丹"（pills，960 次）、"道"（Dao，1585 次）、"气"（Qi，1169 次）。下面具体看这 4 个词的使用情况。

笔者将 LOG 和 *Blue Phoenix* 中 sword 的共现词（前 30 位）列于表 6-11，进行比较。

表 6-11 *Legends of Ogre Gate* 和 *Blue Phoenix* 的"sword"共现词（前 30 位）

Legends of Ogre Gate			*Blue Phoenix*		
频次排名	频次	共现词	频次排名	频次	共现词
10	34	his	7	670	celestial
13	21	he	8	621	sect
14	21	her	10	519	he
16	19	jian	14	441	his
20	14	scholar	16	297	yue
24	11	air	17	267	hui

Legends of Ogre Gate			Blue Phoenix		
频次排名	频次	共现词	频次排名	频次	共现词
27	11	bone	18	265	had
29	11	sunmai	29	110	Dao
32	10	him	32	101	hand
33	10	she	35	94	him
34	9	hand	37	90	one
38	8	master	40	79	would
41	7	baoyang	42	75	tempest
42	7	could	43	75	time
44	7	hui	45	74	icy
45	7	sunan	47	64	pei
46	6	arrow	49	62	have
49	6	slashed	52	54	could
53	5	held	53	54	member
54	5	moment	56	52	world
56	5	time	60	49	will
58	4	demon	65	45	blood
59	4	emperor	68	43	appeared
60	4	fair	77	39	said
61	4	faster	79	38	wu
62	4	flame	80	37	knew
64	4	give	82	37	she
66	4	hidden	83	36	experts
68	4	illusory	85	36	wei
73	4	spinning	88	33	diyu

表 6-11 中,两部小说中 sword 的共现词频次差距较大,这是样本本身大小差异造成的。这里不考虑其绝对数量,主要对共现词进行比较。LOG 中,除人称代词外,与 sword 共现频次最多的是"剑"的拼音的 jian。作者

Deathblade 将 jian 作为重要的中国文化物象引入作品。就人名及称谓来看，按顺序出现了 Sun Mai、Baoyang、Hui、Su Nan、Demon Emperor 和 Hidden Arrow；从人称代词看，出现了 his、he、her。可见，sword 是联结多个角色的重要物件，但与之联系最紧密的并非主人公 Sunan。这与表 6-5 中 sword 未进入小说高频名词的前 40 位互为印证，说明 sword 是 *LOG* 小说的重要但并非最核心的物象。sword 的共现动词出现了 slash、held、spin，具体用法例如：a sword **spinning** through the air，her Master's sword **flashed** through the air，an invisible sword **slashed** through the air 等。从上述举例也可以看出高频名词 air（第 6 位）的用法。总体看来，*LOG* 的 sword 共现词表与英译网仙小说 *Battle Through the Heavens* 十分相似（参考表 4-18），二者都不是典型的仙侠小说。

与之相反，*Blue Phoenix* 的 sword 与典型网络仙侠小说 *Desolate Era*、*Journey to Immortality* 和 *Renegade Immortal* 表现出诸多共性：共现词的第 1 位和第 2 位构成小说中的"仙剑宗"（Celestial Sword Sect）；共现频次最高的人称代词为 he、his；共现频次最高的人名是男主人公姓名 Hui Yue；Dao 与 sword 连用，比如"the Dao of the sword"（剑道）。根据 sword、pill、Dao、Qi 的索引定位（如图 6-15 至 6-18 所示），可以发现，Dao 和 Qi 在全文呈现出互补式分布模式：Qi 在小说的前三分之二密集出现，Dao 则在后三分之一密集出现。

图 6-15 "sword"索引定位

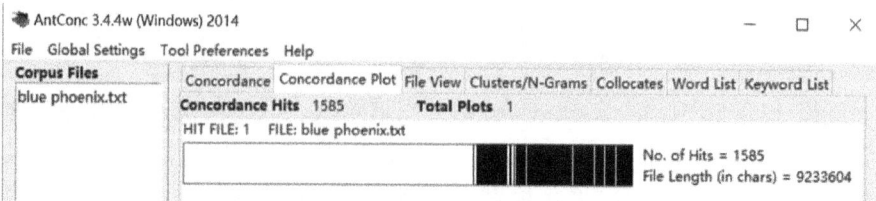

图 6-16 "Dao"索引定位

AntConc 3.4.4w (Windows) 2014 — □ ×

File Global Settings Tool Preferences Help

Corpus Files　Concordance Concordance Plot File View Clusters/N-Grams Collocates Word List Keyword List

blue phoenix.txt

Concordance Hits 809　　　**Total Plots** 1

HIT FILE: 1　FILE: blue phoenix.txt

No. of Hits = 809
File Length (in chars) = 9233604

图 6-17　"pill"索引定位

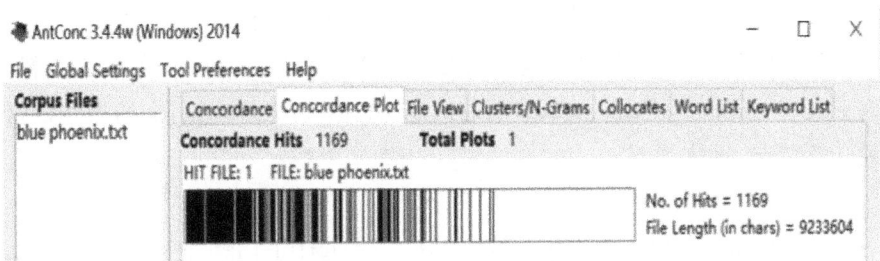

AntConc 3.4.4w (Windows) 2014 — □ ×

File Global Settings Tool Preferences Help

Corpus Files　Concordance Concordance Plot File View Clusters/N-Grams Collocates Word List Keyword List

blue phoenix.txt

Concordance Hits 1169　　　**Total Plots** 1

HIT FILE: 1　FILE: blue phoenix.txt

No. of Hits = 1169
File Length (in chars) = 9233604

图 6-18　"Qi"索引定位

图 6-16 表明 Dao 在小说前半段都没有出现，是在靠后约三分之一处开始高密度出现。这个转折章是第 504 章，题目就是"Dao"。在这一章，男主人公 Hui Yue 初升为神，开篇就是一段他的妻子之一 Huli 关于 Dao 长达千余单词的讲解。对于 Dao，文中称之为"the mystery of the Dao"（道的奥秘），修饰词有 mysterious（神秘的）、enigmatic（谜一般的）。Huli 对 Dao 的讲解以引文为例：

> In the universe, there exists the dao. The dao is everywhere and nowhere; it is visible but also invisible. The dao is a path of cultivation and also a law of the universe. To fight Gods, one needs to gain insights into the daos of the universe. ... In the universe, there are thousands of daos. Everything has a dao. The daos themselves are ranked based on how fundamental they are. There are the heavenly daos: heaven, earth, fate, death, and life. Then there are the major daos split into water, fire, wind, earth, metal, darkness, and light.　　(Chapter 504)

道存于宇宙之中。道无处不在又无处可寻；它可见又不可见。道是修炼的途径，是宇宙的法则。要与神斗，你需要窥破宇宙间道的奥秘。……在宇宙中，有成千上万的道。每个事物都有自己的道。道本

第 6 章　自塑影响之下的他塑——英文创作的仙侠形象

205

身也有级别,越基础级别越高。天道包括:天、地、命运、死亡和生命。这些重要的道又可分为水、火、风、土、金、黑暗和光。　　　　　(第504章)

从引文看,小说中的 Dao 颇有似是而非之感,似乎与中国文化中道家之"道"有关,又不确切。从第4章及第5章的分析可知,网仙小说中的"道"作为一种背景设置多于对真正"道"家文化的探讨,其在英译中又经过了译者和读者的进一步建构。作者 Tinalygne 不懂中文,她的创作主要受英译网仙小说的影响。因此,其作品呈现出的 Dao 可以说发生了进一步的形象杂糅。以下关于 the dao of the sword(剑道)、Qi(气)和 pill(丹)的引文均表现出这种杂糅特点,具体如下。

Swordlight is many times more powerful than a normal sword strike itself. It is the essence of a sword, the soul of a sword, and it can only be used by the most supreme of experts who have already comprehended **the dao of the sword**.　　　　　(Chapter 526)

剑光比普通的剑击威力要大上好几倍。剑光是剑的精髓,剑的灵魂,只有那些已经参悟**剑道**的高手才能使用剑光。　　　　　(第526章)

... you should be able to comprehend **the dao of the sword** in a short amount of time. If you are fast you might be able to comprehend it within eight to ten years, if you are slow, it could take you five hundred years.　　　　　(Chapter 113)

你应该在短时间之内参悟**剑道**。快则八到十年,慢则要五百年。
　　　　　(第113章)

Everywhere in this world is the essence of the heavens and the earth. Every person has something called a lower dantian. This is where one can refine the essence of the heavens and the earth into **Qi** and store it in a **Qi spiral**. Cultivators increase their strength by gathering essence and refining it into **Qi**. Refinement is the first step in the world as a cultivator. The finer one's **Qi** is, the better their results will be. There are **three different dantians** in the body, but you can only gain access to the next two if you have enough strength. ①

世界上到处都存有天地之精华。每个人都有一个部位叫下丹田。在那里,人们把天地之精华化为"**气**",将其储存在"**气旋**"之中。修者通过收集精华、化之为气来提高自己的力量。化气是修者世界的第一步。化出的精华就是"**气**"。人体内有**三种丹田**,但你只有拥有足够的力量才能打通到另外两个丹田的通道。

pill 在文中被称作"medicinal pill":

The academy enrolled students from the age of ten and they needed to be at least at the five stars Student level, or if not some very rich noble parents could pay an insane tuition fee. One's cultivating speed would increase upon reaching the Disciple rank, and the academy helped with both **medicinal pills** and martial art skills.　(Chapter 4)

学院注册的学生要在 10 岁以上,并且至少达到五星水准,否则一些非常富有的家长就会付出高得离谱的学费。达到了弟子的等级,气修炼速度就会快速增加,而且学院会提供**丹药**、教授武术技巧帮助学生提高。

(第 4 章)

The **pill** outlet will hand out a **medicinal pill** to the student cultivators at our Royal Academy each full moon. The strength of the **medicinal pill** depends on the rank of the cultivator, and sometimes specific cultivators might get granted an extra pill as reward for impressive progress ...

(Chapter 13)

每当满月之日,我们皇家学院就会给修者学员分发**丹药**。**丹药**的力量依照修者的等级而定,有时某些的修者会得到额外的丹药作为他们取得显著进步的奖励……

(第 13 章)

---

① 这段是作者 Tinalynge 对于 *Blue Phoenix* 中 cultivation 的解释。引自:Tinalynge. Cultivation. [2019-03-28]. https://bluephoenix-novel. fandom. com/wiki/Cultivation.

从"pill"的引文中可以看到很多中国网仙小说中的元素。但"royal academy"(皇家学院)的说法又与中国仙侠小说十分违和。此外,还有"three different dantians"(三种不同丹田)的用法让人啼笑皆非。

表6-12是 *Blue Phoenix* 的高频专有名词表。专有名词最明显的特征就是大量的音译,如 Huli(狐狸)、Yanluo(阎罗)、Riluo(日落)、Diyu(地狱)等。文本细读后发现,作者常常直接使用这些音译。例如:"The little fox's name is Huli—'Little Huli'"(这只小狐狸的名字叫 Huli——"小 Huli"),"You understand that when someone dies their soul will usually enter the Netherworld where *Yanluo* governs them ... "(你知道当人死了以后,他们的灵魂通常会进入阴间,那里由 Yanluo 统治……),"The continent had another three kingdoms apart from the Taiyang Kingdom: the Siban Empire, the Yueliang Province, and Shenyuan."(这个大陆上除了 Taiyang 国还有三个王国:Siban 王国、Yueliang 省和 Shenyuan)。除此之外,文中还有很多类似汉语拼音,但又不符合汉语表达习惯或者难以发音的姓氏,比如 Zhong Fai、Kuang Fung Ji、Cou Ling、Bu Huang。总的看来,*Blue Phoenix* 具有中国网仙小说的各种典型形象和升级修炼的基本框架,但是各种形象均发生了一定程度的偏离。可以说,这部作品像是对中国网仙小说的一种复刻,处处相似,又处处失真。

表 6-12　*Blue Phoenix* 高频专有名词(前 30 位)

序号	英文	频次	中文解释
1	Huli	583	狐狸
2	Yanluo	411	阎罗
3	God	339	神
4	Riluo City	209	日落城
5	qi	195	气
6	Diyu	179	地狱
7	Shenyuan	151	地名
8	Ziqi	149	长老名
9	sect	136	宗族
10	Taiyang	123	太阳

序号	英文	频次	中文解释
11	Yin	122	阴
12	phoenix	114	凤凰
13	Yang	113	阳
14	immortals	108	仙
15	kingdom	103	王国
16	Bird	97	鸟（指凤凰）
17	Vermilion	97	朱红色（指凤凰）
18	Nightcrawler	86	宗族名
19	nirvana	77	涅槃
20	Scarface	53	刀疤脸
21	Skydragon	52	蓝龙
22	manor	48	庄园
23	silvermoon	36	银月丹
24	saints	32	圣人
25	wood	32	木，修炼基本元素之一
26	Siban Empire	31	王国名
27	sun	28	太阳
28	weasel	25	黄鼠狼
29	snow	21	雪
30	dao	19	道

6.3 本章小结

美国译者 Deathblade 创作的 *Legends of Ogre Gate* 与典型的中国网仙小说相比，存在两个主要的差别：1）在人物设置上是男、女双主人公设定，两者的重要性旗鼓相当，人物刻画特点鲜明；2）小说具有仙侠小说特征的物象是 qi（气）和 sword（剑），但后者从频次及和主人公的关系来看是重要事物，而非关键事物。这一点与 *I Shall Seal the Heavens* 十分相似。因此，*LOG*

并非典型的仙侠小说,但它具有鲜明的中国幻想小说特色。在创作中,人物性格保持了与仙侠小说主人公一样的乐观积极;作者放弃在译作中大量加注的方式,转而通过小说中的人物表达自己对中国文化的认识。丹麦读者 Tinalygne 创作的 *Blue Phoenix* 在人物设置和典型物象上与网络仙侠小说表现出高度的一致性。人物方面:男主人公为整部作品的中心,全程在线。物象方面:"剑""丹""道""气"悉数登场。但是分析动词可得出该主人公"叹气"频率远高于"微笑",这并非典型网仙小说主人公的性格。而对"剑""丹""道""气"的描述也显示出作者对中国文化的理解流于皮毛。

两部小说相比较,*LOG* 弥补了网仙小说中被人诟病的性别观念,放弃了对"丹"和"道"的描述。这部作品可以说是一次相对成熟的再创作,具有相当的可读性。*Blue Phoenix* 则像是对网仙小说的简单模仿。在"男性至上"方面有过之而无不及,男主甚至娶了人、蛇和狐狸三个妻子并和乐融融。在"剑""丹""道""气"方面的描述也似是而非。总的来说,有"画虎反类犬"之感。但不能否认的是,两部作品都让我们感受到了作者将中国文化引入英语世界的热切态度。一方面,两位作者将其创作定位于中国幻想小说,主要角色及很多地名均以拼音命名。汉语拼音和音译意译叠加的形式被大量使用,远多于英译网仙小说。另一方面,作品也留有对中国文化的刻板印象的痕迹,比如 dragon(龙)、phoenix(凤凰)在抽样英译网仙小说中并非高频出现,但在 Deathblade 和 Tinalygne 的创作中都是重要形象。两个作品的封面从图案到配色均带有突出的外国人眼中的"中国风格"。总的来说,两部作品呈现出的文化形象均为一种杂糅的形象,并表现了创作者本身的认知特点、文学修养和审美品位。

7.1　研究结论

文学作品塑造的中国形象是国家形象的一个重要维度,并且相对于政治与新闻文献,更具有随风入夜、春风化雨的效果。本书以描写译学为出发点,借鉴文学形象研究,提炼出形象的文本表达形式,结合语料库检索与文本细读,对 7 部英译网络仙侠小说和 2 部英文原创仙侠小说进行了文本分析,参照对象为 2 部英译武侠小说和 4 部英文原创奇幻小说,针对绪论部分提出的 3 个研究问题,总结得出以下回答。

(1)研究问题 1:英译网络仙侠小说塑造了怎样的中国形象?

就像哈利·波特和莎士比亚都可以看作英国形象的代表,网仙小说塑造的代表性人物和事物也可以成为中国形象的一部分。本书将翻译文本塑造的中国形象划分为语言形象、人物形象和事物形象,并提供了具体的考察参数。

1)关于语言形象。结合语料库检索与文本细读,本书研究发现,7 部英译网仙小说的语言具有翻译共性的简化倾向;同时,整体语言水平较高,忠于原文,表达较为准确、丰富。结合语言形象的 2 个参数,3 类文本的比较结果如下:

平均词汇丰富度:英文原创奇幻小说>网仙小说原作>英译网仙小说

平均词汇密度:网仙小说原作>英译网仙小说>英文原创奇幻小说

整体而言,英译网仙小说的词汇丰富度为以上 3 类文本中最低。着眼于单部作品,《凡人修仙传》《一念永恒》的英译本词汇丰富度高于 *The Lord of Rings* 和 *The Chronicles of Narnia*。这表明作者、译者,以及作品创作时间等因素均与词汇丰富度有关。翻译共性中的简化假说有其适用条件。在词汇密度方面,英译网仙小说处于中间位置,意味着其文本信息量低于中文原作,而大于英文原创奇幻小说。相应地,阅读难度也高于英文原创奇幻小说。译者"厚译"是译文形成较高词汇密度的重要原因。

2)人物形象。英译网仙小说在人物形象设置方面类型化特征明显:以青少年男性角色为主,后期年纪增长至千万岁而容颜不老。尽管气质各异,但均表现出乐观开朗、积极进取的性格特质。从词频和索引定位图看,男主人公在小说开篇即登场、全程在线,其他男性主要人物的出场频次明显低于男主人公,女性角色频次更低;角色设置以功能性为主,均服务于男主人公修炼升级的主线。动词参数显示,与英文原创奇幻小说及英译武侠小说相比,英译网仙小说的主要角色动作描述最多,话语、心理描述最少。案例分析发现 Qin Yu 与 Harry Potter 具有某些共性,他们好奇、兴奋,在未知的世界里探险、磨炼和成长。在角色刻画方面,前者以直接定性描写为主,手段略显单一,缺乏细节,难以成为标志性形象。反观 Harry Potter 的形象,主要通过人物之间的互动构建而成,更为生动丰满。两部英译武侠小说的语言参数及文本分析均显示出作品富于变化,重视悬念设置的特点,作品人物也更具张力。

简言之,网仙小说塑造的人物形象特质突出:开朗乐观、百折不挠、不断探索、不断成长,这一形象十分励志,并充满感染力。然而,类型化的人物设置模式较为刻板,文学性不强,"男性至上"主义盛行。

3)事物形象。通过名词及专有名词的词表分析发现:文本塑造的事物形象,其中既包括具体事物,如 sword(剑)、pill(丹)等,也包括抽象事物,如 dao(道)、qi(气),以及 God、demon(神魔妖怪)等。词表分析显示,sword(剑)是唯一在词频上具有显著性的词,是人物修炼、升级的最重要道具,在串联人物动作、推动情节发展、构建人物关系乃至深化主题等方面均具有重要作用。换言之,落实到文本,sword 的重要性远高于 dao(道)和 qi(气)等,是网仙小说的标志性物象。文学史上最早的仙侠就是剑仙,sword(剑)的重要性可谓一脉相承。

专有名词大致可分为地点、宗派、神仙魔怪的名字、器物法宝和宗教术语。颜色中出现频次最高的是 violet(紫色),其次是 green(青色),其他还有

black(黑色)、bloodred(血红)、white(白色)、yellow(黄色)。地点有 island
(岛)、mountain(山)、sea(海)、city(城)、valley(山谷)、gorge(峡谷)、mount
(山)、continent(洲),侧面反映了网仙小说的宏大叙事结构。用以命名的自
然界事物,包括 sun(太阳)、moon(月亮)、star(星星)、wind(风)、cloud(云)、
frog(雾)、ice(冰)、dawn(清晨)等;还有 resurrection lily(彼岸花)、maple
(枫)、bamboo(竹)等植物。动物有 crow(鸦)、python(蟒)、turtle(龟)、
vermillion bird(朱雀)、centipede(蜈蚣)、weasel(黄鼠狼)、elephant(象)等。

道教及佛教术语的译文往往会失去其本来的宗教内涵,更多的功用在于
背景设置和气氛营造,因为作品并非真正讨论道家及佛教思想。Immortal(仙)
在英译网仙小说中的频次远低于 God(神)。神(God)、佛(Buddha)、魔
(Demon)、怪(Monster)、道(Dao),既是修炼的背景,也是修炼的道具。在各
种宗教文化包装下的内核其实是 power(能量)。网仙小说塑造的是斩妖除
魔、神怪不论,不断战胜挑战的男主人公形象。和道家的无为思想比较起
来,反而在某种程度上透露出功利主义的色彩。

具象地看,网仙小说塑造的典型形象就是在广阔天地间,御剑而行的青
年男子。他是一个探险者,也是一个征服者,乐观坚定,纵万千险阻必往矣,
逐级修炼,终达到最高境界。

(2)研究问题 2:在英译网络仙侠小说形象塑造过程中,译者作为他塑元
素起到了什么作用?

1)译者带来了新的文化元素,中国文化形象在译入语中变身为一种带
有中国韵味的文化杂糅体。这个部分主要考察了专有名词的英译,具体分
为人物名字和称谓、仙侠小说标志性物象和计量单位。伴随着译者的选择,
源语中的形象旅行至译入语,发生了语义扩大、缩小或其他改变。在保留源
语特色还是贴近译入语文化之间,译者做出自己的选择,成为角色新形象的
缔造者。多数人物保留了音译名字,有些人物被冠以英文名,还有些发生了
微妙的变化,比如从东方"至尊"变为西方巨神 Titans,"一炷香的时间"变为
15 分钟 minutes,"朱雀"变为日语发音的 Suzaku。

值得注意的是修仙等级的翻译,修仙等级类似于电子游戏中的升级,其
语言形象及内涵的重要性让位于功能性,相关表达只是功能的符号化。比
如,《斗破苍穹》(*Battle Through the Heavens*)中的斗气(Dou Qi)系列均为
音译。《斗破苍穹》往往被认为是玄幻而非仙侠小说,原因在于该小说没有
明显的道教修仙元素。但是对于英语读者而言,修仙也好,斗气也罢,这些

都是通过修炼战胜挑战的手段。主角不断成长变强的探索者形象是核心形象,其他的文化形象均为附庸。在保留源语形象遇到困难时,意译、释义甚至简化就成了译者的选择。

2)总体而言,在原作文化及语言形象的重塑过程中,译者发挥了积极作用。此外,译者不满足于文本翻译,还通过建立翻译网站、发布文化视频,甚至转化为网仙小说创作者,成为推广中国网络小说、建构中国文学形象、传播中国文化的一支重要力量。其译本的语言形象总体上呈现出词汇丰富度降低的翻译语言特征。但从词汇密度和文本细节来看,译者表现出极大的能动性并较好地完成了语码转换任务。网仙小说的译者具有译者和"粉丝"的双重身份,其翻译行为具有商业盈利和爱好分享的双重性质。在翻译文本上表现为几乎所有抽样均为"厚译",译者添加了大量文化相关注释。

3)小说译者在极大程度上凸显了自我,影响了读者对文本的解读;同时,英语读者也予以积极的回应,越来越多地参与到翻译这种复合形象的塑造中来,成为英译形象的他塑元素之一。网络媒介使译者与读者的交流更加便捷,在评论区,双方会发表个人见解,就文化翻译展开热烈讨论,例如有读者将天体物理学中的"黑洞理论"与"道"作类比。

(3)研究问题3:英语译者/读者创造出了怎样的仙侠形象?网络仙侠小说原作/译作给他们带来了什么影响?

美国译者Deathblade创作的《魔兽门传奇》(*Legends of Ogre Gate*)是男女双主人公设置,并且分别配备重要的辅助角色,分为两条叙事线索,后合二为一。这和典型的网络仙侠小说十分不同,与传统武侠小说及西方奇幻小说更为相似。人物刻画特点鲜明,保持了与网仙小说主人公一样的乐观积极的心态,同时抛弃了被人诟病的性别观念。小说中具有网仙小说特征的物象是"气"和"剑",没有出现"丹"和"道"。作者没有采用译作中大量加注的方式,转而通过小说中的人物表达自己对中国文化的认识。总体而言,这是一部成熟的作品,并具有相当的可读性。

丹麦读者Tinalygne创作的《蓝凤凰》(*Blue Phoenix*)在人物设置和典型物象上与网仙小说表现出高度的一致性。人物方面:男主人公为整部作品的中心。词频显示,男性角色占据最高频次前三位,接下来才是女性角色,并且都是男主人公Hui Yue的妻子。在"男性至上"方面有过之而无不及。动词词表分析表明,Hui Yue"sighed"(叹气)的频率远高于"smiled"(微笑),与抽样网仙小说中积极活泼的主人公展现出不同的性格特质。名词词表中高频出现的"body"和"energy"，表现了网仙小说修炼变强的主题。在物象方面，"剑""丹""道""气"悉数登场，但相关描述不尽准确，内在逻辑也有所欠缺。

在语言形象方面，*LOG* 的词汇丰富度、词汇密度及主人公的话语、心理引导词密度均高于 *Blue Phoenix*。两部小说的共性是大量使用汉字拼音或音译意译叠加的形式。一方面，从作品中可以感受到两位作者将中国文化引入英语世界的热切愿望。另一方面，作品也留有对中国文化刻板印象的痕迹，比如"dragon"（龙）、"phoenix"（凤凰）等出现在抽样网仙小说中并非高频词，但在 Deathblade 和 Tinalygne 的创作中都是重要形象。再如命名人物时，作者偏好使用某些汉字拼音，"long"（龙）、"shan"（山）等。

就整部作品而言，*LOG* 属于较为成熟的创作，带有作者强烈的个人风格，对网仙小说属于扬弃地继承，塑造了更为丰满的女性角色，传递了中国文化。*Blue Phoenix* 则更像对网仙小说的简单复刻，把握住了修炼升级的主题，对于典型形象似乎面面俱到，实则处处似是而非。总的来说，两部作品呈现出的文化形象均为一种杂糅的形象，体现出创作者自身的认知特点、文学修养和审美趣味。

基于对以上 3 个问题的回答，本书认为，英译网仙小说对中国形象塑造具有以下启示。

(1) 应重视通俗文学的正向传播价值。通俗文学不仅是一种娱乐和消费方式，也是一种存在方式，具有强大的传播力和影响力。中国网络小说显示出蓬勃的生命力，在全球化背景下，与海外读者相遇是一种必然。网仙小说带有浓郁的中国传统文化色彩，蕴含着突破自我、自强不息的内核，这种"成长的探索者"形象对读者构成了强烈的吸引力。英语译者们具有"粉丝"属性，热爱网仙小说和中国文化。尽管无法完全摆脱自身的局限，但总体而言，译者通过翻译及相关活动，对推动中国文化起到了积极作用。因此，应重视通俗文学在国际传播中的正向价值。

(2) 不要轻视通俗文学的娱乐性。在平衡文化内涵与娱乐价值的过程中，不要轻视后者。在愉悦的过程中达到共情，才能打动受众，从而使之有兴趣关注文化内涵。中国传统形象学认为，要真正认识"中国"，不能依赖概念，而要依靠形象。① 西方传统文艺理论认为，文学的本质在于形象。当中

---

① 王一川.中国形象诗学.上海：上海三联书店，1998：9.

国文化蕴含于动人的形象中,就找到了最佳的传播途径。

吉云飞在采访《斗破苍穹》的译者,同时也是 GravityTales 网站的创始人 goodguyperson 时,提出了这样一个问题:"中国网络小说的特殊之处在哪里?"goodguyperson 的回答是:

> 除了在中国网络小说中,我从来没有见过这类能迅速获得力量,并且可以实现自己一切愿望的主角,这对读者的吸引力太大了。同时,不但是书里的主角在不断地成长,网文连载的方式也使小说在两三年的时间里连续地陪伴着读者,让我们感觉时时刻刻都和书中的主角在一起成长。

吉云飞继续问道:"那些中国元素,比如道、修仙,对你来说不重要吗?"goodguyperson 回答:

> 我觉得 world-building(世界设定)是另一个很核心的东西。中国的这些传统元素,给了西方读者一种全新的想象世界的可能,在哈利·波特的魔法之外,还可能有来自东方的道法。①

可见,具有魅力的人物形象和中国元素带来的陌生化是吸引英语读者的两个重要因素。

(3)应充分认识读者发挥的积极作用。网络媒介改写了作者与读者的主客体关系,改变了他们在翻译形象塑造过程中扮演的角色。从英译网仙小说的案例中可以看到,中国形象的他塑元素既包含译者,也包含读者,二者的交流空前活跃。译者会现身于译文的注释和评论区中与读者直接对话;读者的意见也会得到译者的迅速回应并在译文中体现。甚至有些作者也会参与到与英文读者的交流中,了解海外读者的意见。最终翻译的文学作品会带有更多的互动元素,译文文本形象从源语旅行至译入语,成为一种以原作为底色,同时留有译者及读者文化痕迹的复合形象。

7.2　研究展望

本书基于仙侠文类展开案例分析,尝试通过语料库方法发现英译网仙小说塑造的人物形象、事物形象乃至其代表的中国形象,主要有以下几点可进一步完善。

(1)抽样对象。本书基于 7 部英译网仙小说的抽样展开,尽管对于样本选择标准进行了精心设计,但仍存在不可避免的片面性。期望在今后的研究中,能够补充更多的研究样本,使结论更具有说服力。

(2)语料库检索参数。本书尝试提出基于语料库的文学形象检索参数和研究模型。但正如图伦的叙事进程研究[①]一样,这里应用的检索只能称之为"半自动检索"。在检索标准设定、检索结果甄别和解读等环节均涉及主观判断和大量的文本细读工作。因此,无法摒除作者的主观偏见带来的研究结果偏差。

(3)语料库研究模型。本书期望为基于文本的形象研究建立起立体的语料库研究模型,不仅仅是以搭配分析为主的横向检索,还包括人物随情节发展的性格变化。但目前纵向只提供了主人公名字分布图;心理和人物话语部分提供了引导动词列表和词频,其余部分尚未深入具体展开。

(4)数据阐释和学理挖掘。研究主体部分展示了很多有价值的数据,但在阐释时,理论深度未完全达到预期。在结合语料库文体学、语料库叙事学和形象学进行形象研究时,三者的结合应更系统,从而进一步挖掘其学理价值。

(5)文本之外。本书从文本出发,但有些问题的答案在文本之外。比如资本在很大程度上改变了网络文学生态,社会翻译学的视角与文本研究相结合会给研究问题带来更全面和中肯的解答。

以上 5 点正是下一步研究可着力改善、提高和拓展的部分,进而可以深化、细化和充实目前的研究成果。比如,可以发挥语料库的优势,建立网络小说语料库,下设仙侠小说库,仙侠小说库下可按照时间划分子库。本书的研究样本主要是成熟期的网络仙侠小说。《诛仙》《佛本是道》等作品处于仙

---

① Toolan, M. *Narrative Progression in the Short Story*: *A Corpus Stylistic Approach*. Amsterdam: John Benjamins Publishing Company,2009.

侠小说发展初期,是传统武侠向网络仙侠的过渡和发展过程中的作品,具有特别的研究价值。笔者主持的 2021 年度国家社科基金项目"中国网络小说英译研究及数据库建设"(21BYY199)正在进行中,期望在本书的基础上总结经验,使后续研究能够更进一步。

总的来说,本书尝试在语料库的文本线索基础之上,揭示阅读难以发现的文本特点,为翻译文学形象研究提供一个新思路。同时,在数据阐释时结合文学形象诗学和比较文学形象学"异国形象"的观点,追求事实理性与价值理性的平衡。蒙娜·贝克指出,基于叙事学理论的翻译研究较为匮乏,一个重要原因是既没有既定的标准或模板可供套用,也不像诸如归化和异化那些二元论一样可以让事情泾渭分明;相反,它会强行把你带到翻译的文本情境中去。① 这种说法同样适用于基于语料库的翻译形象研究。一方面,即使是使用语料库方法,要得出可靠的结论仍需要研究者回归文本语境。另一方面,与社会、文化维度的翻译研究相比,文本研究烦琐又似乎缺乏新意,成为研究者不愿触碰的苦工。因此,尽管网络文学塑造的中国形象研究堪称时下的热点问题,但网络文学作品动辄百万字的篇幅,以及其遭到质疑的文学价值,使得鲜有研究者对作品进行深入的文本分析。这也正是本书的价值所在——尝试做出开荒牛式的探索研究,期待为后来者提供一点参考。

社会与文化维度研究是描写译学、比较文学形象学和语料库批评译学的共同关注点。对于文本内外的结合,期待各领域的学者专家文思交汇,共同推进相关研究。乐黛云先生曾多次引用《国语·郑语》中的"和实生物,同则不继"来说明中国文化的独特魅力。② 谨以此句作为本书的结束语。

---

① 彭天笑,王祥兵. 当前国际译学研究中的几个热点问题——蒙娜·贝克教授访谈录. 东方翻译,2017(2):64.

② 乐黛云. 小议文化对话与文化吸引力. 中国比较文学. 2009(3):140.;乐黛云,蔡熙."和而不同"与文化自觉:面向 21 世纪的比较文学——中国比较文学学会会长乐黛云教授访谈录. 中国文学研究. 2013(2):108.

参考文献

Anderson, D. A. *Tales Before Narnia: The Roots of Modern Fantasy and Science Fiction*. New York: Del Rey Books, 2008.

Attebery, B. *Strategies of Fantasy*. Bloomington: Indiana University Press, 1992.

Attebery, B. *The Fantasy Tradition in American Literature: From Irving to Le Guin*. Bloomington: Indiana University Press, 1980.

Axilá, J. F. Culture-specific items in translation. In Ávarez, R. & Carmen-África Vidal, M. (eds.). *Translation Power, Subversion*. Clevedon: Multilingual Matters, 1996: 52-78.

Baker, M. Corpora in translation studies: An overview and some suggestions for future research. *Target*, 1995, 7(2): 223-243.

Barnbrook, G., Mason, O. & Krishnamurthy, R. *Collocation: Applications and Implications*. Basingstoke: Palgrave Macmillan, 2013.

Beagle, P. S. (ed.). *The Secret History of Fantasy*. San Francisco: Tachyon Publications, 2010.

Bell, A. Schema theory, hypertext fiction and links. *Style*, 2014, 48(2): 140-161.

Biber, D., Johansson, S., Leech, G., et al. *Longman Grammar of Spoken and Written English*. London: Pearson Education Limited, 1999.

Bosseaux, C. Point of view in translation: A corpus-based study of French translations of Virginia Woolf's *To the Lighthouse*. *Across Languages and Cultures*, 2004, 5 (1): 107-122.

Bratman, D. The evolution of modern fantasy: From antiquarianism to the ballantine adult fantasy series. *Mythlore*, 2016(1): 139-144.

Brett, M. R. & Stevens, B. E. (eds.). Introduction of *Classical Traditions in Modern Fantasy*. [2019-03-09]. https://global. oup. com/academic/product/classical-traditions-in-modern-fantasy-9780190610067? cc=cn &lang=en&.

Carré, J. M. *Les Ecrivains Francais et le Mirage Allemand 1800—1940*. Paris: Boivin, 1947.

Chesterman, A. Description, explanation, prediction: A respond to Gideon Toury and Theo Hermans. In Schäffner, C. (ed.). *Translation and Norms*. Clevedon: Multilingual Matters, 1999: 90-97.

China literature. *The Economist*, 2017(12): 56.

Choi, B. E. A Study on the narrative form of Korean web novels. *Journal of Popular Narrative*, 2017,23(1): 66-97.

Choi, J. Y. The concept of "yi" and "xia" in Chinese contemporary "xianxia" stories. *The Journal of the Research of Chinese Novels*, 2014(12): 311-327.

Coover, R. The end of books. (1992-06-21) [2019-03-09]. https://archive. nytimes. com/www. nytimes. com/books/98/09/27/specials/coover-end. html.

Diaz-Cintas, J. Introduction-audiovisual translation: An overview of its potential. In Cintas, J. D. (ed.). *New Trends in Audiovisual Translation*. Bristol: Multilingual Matters. 2009: 1-18.

Dimitriu, R. Translation as blockage, propagation and recreation of ethnic images. In Doorslaer, L. V. , Flynn, P. & Leerssen, J. (eds.). *Interconnecting Translation Studies and Imagology*. Amsterdam: John Benjamins. 2015: 201-219.

Doorslaer, L. V. , Flynn, P. & Leerssen, J. (eds.). *Interconnecting Translation Studies and Imagology*. Amsterdam: John Benjamins. 2015.

Douglas, A. A. *Tales Before Tolkien : The Roots of Modern Fantasy*. New York: Del Rey, 2003.

Eoyang, E. C. The persistence of Cathay: China in world literature. *Comparative*

Literature: East and West, 2011(1): 43-54.

Excalibur. The price does not equal the quality. (2021-08-08)[2022-6-20]. https://www.amazon.com/-/zh/dp/B008QZN0BW/ref=sr_1_1? __ mk_zh_CN=％E4％BA％9A％E9％A9％AC％E9％80％8A％E7％ BD％91％E7％AB％99&crid=S1ARYSK8OSCG&keywords=Grave ＋Robbers％E2％80％99＋Chronicles&qid=1655704647&s=books& sprefix=grave＋robbers＋chronicles％2Cstripbooks-intl-ship％2C342 &sr=1-1♯customerReviews.

Fabian, A. Proper names as space constituent elements in the fantastic literature: Stanislaw Lem's *The Star Diaries*. *Zeitschrift für Slawistik*, 2018, 63(3): 439-454.

Firth, J. R. Linguistic analysis as a study of meaning. In Palmer, F. R. (ed.). *Selected Papers of J. R. Firth*. London: Longman, 1968: 12-26.

Forster, E. M. *Aspects of the Novel*. London: Penguin Books, 1981.

Frank, H. T. *Cultural Encounters in Translated Children's Literature: Images of Australia in French Translation*. London: Routledge, 2007.

George, R. R. M. *A Song of Ice and Fire Series*. New York: Bantam, 2012.

Gu, C. L. Forging a glorious past via the "present perfect": A corpus-based CDA analysis of China's past accomplishments discourse mediated at China's interpreted political press conferences. *Discourse Context & Media*, 2018(24): 137-149.

Guin, U. K. L. *Dancing at the Edge of the World*. New York: Grove Press, 1989.

Guin, U. K. L. The critics, the monsters, and the fantasists. *The Wordsworth Circle*, 2007, 38(1/2): 83-87.

Guin, U. K. L. & Wood, S. (eds.). *The Language of The Night: Essays on Fantasy and Science Fiction*. New York: Putnam Pub Group, 1979.

Hatcher, J. S. Of otakus and fansubs: A critical look at anime online in light of current issues in copyright law. *Social Science Electronic Publishing*, 2005, 2(4): 514-542.

Hayles, N. K. *My Mother Was a Computer: Digital Subjects and Literary Texts*. Chicago: University of Chicago Press, 2005.

Hayles, N. K. Electronic literature: What is it? (2007-01-02) [2018-03-01]. https://eliterature. org/pad/elp. html.

Herman, D. Quantitative methods in narratology: A corpus-based study of motion events in stories. In Meister, J. C. (ed.). *Narratology Beyond Literary Criticism: Mediality and Disciplinarity Narratologia*. Berlin: Walter de Gruyter, 2005: 125-149.

Hermans, T. *The Manipulation of Literature: Studies in Literary Translation*. London: Croom Helm, 1985.

Hermans, T. *Translation in Systems: Descriptive and System-oriented Approaches Explained*. Manchester: St. Jerome Publishing, 1999.

Hockx, M. *Internet Literature in China*. New York: Columbia University Press, 2015.

Holmes, J. S. The name and nature of translation studies. In Venuti, L. (ed.). *The Translation Studies Reader*. London: Routledge, 2000: 172-185.

Hung, E. & Ebrary, I. *Translation and Cultural Change: Studies in History, Norms, and Image Projection*. Amsterdam: John Benjamins, 2005.

Irwin, W. R. *The Game of the Impossible: A Rhetoric of Fantasy*. Champaign: University of Illinois Press, 1976.

Jang, N. A case study on creation of hypertext narrative "stories of two family". *The Journal of Literary Creative Writing*, 2016, 15(1): 217-237.

Jenkins, H. *Fans, bloggers, and gamers: Exploring participatory culture*. New York: New York University Press, 2006.

Jung, S. E. Study on the "72 seconds" Web drama as snack culture. *Cineforum*, 2016(24): 75-99.

Kelly, N. & Jost, Z. *Found in Translation: How Language Shapes Our Lives and Transforms the World*. New York: Penguin, 2012.

Kim, K. A study on the structure and ideology on the romance web fiction. *The Journal of Literary Theory*, 2015, 62(1): 63-94.

Kim, S. A new topography of Korean novels in the 21st century, the era of digital technology. *Journal of Popular Narrative*, 2018, 24(4): 203-236.

Kristian, M. *Film and Fairy Tales—The Birth of Modern Fantasy*. New

York: Palgrave Macmillan, 2013.

Laviosa, S. How comparable can "comparable corpora" be?. *Target*, 1997 (9): 289-319.

Lewis, C. S. *The Chronicles of Narnia Complete 7-Book Collection*. New York: HarperCollins, 2013.

Liang, W. Translators' behaviors from a sociological perspective——A parallel corpus study of fantasy fiction translation in Taiwan. *Babel*, 2016, 62 (1): 39-66.

Liu, A. , Durand, D. , Montfort, N. , et al. Born-again bits. (2005-08-05) [2019-03-01]. https://eliterature. org/pad/bab. html.

Lovecraft, H. P. *Supernatural Horror in Literature*. New York: Dover, 1973.

MacDonald, G. The fantastic imagination. In Boyer, R. H. &. Zahorski, K. J. *The Fantastic Imagination: An Anthology of High Fantasy*. New York: Awon Books, 1978: 14-21.

MacRae, C. D. *Presenting Young Adult Fantasy Fiction*. New York: Twayne Publishers, 1998.

Malmkjær, K. (ed.). *The Routledge Handbook of Translation Studies and Linguistics*. New York: Routledge, 2018:357-373.

Manlove, C. N. *Modern Fantasy: Five Studies*. Cambridge: Cambridge University Press, 1975.

Manlove, C. N. *The Impulse of Fantasy Literature*. Kent, OH: Kent State University Press, 1983.

Manlove, C. N. *The Fantasy Literature of England*. New York: Palgrave Macmillan , 1999.

Marques, D. Poetic fingerprints: Digital literature's and metamedial integration of vision and touch. *Neohelicon*, 2017, 44(1): 55-64.

Marques, D. &. Bettencourt, S. Writing-reading devices: Intermediations. *Neohelicon*, 2017, 44(1): 41-54.

Mathews, R. *Fantasy: The Liberation of Imagination*. New York: Twayne Publishers, 1997.

Montfort, N. Riddle machines: The history and nature of interactive fiction.

In Ray Siemens, R. & Schreibman, S. (eds.). *A Companion to Digital Literary Studies*. Oxford: Basil Blackwell, 2007: 267-282.

Montfort, N. & Wardrip-Fruin, N. Acid-free bits. (2004-06-14) [2019-03-01]. https://www.eliterature.org/pad/afb.html.

Nam, Y. M. "Light novels" of 2010s and the youth of modern Japan: Focusing on the outgoing web sites of web novels. *The Korean Journal of Japanology*, 2018(116): 149-163.

O'Hagan, M. Evolution of user-generated translation: Fansubs, translation hacking and crowdsourcing. *The Journal of Internationalization and Localization*. 2009 (1):94-121.

Ordway, H. *The Development of the Modern Fantasy Novel*. Amherst: University of Massachusetts Amherst (Doctoral Dissertation), 2001.

Park, Y. W. Convergence storytelling and BM (business model) development. *The Journal of Korea Culture Technology*, 2018, 14(1): 7-27.

Pérez-gonzález, L. *Audiovisual Translation: Theories Methods and Issues*. London: Routledge. 2014.

Rogers, B. M. & Stevens, B. E. (eds.). *Classical Traditions in Modern Fantasy*. New York: Oxford University Press, 2017.

Rowling, J. K. *Harry Potter: The Complete Collection*. London: Pottermore Publishing, 2016.

Sakhno, S. Proper name in Russian: Problems of translation. *Meta*, 2006, 51(4): 706-718.

Sela-Sheffy, R. How to be a (recognized) translator: Rethinking habits, norms and the field of translation. *Target*, 2005(1): 1-26.

Shreve, G. M. Is there a special kind of "reading" for translation? An empirical investigation of reading in the translation process. *Target*, 1993, 5(1): 21-41.

Simeoni, D. The pivotal status of the translator's habitus. *Target*, 1998 (1): 1-39.

Simeoni, D. Between sociology and history-method in context and in practice. In Michaela W. & Fukari, A. (eds.). *Constructing a Sociology of Translation*. Amsterdam: John Benjamins. 2007: 187-204.

Simeoni, D. Norms and the state: The geopolitics of translation theory. In Pym, A. , Schlesinger, M. & Simeoni, D. (eds). *Beyond Descriptive Translation Studies*. Amsterdam: John Benjamins, 2008: 329-342.

Sinclair, J. *Corpus, Concordance, Collocation*. Oxford: Oxford University Press, 1991.

Sinclair, J. Intuition and annotation: The discussion continues. In Teubert, W. & Krishnamurthy, R. (eds.). *Corpus Linguistics: Critical Concepts in Linguistics (Vol. 2)*. London: Routledge. 2007: 415-435.

Stubbs, M. Conrad in the computer: Examples of quantitative stylistic methods. *Language and Literature*, 2005, 14(1): 5-24.

Swinfen, A. *In Defence of Fantasy: A Study of the Genre in English and American Literature Since* 1945. London: Routledge and Kegan Paul, 1984.

Tabbi , J. Toward a semantic literary web: Setting a direction for the Electronic Literature Organization's directory. (2007-01-29) [2019-03-01]. https://eliterature. org/pad/slw. html.

Todorov, T. *The Fantastic: A Structural Approach to a Literary Genre*. Ithaca: Cornell University Press, 1973.

Tolkien, J. R. R. On fairy-stories. In Flieger, V. & Anderson, D. A. (eds.). *The Monsters and the Critics*. New York: HarperCollins, 2008: 27-84.

Tolkien, J. R. R. *The Lord of the Rings*. New York: HarperCollins, 2009.

Toolan, M. Narrative progression in the short story: First steps in a corpus stylistic approach. *Narrative*, 2008(2): 105-120.

Toolan, M. *Narrative Progression in the Short Story: A Corpus Stylistic Approach*. Amsterdam: John Benjamins, 2009.

Toury, G. *In Search of a Theory of Translation*. Tel Aviv: Porter Institute for Poetics & Semiotics, 1980.

Toury, G. A Rationale for descriptive translation studies. In Hermans, T. (ed.). *The Manipulation of Literature*. New York: St. Martin's Press, 1985: 23-39.

Toury, G. Monitoring discourse transfer: A test-case for a developmental model of translation. In House, J. & Blun-Kulka, S. (eds.). *Interlingual* and Intercultural Communication: Discourse and Cognition in Translation and Second Language Acquisition Studies. Tübingen: Gunter Narr, 1986: 79-94.

Toury, G. Descriptive Translation Studies and Beyond. Amsterdam: John Benjamins, 1995.

Toury, G. Probabilistic explanations in translation studies: Welcome as they are, would they qualify as universals?. In Mauranen, A. & Pekka, K. (eds.). Translation Universals Do They Exist?. Amsterdam: John Benjamins, 2004: 15-32.

Toury, G. Enhancing cultural changes by means of fictitious translations. In Hung, E. (ed.). Translation and Cultural Change. Amsterdam: John Benjamins, 2005: 1-12.

Tse, M. S. C. & Gong, M. Z. Online communities and commercialization of Chinese internet literature. Journal of Internet Commerce, 2012 (2): 100-116.

Wang, F. Analysis of the Buddhist conversion of great sage: A corpus-based investigation of textual evidence from the English translation of The Journey to the West. Chinese Semiotic Studies, 2018, 14 (4): 505-527.

Williamson, J. The Evolution of Modern Fantasy: From Antiquarianism to the Ballantine Adult Fantasy Series. New York: Palgrave Macmillan, 2015.

巴柔. 形象学理论研究:从文学史到诗学. 蒯轶萍,译//孟华. 比较文学形象学. 北京:北京大学出版社,2000:197-222.

陈吉荣. 翻译建构当代中国形象——澳大利亚现当代中国文学翻译研究. 北京:中国社会科学出版社,2012.

陈吉荣. 转换性形象:跨文化建构文学形象的理论视角. 海南大学学报(人文社会科学版),2012(2):25-29.

陈佩珍. 网络作家:一股崛起的力量. 文汇报,2017-01-18(8).

陈平原,夏晓虹. 二十世纪中国小说理论资料:第1卷. 北京:北京大学出版社,1997.

陈晓明,彭超. 想象的变异与解放——奇幻、玄幻与魔幻之辨. 探索与争鸣,2017(3):29-36.

陈壮. 阐释即制控. 重庆:四川外国语大学硕士学位论文,2015.

崔奉源. 中国古典短篇侠义小说研究. 台北:联经出版事业公司,1986.

崔丽芳. 19 世纪中叶之前美国文学中的中国形象. 南开学报(哲学社会科学版),2010(3):67-77.

崔一. 韩国现代文学中的中国形象研究. 延吉:延边大学博士学位论文,2002.

崔益明. 第三届"橙瓜网络文学奖"颁奖典礼举行. (2018-05-21)[2018-11-23]. https://share.gmw.cn/wenyi/2018-05/21/content_28901801.htm.

崔宰溶. 艺术界与异托邦——对中国网络文学研究的一些看法. 南方文坛,2012(3):18-25.

狄泽林克. 比较文学形象学. 方维规,译. 中国比较文学,2007:152-167.

董军. 国家形象研究的学术谱系与中国路径. 新闻与传播评论,2018(6):105-120.

范伯群. 中国近现代通俗文学史. 南京:江苏教育出版社,2010.

方爱武. 跨文化视域下当代"中国形象"的建构——以王蒙、莫言、余华为例. 杭州:浙江大学博士学位论文,2016.

冯鸽. 中国现代幻想小说际遇之探究. 中国现代文学研究丛刊,2012(10):136-145.

冯琦. 网络玄幻小说的特征、发展及其价值. 网络文学评论,2019(2):84-89.

冯庆华. 思维模式下的译文词汇——《红楼梦》英语译本研究. 上海:上海外语教育出版社,2012.

凤录生. 唐五代仙侠小说的风格特征. 河北师范大学学报(哲学社会科学版),2000(3):72-74.

福斯特. 小说面面观. 冯涛,译. 上海:上海译文出版社,2016.

高鸿. 赛珍珠《大地》三部曲里的中国形象. 中国比较文学,2005(4):158-171.

高红梅. 中国玄幻小说对英国现代奇幻文学的变异性接受. 东北师大学报(哲学社会科学版),2015(3):137-141.

葛桂录. "中国不是中国":英国文学里的中国形象. 福建师范大学学报(哲学社会科学版),2005(5):64-70.

古宝仪. 论裘小龙侦探小说的中国形象. 广州:暨南大学硕士学位论文,2017.

关兀.《聊斋志异》中的奇侠世界. 十堰大学学报,1995(1):30-34.

国家新闻出版广电总局. 关于印发《关于推动网络文学健康发展的指导意见》的通知. (2015-01-06)[2021-12-01]. http://www.cac.gov.cn/2015-

01/06/c_1113893482.htm? from＝timeline.

郭星. 二十世纪英国奇幻小说研究. 天津:南开大学硕士学位论文,2010.

海上剑痴. 仙侠五花剑(笑林报馆石印本)//徐朔方,章培恒,等. 古本小说集成:第2辑. 上海:上海古籍出版社,2017.

何雪雁. 翻译·想象·历史. 重庆:重庆师范大学硕士学位论文,2010.

黑格尔. 美学:第1卷. 朱光潜,译. 北京:商务印书馆,1979.

侯忠义. 隋唐五代小说史. 杭州:浙江古籍出版社,1997.

霍恩比. 牛津高阶英汉双语词典. 9版. 李旭影,等译. 北京:商务印书馆,2018.

胡洁. 建构视角下的外宣翻译研究. 上海:上海外国语大博士学位论文,2010.

胡开宝. 语料库翻译学概论. 上海:上海交通大学出版社,2011.

胡开宝,李鑫. 基于语料库的翻译与中国形象研究:内涵与意义. 外语研究,2017(4):70-75,112.

胡开宝,李涛,孟令子. 语料库批评翻译学概论. 北京:高等教育出版社,2018.

胡显耀. 基于语料库的汉语翻译小说词语特征研究. 外语教学与研究,2007(3):216-227.

胡显耀,曾佳. 对翻译小说语法标记显化的语料库研究. 外语研究,2009(5):72-79.

胡妤. 国家形象视域下的外宣翻译规范研究. 上海:上海外国语大学博士学位论文,2018.

黄立波. 翻译研究的文体学视角探索. 外语教学,2009(5):104-108.

黄霖,韩同文. 中国历代小说论著选(下). 南昌:江西人民出版社,1985.

黄庆华. "对岸的诱惑":虹影小说《K》译本中的"中国形象"研究. 重庆:四川外语学院硕士学位论文,2010.

基亚. 比较文学. 颜保,译. 北京:北京大学出版社,1983.

吉云飞. "征服北美,走向世界":老外为什么爱看中国网络小说?. 文艺理论与批评,2016(6):112-120.

吉云飞. 修仙:东方新世界——以梦入神机《佛本是道》为例//邵燕君. 网络文学经典解读. 北京:北京大学出版社,2016:71-86.

吉云飞. 中国网络小说西行录:18岁开始网络小说翻译. 文艺报,2017-08-14(2).

姜秋霞,杨平. 翻译研究理论方法的哲学范式——翻译学方法论之一. 中国翻译,2004(6):12-16.

姜秋霞,杨平. 翻译研究实证方法评析——翻译学方法论之二. 中国翻译, 2005(1):23-28.

姜淑芹. 奇幻小说文类探源与中国玄幻武侠小说定位问题. 西南大学学报 (社会科学版). 2021,(04):198-208,230.

姜智芹. 当代文学对外传播中的中国形象建构——以莫言作品为个案. 人文杂志,2015(5):63-68.

康震. 李白仙侠文化人格的美学精神. 陕西师范大学学报(哲学社会科学版),1998(3):120-125.

李畅. 宗教文化与文学翻译中的形象变异. 外语学刊,2009(5):143-146.

利科. 从文本到行动. 夏小燕,译. 上海:华东师范大学出版社,2014.

李亮. AntConc 与 WordSmith Tools 的功能异同之我见. (2012-08-26)[2018-11-07]. https://www.corpus4u.org/threads/8470/.

李胜清. 新时期语境下现代世俗中国的文学表意. 湖南科技大学学报(社会科学版),2017(3):132-137.

李寿民. 蜀山剑侠传. 北京:中国文史出版社,2021.

李书影. 由赛珍珠小说看中国形象的嬗变与重构. 出版发行研究,2018(2):79-81,101.

李晓倩,胡开宝. 中国政府工作报告英译文中主题词及其搭配研究. 中国外语,2017(6):81-89.

李彦,杨柳. 网络文学译介:一条少有人走的路——武侠世界创始人赖静平访谈录. 翻译论坛,2018(4):3-6.

李杨. 埃德加·斯诺与"西方的中国形象". 天津社会科学,2017(5):115-127,134.

李勇. 形象学的文化转向. 人文杂志,2005(11):97-99.

梁良. 自译手法与中国形象差异性塑造. 保定:河北农业大学硕士学位论文,2012.

梁志芳. 文学翻译与民族建构:形象学理论视角下的《大地》中译研究. 武汉:武汉大学出版社,2017.

凌濛初. 初刻拍案惊奇. 北京:中华书局,2009.

刘大杰. 修订中国文学史. 台北:华正书局,1991.

刘佳馨. 翻译与"中国形象"的重塑. 重庆:四川外国语大学硕士毕业论文,2015.

刘恪. 文学形象形式的当代阐释. 文艺理论研究,2008(3):20-27.

刘萍."武侠世界"网站对中国网络奇幻小说的英译研究.上海:上海外国语大学硕士学位论文,2018.

刘若愚.中国之侠.周清霖,唐发铙,译.上海:上海三联书店,1991.

刘燕.他者之镜:《1907年中国纪行》中的中国形象.外国文学,2008(5):37-46,123.

卢小军.国家形象与外宣翻译策略研究.上海:上海外国语大学博士学位论文,2013.

鲁迅.中国小说史略.南京:江苏文艺出版社,2007.

罗公远,叶法善.真龙虎九仙经//张宇初,等.正统道藏.[2022-10-06]. https://www.djol.org/daozang/9105.html.

罗琳.哈利波特与魔法石.苏农,译.北京:人民文学出版社,2018.

罗琳.哈利波特全集.苏农,马爱农,马爱新,译.北京:人民文学出版社,2018.

吕小蓬.论越南古代汉文历史演义中的中国形象.北京行政学院学报,2013(2):114-117.

马士奎,倪秀华.塑造自我文化形象——中国对外文学翻译研究.北京:中国人民大学出版社,2017.

猫腻,邵燕君.以"爽文"写"情怀"——专访著名网络文学作家猫腻.南方文坛,2015(5):92-97.

梅红.网络文学.成都:西南交通大学出版社,2016.

孟华.比较文学形象学论文翻译、研究札记(代序)//孟华.比较文学形象学.北京:北京大学出版社,2000:1-16.

孟华.比较文学形象学.北京:北京大学出版社,2001.

孟瑶.中国小说史.台北:传记文学出版社,1991.

欧阳友权.网络文学五年普查(2009—2013).北京:中央编译出版社,2014.

欧阳友权.网络文学:驰骋在改革开放的时代蓝海.中国艺术报,2018-12-07(3).

欧阳友权.提质换挡期网络文学的进阶之路.社会科学辑刊,2019(4):169-174.

欧阳友权,贺予飞.2016年网络小说创作综述.小说评论,2017(2):80-85.

欧阳友权,邓祯.2017年网络小说回眸.南方文坛,2018(3):27-31.

佩列韦尔泽夫.形象诗学原理.宁琦,王嘎,何和,译.北京:中国青年出版社,2004.

彭天笑,王祥兵.当前国际译学研究中的几个热点问题——蒙娜·贝克教授访谈录.东方翻译.2017(2):61-64.

潜明兹. 中国神话学. 上海:上海人民出版社,2008.

邱冬胜. 网络玄幻小说在北美的传播研究. 南昌:东华理工大学硕士学位论文,2018.

邱懋如. 文化及其翻译. 外国语(上海外国语大学学报),1998(2):20-23.

仇贤根. 外宣翻译研究. 上海:上海外国语大学博士学位论文,2010.

屈原,等. 楚辞. 林家骊,译. 北京:中华书局,2016.

任晓霏,朱建定,冯庆华. 戏剧翻译上口性——基于语料库的英若诚汉译《请君入瓮》研究. 外语与外语教学,2011(4):57-60,87.

任晓霏,张吟,邱玉琳,等. 戏剧翻译研究的语料库文体学途径——以戏剧翻译中的指示系统为案例. 外语教学理论与实践,2014(2):84-90,97.

荣霞. 高罗佩的《大唐狄公案》里的中国形象. 重庆:四川外语学院硕士学位论文,2012.

邵燕君. 网络时代的文学引渡. 桂林:广西师范大学出版社,2015.

邵燕君. 网络文学经典解读. 北京:北京大学出版社,2016.

邵燕君,吉云飞,肖映萱. 媒介革命视野下的中国网络文学海外传播. 文艺理论与批评,2018(2):119-129.

尚必武. 叙事研究的新领域和新方法:语料库叙事学评析. 解放军外国语学院学报,2011(2):104-109,128.

舍斯塔科夫. 美学范畴论. 理然,译. 长沙:湖南文艺出版社,1990.

司斌. 从目的论角度分析中国仙侠小说英译. 北京:北京邮电大学硕士学位论文,2018.

孙会军. 中国小说翻译过程中的文学性再现与中国文学形象重塑. 外国语文,2018(5):12-15.

孙正聿,唐伟. 从哲学角度看中国当代文学——孙正聿教授访谈录. 学习与探索,2013(9):127-135.

孙致礼. 中国的文学翻译:从归化趋向异化. 中国翻译,2002(1):39-43.

谭业升. 翻译认知过程研究. 北京:外语教学与研究出版社,2020.

谭载喜. 文学翻译中的民族形象重构:"中国叙事"与"文化回译". 中国翻译,2018(1):17-25,127.

桃花馆主. 七剑十三侠(光绪石印本)//徐朔方,章培恒,等. 古本小说集成:第1辑. 上海:上海古籍出版社,2016.

滕巍. 中国玄幻文学研究十年述评. 重庆三峡学院学报,2011(1):38-43.

王东风. 文化缺省与翻译中的连贯重构. 外国语(上海外国语大学学报), 1997(6):56-61.

王桂平. 余华小说的域外传播与中国形象的建构. 扬子江评论, 2018(4): 106-109.

王家义. 译文分析的语料库途径. 外语学刊, 2011(1):128-131.

王金. 繁荣网络文学亟待拨正航向. (2016-8-15)[2018-12-13]. http://www. chinawriter.com.cn/n1/2016/0815/c404027-28637460.html.

王立峰. 矛盾与错位——《天下》对于中国现代文学的评介和翻译. 南京:南 京大学硕士学位论文, 2013.

王萍. 中国当代文学对外传播中的中国形象建构. 郑州大学学报(哲学社会 科学版), 2013(4):102-105.

王茜. 安德烈·马尔罗的中国世界及其在中国的译介与接受. 北京:北京语 言大学硕士学位论文, 2008.

王世贞. 剑侠传. 台北:金枫出版社, 1986.

王一川. 中国人想象之中国——20世纪文学中的中国形象. 东方丛刊. 1997(1/2):1-23.

王一川. 中国形象诗学. 上海:上海三联书店, 1998.

王一川. 汉语形象美学. 广州:广东人民出版社, 1999.

王运鸿. 描写翻译研究及其后. 中国翻译, 2013(3):5-14,128.

王运鸿. 描写翻译研究之后. 中国翻译, 2014(3):17-24,128.

王运鸿. 形象学与翻译研究. 外国语(上海外国语大学学报), 2018(4):86-93.

王喆. 福布斯原创文学风云榜揭晓:网络作家耳根摘得桂冠. (2016-01-11) [2018-11-23]. http://hb.ifeng.com/culture/detail_2016_01/11/4734570 _0.shtml.

王志艳. 第三届橙瓜网络文学奖揭晓:"我吃西红柿"摘得"网文之王". (2018-05-21)[2018-11-23]. http://m.xinhuanet.com/book/2018-05/ 21/c_129877380.htm

吴双. 比较视域下的中日"武侠"因缘. 求是学刊, 2014(6):157-163.

吴秀明. 文化转型与百年文学中国形象塑造. 杭州:浙江工商大学出版社, 2011.

肖家鑫. 网络文学,正伴随一代人成长. 人民日报, 2017-05-02(19).

许家金. "兰卡斯特汉语语料库". 中国英语教育. 2007(3):1-5.

徐小萍. 反映中国形象的印度尼西亚班顿诗的译介与分析. 石家庄:河北师

范大学硕士学位论文,2017.

薛维华. 中国公主:作为异国情调的中国形象. 岱宗学刊,2001(2):37-41.

杨波. 作为文化他者的中国——论20世纪初西方文学中的中国形象. 首都师范大学学报(社会科学版),2016(2):90-96.

杨春时. 论文学的多重本质. 学术研究,2004(1):120-126.

杨惠中. 语料库语言学导论. 上海:上海外语教育出版社,2002.

杨柳.《搭配——应用与启示》介评. 外语教学与研究,2017(4):470-474.

杨柳. 网络小说《盘龙》英译本叙事进程探析——基于语料库叙事学方法. 外语教学理论与实践,2022(1):142-153.

杨柳,朱安博. 基于语料库的《温莎的风流娘儿们/妇人》三译本对比研究. 外国语(上海外国语大学学报),2013(3):77-85.

杨清惠. 从原始剑侠到仙侠:古典小说中"剑侠"形象及其转变. 台北:花木兰文化出版社,2010.

叶洪生. 论剑·武侠小说谈艺录. 上海:学林出版社,1997.

叶颖. 戏剧主义修辞观之于互联网对外新闻翻译——以"中国上海"门户网站新闻英译为个案. 上海:上海外国语大学博士学位论文,2018.

叶雨菁. 中国网络文学的跨文化传播解读. 对外传播,2018(5):33-36.

倚天. 网络小说上榜趋势·奇幻仙侠上榜多·架空科幻有潜质. 出版参考,2006(31):21-21.

袁珂. 中国神话传说词典. 上海:上海辞书出版社,1985.

袁珂. 中国神话史. 北京:北京联合出版公司,2015.

袁盛财. 井上靖与中国. 湘潭:湘潭大学硕士学位论文,2002.

乐黛云. 小议文化对话与文化吸引力. 中国比较文学. 2009(3):138-140.

乐黛云,蔡熙. "和而不同"与文化自觉:面向21世纪的比较文学——中国比较文学学会会长乐黛云教授访谈录. 中国文学研究. 2013(2):105-110.

乐黛云,张辉. 文化传递与文学形象. 北京:北京大学出版社,1999.

张健,杨柳. 新、热词英译漫谈(33):仙侠小说. 东方翻译,2018(4):71-76.

张昆,陈雅莉. 地缘政治冲突报道对中国形象建构的差异性分析——以《泰晤士报》和《纽约时报》报道"钓鱼岛事件"为例. 当代传播,2014(4):38-41.

张隆溪. 二十世纪西方文论述评. 上海:上海三联书店,1986.

张萍. 高罗佩及其《狄公案》的文化研究. 北京:北京语言大学博士学位论

文,2007.

张琦. *Spring Moon* 译本《春月》中的中国形象的再现. 重庆:四川外语学院
　　硕士学位论文,2011.

张荣翼. 冲突与重建——全球化视野中的中国文论境遇. 成都:四川大学博
　　士学位论文,2002.

张晓芸. 翻译研究的形象学视角——以凯鲁亚克《在路上》汉译为个案. 南
　　京:译林出版社,2011.

张熠. 网络文学"出海"需翻译和评论助推. 解放日报,2017-04-17(10).

张营林. 近代英文期刊《中国评论》所刊中国古典小说英译研究. 淄博:山东
　　理工大学硕士学位论文,2016.

赵炎秋. 论文学的形象本质. 湖南师范大学社会科学学报,2000(1):93-98.

赵炎秋. 形象诗学. 北京:中国社会科学出版社,2004.

赵炎秋. 文字和文学中的具象与思想——艺术视野下的文字与图像关系研
　　究. 文学评论,2018(3):39-48.

中国社会科学院语言研究所词典编辑室. 现代汉语词典. 7 版. 北京:商务
　　印书馆,2017.

中国文化与科技形象//中国外文局对外传播研究中心,察哈尔学会,华通明
　　略. 中国国家形象全球调查报告 2013. 北京:中国外文局,2013:9-12.

钟明国. 赛珍珠《水浒传》译本评析. 外语与外语教学,2009(4):57-60.

中国作家网. 第二届"中华文学基金会茅盾文学新人奖"及"网络文学新人
　　奖"揭晓. (2017-11-30)[2018-11-23]. http://www.chinawriter.com.
　　cn/n1/2017/1130/c403994-29677997.html.

周驰鹏. 在他乡,写故国:裘小龙"陈探长"系列小说中的中国形象研究. 上
　　海:上海外国语大学硕士学位论文,2018.

周刚泰. 谈几部连台本戏. 戏剧报,1962-05-31(16-18).

周宁. 契丹传奇——中国形象:西方的学说与传说. 北京:学苑出版社,2004.

周宁. 跨文化形象学的观念与方法——以西方的中国形象研究为例. 东南
　　学术,2011(5):4-20.

周宁. 跨文化形象学:问题与方法的困境. 厦门大学学报(哲学社会科学
　　版),2012(5):1-9.

周宁. 跨文化形象学. 上海:复旦大学出版社,2014.

周宁,李勇. 究竟是"跨文化形象学"还是"比较文学形象学". 学术月刊,

2013(5):5-12.

周宁,周云龙. 必要的张力——周宁教授访谈录. 社会科学论坛,2015(1):98-111.

周志雄. 兴盛的网络武侠玄幻小说. 小说评论,2016(3):116-122.

周志雄,刘振玲. 网络文学IP热的理论思考.(2020-01-21)[2022-09-10]. http://www.chinawriter.com.cn/n1/2020/0121/c404027-31558265.html.

朱爱莲.《利玛窦中国札记》中的中国形象——纪念利玛窦来中国传教四百周年. 河南师范大学学报(哲学社会科学版),2001(6):97-100.

朱丽丽. 数字时代的破圈:粉丝文化研究为何热度不减. 中国社会科学评价. 2022(1):119-127,160.

祝朝伟."翻译与中国海外形象塑造"栏目主持人语. 外国语文,2018(5):1-1.

邹祖邑. 高低语境下的中国网络玄幻小说跨文化传播研究. 上海:上海外国语大学硕士学位论文,2018.

左盛丹. 汇集网络写作"大神"橙瓜"网文之王"揭晓.(2018-05-20)[2018-11-23]. http://www.chinanews.com/cul/2018/05-20/8518258.shtml.

邹倩. 在东方和西方之间游移. 长沙:湖南大学硕士学位论文,2016.

邹雅艳. 透过《曼德维尔游记》看西方中世纪晚期文学家笔下的中国形象. 国外文学,2014(1):147-153,160.

附　录

附录 4-1　7 部英译网仙小说主要人物及其名字索引定位图

抽样小说 1：《星辰变》(*Stellar Transformations*)

主要人物：

1. Qin Yu(秦羽)：男主人公。最终成为宇宙中独一无二的神"秦蒙"。在鸿蒙金榜上排名第三，第一为"鸿蒙"，鸿蒙空间第一个生命体；第二个为"林蒙"，即《盘龙》的主角林雷。

2. Hou Fei(侯费)：主要角色之一，秦羽的结拜兄弟，超级神兽火睛水猿。

3. Xiao Hei(小黑)：主要角色之一，秦羽的结拜兄弟，变异的超级神兽。

4. Qin De(秦德)：主要角色之一，秦羽的父亲。

主要人物名字索引定位图：

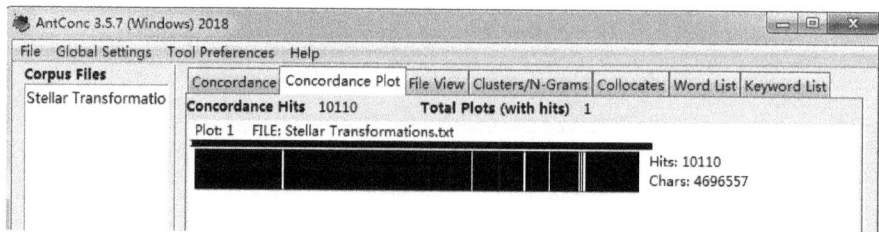

图 4-1-1　人物名字索引定位(Qin Yu)

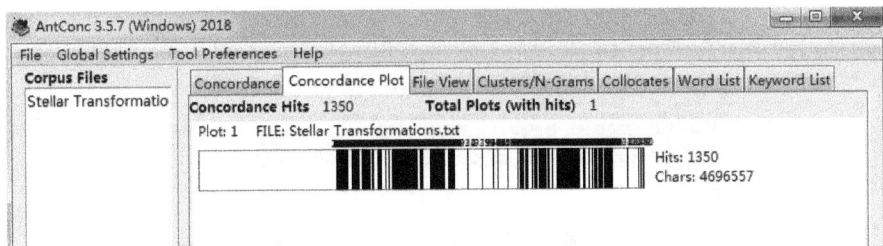

图 4-1-2　人物名字索引定位(Hou Fei)

图 4-1-3　人物名字索引定位(Xiao Hei)

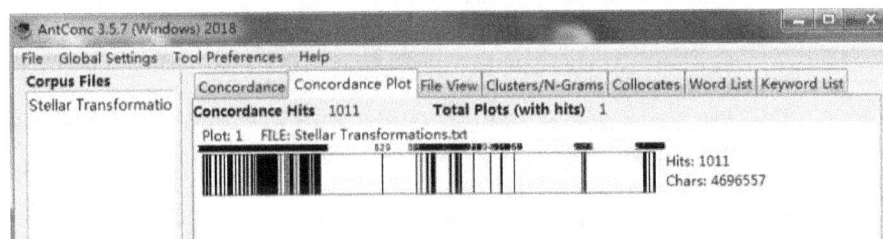

图 4-1-4　人物名字索引定位(Qin De)

抽样小说 2:《莽荒纪》(*Desolate Era*)

主要人物:

1. Ji Ning(纪宁):男主人公

2. Yu Wei(余薇):纪宁道侣

3. Su Youji(苏尤姬):纪宁的追随者

4. Ji Yichuan(纪一川):纪宁的父亲

主要人物名字索引定位图:

图 4-1-5　人物名字索引定位(Ji Ning)

图 4-1-6　人物名字索引定位(Yu Wei)

图 4-1-7　人物名字索引定位(Su Youji)

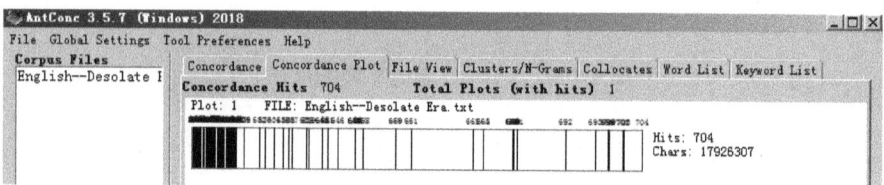

图 4-1-8　人物名字索引定位(Ji Yichuan)

抽样小说 3:《仙逆》(*Renegade Immortal*)

主要人物:

1. Wang Lin(王林):男主人公。

2. Li Muwan(李慕婉):王林心爱之人。

3. Qing Shui(清水):王林师兄,拥有极境,拥有杀戮本源。

4. Wang Zhuo(王卓):王林堂兄,曾经特别自傲,也极其看不起王林。

主要人物名字索引定位图：

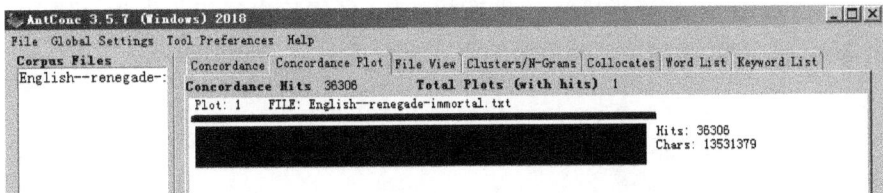

图4-1-9　人物名字索引定位（Wang Lin）

图4-1-10　人物名字索引定位（Li Muwan）

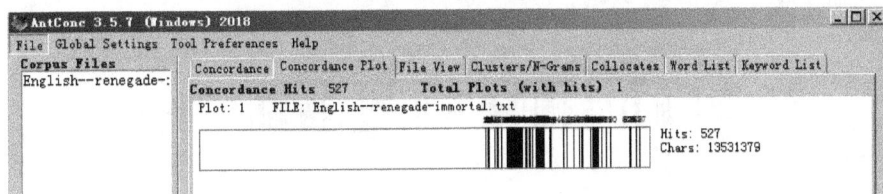

图4-1-11　人物名字索引定位（Qing Shui）

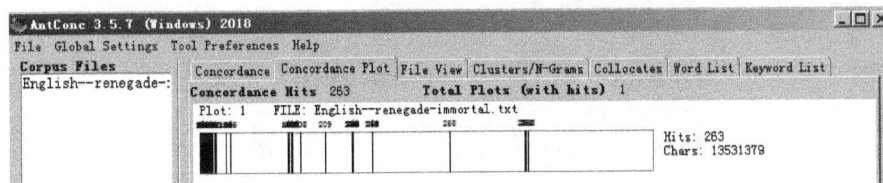

图4-1-12　人物名字索引定位（Wang Zhuo）

抽样小说4：《我欲封天》（*I Shall Seal the Heavens*）

主要人物：

1. Meng Hao（孟浩）：男主人公。

2. Xu Qing（许清）：孟浩此生挚爱。

3. Patriarch Reliance（靠山老祖）：本尊为一只恶龟，自称靠山老祖，被封于赵国之下,欲让其成为第九护道者。

4. Meatjelly(皮冻极厌):一皮冻状物体,可炼长生气或长生丹,已认孟浩为主,喜雷霆,噬闪电。身份为上古九大帝尊之一——雷帝。

主要人物名字索引定位图:

图 4-1-13　人物名字索引定位(Meng Hao)

图 4-1-14　人物名字索引定位(Xu Qing)

图 4-1-15　人物名字索引定位(Patriarch Reliance)

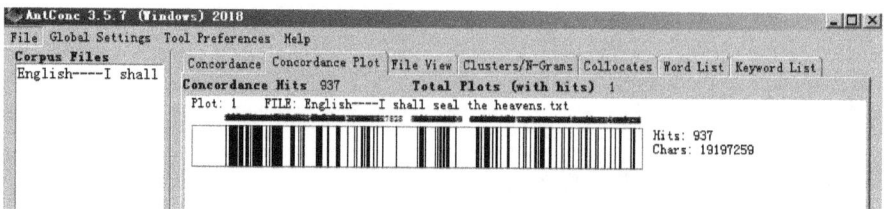

图 4-1-16　人物名字索引定位(Meatjelly)

抽样小说 5：《一念永恒》(*A Will Eternal*)

主要人物：

1. Bai Xiaochun(白小纯)：男主人公。

2. Bai Hao(白浩)：白小纯弟子。

3. Giant Ghost King(巨鬼王)：白小纯岳父。

4. Song Que(宋缺)：血溪宗弟子，血溪宗第一天骄，被称为小无极。

主要人物名字索引定位图：

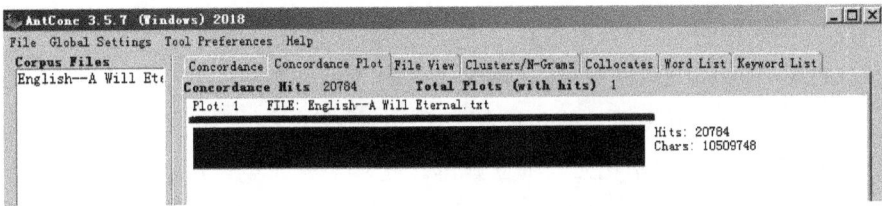

图 4-1-17　人物名字索引定位(Bai Xiaochun)

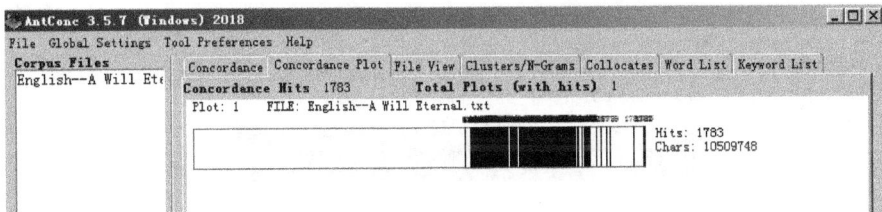

图 4-1-18　人物名字索引定位(Bai Hao)

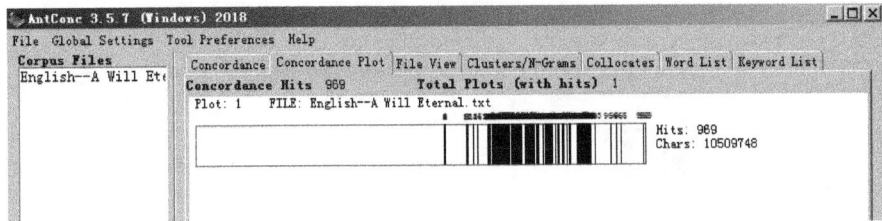

图 4-1-19　人物名字索引定位(Giant Ghost King)

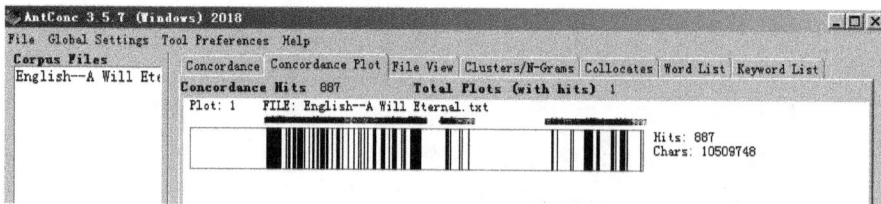

图 4-1-20　人物名字索引定位(Song Que)

抽样小说 6:《凡人修仙传》(*A Record of a Mortal's Journey to Immortality*)

主要人物:

1. Han Li(韩立):男主人公。

2. Mo Juren(墨居仁):韩立师傅。

3. Li Feiyu(厉飞雨):韩立好友。

4. Li Huayuan(李化元):韩立师傅。

主要人物名字索引定位图:

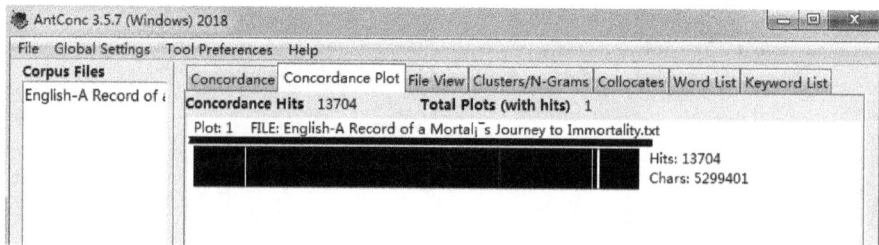

图 4-1-21　人物名字索引定位(Han Li)

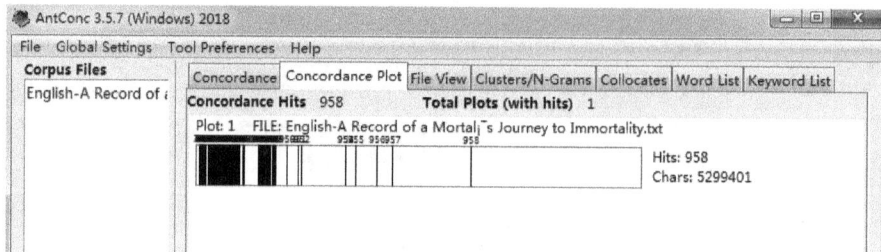

图 4-1-22　人物名字索引定位(Mo Juren)

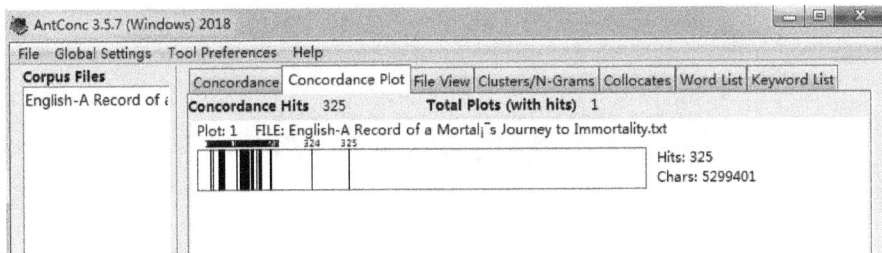

图 4-1-23　人物名字索引定位(Li Feiyu)

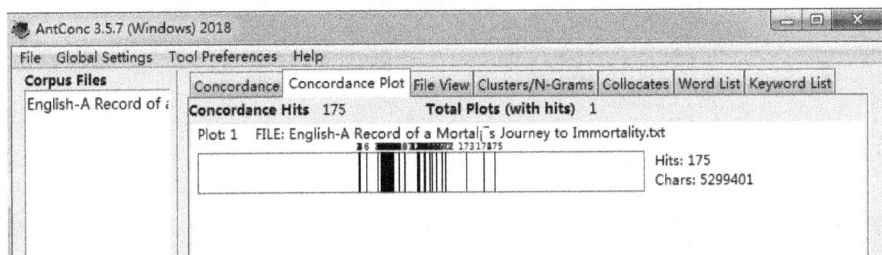

图 4-1-24　人物名字索引定位(Li Huayuan)

抽样小说 7:《斗破苍穹》(*Battle Through the Heavens*)

主要人物:

1. Xiao Yan(萧炎):男主人公。

2. Yao Cheng(药尘):萧炎师傅。

3. Xiao Xuner(萧薰儿):萧炎的两位妻子之一。

4. Fairy Doctor(小医仙):萧炎的红颜知己之一。

主要人物名字索引定位图:

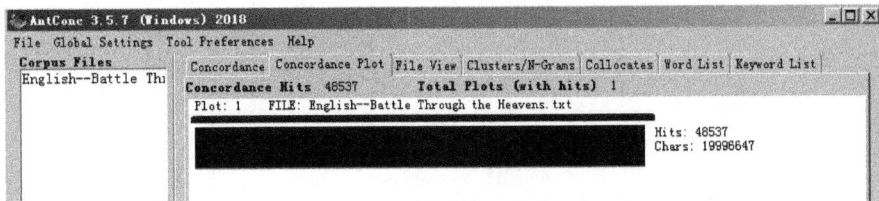

图 4-1-25　人物名字索引定位(Xiao Yan)

图 4-1-26　人物名字索引定位(Yao Cheng)

图 4-1-27　人物名字索引定位(Xiao Xuner)

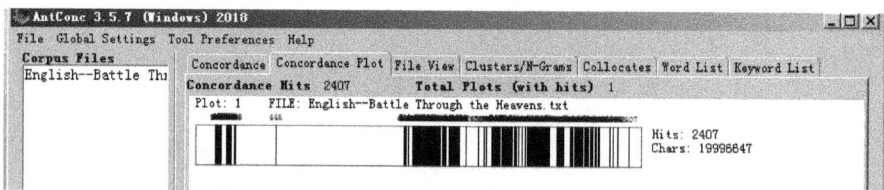

图 4-1-28　人物名字索引定位(Fairy Doctor)

附录 4-2　6 部英译网仙小说高频名词表(前 40 位)①

表 4-2-1　*Desolate Era* 高频名词

序号	频次排名	频次	名词	序号	频次排名	频次	名词
1	21	1069	sword	21	140	178	darknorth
2	41	510	empyrean	22	146	173	chaos
3	43	489	power	23	148	171	demon
4	56	407	god	24	158	162	boom
5	58	385	gods	25	161	161	right
6	72	329	iyerre	26	170	154	eyes
7	74	326	world	27	171	154	hand
8	76	313	body	28	176	150	way

_____

① *Stellar Transformations* 高频名词见正文表 4-15。

序号	频次排名	频次	名词	序号	频次排名	频次	名词
9	80	296	treasures	29	179	148	energy
10	83	282	lake	30	186	145	down
11	90	262	level	31	190	142	son
12	93	248	undermoon	32	191	140	techniques
13	95	244	island	33	197	136	place
14	103	221	technique	34	199	135	roughpeak
15	105	215	man	35	200	135	snow
16	110	210	realms	36	202	133	lord
17	121	200	years	37	203	133	snowfiend
18	123	195	swords	38	209	128	stage
19	125	192	art	39	212	126	training
20	131	186	life	40	213	125	path

表 4-2-2 *Renegade Immortal* 高频名词

序号	频次排名	频次	名词	序号	频次排名	频次	名词
1	34	1729	soul	21	112	559	woman
2	37	1573	eyes	22	113	553	beast
3	45	1298	body	23	114	550	suzaku
4	47	1296	man	24	121	518	realm
5	49	1281	moment	25	127	503	stage
6	50	1261	time	26	133	495	years
7	70	865	hand	27	139	482	people
8	71	862	cultivation	28	140	478	mountain
9	72	847	origin	29	141	477	fog
10	73	823	mosquito	30	146	449	blood
11	80	780	energy	31	148	442	sky
12	87	698	will	32	150	435	zi
13	91	669	person	33	152	433	head

续表

序号	频次排名	频次	名词	序号	频次排名	频次	名词
14	95	653	cultivators	34	155	428	heart
15	98	633	sword	35	160	423	planet
16	100	626	cultivator	36	161	422	couldn
17	107	582	rank	37	166	410	brother
18	108	578	expression	38	167	409	clan
19	109	570	dao	39	172	397	power
20	110	568	beasts	40	173	396	disciples

表 4-2-3 *I Shall Seal the Heavens* 高频名词

序号	频次排名	频次	名词	序号	频次排名	频次	名词
1	32	572	blood	21	99	210	air
2	37	543	even	22	100	209	sky
3	43	453	eyes	23	102	206	years
4	44	434	patriarch	24	107	197	reliance
5	46	428	time	25	109	191	moment
6	47	419	demon	26	110	184	light
7	56	326	dao	27	115	178	wang
8	58	324	cultivators	28	116	176	way
9	62	306	body	29	118	175	disciples
10	65	296	man	30	119	175	soul
11	66	295	mountain	31	124	169	base
12	69	289	face	32	125	169	people
13	70	288	sword	33	126	167	qi
14	72	274	cultivation	34	128	164	will
15	77	268	clan	35	130	159	over
16	83	253	hand	36	137	150	seeking
17	86	238	spirit	37	141	145	heart
18	88	234	power	38	148	140	second
19	91	232	domain	39	151	136	shot
20	93	231	sea	40	159	129	life

表 4-2-4　*A Will Eternal* 高频名词

序号	频次排名	频次	名词	序号	频次排名	频次	名词
1	25	3155	sect	21	115	702	sword
2	40	1919	eyes	22	124	674	hand
3	42	1787	time	23	126	672	north
4	45	1718	disciples	24	131	652	qi
5	74	1187	face	25	135	632	patriarch
6	83	951	stream	26	140	613	will
7	84	943	blood	27	145	589	man
8	86	940	moment	28	149	582	dao
9	90	889	peak	29	151	575	sky
10	91	882	people	30	159	552	air
11	96	797	can	31	162	546	ghost
12	98	788	bank	32	166	540	world
13	100	774	cultivation	33	172	518	fact
14	101	772	river	34	177	507	cultivators
15	105	746	pill	35	183	495	foundation
16	109	735	power	36	188	489	life
17	111	725	energy	37	190	477	heart
18	112	719	thought	38	194	464	place
19	113	718	master	39	202	454	mountain
20	114	709	way	40	204	451	establishment

表 4-2-5　*A Record of a Mortal's Journey to Immortality* 高频名词

序号	频次排名	频次	名词	序号	频次排名	频次	名词
1	29	885	doctor	21	140	174	soul
2	53	411	time	22	144	170	people
3	56	391	body	23	145	167	help
4	64	335	valley	24	148	166	leader
5	67	312	will	25	153	161	way

续表

序号	频次排名	频次	名词	序号	频次排名	频次	名词
6	72	295	disciple	26	156	159	arts
7	73	295	man	27	158	159	use
8	75	283	moment	28	159	156	disciples
9	85	250	spirit	29	166	149	cultivation
10	86	249	hand	30	172	142	years
11	97	232	cultivators	31	173	141	marquis
12	98	228	heart	32	175	139	matter
13	100	225	expression	33	182	135	person
14	102	219	mountain	34	198	123	room
15	103	218	senior	35	201	120	being
16	106	213	elder	36	202	120	hands
17	118	194	technique	37	212	117	devilfall
18	124	188	sword	38	215	115	air
19	135	179	words	39	216	115	cultivator
20	137	175	mysteries	40	217	115	mind

表 4-2-6 *Battle Through the Heavens* 高频名词

序号	频次排名	频次	名词	序号	频次排名	频次	名词
1	23	2295	clan	21	129	521	being
2	29	1860	eyes	22	130	519	hearing
3	37	1646	dou	23	132	517	people
4	41	1349	flame	24	135	515	lightning
5	44	1309	body	25	137	513	seeing
6	56	1104	head	26	139	503	person
7	61	986	time	27	143	486	words
8	62	965	sky	28	144	485	fire
9	74	853	will	29	151	465	yuan
10	77	831	hand	30	155	453	energy
11	78	829	strength	31	157	452	heart

序号	频次排名	频次	名词	序号	频次排名	频次	名词
12	89	701	blood	32	158	451	hands
13	90	701	man	33	160	441	figure
14	97	657	expression	34	166	420	years
15	98	653	light	35	169	414	soul
16	103	626	moment	36	173	405	elder
17	115	573	hall	37	191	359	mountain
18	121	539	pill	38	192	354	souls
19	122	537	dragon	39	196	339	lotus
20	127	523	alliance	40	197	336	star

附录 4-3　小说词云图[①]

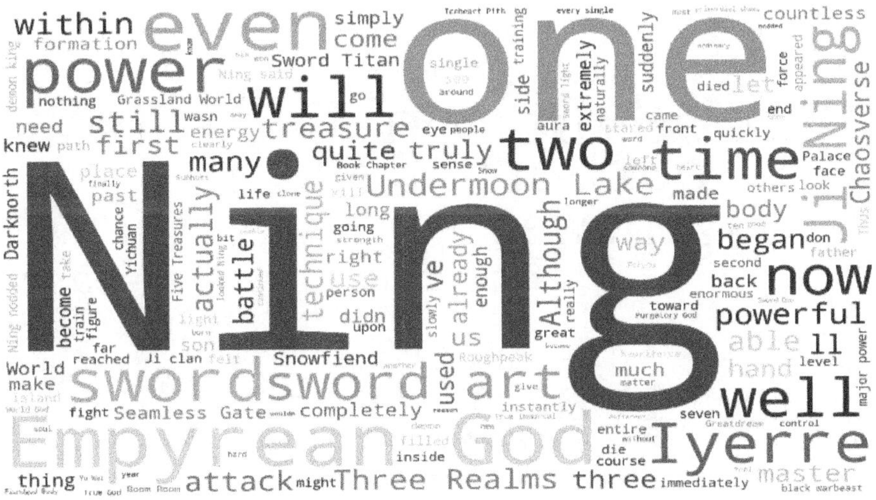

图 4-3-1　*Desolate Era* 词云

[①] 本部分包括 9 部小说的词云图，*Stellar Transformations* 词云图（正文图 4-4），*Dragon King with Seven Stars* 词云图（正文图 4-13），*Legends of Ogre Gate* 词云图（正文图 6-6），均已在正文中出现。

图 4-3-2　*Renegade Immortal* 词云

图 4-3-3　*I Shall Seal the Heavens* 词云

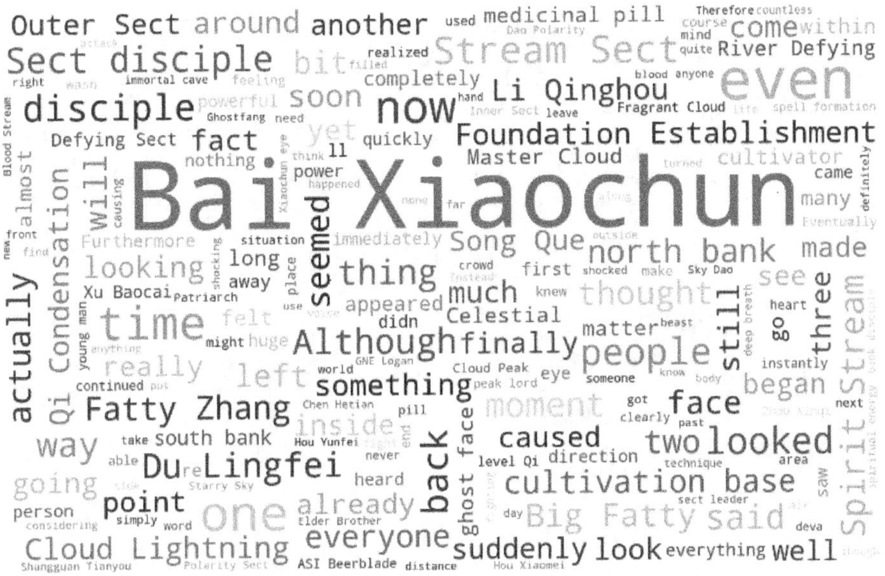

图 4-3-4　*A Will Eternal* 词云

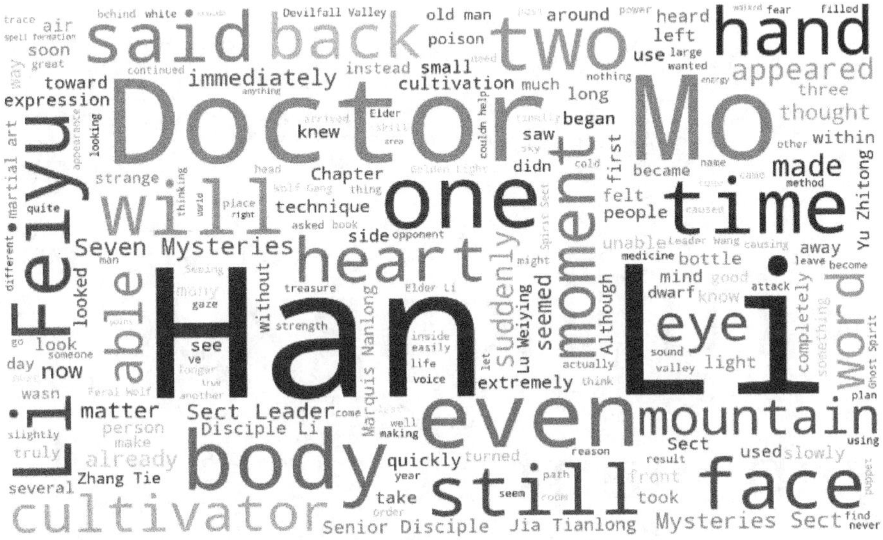

图 4-3-5　*A Record of a Mortal's Journey to Immortality* 词云

图 4-3-6　*Battle Through the Heavens* 词云

图 4-3-7　*Horizon, Bright Moon, Sabre* 词云

图 4-3-8　*Blue Phoenix* 词云

图 4-3-9　*Harry Potter* 词云

致 谢

　　本专著是国家社科基金一般项目"中国网络小说英译研究及数据库建设"(21BYY199)的阶段性成果,基于我的博士论文修改完善而成,也是我博士学习阶段的一个小结。求学之路艰辛,但行则将至。在此衷心地向给予我帮助的师长、同侪表示感谢!

　　首先要感谢我的导师——上海外国语大学的张健教授,还有冯庆华教授、乔国强教授、孙会军教授和 Michael Steppat 教授。感谢诸位老师传道、授业、解惑,在外宣翻译、语料库翻译学、叙事学、文学翻译和跨文化文学研究等方面的悉心指导。此外,在国家社科基金项目申报、立项和开题的过程中,许钧教授、王克非教授、文炳教授、濮建忠教授、郭国良教授和窦卫霖教授均提供了十分宝贵和中肯的专业意见。还要特别感谢浙江大学出版社的编辑老师们,基于文本的翻译研究审校工作量极大、细节繁复;浙江大学出版社的编辑包灵灵女士为本书出版尽心尽力,做了大量的沟通工作。最后,感谢"浙江理工大学基本科研业务费专项资金"(2022)对本书的资助。

　　是师长们的倾囊相授、授人以渔和关爱支持,使本书终于付梓。还有许多名字没办法在这简短的致谢中一一呈现,本书中的很多想法亦尚待进一步探索。感谢科研之路上的同行者! 本书不足之处,恳请批评指正! 谢谢!

杨　柳